CW01663736

LORETH ANNE

WHITE

HİZMETÇİNİN GÜNLÜĞÜ

JUNO
kitap

Juno Kitap - 5

HİZMETÇİNİN GÜNLÜĞÜ
Loreth Anne White

Orijinal Adı: **The Maid's Diary**

Çeviren: Uğur Mehter
Düzelti: Aylin Boz
Yayına hazırlayan: Nazlıcan Kabataş

1. Baskı: İstanbul, 2024

ISBN: 978-625-94421-4-3

Cover Design © Caroline Teagle Johnson

Türkçe hakları Juno Kitap'a aittir. Yayınevinden izin alınmadan kısmen ya da tamamen çoğaltılamaz.

Yayınevi Sertifika No: 47887

JUNO KİTAP
Astoria Kempinski, Büyükdere Cad. No:127
A Blok, D: A1305 Şişli/İstanbul
info@junokitap.com
Tel: 0530 464 07 50

Baskı ve Cilt: My Matbaacılık San. Ve Tic. Ltd. Şti.

My Matbaacılık San. Ve Tic. Ltd. Şti.
Maltepe Mah. Yılanlı Ayazma Sk. No: 8/F
Zeytinburnu / İstanbul Tel: 0212 674 85 28
Matbaa Sertifika No: 47939

Juno Kitap, Diyojen Yayıncılık'ın tescilli markasıdır.

LORETH ANNE
WHITE

HİZMETÇİNİN GÜNLÜĞÜ

Çeviren: Uğur Mehter

JUNO
kitap

Marlin ve Syd için...
Çalkantılı bir orman yangını yazında bana ve Hudson'a katlandığınız için teşekkürler. İkinizi de seviyorum.

SON

Uykuyla uyanıklık arasında gidip geliyordu. Bir şeyleri fark eder gibi oldu. Hayır, uyumuyordu. Yatakta değildi. Güvende değildi. Bir panik dalgası kendini göstermeye başlamıştı. Neredeydi? Yutkunmaya çalıştı ama ağzı kurumuştu. Genzinde hiç alışık olmadığı bir tat vardı. Birden keskin bir farkındalıkla sarsıldı. Kan… kan tadı alıyordu. Nefes alıp verişi hızlandı. Başını çevirmeye çalışsa da yapamadı. Yüzünde ıslak ve sert bir bez vardı. Kolları iki yanına sımsıkı bağlanmıştı. Acı yavaşça kendini hissettirmeye başlıyordu. Katlanılmaz bir acıydı. Omuzları, göğsü, karnı… apış arası. Kafatası zonkluyordu. Adrenalin damarlarına hücum ederken gözleri kocaman açıldı ama hiçbir şey göremiyordu. Panik zihnini alt etmeye başlarken çığlık atmak üzere ağzını açtı. Çığlığı boğuktu.

Neler oluyor? Neredeyim?

Odaklan, odaklan. Panik öldürür. Düşünmen lazım. Hatırlamaya çalış.

Zihni bulanıktı. Düşüncelerini berraklaştırmak, duyularına odaklanmak için kendini zorladı. Soğuktu… Ayakları buz gibiydi. Ayak parmaklarını oynattığında havayı hissetti. Ayakları çıplak mıydı? Hayır, sadece bir ayağı çıplaktı. Diğerinde hâlâ ayakkabısı vardı. Yaralıydı. *Kötü yaralanmışım,* diye düşündü. Zihninin bulanıklığında bir anı netleşerek yüzeye çıktı. Kollarından tutmaya çalışan insanlara direndiğini hatırlıyordu. Vahşice saldırıya uğramış, saldırıya karşılık verememiş, yaralanmıştı. Şimdiyse bir şeye sarılıydı. Hareket halindeydi. Zıplıyordu. Titreşimi hissedebiliyordu. Duyduğu araba motoru muydu? Bir arabada mıydı? Evet, bir tür araçtaydı. Seslerin farkına vardı. Ön koltuktan geliyordu. Demek kendisi arka koltukta uzanıyordu. Sesler… telaşlı gibiydi. Birileri tartışıyordu. Seslerin arasından hafif bir müzik duyulabiliyordu. Arabanın radyosu açıktı. Kesinlikle bir arabadaydı. Onu bir yere götürüyorlardı.

Kelimeleri bölük pörçük duyabildi. "At… onun suçu… kendisi istedi… suçlayamam…"

Tekrar karanlığa gömülürken her şey silindi.

SESSİZ TANIKLAR

31 Ekim 2019, Perşembe

Saat 23:57'ydi. Cadılar Bayramı gecesiydi. Karanlıktı. Yoğun bir sis suyun üzerinde süzülüyordu. İçinde iki kişinin bulunduğu gümüş renkli bir Mercedes-Maybach, terk edilmiş bir tahıl deposuna giden çamurlu bir yola saparken yağmur durmaksızın çiseliyordu. Farların ışığı eski siloların tabanında gezinirken yağmur damlaları parıldıyordu. Araba bir demiryolu hattını geçerek okyanus kıyısına paralel bol çukurlu bir yolda sekerek ilerledikten sonra kuzey sahil şeridini Vancouver şehrine yay çizerek bağlayan bir köprünün altındaki gölgelikte durdu ve farları söndü. Suyun karşısında görünen sisler içindeki şehrin ışıltısı dışında her yer zifiri karanlıktı.

Arabadakiler yumuşacık deri döşemeleriyle lüks aracın sıcaklığında saklanırken kendilerini bir kozadaymışçasına güvende hissediyordu. Köprüden geçen araçların kükremesi ve metal bağlantı noktalarının ritmik tıkırdama sesleri uzaktan geliyordu.

Adamla kadın, gelgitin eski silo tersanesinin yanından mürekkep gibi akıp gitmesini hayranlıkla seyrederek zaman kaybetmedi, çünkü arzuları doruktaydı. Küçük kaçamakları sabahki bir kahvaltı toplantısında başlamıştı. Şehir yönetimiyle yasal stratejiyi sakince tartışırlarken, kadın sadece külotlu çorabının örttüğü baldırını masanın altından adamın bacağına bastırmıştı. Şehvet, bir davayla ilgili üst düzey tartışmalar ve ardından gelen öğle yemeğiyle filizlenmiş, erkekler tuvaletinde kapıların ardında kaçamak bir öpücükle zirveye ulaşmıştı. İkisi de günün böyle, bir yerde park edilmiş arabada çılgınca bir seksle biteceğini biliyordu. Beklenti, tehlike, risk bağımlısıydılar. İkisi de başkasıyla evliydi. Adam eyalet yasama meclisinin bir üyesi, kadın şehrin en iyi avukatlarından biriydi. İkisinin de çocukları vardı.

Hep böyle yerleri, özellikle endüstriyel bölgeleri seçiyorlardı. Rutubetli, ıssız, şehir molozları arasında grafitilerin süslediği yerler. Sefaletin arka planında sevişmekten tuhaf bir şekilde heyecan duyuyorlardı. Cazibelerini, zekâlarını, zenginliklerini ve ayrıcalıklarını bu pis cesur şehir manzaralarıyla yan yana getirmek arzularını kamçılıyor, kendilerini daha güçlü hissetmelerini sağlıyordu. İlişkileri, cinsel heyecanlarını besleyen böylesi *film-noir** tonlarıyla katmerleniyordu.

Saint Laurent topuklu ayakkabılarını ayağından fırlatırken kadın adamı kırmızı kravatından çekerek fermuarına uzandı. Adam da ipek bluzun incimsi düğmelerini acımadan koparıyor, kadının pahalı külotunu açlıkla parçalıyordu. Kadın bacağını direksiyonun üzerinden atarak adamın kucağına oturduğunda adam gözlerini yumarak zevkle inledi. Ama kadın birden durdu. Sisi delerek ikiz ışık tüneli yaratan iki çift far ışığı görmüştü. İki araba arka arkayaydı. Öndeki araba terk edilmiş siloların önüne dönüp tren raylarına doğru ilerledi.

"Birileri geliyor," diye fısıldadı kadın.

Adam hiç oralı değildi. Gözleri hâlâ kapalıydı, inliyor, kalçalarını kasıklarına doğru hareket ettirmeye çalışıyordu

* Film-noir *(Fr.)*: Kara film. Kahramanlarını yozlaşmış ve itici bir dünyanın içine yerleştiren suç filmlerini tanımlamak için kullanılan bir sinema terimidir. -*ç.n.*

ama kadın elini sımsıkı tuttu. Kalbi deli gibi atıyordu. "İki araba," dedi. "Buraya doğru geliyorlar."

Adam gözlerini açıp başını çevirdi, ardından hemen doğrularak camın buharında yumruğunun kenarıyla bir pencereyi açtı. Sessizlikte tren raylarını geçip suyun kenarından yaklaşan arabaları izliyorlardı.

"Kahretsin," dedi adam sessizce. "Burası özel mülk. İnşaat için kapatılmıştı. Kimsenin gelmemesi gerekirdi. Özellikle de bu saatte."

"Belki Cadılar Bayramı saçmalığı için gelen çocuklardır, belki de uyuşturucu meselesidir," diye fısıldadı kadın.

Arabalar iyice yaklaştı. Öndeki araba arkasındakinden daha küçüktü ama sis, yağmur ve karanlık yüzünden ne renkleri ne de modelleri anlaşılabiliyordu. İki araba suyun karşı kıyısında gizlenen şehrin ürkütücü ışıklarının önüne geldiğinde kadın, küçük arabanın sarı ya da krem rengi olabileceğini düşündü. Steyşın olduğu kesindi. Büyük araba ise sedandı. Koyu gri ya da mavi olabilirdi. İki çift far bir an için mürekkep koyuluğundaki suları yaladıktan sonra rayların kıvrımını takip etti. Paslı metalin üzerindeki yosunlar adeta ışıldıyordu.

"Doğrudan buraya geliyorlar," dedi kadın.

"Başka çıkış yok," dedi adam. "Kurbanlık koyun gibiyiz."

Arabalar neredeyse diplerine gelmişti.

"Ne oluyor be?" diyen kadın hızla sürücü tarafına geçip yırtılan külotunu çekiştirdikten sonra topuklu ayakkabılarını giydi.

Adam da fermuarını kapatıyordu. "Bir saniye... duruyorlar," dedi.

Çift gizlendikleri sessizlikte steyşın arabanın şoför kapısından uzun boylu birinin çıkmasını seyretti. Yan kapıda bir logo görebiliyorlardı. Sedan arabadan da daha kısa ve tıknaz biri çıktı. İkisi de yağmurda parlayan siyah kıyafetler giymişti. Birinin başında şapka, diğerininkinde kapüşon vardı. Farları ve motorları açık bırakmışlardı, o yüzden egzoz karanlığa beyaz bulutlar salıyordu.

Sedanın arka kapısını açtıklarında sis iki sürücünün etrafında dalgalandı. Arka koltuktan ağır ve büyük bir şeyi çıkarmak için uğraşıyorlardı. Rulo yapılmış büyükçe bir halı ağırlığıyla yere yapıştı.

"Ne yapıyorlar?" diye sordu kadın.

"O halıya bir şey sarmışlar," dedi adam. "Ağır bir şey."

İkisi de aklından geçeni söylemek istemiyordu.

İki sürücü yüklerini suya doğru çekiştirip ıssız iskelenin ucuna geldiklerinde elleri ve ayaklarıyla halıyı kenardan aşağı yuvarladı. Yük anında gözden kayboldu ama saniyeler sonra beyaz köpükler çıkararak akıntıyla birlikte köprüye doğru sürüklendi. Sonra suda birkaç kez döndükten sonra batmaya başladı. Ardından tamamen sulara gömüldü.

Kadın yutkundu.

Mercedes'in içi buz kesmişti.

Adam nefes alamıyordu.

Gördükleri karşısında kapıldıkları dehşet iliklerine işliyordu. Uzun boylu sürücü steyşın araca geri dönüp sürücü tarafında direksiyonun alt tarafında bir şeylerle oynadı. Ardından araba kendiliğinden suya doğru kayarken ikisi durup seyretti.

"Aman Tanrım… el frenini boşa aldılar! Buradan hemen gitmemiz lazım," diyen kadın elini kontağa attı ama adam hemen bileğini yakaladı.

"Dur. İkisi gidene kadar kılını bile kıpırdatma. Gördüklerimiz yüzünden bizi öldürebilirler."

Her saniye artan bir dehşetle steyşın aracın birkaç saniye duraksadıktan sonra iskelenin kıyısından düşmesini seyrettiler. Suya dalarken köprü trafiğinin ışığıyla aydınlandı. *Sarı bir araba*, diye düşündü kadın. Kocasıyla birlikte oğullarına on sekizinci doğum gününde hediye ettikleri *Subaru Crosstrek* arabanın aynısıydı. Kapıdaki logo tanıdık geliyordu. Daha önce görmüş olsa da kadın hatırlayamadı. Sular içinde kaldıktan sonra araba akıntıyla birlikte beyaz köpükler eşliğinde köprüye doğru ilerlemeye başladı. Sonra birden gözden kayboldu. İskeleden düştüğüne dair tek bir iz bile yoktu. Geriye sadece dalgalarla güreşen karanlık sular kalmıştı.

İki sürücü hızlı adımlarla sedana yöneldi. Uzun boylu olan sürücü koltuğuna, diğeriyse yolcu koltuğuna geçti. Kapılar kapanır kapanmaz araba hızla çamurlu yoldan uzaklaşmaya başladı. Rayları geçerken fren lambaları parladı, sonra ıssız silolara doğru dönüp sisin içinde kayboldu.

Mercedes'in içindekiler konuşmuyordu. İkisi de gergindi. Polisi arayabilirlerdi ama ikisi de aramayacağını biliyordu.

İkisi de gördükleri hakkında tek bir kişiye bile bir şey söylemeyecekti çünkü gecenin bir yarısı ıssız bir köprü altında olduklarını biri öğrenirse, sahip oldukları her şeyi kaybederlerdi.

HİZMETÇİNİN GÜNLÜĞÜ

Sen başla yeter, dedi terapistim. Aklından geçenleri ya da yalnızca gün içinde yaptığın çok sıradan bir şeyi kaydetmek için olsa bile, kelimeleri kâğıda dök. Bunu yapmakta zorlanırsan seni endişelendiren şeyleri yazmaya çalış. Tek bir şey seç. Ya da seni mutlu eden bir şey seçebilirsin. Ya da öfkelendiren. Ya da ödünü koparan bir şey. Hiç kimsenin okumasına izin vermeyeceğin şeyleri yaz. Sonra her yazdığın şeyin nedenini sor kendine. Neden böyle düşünüyorum? Bu hayali kaybetmemin sonuçları ne olur? Çığlık atmak isteyene kadar neden diye sor, neden diye yaz. Artık kelimeleri görmeye katlanamayana ya da yeni bir şey için kendini kapıdan dışarı atana kadar yaz. Sonra uzaklaş. Harekete geç. Yürü, koş, dağa tırman, yüz, dans et. Günlüğüne geri dönmeye hazır hissedene kadar her ne yapıyorsan, onu yapmaya devam et. Önemli olan başlamak. Basitten başla. Söz veriyorum, sonrası çorap söküğü gibi gelecek.

O yüzden yazıyorum Sevgili Günlük... Sevgili Vekaleten Terapistim.

Basit başlıyorum. Benim adım Kit. Kit Darling. Otuz dört yaşındayım. Bekarım. Veganım. Hayvanları seviyorum. Kuşları besliyorum.

Bir hizmetçiyim.

Tutkum amatör tiyatro.

Süper gücüm görünmez olmak.

Evet, doğru okudun. Bana görünmezlik lütfu bahşedilmiş. İnsanların evlerinde görünmeden bir hayalet gibi dolaşıyorum. Sessizce günlük hayatlarının enkazının tozunu alıyorum. Dışarıdan "mükemmel" görünen küçük mikrokozmolara düzen getiriyorum. Yıkıyor, düzeltiyor, katlıyor ve seçkin semtlerin mahremiyetine dokunuyor, eşyaları kokluyor, kıskanıyor, bazen de deniyorum. Öğrendiğim bir şey varsa o da şudur: Mükemmellik bir aldatmacadan ibaret. Kusursuzluk bir yanılsama, özenle yaratılmış sahte bir anlatıdır. Sokağın aşağısındaki lüks evdeki tanıdığınızı sandığınız o şahane aile, aslında sandığınız gibi değildir. Hataları vardır, sırları vardır. Bazen bunlar karanlık ve korkunç olabilir. Garip bir şekilde bir ev temizleyicisi ve çöp öğütücü olarak bu evlerin sırları bana emanet ediliyor. Belki alakasız görüldüğüm içindir. Belki iyi huylu görüldüğüm içindir. Belki üstünde durmaya bile değmeyecek biri... sıradan bir hizmetçi olduğum içindir.

Sonuçta toz alan ve yerleri süpüren meraklı biriyim.

Evet, merak sorunum var.

Yani hepimiz görmememiz gereken bir şey gördüğümüzde dopamin-adrenalin patlaması yaşamaz mıyız? Ah, sakın bana üstünlük taslamaya kalkmayın. Sosyal medyada gözümüzü ayırmadan gerçek zamanlı felaketleri avlıyoruz. Bir Hollywood yıldızının bikinili, makyajsız ya da Starbucks'ta kötü anne olduğu halini görmek için linklere tıklıyoruz. Süpermarket kasa kuyruğunda İngiltere prensinin yasak ilişkisiyle ilgili dedikoduları vaat eden magazin dergilerine elimizi uzatmadan edemiyoruz.

Benimki biraz daha ileri seviye. En azından günlerimi heyecanlı kılıyor.

Çalıştığım yere girdiğim anda casusluk stratejim hazırdır. Saati ayarlayıp gardırobu karıştırmak, tavan arasındaki kutulara bakmak ya da belli bir odaya göz atmak için zaman kalacak şekilde hızla temizliğe girişirim. Ve küçük ipuçlarını takip eder, evde yaşayanların birbirinden çaresizce saklamaya çalıştığı sırları bulurum. Kadın kocasından, baba kızından, oğul annesinden hep bir şeyler saklar. Mavi küçük haplar görürüm. Şırınga. Bahçedeki kulübede kırık bir saksıya saklanmış nane şekeri ve sigara izmaritleri. Bir ergenin iç çamaşırı çekmecesinin arkasına zulalanmış bir tekila şişesi. Kocanın bilgisayarına kaydettiği porno linkleri. Bir kadının sakladığı çok eskilerde kalmış bir sevgiliden gelen bir not ya da şartlı tahliye kurulundan bir mektup. Dışarı çıkarmam için kenara bırakılan çöp torbasında bir hamilelik testi.

O insanları görüyorum.

O evlerde yaşayanları tanıyorum.

Oysa onlar beni görmüyorlar.

Beni tanımıyorlar.

Kaldırımda çarpışsak ya da market reyonunda karşılaşsak, hayatlarındaki görünmez kızı tanımazlar. Ben anonim bir kızım. Aslında umurumda değil... Görülmek *istemiyorum. Hele onların görmesine hiç ihtiyacım yok.*

Görünmez kalma arzumla ilgili terapistimin teorileri var. İnsanların evinde bir hayalet gibi dolaştığımı söylediğimde hayatım boyunca hep hayalet gibi mi dolaştığımı sordu. Nasıl cevap vereceğimi bilemediğimden içime kapandım ama sorusu beni endişelendirmişti. Birkaç başarısız terapi seansından sonra görünmezlik meselesinde hiçbir aşama kat edemeyince kafa doktorum günlük tutmamı önerdi.

Psikolojimin bilincimden, hatta bilinçaltımdan sakladığı şeyleri bulmak için daha derinleri eşelemek üzere bana özel ve tehdit içermeyen bembeyaz sayfalara içimi dökmemin faydası olacağına inanıyor. Dahası yazdıklarımı onunla paylaşmak zorunda değilmişim ama istersem paylaşırım.

Bir şeye doğru açıdan yeterince uzun süre bakarsan gerçek resim ortaya çıkmaya başlar Kit, *dedi.* Ama önce bir şeye bakman gerekiyor. Bunun için kâğıt üstündeki kelimelere ihtiyacın var. O kelimeler sıkıcı, saçma, utanç verici olabilir ama gerçek hikâyen kelimelerin bahçesinde filizlenecek. *Ardından uyardı.*

Sakın yazdıklarını düzeltme, kendini sınırlama. Çünkü büyük resmi görene kadar hikâyenin ne kadarının doğru olduğunu, ne kadarını dışarıda bırakman gerektiğini bilemezsin.

Dediğine göre bu iş, gözü yanıltan görsellere benziyormuş. *Hani şu klasik genç kadın çizimi vardır ya? Belli bir açıdan baktığında genç kadın aniden bir kocakarıya dönüşür ve artık ondan başka bir şey göremezsin. Önemli olan bakış açını değiştirmen.*

Açıkçası ruhumun Jung* üssünden sihirli bir şekilde bu sayfalarda herhangi bir mucize gerçekleştirmesinden kuşkuluyum ama işte buradayız Sevgili Günlük... Ben bir hizmetçiyim. Tam bir meraklı tazeyim. Belki fazla meraklıyım. Tamam, kabul ediyorum. Bağımlılık derecesinde meraklıyım. Kendimi tutamıyorum. Sorunum giderek kötüleşiyor. Daha büyük riskler alıyorum. Bu yüzden terapi arayışına girdim. Kafa doktorum bunun *görünen* sorunum olduğunu söylüyor.

En iyi arkadaşım Boon uzun zaman önce, "Fazla eşeleyip bir gün görmemen gereken bir şey görmekten korkmuyor musun?" diye sormuştu. "Çünkü birinin çaresizce saklamaya çalıştığı dehşet verici bir sırrı keşfetmen başını belaya sokabilir. İnsanlar... özellikle zenginler kendilerini ve ailelerini korumak için her şeyi yapar. Hatta öldürür." Kanımı donduran sözlerinin ardından eklemişti. "Çok dikkatli olmalısın. O insanlar güç sahibi. Senin erişemeyeceğin bir güce sahipler." Sınırları zorluyormuşum, pervasızlık yapıyormuşum, hatta ifşa olmaya davetiye çıkarıyormuşum, o yüzden kendimi dizginlemeli, arkamı kollamalıymışım.

Abarttığını düşünmüştüm, çünkü Boon öyle biridir. Sadece eğlencemi baltalıyordu.

Bir şeyleri saklamaya çalışanların evlerine hizmetçi almayacaklarını söylemiştim.

Artık bundan o kadar emin değilim...

---

* İsveçli psikiyatrist Karl Gustav Jung (1875-1961) analitik psikolojinin kurucusudur. -*ç.n.*

PENCEREDEKİ KADIN

31 Ekim 2019, Perşembe

Beulah Brown tekerlekli sandalyesiyle, üst kattaki uzun köşe penceresinin önünde oturuyordu. Bulutların arasından sızan soluk sabah güneşi yüzüne vuruyordu. Soğuk bir ışıktı ama sonuçta güneşti. Özellikle sonbahar yağmurları sırasında kasvetli Kuzeybatı Pasifik yağmur ormanları ikliminde güneşin soğukluğundan şikâyet edecek değildi. Dahası güneşi daha kaç kez görebileceğini bilmiyordu. Başka bir sonbahar görmeyeceği kesindi. Bacaklarını ekoseli bir battaniyeyle örtmüştü. Yanındaki küçük masada limon kremalı bisküvi tabağı duruyordu. Sütlü çay içtiği porselen fincanı elindeydi. Fincanı eli titremeden tutabilmesine hâlâ şaşırıyordu. Kanser hayatını çalıyor olabilirdi ama yaşına rağmen elleri hiç titremiyordu. Hastalığı en azından ellerine dokunmamıştı.

Beulah sabahları bu köşe penceresinin önünde oturmaktan hoşlanıyordu çünkü evet… bu pencereden parlıyormuş gibi yapan sabah güneşini görebiliyordu. Manzarası aynı zamanda komşusunun oturduğu "Cam Ev" ve Kuzey Sahili'ni Stanley Parkı'yla Vancouver merkezine bağlayan Lions Gate Köprüsü'nün yeşil renkli, zarif kemerli girişinden oluşuyordu. Köprüde trafik şimdiden yoğunlaşmıştı. Perşembe sabahı insanlar, ani ve şiddetli bir ölüm ele geçirmediği takdirde, kaşla göz arasında kendilerinin de bir sandalyeye mahkûm olup ölmeyi bekleyeceklerinin farkında olmadan koşuşturuyordu.

Belki hızlı ölüm anlamına geliyorsa, korkunç bir kazaya ya da cinayete kurban gitmek çekilen acıya değerdi. Çayını yudumlarken bunun üzerine düşündü. Sabah bakıcısının hazırlayıp yatağın yanına termosla bıraktığı çay ılımıştı. Yoksa bakım uzmanı mı demeliydi? Bugünlerde ünvanlarla baş etmek kolay değildi. Geçici hemşiresi Geveze Kathy, bakım uzmanının bakımını üstlendiği kişiden hoşlanmayabileceğini ama bakıcının bakımını üstlendiği kişiden başka bir şeyle ilgilenmediğini söylemişti.

Düşünceleri evin alt katını işgal eden oğlu Horton'a kayarken, limon kremalı bisküvisini dikkatle sütlü çayına batırdı. Horton sözüm ona annesine bakmak için eve taşınmıştı ama Beulah onun evin peşinde olduğunu biliyordu. Su kenarındaki lüks emlağın değeri çok yüksekti. Horton bakıcı değil, bir bakım uzmanıydı. Bazen oğlunun ölümünü hızlandırmaya çalışıp çalışmadığını merak etmekten kendini alamıyordu. Horton hayatının en büyük pişmanlığı olmuştu. Yumuşayan bisküviden bir ısırık alırken, öldükten sonra oğlunun evdeki porselenleri ne yapacağını merak etti.

Lokmasını çiğnerken bakışlarının Burrard Girişi boyunca limana girmeyi bekleyen sinsi tankerlere kaymasına izin verdi ama o sırada renkli bir parıltı gözünü aldı. Başını çevirdiğinde üzerinde tanıdık mavi bir logo olan sarı renkli küçük bir Subaru Crosstrek'in yandaki Cam Ev'in bahçe yoluna girdiğini görünce hemen keyiflendi. Hizmetçi gelmişti. Saatine baktı. Kız tam zamanında gelmişti. Perşembe sabahı yine dakikti. Bugünlerde güvenilir bir yardımcı bulmak çok zordu.

Fincanını bırakıp aldığı kuş dürbünüyle komşu eve baktı. Ev, tam anlamıyla modern bir mimari ucubeydi. Tüm pencereleri metal ve betondan ibaretti. İçeride henüz bir hareket yoktu. Evdekiler herhalde geç uyumuştu.

Komşuların evlerine girip çıkmaları, evinin önündeki dalgakıranda köpeklerini dolaştıranlar ya da körfezde yelken açanlar günlük eğlencesiydi. Adeta bir *reality show* gibiydi. Son zamanlarda sırf hatırladıklarını kendine kanıtlamak için insanların hareketlerini kaydetmeye başlamıştı. Horton sürekli hafızasının zayıfladığı konusunda ısrar ediyor, çok fazla karanlık Slav ve İngiliz polisiyesi seyretmekten beslenen hayal gücüyle her gün yeni bir şeyler uydurduğunu söylüyordu. *Vera*, Beulah'ın en sevdiği diziydi. *Shetland* dizisini de seviyordu ama çoğunlukla sadece Jimmy Perez için seyrediyordu. Ve *Wallander*... Sevgili hüzünlü Wallander bir taneydi.

Benekli, eğri büğrü parmaklarıyla dürbünü netleştirmeye çalıştı. Yeni olduğu için hâlâ alışmaya çalışıyordu. Sonunda koca kalçalarına rağmen sarı renkli küçük arabanın şoför kapısından çevik hareketlerle çıkan sarışın kadına odaklandı.

Ah, selam tatlım.

Beulah iç sesiyle Vera'nın ses tonunu taklit ediyordu. Yeni dürbününün gücüyle, tıpkı Vera'nın keskin gözleriyle yaptığı gibi detayları dikkatle zihnine yazabilirdi artık.

Hizmetçinin üniforması sakız pembesi polo tişörtü, kullanışlı lacivert bol pantolonu ve yanlarında turuncu çizgileri olan son derece rahat spor ayakkabılardan oluşuyordu. Boynunda siyah ve kalın bir bant kolye vardı. Saçlarını oyuncak ayıcık kulakları gibi tepesinde iki topuz halinde toplamıştı.

Bagajı açıp elektrikli süpürgesini çıkardı. Dyson markaydı. Sonra Beulah'ın penceresine bakıp gülümseyerek el salladı.

Dudakları yavaşça kıvrılırken Beulah elinden geldiğince neşeyle karşılık verdi. Kısacık bir an yaşlı hanım ve hizmetçi birbirlerine baktılar, ardından hizmetçi başıyla selam verip arabasından diğer eşyalarını alarak Cam Ev'e girdi.

"Günaydın Beulah!"

Beulah, hastaneden laubali geçici hemşiresi tıbbi ıvır zıvırıyla dolu çantasıyla zıplayarak içeri girdiğinde yüzünü ekşitti.

"Bugün nasılsın bakalım? Güzel uyuduk mu?" diye sordu hemşire, sandalyenin arkasına geçip görüş alanından çıkarken.

"Yalnız uyudum," diye mırıldanan Beulah, ona bakmak için sandalyesini çevirmeye çalıştı. Tanrı aşkına... kadın bisiklet kıyafetiyle gelmişti. Kaskıyla çantasını hasta yatağının üzerine bırakıp Beulah'ın yaşlı kalbini ve oksijen değerlerini ölçmek için aletleri çıkarmaya başladı. "Pardon?"

"*Uyuduk* diye bir şey yok diyorum. Sadece bendim. Yalnızdım. Yalnız uyudum."

Hemşire kahkaha atarak aletin mandalını Beulah'ın parmak ucuna takıp saatine baktı. "Uyurken oksijen kompresörünü kullanıyor musun?"

"Hayır," dedi Beulah.

"Kullanmalısın. Kan değerlerinin yükselmesine yardımcı olur. Daha çok enerjin olur. Ağrın nasıl?"

Perşembe gününün geri kalanı, önceki günlerden farksız bir şekilde akıp gitti. Sıkıcı ilaç rutini, banyo yapmasına yardım etmek ve öğle yemeğinin ardından öğleden sonra çayını hazırlayarak termosa doldurmak için gelen başka bir bakıcı, daha çok ilaç, başka bir geçici hemşirenin kontrol ziyareti, daha çok ilaç, afyon sayesinde dünyadan koparan derin bir uyku, sonra akşam yemeğini hazırlayan bir bakıcı, ardından gece için daha ağır dozda ilaçlar... Ama ilaçlara rağmen Beulah rahat edemiyor, nefes alabilmek için hasta yatağında oturuyordu.

Gece karanlığında bir ara bitkin düşüp uyuyakaldı. Sonra irkilerek uyandı. Terden sırılsıklamdı. Odası karanlıktı. Dışarıda yağmur yağıyordu. Yağmuru ve oksijen kompresörünün puflamalarını dinlerken kendine gelmeye çalışıyormuş gibi iç çekti.

O sırada bir çığlık duydu.

Korkunç bir çığlık duyduğundan emindi.

Bir kadın çığlık atmıştı. Onu uyandıran bu çığlıktı. Duyduğundan adı gibi emindi. Kalbi hızla atmaya başladı. Radyolu saatin kırmızı ışıltısı saatin 23:12 olduğunu söylüyordu. Çığlığı hayal etmediğinden emin olmak için bir süre kulak kesildi. Horton kesin hayal ettiğini söyleyecekti. Çok geçmeden komşu evin bahçe kapısının çarptığını duydu. Sonra bir arabanın kapısı sertçe kapandı. Doğrulmaya çalışırken burnundaki maskeyi çekiştirdi. Acıyla inlerken nefes almakta zorlanıyordu, yine de tekerlekli sandalyesine uzanıp hasta yatağına yaklaştırdı. Ardından düğmesine basarak yatağı alçaltıp sandalyeye geçti. Damarlarını yakan adrenalinle neler olduğunu görmek için pencereye gitmeye kararlıydı. Ter içinde tekerlekleri iterek pencereden komşunun bahçesine baktı. Hareket algılayıcı ışık araba yolunu aydınlatıyordu.

Gözlerinin ışığa alışması ve beyninin gördüklerini algılaması birkaç saniyesini aldı.

Olmayacak şeydi. Bir terslik vardı. *Korkunç* bir şey oluyordu.

Sandalyesini hızla yatağa yaklaştırdı. Başı dönüyordu. El yordamıyla komodindeki cep telefonunu buldu.

Polisi ararken elleri titriyordu.

MALLORY

1 Kasım 2019, Cuma

Dedektif Mallory Van Alst, logosuz aracıyla yoldaki bariyerin önünde durarak arabanın camını indirdi ve üniformalı polise kimliğini gösterdi.

"Günaydın Komiser Van Alst," dedi polis, Mallory'nin ismini dosyasına kaydederken. "İçeride iyi şanslar… bayağı kanlı bir manzara." Sonra okyanus kıyısındaki malikânelere giden özel yolu açmak için bariyeri kenara çekti. Yanıp sönen ışıklarıyla Batı Vancouver ekip araçları, büyük kısmı camdan ibaret olan bir evin önüne doluşmuştu. Üniformalı memurlar araçlarının yanında sohbet ediyor, soğuk esintide saçları ve paltoları uçuşan meraklılar yolun sonunda toplanıyordu. Mallory bir adli tıp aracının arkasına park ederek motoru durdurduktan sonra etrafa bakındı.

Ultra modern mimari tasarım eseri bina cam, beton ve metalden oluşuyordu. Muhtemelen bir zamanlar karakteri olan bir evin kalıntıları üzerinde sert hatlı parıldayan bir anka kuşu gibi yükseliyordu. Benzersiz sayılırdı ama kültür mirası statüsü alacak kadar yaşlı değildi. Rüzgârda dalgalanan sarı renkli olay yeri şeridiyle kordon altına alınan garaj yolundaki sütunun üzerinde bronz bir plakete *NORTHVIEW* ibaresi işlenmişti. Beyaz tulum ve galoş giyen olay yeri teknisyenleri, adli tıp aracıyla ev arasında belirlenmiş bir yolda ilerliyordu. Evin arkasında Burrard Koyu parıldıyordu.

Mallory'nin ortağı Benoit Salumu kıpırdamadan kapının girişinde kendisini bekliyordu. Boyu iki metreyi aşan adam kıpırdamamayı alışkanlık haline getirmişti. Kapkara cilalı bir ahşaptan oyulmuş gibi görünen Benoit, evi koruyan bir heykelden farksızdı. Aslında nadir rastlanan rüzgârlı ve masmavi sabah saatlerinde manzara tamamen gerçek dışı görünüyordu.

Kahvesinden hızla birkaç yudum alan Mallory emniyet kemerini çözüp yolcu koltuğundaki omuz çantasına uzandı. İçinde yedek eldivenler, galoş, dijital kamera, küçük bir şişe su ve olay yerinde ihtiyaç duyabileceği diğer aletler vardı. Arabasından indiğinde derin bir nefes alıp odaklandı. İş zamanıydı. Kendini toplamak zorundaydı. Ahlaksızlık ve anlamsız can kayıplarıyla dolu otuz yılın ardından son zamanlarda kendini toplamakta zorlanıyordu.

Benoit'ya yaklaşırken, "Günaydın," diye seslendi. "Erkencisin. Bebek gece uyumana izin verdi demek?"

Benoit yarım yamalak sırıttı. "Öyle bir şey olursa, ilk duyan sen olacaksın. Şükürler olsun, gece nöbeti sırası Sadie'deydi. Eski günlerin huzurunu özlüyorum."

"Sen tecrübeyi dinle dostum," dedi Mallory, ayakkabılarının üzerine galoşlarını giyerken. "Artık huzur diye bir şey kalmadı. Yakında ergen olacak. Sonra yetişkin biri olacak. Kendini hazırla. Burada neyle karşı karşıyayız?"

"Şiddetli bir mücadele. Bolca kan. Ceset yok."

Mallory bir kaşını kaldırdı. "Fotoğrafçıların işi bitti mi?"

"Evet. Bazı olay yeri teknisyenleri hâlâ içeride. İlk gelen ekibin ifadesini aldım. Daha fazla bilgi almamız gerekirse diye sokağın karşısında bekliyorlar." Benoit'nın gür sesi ritmikti. Aksanlı konuşuyordu. Anadili Fransızca ve Swahili diliydi. Üstelik Kanada Fransızcası değil, Kongo Fransızcası öğrenmişti. Onu duyan biri, bir zamanlar şimdiki Demokratik Kongo Cumhuriyeti'ni işgal eden Belçikalı bir kolonistin konuştuğunu sanabilirdi.

"Polisi kim aramış?" diye sordu Mallory.

"Şu evdeki komşu," diyen Benoit, tuğla duvarlarını saran sarmaşıkların kırmızı ve turuncu renklere büründüğü yandaki eski tarz evi işaret etti. "Beulah Brown. Seksen dokuz yaşında. Gece yarısından hemen önce aradı. Kendisi palyatif bakım tedavisi görüyor. Üst katta yaşıyor. Günlerini ve anlaşılan gecelerini çoğunlukla komşuları izleyerek geçiriyor. Aynı zamanda son altı ayda polisi tam beş kez aramış ama bir şey çıkmamış."

Mallory kaşlarını çattı. "Yani güvenilirliği şüpheli mi?"

"Sanırım bunu zamanla öğreneceğiz. Şuna bir göz at." Benoit, kapının önündeki cilalı beton zemini işaret etti. Solmaya yüz tutan beyaz orkide, zambak, krizantem ve çövenlerden oluşan bir buket, betondaki bir su birikintisinde duruyordu. Ve çiçeklerin ortasında küçücük beyaz bir zarf vardı. Buketin yanında, üstü plastik ve ezilmiş bir pasta kutusu vardı. İçindeki böğürtlenli pasta da ezilmişti, o yüzden kutunun altından koyu mor sular sızıyordu. Kutunun üstündeki logo matematikteki pi işaretiydi ve altında *Pİ BİSTRO* yazıyordu.

"İlk gelen ekip bunu görünce yanlış bir şeyler olduğunu düşünmüş," diye devam etti Benoit. "Zaten geldiklerinde kapı da aralıkmış. Alt kattaki bütün ışıklar yanıyormuş ve evin arka tarafındaki cam kapı da ardına kadar açıkmış."

Mallory gözlerini yavaşça ön kapının ahşap kafesli camında dolaştırdı. "Zorla girilmişe benzemiyor. Evde kimse yok mu?"

"Yok. Sadece boğuşma izleri ve kan var."

"Evin sahibi kimmiş?"

Adam not defterinin sayfalarını karıştırdı. "Vanessa ve Haruto North. Sanırım *Northview* ismi de soyadlarından geliyor. Garajda iki araba var. Biri üstü açılabilen kırmızı bir Lexus, diğeri gümüş renkli bir Tesla Roadster. İkisi de North çifti üzerine kayıtlı. Çiftin nerede olduğu bilinmiyor. Kayıtlı cep telefonlarına da ulaşılamıyor."

Mallory çömelip dağılmanın eşiğindeki buketi ve ezilmiş pastayı inceledi. Ardından fotoğraf çekip eldiven taktığı eliyle özenli bir şekilde beyaz bir anemonla bir çöven dalı arasından ıslak zarfı çekip çıkardı. İçinde beyaz bir kart vardı. Islak kâğıttaki mürekkep dağılmaya başlamıştı.

Özerklik ölmeden önce iyi şanslar dostum.
Heyecanlı bir yolculuktu.
Destek için teşekkürler.
Daisy
X

Karta *BEA'S BLOSSOMS* logosu basılmıştı.

Ayağa kalkarken Mallory'nin içinde kötü bir his vardı. Birinin elinde beyaz çiçeklerden oluşan bir buket ve pastayla cam kapının önünde durduğunu hayal etmeye çalıştı. Daisy miydi? Sonra bir şey olmuş, buket ve pasta yere düşmüştü. Neden? Şok muydu? Korku muydu? Tehdit miydi? Tıbbi bir mesele miydi?

Eldivenli parmaklarını kapı pervazında gezdirdi. Zorla giriş olmadığı kesindi. Sonunda eve girerken içindeki kötü hisler anında keskinleşti.

DAISY

17 Ekim 2019, Perşembe
Cinayetten iki hafta önce

"Hayır… sola doğru pencereye yaklaştır. Evet, aynen öyle. Ama manzaraya bakacak şekilde çevir." Daisy Wentworth Rittenberg, bandanalı ve kaslı iki adama deri bir kanepeyi istediği gibi yerleştirmeleri için talimat veriyordu. Lüks çatı katını satılığa çıkarmıştı ama ilgilenenlere evi eşyalı bir şekilde göstermek istediğinden kiraladığı mobilyalar geç gelmişti. Saat çoktan 17:43 olmuştu. Haliyle hem aç hem de yorgundu. Büyüyüp kocaman olan karnının ağırlığını desteklemek için elini ağrıyan beline bastırdı.

Yaklaşık otuz dört haftalık hamileydi. Üstelik ilk hamileliğiydi. Aralık başında doğurması beklense de daha yıllar varmış gibi hissediyordu. Bebeğin ağırlığından ziyade aldığı *kilolar* canını sıkıyordu. Elbisesi fazla dar olduğu için karnını vc kalçalarını sıkıyordu. Ayak bilekleri şişmişti. Yüzü şişmişti. Ayakları ağrıyordu. Genellikle dalgalı saçları cansızdı. Normalde kıskanılası cildi lekeler içindeydi ve çenesinin tam ortasında kocaman bir sivilce baş vermişti.

Daisy sıkıntılarını unutup işine odaklanmaya çalıştı. Çatı katı muhteşem bir okyanus manzarasına sahipti ve Daisy mobilya düzeniyle bu manzaradan yararlanmayı hedefliyordu. Daire Wentworth Holding tarafından 6,7 milyon dolara satışa çıkarılmıştı. Wentworth Holding, Daisy doğmadan önce annesi Annabelle Wentworth tarafından kurulmuştu. Annesi hâlâ işin başındaydı. Aslında Annabelle Wentworth'un çalışmaya *ihtiyacı* yoktu. Sadece zevk aldığı ve kontrolü elde tutmayı sevdiği için çalışıyordu. Annesi, Vancouver bölgesindeki lüks mülklerin en seçkin alıcı ve satıcılarına hizmet veren emlakçıların en iyisi olarak isim yapmış, henüz yirmi yedi yaşındayken Wentworth Holding'i kurmuştu. Tabii Wentworth ailesinin zenginliği ve Labden Wentworth'la evliliği avantajınaydı. Daisy'nin babası Labden, o zamana kadar Kuzey Amerika, Japonya ve zamanla Avrupa'nın bazı bölgelerinde kayak merkezi işletmeleri kurup yöneten TerraWest Corp. şirketini kurmuştu. Daisy'nin 2002 yılında Salt Lake City Kış Olimpiyatları'nda iki altın madalya kazanan olimpik slalom yarışçısı kocası Jon, şimdi TerraWest'te çalışıyordu.

Daisy daha önce hiç ev satışıyla ilgilenmemişti. Aslında iç mimardı. Colorado civarındaki Silver Aspens'te özel sipariş üzerine çalışan küçük bir şirket kurmuştu ama temmuz ayında Jon'la birlikte büyüdüğü yerdeki evlerine taşındıklarından beri annesine yardım ediyordu.

"Böyle iyi mi?" diyen pala bıyıklı nakliyeci, Daisy'nin düşüncelerini dağıttı. Zaten son günlerde fena halde dalgındı. Aptal hormonlar yüzünden bir türlü odaklanamıyordu.

"Mükemmel. Teşekkürler beyler. Bir tek orta sehpa kaldı. Sonra tamamız."

İki adam asansörle yirmi altı kat aşağıdaki nakliye kamyonuna gitmek üzere daireden çıktığında saatini kontrol etti. Akşam yemeğine kadar dayanamayacaktı. Karnında büyüyen minik insan, hiç beklemediği bir şekilde bedeniyle beyninin kontrolünü ele geçirmişti. Sanki bebek küçük bir virüs, Daisy de taşıyıcıydı. Ve o küçük virüs Daisy'yi hiç olmadığı kadar sefil bir yaratığa dönüştürüyordu. Silkindi. Böyle düşünmemeliydi. Bu bebeği *istiyordu*. Jon'la hayatları değişecekti. Zaten eve taşınmalarının tek nedeni bu bebekti. Babası da Jon'un büyük bir terfi alacağına dair söz vermişti. Evliliklerinin bu bebeğe *ihtiyacı* vardı. Bebek doğduğunda annesiyle babasının yakınında olmasının bir *ihtiyaç* olduğunu hissediyordu. Hem böylece Silver Aspens'teki bütün pis işleri geride bırakabileceklerdi. Eve dönerken pizza almayı düşündü. Ya da Çin yemeği...

"Ah, merhaba Daisy."

Daisy nabzı hızlanırken olduğu yerde sıçradı. Dönüp baktığında inanılmaz yüksek topukları ve simsiyah saçlarıyla uzun boylu bir kadının içeri girdiğini gördü. Çatı katının sahibi, araba anahtarlarını mermer mutfak adasının üzerine fırlattı.

Daisy sakinleşmeye çalışıyordu ama az önceki kelimeler beyninde çınlıyordu.

Ah, merhaba Daisy.

Jon'la Vancouver'a döndüklerinden beri aldığı tuhaf, bir süre sonra kaybolan kısa mesajlardaki ifadeler gibiydi.

Ah, merhaba Daisy.
Eve hoş geldin Daisy.
Uzun zaman oldu Daisy.
Kim olduğunu biliyorum Daisy.

WhatsApp mesajları göründükten yirmi dört saat sonra kayboluyordu. Hepsi yabancı numaralardandı. Daisy numaraları engellese de mesajlar her seferinde yeni bir numaradan geliyordu.

Ev sahibi, Daisy'nin mutfak adasına özenle yerleştirdiği kâseden kopardığı üç üzüm tanesinden ilkini ağzına atarken oturma odasına geçti. Üzümleri çiğniyor, bir taraftan salonu turluyor, Daisy'nin özenle astığı tabloları ve yerleştirilen mobilyaları eleştiren gözlerle inceliyordu. Kadının saçları kısacıktı. Yüz hatları narindi. Çakmak çakmak kocaman siyah gözleri bembeyaz tenini daha da belirginleştiriyordu. Mankenler kadar inceydi. Elbise askısı denilen cinstendi. Daisy sinir oldu.

Kadın, kıpkırmızı rujunu bozmamaya özen göstererek iri üzümlerden birini daha ağzına attı. "Kusura bakma, geç kaldım. Toplantım uzayınca..." Birden sustu. Gözü şöminenin üzerindeki sanat eserine takılmıştı. Sonra birden Daisy'ye döndü. "Bunun uygun olduğundan..."

"Satış için döşenen bir ev, yaşanan bir evi tasarlamakla aynı değildir," diye terslendi Daisy.

Kadın, ses tonu karşısında bir kaşını kaldırmıştı, bu yüzden sinirini ve bu elbise askısı kadından duyduğu hoşnutsuzluğu saklamaya çalıştı. Sonuçta kadın annesinin müşterisiydi. Bu işte itibar her şeydi. Wentworth ismini lekeleyemezdi.

Derin bir iç çekip, "Amacımız bu harika evin ferahlığını incelikli bir şekilde vurgulamak, mimarinin sanatsal açılarına dikkat çekmek," dedi. "Davetkâr olmak istiyoruz ama aynı zamanda muhteşem manzarayı gölgelememek için nötr kalmaya çalışıyoruz. Zevk anlayışları ne olursa olsun, olası alıcıların içeri girdikleri anda manzarayı görmelerini istiyoruz. Kendilerini bu evde hayal edebilmeliler."

Çatı katının sahibi üçüncü üzümü ağzına attı. "Eh, Annabelle'e güveniyorum. Çok önerildi, üstelik iş bağlıyor. O yüzden..." Ağzındakini çiğneyip Daisy'nin dar elbisesini ve buraya gelmeden önce bir alışveriş merkezinden aldığı rahat spor ayakkabılarını süzerken devamını getirmedi. Daisy de kenarlarında turuncu çizgileri olan sıradan beyaz spor ayakkabılarından nefret ediyordu ama geç kalıyordu ve şiş ayakları yüzünden diğer ayakkabıları sırtının ağrımasına neden oluyordu. Haliyle acilen ayakkabılarını değiştirmesi gerekmişti.

"Hamilelik dokuzuncu ayına giriyor," dedi kendini savunurcasına. Aynı anda kendinden nefret etti. Niye bunu söyleme ihtiyacı duymuştu ki? Aptal! Sanki bedeni ve rahat ayakkabılarıyla ilgili bu... elbise askısı küstaha bir açıklama yapma borcu vardı.

"Ah." Kadın sırtını dönüp manzaraya baktı.

Daisy'nin yanakları yanıyordu. En azından nezaketen bir tebrikler duymayı beklemişti. Üzüm kâsesine gidip kadının bozduğu salkımı ters çevirdi.

Çalışmam gerekmiyor. Kendi paramla lanet olası çatı katını iki kere alıp satabilirim.

Bunun yerine, "Çocuklarınız var mı?" diye sordu. Kadın karanlık ve boğuk bir kahkaha atınca hemen bakışlarını kaçırdı. "Elbette yoktur. Aptalca bir soruydu."

"Ne demek istiyorsun?"

"Çatı katını gören herkes, buraya hiç çocuk gelmediğini anlar."

Kadın gözlerini belli belirsiz kıstı. "Kocamla evlenirken bilinçli bir tercih yaptık. Çocuk yapmama konusunda anlaştık. Bu dünyaya çocuk getirmek istemedik."

"İlk evliliğiniz değil mi?"

Kadın bu sefer gözlerini kırpıştırdı. "Pardon?"

"Vasektomi değil mi? Kocanız. Kırt kırt. Herhalde zaten çocukları vardı. Yetişkin çocuklar. İlk evliliğinden?"

Kadının ağzı açık kaldı.

Bingo.

Daisy bütün tatlılığıyla devam etti. "Ne şahane bir erkek ayrıcalığı, değil mi? Bu arada siz ve ben, geri saymaya başlayan biyolojik saatimizle uğraşmak zorundayız. Kocanız başka bir evliliğe yelken açarsa, sizin için çok geç olacak." Sonra çantasına uzandı. "Eh, burayı satılabilir bir hale getirmek çok hoştu. Bazı yerler ekstra uğraş gerektiriyor, biliyor muydunuz? Bu arada, nakliyeci çocuklar sehpayla geldiğinde, nereye yerleştirilmesini istediğinizi söylemeniz yeterli. Şahsen çok geç kaldım." Şiş ayaklarıyla yalpalayarak kapıya doğru yürümeye başlamıştı. Daireden çıkıp asansöre yönelirken kalbi deli gibi atıyordu ama içten içe neşeyle sırıtıyordu. Daisy Wentworth Rittenberg, az önce bir kez daha özüne dönmüştü. Bir zamanlar okuldaki genç ve popüler kız hâlâ şişliklerinin ve hormonlarının altında bir yerlerde gömülüydü. Hazır cevaplarıyla herkesi lime lime edebilen çekici ve zengin sarışın kız hepten kaybolmamıştı. Çok derinlerde Daisy hâlâ altın madalyalı ünlü kayakçı ve seks ikonu Jon Rittenberg'i herkesten önce kapan okul kızıydı.

Biraz sarsılmış ama ziyadesiyle heyecanlı hisseden Daisy asansöre girip muzaffer bir edayla düğmeye bastı. Birinin karşısına özgüvenli bir şekilde çıkıp sapladığı bıçağı kanırtmanın ne kadar tatlı bir his olduğunu unutmuştu.

Gökdelenden çıktı. Ekim havası serin ve hoştu. Sokağın aşağısına park ettiği BMW'sine ulaştığında, ön cama beyaz bir zarf sıkıştırıldığını fark etti.

Zarfı alıp açtı. İçinde sade bir kart vardı.

Seni görüyorum @GünlükGündelikDaisy.
Kim olduğunu biliyorum.
Tik tak tik tak... Saat işliyor.

DAISY

17 Ekim 2019, Perşembe
Cinayetten iki hafta önce

Eve giderken Daisy direksiyona adeta yapışmıştı. Tansiyonu fırlamıştı, boğuluyormuş gibi hissediyordu.

İyi değil. Bebek için iyi değil. Sakinleş Daisy. Nefes al. Odaklan.

Arabanın ön camına bırakılan not kâğıdı yolcu koltuğunda duruyordu.

Yazan her kimse giderek yaklaşıyor, cesaretleniyordu. Eklenen *tik tak* saatli bombanın her an patlayabileceğini haber veriyordu.

Notu yazan kişinin Instagram hesabını bildiği açıktı. @GünlükGündelikDaisy hesabına giren herkes hayatıyla ilgili bir sürü şey öğrenebilirdi. Hamile olduğunu, bir erkek bebek beklediğini, Jon'la Colorado'dan Vancouver'a yeni taşındıklarını, Jon'un dünyaca ünlü Whistler'ın kuzeyinde inşa edilecek yeni bir kayak merkezinde üst düzey yönetici olacağını. Kullandığı arabayı.

Burrard Köprüsü'ne ilerlerken hafızasını yokluyordu. Sosyal medyada satılık çatı katıyla ilgili bir paylaşım yapmış mıydı? Hayır. Paylaşmadığından emindi. İyi de o zaman notu yazan arabasını nerede bulacağını nereden biliyordu? Takip mi edilmişti? Emlakçılık işini her halükârda bırakması gerekiyordu çünkü bu işten nefret ediyordu. Annesi anlayış gösterirdi. Jon rahatlardı. Sonuçta çalışmasını istemiyordu. Ona göre evde oturup hamileliğine odaklanmalıydı. Hem bebek doğduğunda ev hanımı olacaktı.

Arabanın içi sıcaktı. Köprü trafiği dur-kalk ilerliyordu. North Shore Dağları gözüne takıldığında aklı Jon'la okul günlerine gitti. İkisi de suyun karşı tarafındaki sık ormanların sarıp sarmaladığı North Shore'da büyümüştü. İkisi de kayak yapmayı Grouse'ta öğrenmişti. Lisede tanışmış, on birinci sınıfta çıkmaya başlamışlardı. En iyi partilere giderlerdi... Huzursuzluk içine çöreklendi. Çocukken acayip şeyler de yapmışlardı.

Kendini yetişkin sandığı o günlerde, kimse ona ne kadar inanılmaz aptallıklar yaptığını ya da hatıraların şimdi olduğu gibi aniden aklına gelerek, "*Hayır, öyle bir şey olmadı, dahası benimle hiç alakası yoktu,*" diye düşünmesine neden olacağını söylememişti. Direksiyonu bütün gücüyle sıktı. "Eve" dönmek gerçekten sinirlerini bozuyordu.

Gereğinden fazla içen aptal çocuklardık. Ergenler sürekli aptalca seçimler yapar. Akran baskısı var. Sürü psikolojisi var. Kolektif aptallık var. Hepsi bir araya geldiğinde kapkaranlık, rahatsız edici, en ilkel şeyler ortaya çıkıverir.

O kadar dalgındı ki pizzacıya uğradığını ancak eve geldiğinde fark etti. Pizza kutusuyla çantasını dengelemeye çalışarak kapıyı açıp koridora girdi ve alarm sistemini kapattı. Mis gibi kokan ev tertemizdi. Daisy girişten oturma odasının arka tarafındaki yemyeşil bahçeyi görebiliyordu. Anında rahatlayıp çirkin spor ayakkabılarını ayağından fırlattığı gibi pizzayla mutfağa gitti. Sonra kutuyu açıp aldığı dilimden kocaman bir ısırık aldı. Yetmedi, zevkle inleyerek bir ısırık daha aldı. Lokmasını çiğnerken üzerine fazlasıyla dar gelen elbisesini yırtarcasına çıkarıp eşofman ve bol bir tişört bulmak üzere yukarı çıktı.

Üstünü değiştirdikten sonra yalın ayak tekrar mutfağa dönüp çay için su ısıtıcısını çalıştırdı. Ardından gözü dönmüş bir Dişi Canavar gibi kallavi ısırıklarla pizzayı bitirdi. İştahla çiğneyip yutarken, açlığının tek sorumlusunun karnında büyürken içini tüketen küçük parazit olduğunu düşünmeden edemiyordu. Virüs bütün güdülerini ele geçirmişti.

Bir kez daha bu korkunç düşünceyi aklından kovdu. Bu düşüncelerin nereden çıktığı hakkında en ufak bir fikri yoktu. Aslında pek kendinde olduğu söylenemezdi. Çay poşetinin üzerine kaynayan suyu dökerken Jon'un tezgâha bıraktığı notu fark etti. Son ultrason taramasının çıktısı hemen yanındaydı. Daisy notu aldı.

Unutma! Barda Henry'yle akşam yemeği... 18:30.

Son günlerde fazlasıyla unutkan olduğu için Jon her yere notlar bırakmaya başlamıştı. TerraWest yönetici heyetinin en kıdemli üyesi olan Henry Clay, işle ilgili bir şeyler konuşmak için Jon'u erken bir akşam yemeğine davet etmişti. Daisy meselenin, babasının erken emekliliğiyle alakalı olup olmadığını merak etti. Babası iki hafta önce ödlerini koparmıştı. Minör bir kalp kriziydi, doktorlar yaşam tarzını değiştirmesini önermişti, bu yüzden Labden kalan yıllarının keyfini çıkarmak istediğini söyleyerek TerraWest'ten hemen ayrılmak istediğini bildirdiğinde herkes büyük şok geçirmişti.

Notu bırakıp çay poşetini kupasından çıkarırken dışarıda ani bir hareket dikkatini çekince gerilerek bahçenin dibindeki çalılıklara baktı. Rüzgâr şiddetlenmişti, sonbahar rengindeki yapraklar titreşiyordu. Kimseyi göremedi ama çitlerle yolu birbirinden ayırarak bahçeyi gizleyen ağaçların ardında bir gölge gördüğünden neredeyse emindi. Kupayı tezgâha koyarak kayan cam kapıya ağır adımlarla yaklaştı.

Bahçeyi temkinli gözlerle izlerken eli karnındaydı. Birkaç karga kararmaya başlayan güz göğüne havalandı. Karga mıydı? Ağaçların arkasındaki bir kargayı insan mı sanmıştı? Öyle bile olsa, izlendiği… *takip edildiği* hissinden bir türlü kurtulamıyordu.

Stor perdeyi indirdikten sonra Jon'u aradı. Henry'yle meşgul olduğunu biliyordu ama sesini duymaya ihtiyacı vardı. Aslında herhangi birinin sesini duymak yeterdi.

Hat birkaç kez çaldıktan sonra telesekretere bağlanınca ani bir huzursuzluk yüreğini pençesine aldı. Yine ulaşamamıştı. Herhalde gürültülü bir bardı. Belki Jon telefonun çaldığını duyamıyordu. Birileriyle konuşma ihtiyacıyla arkadaşı Vanessa'ya mesaj attı.

Yarın öğle yemeği? Pi Bistro?

Ertesi gün hizmetçi gelecekti. O geldiğinde hep dışarı çıkardı. İyi bir maaşla birine iş vermişken suçluluk duygusuna kapılmasına gerek olmadığı halde birinin burnunun dibinde temizlik yapmasını izlemeye katlanamıyordu, bu yüzden tertemiz eve döndüğünde temizlik perilerinin işi olduğunu düşünmeyi tercih ediyordu. Daisy küçükken annesi hizmetçiler için hep *temizlik perileri* derdi.

Telefonu Vanessa'dan gelen mesajla çınladı.

Şahane fikir! Kaçta?

Daisy cevap verdi.

12 çok mu erken? (Bugünlerde sürekli açım!)

Vanessa'nın cevabı gecikmedi.

Abartma. Haruto'yla 12 civarı randevumuz var. Sonra olsa? 2 iyi mi?

Daisy gülümsedi. Öğlen iki, öğle yemeğini bekleyemeyeceği kadar geç bir saatti. Yine de öncesinde bir şeyler atıştırabilirdi. Kendisinden bir hafta sonra doğurması beklenen Vanessa'yla vakit geçirmekten hoşlanıyor, halini anlayan birileriyle bir şeyler paylaşmak kendini iyi hissettiriyordu. Üstelik Vanessa karşısındakini yargılayan türden biri değildi. Daisy, *ayrıcalıklı* olduğu için şikâyet etmeye hakkı olmadığını, dahası hayatında her şeye sahip olduğu için şükretmesi gerektiğini söyleyenlere katlanamıyordu. Hayatta her şey birbiriyle ilişkiliydi, insanlar bunu anlayamıyor muydu? Neyse ki Vanessa onlardan biri değildi. Haruto'yla birlikte suyun karşısındaki özel tasarlanmış evlerden birinde yaşıyorlardı. Işıldayan camdan yapının havuzu kıskanılasıydı. Vanessa, Daisy'nin evine yakın bir Yoga Anneleri grubuna katılıyordu çünkü Haruto'nun işi oraya yakındı. Daisy'yle işte orada tanışmışlardı.

Daisy cevap verdi.

Görüşürüz!

Biraz kendine geldiğini hissederek papatya çayını alıp küveti doldurdu, sonra elinde bir kitapla köpüklerin arasına oturdu. Bir saat sonra yatağında uzanmış, okurken uyukluyordu. Saati tekrar kontrol ettiğinde 22:26 olduğunu görünce hemen doğruldu. Jon gelmemişti. Herhalde yoldaydı.

Telefonuna uzanıp kocasını aradı. Yine telesekreter çıktı.

Daisy başını tekrar yastığa koyarken, "Ya çok içip kaza yaptıysa? Ya hastanelerden birindeyse?" diye düşünmeye başladı.

Otuz dakika bekleyip bir daha aradı. Yine telesekreter karşılık verdi. Acaba bardan sonra başka bir yere... bir kulübe falan mı gitmişti? Bu düşünceyle daha da kaygılandı.

Tekrar denediğinde bu sefer Jon cevap verince içi rahatladı. "Selam tatlım," dedi kendine hâkim olarak. "Her şey yolunda mı? Merak ettim."

"İyiyim." Arka fonda gürültü vardı. Müzik. Bir kadının sesi... "Daha sessiz bir yere gideyim, bir saniye..." dedi Jon. Daisy yine kadının sesini duydu. Sonra telefondaki sesler boğuklaştı. Muhtemelen Jon telefonunu gövdesine bastırmıştı.

"Jon? Orada mısın?"

Jon genzini temizledi. "Kusura bakma aşkım. Aramam gerekirdi. Henry giderken işten arkadaşlar geldi. Herkes yeni işi konuşuyor. Hatta çevre eksperi de yanlarındaydı. Adamla yakınlaşmam gerektiğini hissettim. Hâlâ burada. Geç kalabilirim. Sorun olmaz değil mi? İstersen hemen gele..."

"Hayır, hayır. Ben... sorun değil." Daisy yalnız ve kenara atılmış hissediyordu. "Henry'yle yemek nasıldı?"

Kısa bir sessizlik oldu. "İyi. Gayet iyiydi."

"Ne istiyormuş?"

"Ah... şey, ilginç bilgilere sahipti. Yarın konuşuruz, tamam mı?"

Daisy'nin huzursuzluğu artıyor, bir şeylerin yaklaştığını hissediyordu. *Tik tak tik tak... saat işliyor.* Kapalı stor perdelere baktı. Ağaçların gölgelerini görebiliyordu. Rüzgâr şiddetleniyor, fırtına yaklaşıyordu.

"Sen iyi misin Daize?"

"Evet, evet. Ben... iyiyim." Arabasının ön camında bulduğu nottan bahsedecekti ama bahsetmemeye karar verdi. "Görüşürüz."

"Sen dinlen aşkım. Fazla gecikmem. Beni bekleme."

Daisy veda ettikten sonra tam telefonu kapatıyordu ki arka fonda bir kadının sesini duydu. Dahası bu sefer birkaç kelimeyi seçebilmişti. Jon… erken… harika akşam… teşekkürler…

Başını yastığa koyup telefonunu karnına bastırarak tavana bakarken kendine, Jon'un çalıştığı binanın yan tarafındaki popüler bir otelin altındaki barın kalabalık olduğunu söyledi. Ses herhangi birine… hatta bir garsona ait olabilirdi.

Garson kadının gülümseyip göğüs çatalını gösterircesine Jon'un masasına eğildiğini hayal etti. Hayır. Muhtemelen otel lobisinden geçen bir kadın başka birine sesleniyordu. Böylesi kuşkuların yeşermesine bir daha izin veremezdi. Paranoyaklık yapamaz, gölgelerde ve çalılıklarda bir şeyler göremezdi. Colorado'da yaşarken birinin takıntısı haline gelmeleri, aynı şeyin burada da yaşanacağı anlamına gelmiyordu.

Gelebilir miydi?

Colorado'daki kadın Vancouver'a kadar peşlerinden gelmiş olabilir miydi?

Her şey iyi olacak. O mesele halledildi. O kadın artık bir sorun değil.

Uykuyla uyanıklık arasında gidip gelirken rüyasında yine telefonda duyduğu kadının sesini duyuyordu ama bu sefer zihni aradaki kelimeleri tamamlıyordu.

Jon... Sabah erken kalkmam gerekiyor. Harika akşam için teşekkürler.

MALLORY

1 Kasım 2019, Cuma

Güneş ışığı Cam Ev'e her yönden sızarken Mallory içerinin keskin aydınlığında gözlerini kırpıştırdı. Giriş katı tamamen açıktı. Beyaz mermer zemin, beyaz duvarlar, beyaz mobilyalar, aynalar, birkaç soyut ve göz alan sanat eseri...

"Pencereler böyle açık mı bulundu?" diye sordu, teknisyenin devrilmiş sehpadan parmak izi almasını seyrederken. Bir sürü adli tıp uzmanı aşağı yukarı hareket halindeydi. Koşuşturmaya ve konuşmalara rağmen evde tekinsiz bir sessizlik... boğucu bir ciddiyet ve boşluk vardı.

Benoit, "Denize bakan pencerelerde perde yok," dedi.

Mallory ona baktı. "Dalga mı geçiyorsun? Cam bir kutuda yaşayan bu insanların, özel hayatlarını dünyaya kapatma gibi bir seçenekleri yok mu yani? Bu biraz..."

"Teşhirci bir yaklaşım. Evet. Akvaryum gibi."

"Şahsen *korunaksız* diyecektim," dedi Mallory usulca.

Benoit çenesiyle dışarıdaki havuza giden cam kapıları işaret etti. "Yerde sürükleme nedeniyle oluşan insan kanı izleri şu kapılardan geçiyor, sonra havuzun yanından ilerleyip bahçe kapısından araba yoluna çıkıyor. Asıl olay belli ki yukarıdaki yatak odasında gerçekleşmiş. Oradan başlamak ister misin?"

"Aşağıdan başlayalım," dedi Mallory. "Büyük gösteriye adım adım ilerleyelim." Bir olay yerine eş merkezli daireler çizerek çevreden içe doğru ilerlemeyi seviyordu. Bu sayede daha açık fikirli olabiliyor, hemen birtakım sonuçlara ulaşmıyordu. Genel bir değerlendirme yaptıktan sonra ayrıntılar için geri döner, hatta genellikle olay yerini farklı zamanlarda birkaç kez ziyaret ederdi. Adli tıp teknisyenlerinin bıraktığı işaretlerden dikkatle kaçınarak cilalı mermer zeminde ilerledi. Benoit da onun izinden giderek olay yerini bozma olasılığını en aza indirmeye özen gösteriyordu.

Beyaz kanepeye kan sıçramıştı. Beyaz zeminde de aynı izler vardı. Kırılmış bir şarap kadehi, bir martini bardağı ve bir bardak, devrilen sehpanın yanındaki bir sıvı birikintisinde duruyordu. Yeşil zeytinler ve soğan turşuları kapıya doğru yuvarlanmıştı. Televizyon kumandası, kırık camların ve dökülen içkinin hemen yakınındaydı. Mallory, şarap ve viskinin ekşi kokusunu alabiliyordu. Başka bir sehpanın üzerindeki küllükte, yeşil camdan yapılmış ve bir sanatçının elinden çıkmış gibi görünen bir esrar piposu duruyordu.

"Cam evlerde yaşayanlar hakkında ne derler, biliyor musun?" dedi Benoit.

"Taş atmamaları gerekir?"

"Taş kesmemeleri gerekir."

Gözlerini deviren Mallory, kanepedeki kanı incelemek için eğildi, sonra fotoğraf çekti. "Ekspirasyona dayalı sıçramış gibi görünüyor. Ve yerdeki iz ve büyük damlalar..."

"Atardamar kanaması olabilir."

Mallory başını salladı. "Duvarda da var."

Benoit kan izlerinin göründüğü duvara yaklaştı. "Boğuşma izleri... Belki her şey burada başladı," dedikten sonra kanepeyi gösterdi. "Üç kadeh... içki içen üç kişi demek. Tartışmaya başlıyorlar. Biri ayağa fırlıyor. Diğeri peşinden gidiyor.

Kurban buradaki duvara çarpılıyor. Kurban bu noktada muhtemelen ayaktaydı. Ortalama baş hizasındaki kan izleri bunu gösteriyor olabilir," derken duvara sıçrayan kanı işaret ediyordu.

Mallory arkasında durdu. "Bir şeyle vurulmuş olabilir mi? Buradaki sıçrama künt travma sonucu olabilir."

Benoit başını salladı. "Ya da kesilme... bıçaklanma. Sonra kurban duvardan aşağı kayıyor. Belki şu yönde sürünüyor... Burada kurbanın kanı yere daha yakın akıyor. Kurban kanepenin koluna tutunarak kalkmaya çalışıyor. Tekrar darbe alıyor. Ağzından kan püskürtüyor? Sonra sürünerek uzaklaşmaya çalışıyor."

"Sonra?" diye sordu Mallory. "Kurban nereye gidiyor? Ceset nerede?"

Benoit ayaklarının üzerine çöktü. "Şu düz kan izine bak. Sanki burada, kanın sıçramasını engelleyen bir şey varmış."

"Halı," dedi Mallory usulca. "Burada bir halı varmış. Sehpanın altında."

"Bu da yerde sürüklenme izlerini açıklıyor olabilir," dedi Benoit. "Kurban halıyla sürüklenmiş olabilir."

Birkaç fotoğraf daha çekerken Mallory, kanepe minderlerinin arasında altın bir ışıltı fark etti. Tekrar fotoğraf çektikten sonra minderi kenara çekti ve eldivenli eliyle aradan altın bir kolye çıkardığında ıslık çaldı. "Altın gözyaşında devasa bir elmas," dedi. "Zincir kopmuş." Kolyeyi kanıt torbasına koyması için uzmanlardan birini çağırdıktan sonra yeri inceleyerek ağır adımlarla kayan açık kapılara ilerledi.

Sonunda havuzun kenarındaydı. Rüzgâr suda minik dalgalara neden oluyordu. Arka tarafta Burrard Koyu ışıldıyordu. Havuz kenarından örnek toplayan bir teknisyen başını kaldırıp, "Burada da kan izleri var," dedi. "Bir şey oturma odasından sürüklenerek havuzun kenarından evin yan tarafına götürülmüş, sonra bahçe kapısından araba yoluna çıkarılmış. Bahçe kapısı açık bulundu. Kan izi, arabanın park ettiği yerde son buluyor."

"Bir şey araca yerleştirilmiş gibi," dedi Mallory.

"Şu ana kadarki gözlemlerimizle uyumlu."

Yan tarafta bir hareket sezince Mallory, komşu eve baktı. Yukarıdaki pencereden yaşlı bir kadın bakıyordu. Dizlerini ekose bir battaniyeyle örten kadın elini kaldırıp çekingen bir şekilde el salladı. Bir an için tereddüt eden Mallory de elini kaldırıp belli belirsiz selamladı. Bunu yaparken nedense kendini tuhaf hissetmişti. Görgü tanıklarına el sallamaya alışık değildi. Benoit'ya sessizce, "Herhalde arayan o," dedi. "Yukarıdan yaşlı bir kadın tarafından izlenmek tüylerimi diken diken ederdi. Herhalde havuzu ve kısmen yatak odasını görebiliyor."

Benoit onun baktığı yere baktı. "İfadesini almaya gidebiliriz."

Tekrar eve girip bar tezgâhına gittiler. Tezgâhın üzerinde bir martini çalkalama kabı, içi erimiş buzla dolu bir buz kovası, bir şişe Belvedere marka votka, bir şişe on dört yıllık Balvenie Caribbean marka viski, bir kâse yeşil zeytin ve bir tabakta kurumaya başlamış peynir çeşitleri görülebiliyordu.

Mallory tezgâhın arka duvarındaki çerçeveli fotoğrafı inceledi. Alt kattaki tek fotoğrafta otuzlu yaşlarının ortalarında bir adamla bir kadın vardı. Siyah, uzun ve dalgalı saçları göze çarpan kadın açık tenliydi. İncecikti. Krem rengi ipeksi bir tulum ve komik kaçan yüksek topuklarıyla bir sandalet giymişti. Topukları yüzünden daha kısa görünen adamın yanında adeta *Vogue* dergisi için poz vermişti. Adam, sahibi olduğunu göstermek istercesine kolunu kadının beline dolamıştı. Adam Asyalı gibi görünüyordu. Turkuaz havuzun önünde duruyorlardı. Belli ki birlikte rahattılar. Zenginliğin bir görüntüsü varsa, zengin görünüyorlardı. Arka planda palmiye ağaçları, orkide katmanları, beyaz sütunları olan kolonyal tarzda bir bina ve siyah-beyaz fayanslı bir verandada hasır mobilyalar vardı.

"Haruto ve Vanessa North?" diye sordu, çerçeveli fotoğrafın fotoğrafını çekerken. "Bitki örtüsü ve verandadaki hasır mobilyalara bakılırsa Asya'da bir yerde çekilmiş olabilir?"

Benoit mutfağa ilerleyince onu takip etti. Devasa mutfak tamamen paslanmaz çelik ve ışıldayan beyazdan ibaretti. Tek bir toz tanesi bile yoktu. Son zamanlarda yemek pişirilmediği belliydi. Benoit dondurucululu buzdolabını açtı.

"Roze şarap şişeleri dışında bir şey yok," dedikten sonra diğer kapaklara yöneldi. "Bulaşık makinesinde de bir şey yok. Ev sanki fotoğraf çekimi için düzenlenmiş. Ah, bir dakika... şuna bak." Ahşap bıçaklığı işaret ediyordu. "Bıçaklardan biri eksik," derken Mallory'e baktı. "Büyük et bıçaklarından biri."

Basamaklardaki kan damlalarını gösteren etiketlere basmadan merdivenleri çıkarken gerginlikleri artıyordu. Tırabzana da kan bulaşmıştı.

Aşağı inen bir teknisyen başıyla onları selamladı. Yukarıda her yer halı kaplıydı. Yatak odasından gelen kanlı ayaklar krem rengi tüylü halıda iz bırakmıştı. Yatak odasına girdiklerinde Mallory duraksadı. Bir an için nefes almakta zorlanmıştı.

Şiddet dolu cinayet sahnelerinin yabancısı değildi ama bu seferki dehşet vericiydi. Odanın bembeyaz dekoruna kanla neredeyse güzel sayılabilecek soyut bir resim yapılmış gibiydi. Kırmızı kan çizgiler ve damlalar halinde duvarlara, tavana, aynaya, abajurlara ve halıya sıçramıştı. Büyük boy yataktaki ipeksi beyaz renkteki dağınık örtülerin ortasında neredeyse kararmış bir kan lekesi görülebiliyordu.

Sırtı ürperirken yutkunarak içeri bir adım atıp usulca, "Vay canına," diye fısıldadı.

İki olay yeri teknisyeni, yatağın yanında yerdeki yeşil bir biblodan kan örneği alıyordu. Başlarını kaldırıp neredeyse bir ağızdan, "Değil mi?" dediler.

"Cesetten bir iz yok mu?" diye sordu Mallory.

"Henüz yok," dedi kadın olan. "Ama bu kadar kan kaybeden birinin buradan yürüyerek çıkmadığından adım gibi eminim."

"Biblo silah olabilir mi?" diye sordu Benoit.

"Mümkün," dedi uzman. "Ucunda matlaşmış saç ve kan izleri bulduk. İnce saçlar. Dipleri koyu renk. Çarşafta daha uzun ve koyu renkli saç telleri bulduk. Yatağın öteki tarafında ilginç bulabileceğiniz bir şey var."

Mallory ve Benoit devasa yatağın diğer tarafına geçti. Kenarda, yan tarafında turuncu bir süs olan beyaz renkli tek bir spor ayakkabı duruyordu. İçinden kana bulanmış eski bir çorap sarkıyordu.

Mallory kaşlarını çatarak, "Ayakkabının sadece teki mi var?" diye sordu. "Diğeri nerede?"

"Henüz bulamadık," dedi uzman.

Ayaklarının üzerine çömelen Mallory fotoğraf çektikten sonra ayakkabıyı inceledi. "Ortalama ve pratik bir kadın ayakkabısı. Rahat yürüyüş için tasarlanmış," dedikten sonra ayakkabının içine göz attı. "Otuz yedi numara."

"Böylesi bir yerde sıradan bir spor ayakkabı değil, özel tasarım pahalı bir ayakkabı bulmayı beklerdim," dedi Benoit.

Mallory yanağını ısırıyordu. "Kesinlikle burası için tuhaf görünüyor. Belki sürüklenirken ayakkabı çorapla birlikte kurbanın ayağından çıkmış olabilir. Kan uyumuna bakmak için çoraba da DNA testi yaptıralım." Büyük yatağa ve kırışık çarşafa baktı. Şifonyerin üzerinde çiftin başka bir fotoğrafı duruyordu. Bu seferkinde resmi bir davet için giyinmişlerdi. Çok şık ve kusursuz görünüyorlardı. Aşağıdaki kadehleri düşündü. Dışarıdaki pasta ve çiçekleri... Kimse yoktu. Evin sahipleri gitmişti. Lüks araçlar hâlâ garajdaydı. Ayağa kalkıp giyinme odasının kapısını açarak ışığı yaktı. Kocasının evdeki çalışma odası kadar büyüktü. Benoit'yla birlikte içeri girdiler. Kadın kıyafetleri sağda, erkek kıyafetleri soldaydı. Her şey kusursuzca ütülenmiş, eşit aralıklarla asılmıştı. Dip duvar hem kadın hem erkek için pahalı marka ayakkabılarla dolu raflara ayrılmıştı.

Mallory bir stilettoyu ters çevirip, "Otuz dokuz numara," diye mırıldandı.

Benoit da birkaç tanesini kontrol etti. "Bütün kadın ayakkabıları otuz dokuz ve kırk numara. Erkek ayakkabıları kırk bir."

"Aşağıdaki fotoğrafta kadın uzun boylu görünüyor," dedi Mallory. "Otuz dokuz numara olabilir. Yanındaki adam da rahat kırk bir, kırk iki numara giyiyor olabilir."

"Oysa kanlı spor ayakkabısı otuz yedi numara," diye belirtti Benoit.

"O ayakkabı kesinlikle bu resme uymuyor," diye mırıldanan Mallory, askılardaki son derece pahalı tasarım kıyafetlere göz gezdiriyordu.

"Ayakkabı fotoğraftaki Bayan North'a ait değilse, kurbana ait olabilir," dedi Benoit.

"İyi de öyleyse nerede?" Mallory ortağına baktı. "Cesedi nerede? Evin sahipleri nerede?"

"Hem *Daisy* de kim?" diye ekledi Benoit.

Aşağıdan biri seslendi. "Komiserim... bıçağı bulduk!"

HİZMETÇİNİN GÜNLÜĞÜ

Merak bağımlılığım görünen sorunum olsa da terapistim asıl bağımlılığımın nedenlerini keşfetmeye çalışıyor. Günlük yazarken beni tetikleyen ve bu doğrultuda bağımlılığımı daha riskli, hatta tehlikeli mıntıkalara çeken iki önemli nokta olduğunu fark ettim. Aslında bu iki tetikleyici aynı gün birleşerek on katı güce ulaştı. Yüzümüze haykırdığı halde böyle şeyleri görememememiz gerçekten komik.

O günden bahsedeceğim. Gerçek zamanlı bir şekilde adım adım olanları yazıyorum Sevgili Günlük.

Boon'la bu sabah işten önce Lighthouse Park'a gitmek için erkenden kalktık.

Şafak vakti kasvetli ve soğuktu. Siyah çamur ve budaklı köklerden oluşan gölgeli bir patikada ilerlerken yağmur hafifçe çiseliyordu. Etrafımızda kocaman kozalakları olan ağaçlar yükseliyor, sis yaşlı ağaç gövdeleri arasında hayalet gibi süzülüyordu. Ağaçlar bilinçliymiş de bizi izliyormuş gibi bir his yaratıyor, patikada kalmamız şartıyla sanki bizi kolluyor ve koruyordu.

Küçük sırt çantamda annemin küllerini koyduğum, doğada çözünebilen, silindir şeklinde bambudan yapılmış bir kupa vardı. İnsan külünün ağırlığı beni şaşırtıyordu.

Annem bir yıl önce bugün öldü. Ölümüne giden yol beni darmadağın etmişti ve henüz etkisinden kurtulamadım. Küllerini serpmek için doğru yeri ararken annemin sesi kulağımda çınlıyordu.

"Çok yetenekliydin Katarina. Matematikte, kimyada, fizikte sınıfın en iyisiydin. Kompozisyon yarışmasını kazanmıştın. Takdir belgesi almıştın. İstediğin her şeyi yapabilirdin ama şimdi hizmetçilik yapıyor, insanların arkasını topluyorsun."

"Sen de ev temizliyordun anne. Seni örnek aldım."

"Babanla ben buraya sığınmacı olarak geldik Katarina. Sırf sen bizim gibi olma diye. Buralara senin için geldik, senin için mücadele ettik. Evleri ve otel odalarını senin için temizledim. Hepsi senin içindi. Hepsi. Sense bize ne yaptın?"

Sonra annem hastalandı.

Çok hastalandı.

Yardım etmeye çalıştım. Kötüleşmemesi için elimden geleni ardıma koymadım. Onu doktor randevularına götürdüm, bütün taramalarını ve testlerini yaptırdım. Kemoterapi için günlerimiz kanser merkezinde geçti. Hiçbir işe yaramadı.

Bakımevinde öldü. Hem de tanıdan sekiz ay sonra. Böylesi büyük bir şok yaşayacağım aklıma gelmemişti. İnlemelerini ve azarlarını özleyeceğim aklımın ucundan bile geçmezdi. Belki şimdi cennette babamı azarlıyor, nasır tutmuş hizmetçi parmağını babama sallıyordur. Hiç kaybetmediği Ukrayna aksanıyla konuştuğunu duyabiliyorum: "Ah Pavlo, dünyada bıraktığımız kızımıza bak. Otuzuna geldi Pavlo, hâlâ başkalarının evlerini temizliyor..."

Boon, "Burası nasıl?" diye sorduğunda, kafamın içindeki annemin sesi sustu.

Gösterdiği yere baktım. Yağmur, şapkamın siperliğinden, koyu yeşil ormanın ağır dallarından bütün hüznüyle damlıyordu. Belki de yüreğimden damlıyordu.

"Biraz yokuş," diyerek Boon'un koluna tutunurken, dik yamaçtan temkinli bir şekilde aşağı baktım. "Aşağıdaki kayalar kaygan görünüyor. Kayalığı aşıp külleri suya dökmek istemiyorum. Çünkü düşmeme muhtemelen bayılırdı."

Güldü. Boon'un gülüşü gerçekten tuhaftır. Bir kere duyan, nerede olursa olsun, turna sesine benzeyen bu kahkahayı her seferinde tanır. Gergin olduğunda da güler. Onu nadiren gergin görürüm ama o anlarda gülerek turnalar gibi tiz bir kahkaha atar. Başkaları son derece sinir bozucu bulsa da gülmesi beni hep gülümsetir.

"Hâlâ seni izliyormuş gibi konuşuyorsun," dedi.

"Sürekli beni izliyor. Hatta kafamın içinde yaşıyor."

"Gördün mü?" dedi. "Sensin... sorun o değil, sensin. Mesele asla annen olmadı. O sadece vicdanının sesi oldu ve sen vicdanına *anne* ismini verdin."

"Of, yine başlama Boon." Bunları terapistimden yeterince dinliyorum zaten. Yürümeye başladım ama birden durup ona dönerek gözlerinin içine bakmak için eğildim. Şaşkınlıkla bir adım geriledi. Kıstığım gözlerimden ateş çıkarıyordum. Yüz ifadem, hatta bütün bedenimle saldıracakmışım gibi durdum.

Gülümsemesi solarken geriye doğru gitmeye devam etti. Artık kaygan kayanın ucundaydı.

"Ne yapıyorsun Kit?"

"Şimdi *senin* içinde olabilir mi Boon?" Burnunu işaret ettim. "Bu sen misin anne?" Yaklaştım. "Annem içine girmiş Boon... Boon'un bedenini ele geçirmişsin anne?"

"Kes şunu."

"Hah... amma da korktun!" diyerek bacağıma bir şaplak indirdim.

"Korkmadım. Sadece biraz büyümen gerekiyor."

"Şimdi de babam gibi konuşuyorsun."

"Babanı en son ne zaman duydun ki? On yıl önce falan ölmedi mi? Sonrasında annenle yaşadığını söylemiştin."

Omuz silkip suyun kıyısında kıvrılarak ilerleyen patikaya yürüdüm. Aşağıda dalgalar küçük şapırtılar çıkarıyordu. Boon ıslak çamurda peşime takıldı. Adım sesleri de şapırtılıydı. Botumla yürürken küçük taşlar yerinden oynuyor, kayalık yamaçtan aşağı yuvarlanıyordu. Boon haklıydı. Babamı yine duymuştum.

Dün gibiydi. Beni on altı yaşıma götürmüştü. "Büyüyüp sorumluluk alman gerekiyor Katarina. Hep yalan. Yalan, yalan, yalan. İğrençsin Katarina. Tam bir fahişesin. Bu aileye kara leke sürdün. Bunu biliyor muydun? Bütün ailemizi utandırdın..."

Hızlandım. Adımlarım daha kararlıydı.

Annemin itirazını duydum. "Kızı rahat bırak."

Göğsümdeki keder balonu bir anda patladığında gözlerim doldu. Hissettiğim acının beni tükettiğini hissediyordum. Hayatlar gitmişti. Fırsatlar gitmişti. Onları hayal kırıklığına uğratmıştım. Kendimi hayal kırıklığına uğratmıştım.

Yüzümdeki tuzlu ıslaklığı saklayan tekinsiz deniz sisine ve yağmura şükrediyordum.

Ayağım ağaç köklerinden birine takılıp hafifçe tökezlediğimde, dengemi sağlayıp başımı kaldırınca silah metali rengindeki denize bakan düz bir kayanın üzerine çakılmış ahşap bankı gördüm.

"Burası," dedim Boon'a dönerek. "En iyisi burası."

"Birisi burayı çoktan seçmiş Kit. Bak, bankta bir plaka var. Burası başka birine adanmış. Bankın parasını ödemişler."

"Of, saçmalama. Ölen birinin adına bağış yapmışlar işte. Hem böylesi daha uygun olmaz mı? Annemle ikimiz zengin insanların çöplerinden geçinen parazitler değil miydik? Zenginlerin anılarıyla, ikinci el kıyafetlerle yaşamadık mı? İkinci el bank da neymiş?" Gözlerine baktım. "Sonuçta bu kayanın ya da parkın sahibi değiller ya? Burası herkese açık bir park. Herkesin keyfine açık. Birileri sadece bu bankın parasını vermiş."

"Şakaydı be Kit. Tanrı aşkına... senin neyin..." Devamını getiremeyince yutkundu. Neler olduğunu biliyordu. Bütün bunlar benim için çok fazlaydı. Olan bundan ibaretti.

"Özür dilerim," dedim. "Şu işi bitirip gidelim."

"Tamam. Peki."

Sırt çantamı omzumdan indirip içindeki kupayı çıkardım. Sonra donakaldım. Yapamayacaktım.

Boon'la bir süre öylece bankta oturduk. Çiseleyen yağmurda ve siste, doğada çözünebilen silindir şeklindeki bambu kupa kucağımdaydı. Birden annemden vazgeçemeyeceğimi hissetmiştim.

Yıllardır yalan yanlış görüşleri olmadan daha iyi olacağımı düşünmüştüm. Şimdiyse annem olmadan...

Bambunun pürüzsüz yüzeyini okşadım. Cenaze evinin yöneticisi küllerini bir yere döktükten sonra kupayı gömebileceğimi, hatta belki üzerine bir ağaç dikebileceğimi söylemişti çünkü sonuçta doğada çözünebiliyordu.

Sis bastırdı. Dallardan düşen damlalar ağırlaşmıştı. Uzaktan şehrin uluyan sirenlerini duyabiliyorduk.

Bana karşı her daim kibar olan Boon nazikçe, "Şu işi bitirelim Kit, işe gitmem gerekiyor," dedi. "Senin de saatin geliyor." *Hollywood North*'daki set tasarım işi onu bekliyordu. Bir sorgu yargıcıyla ilgili bir televizyon serisinin ikinci sezonu için çalışıyordu. Beni de müşterilerimin evi bekliyordu... Montumun altında *Holly's Help* üniformam vardı. Yine de kıpırdayamıyordum. Ellerimin arasındaki annemin külleriyle banka çivilenmiş gibiydim. Yanaklarımdan yaşlar süzülmeye başladı. Omuzlarım sarsılıyordu.

Küller bir yıl boyunca şömine rafında beklemişti çünkü yüreğim bu işi bitirmeye bir türlü yetmemişti. Sanki onun şömine rafının üzerinde durmadan suçlayıcı parmağını bana doğrultmasını istiyordum. "Başkalarının hayatındaki pislikleri temizliyorsun ama kendi pisliğin söz konusu olunca hiçbir şey yapamıyorsun Katarina. Hatta daha iyi bir hayatın olsun diye Ukrayna'da her şeyini bırakıp buralara kadar gelen annenin küllerinden bile kurtulamıyorsun. Her işi yarım bırakırsın. Üniversite eğitimin için yıllarca para biriktirdiğimiz halde okulu bıraktın. İçtin, partilere gittin. Kötü insanlarla arkadaşlık ettin."

Boon kolunu omzuma doladı. Bir şey demiyordu. Sadece yanımdaydı, benim için oradaydı. Çeşit çeşit sevgi var ve Boon'a sevgim başka. O benim en iyi arkadaşım. Onun için her şeyi *yaparım, o da benim için her şeyi yapar. Bağımız kan bağından daha güçlü.*

"Bana en son ne dediğini biliyor musun?" diye sordum usulca.

Boon, şapkasının yağmur damlayan siperliğinin altında yüzünü ekşitti. "Tahmin edeyim," dedikten sonra annemin Ukrayna aksanını mükemmel bir şekilde taklit etti. "Bir dala tutunabilirdin Katarina."

Boğulurcasına güldüm. "Hayır. Hayır... alakası yok..." Annemin teatral sesini hatırlamaya çalıştım, sonra bakımevindeki odasında aramızda geçen "sohbeti" eksiksiz tekrarladım.

"Buradan çıkmam lazım Katarina. Yataktan çıkmama yardım et. Hemen."

"Anne, buna gücün yok. Düşersin. Dur, hemşireyi çağırayım..."

"Hayır, hayır! Tanrı aşkına... Bu yerden gitmem lazım."

"Kes şunu anne. Hadi seni yatırayım."

"Beni rahat bırak! Bırak beni! Tanrı aşkına! Yüce Meryem, Sevgili İsa, acil yardım... Birileri yardım etsin! Beni Katarina'dan kurtarın. Bırak gideyim. Kıçına tekmeyi basacağım Katarina. Öyle bir tekme yiyeceksin ki eşek tepmişe döneceksin!"

Boon bana bakakalmıştı. Sonra dudakları yavaşça bir gülümsemeyle kıvrıldı. "Eşek tepmesi?"

Burnumu elimin tersiyle silip başımı sallarken gülüşüm domuz homurtusundan farksızdı.

"Eşek tepmesi de ne? Yoga hareketi falan mı?"

"Muhtemelen annemin düşünebileceği en sert tekmeydi. At gibi biliyorsun. Ters tekme."

"Belki büyüdüğü çiftlikte birini eşek tepmişti."

"Hiçbir fikrim yok. Ağır ilaçlar kullanıyordu, üstelik ölmek üzereydi. Aşamaları var, biliyor muydun? Hamileliğin belli aşamalarının olması gibi, bu dünyadan ayrılmanın da bariz ve öngörülebilir aşamaları var."

"Sanırım bu yüzden her iki uçta da danışmanlar ve refakatçiler var... Giriş ve çıkış son derece travmatik ve şiddetli olmalı. Korkunç."

"Öyle."

Boon bir süre konuşmadan oturdu. "Sanırım eşek tepmesi en kötüsüdür."

"Sanırım. İğne yapıldıktan birkaç saat sonra öldü." Birden bu külleri savurma ihtiyacı hissettim.

"Hadi şu işi bitirelim."

Ayağa kalkıp bambu kupanın kapağını çevirdim ve annemin küllerini rüzgâra serptim. Kupanın içinden adeta patlayarak püsküren küller her yönde uçuşuyordu. Gri sisin içinde zerreler gümüşsü beyaz görünüyordu. Annem küçük bir atom bombası bulutu gibi yükseldi, sonra üzerimize, denize, dallara ve gökyüzüne yağdı. Her yerdeydi. Sevincini hissedebiliyordum. Güldüm, güldüm, güldüm. Vahşi özgürlüğüne, geri dönüştürülmesine, evrene geri dönüşüne güldüm.

Gittiğini hissettiğimde bir iç çektim ama aynı zamanda kaybettiğimi de hissediyordum. Birden okyanus yaşamında kaybolup gitmişti.

Hepsi buydu.

Arabalarımıza geri döndük. Sırt çantam boş kupa sayesinde daha hafifti.

Otoparkın karşı ucunda parlak mavi renkte bir Tesla Roadster duruyordu. Boon'un antika sayılabilecek kahverengi Honda arabasıyla benim sarı Subaru Crosstrek arabamın sefilliğinden olabildiğince uzağa park etmişti.

"Dur... bekle," dedim Boon'a.

Gözlerimdeki kıvılcımları görünce kocaman sırıttı. Küçük oyunumuz başlıyordu. Dünyanın parasına ve yalanlarına karşı oynadığımız özel bir eğlenceydi çünkü hiçbir şey hiçbir zaman göründüğü gibi değildi.

Hiçbir şey söylemeden mavi Tesla'ya doğru ilerledik. Arabaya yaslanırken doğaçlama pozumuzu veriyorduk. Boon kolunu omzuma attı. Telefonumu kaldırıp ona aşkla bakarken fotoğrafımızı çektim. İnsan duruşu ve yüz ifadesiyle o kadar çok şey yapabilir ki! Mesela tüm dünya seninmiş gibi bakışlarınla özgüven şovu *yapabilirsin. Aslında yaptığımız, başkalarını sömürerek dünyanın sahibiymiş gibi davrananlarla dalga geçmekti.*

Pozumuzu değiştirip tekrar fotoğraf çektim. Ben ona uzaktan bir öpücük veriyordum, Boon ise başını arkaya atmış, gülüyordu.

Bir fotoğraf daha çektikten sonra Boon antika Honda'sına binip Burnaby'deki Boston'u taklit eden film setine gitti. Ben de bagajında paspasım ve Dyson süpürgemin durduğu Subaru'ma gittim. Kapılarda Holly's Help logosu vardı. Motor ısınıp ön camdaki buhar silinirken çektiğimiz fotoğraflardan birini seçtim. Sonra @tilkiylekarga Instagram hesabımı açıp (Tilki de karga da üçkâğıtçıdır. Kargagillerden özellikle hoşlanırım) fotoğrafı yükleyerek altına etiketleri girdim. #benvebalım #kahvaltıöncesierkendenpark #aşkhayatı #batısahilihayatı #teslaaşkı #yenigeziplanları.

Fotoğrafı yayınladım.

Ardından vitesi takıp arabayı yeni işime doğru sürdüm.

Çevreyolunun trafiğine girerken bu anın her şeyi değiştireceğini nereden bilebilirdim ki?

Dediğim gibi Sevgili Günlük... İki olay. Aynı gün. Bir arada. Annemin küllerinden vazgeçmem. Ve... Gül Köşkü denen yeni bir evde yeni müşteriler.

JON

17 Ekim 2019, Perşembe
Cinayetten iki hafta önce

Jon Rittenberg, Henry'yle birlikte bir tür erkek kulübü sayılan *Hunter and Hound*'daydı. Ağır lambri paneller, koyu deri döşemeler, loş ortam, mısır yeşili aplikler… Gümüş saçlı TerraWest yönetim kurulu üyesi Henry J. Clay, Jon'u erken bir akşam yemeği için buraya davet etmişti. Henry'nin erken akşam yemeği en kaliteli viski ve Wagyu bifteği anlamına geliyordu.

Adam, Jon'un karşısında bir kurbağa gibi masaya eğilmiş, ahşap saplı bıçağının saldırgan darbeleriyle bifteğini kesiyordu. Yediği et o kadar az pişmişti ki neredeyse mavi sayılırdı. Kestiği lokmayı ağzına götürürken birden durup gözleriyle Jon'un dokunmadığı etini işaret etti. "Aç değil misin evlat?"

Henry'nin patates püresine karışan kanı görünce Jon'un iştahı kaçmıştı. Bir de hâlâ Henry'nin az önce söylediklerini hazmetmeye çalışıyordu.

"Hadi ye, buraların en iyi etidir," diyen adam on dört yıllık Balvenie viskisiyle lokmasını yuttu.

"Yani *ikimiz* kesinlikle aday mıyız? *Emin misin*?" diye sordu Jon çünkü bir türlü aklı yatmıyordu.

Henry gülerek kadehini başına diktikten sonra cesur dekolteli genç garson kızdan bir tane daha istedi. Ardından keten peçetesiyle ağzının kenarlarını silip, "Dinle..." dedi. "Labden birden emekli olup gitmeseydi, alacağın terfi çantada keklikti. Bunu biliyorsun."

"Ama?"

"Ama işler değişti Jonno. Artık ipler Labden'in elinde değil. Dizginleri yeni kana devretti. Ortalıktaki tek moruk benim."

Jon'un midesi adeta bir asit kazanıydı.

Pozisyon benim olacaktı. Labden yeni kayak merkezinin COO pozisyonunu bana söz vermişti. Bu şirkete yıllardır hem yüreğimi hem de emeğimi verdim. Lanet olsun, TerraWest ismimden, Olimpiyat şöhretimden, altın madalyalarımdan faydalandı. Üstelik kurucunun kızıyla evliyim.

"Aslını istersen, Labden bile değişim zamanının geldiğinin farkındaydı evlat. İmaj her şeydir Jonno. TerraWest, dünya trendlerine ayak uydurabilmek için değişiklik yapmak zorunda."

"Peki kim bu adam? Yani rakibim?"

"Kadın olabileceği aklına gelmedi mi?"

"Kadın mı?"

Henry yine güldü. "Hayır, erkek," dedikten sonra gözlerini kıstı. "Onunla tanıştın. Geçen haftaki sunumdaydı. Zermatt'tan yeni geldi. Ofisteki yeni çocuk."

"Ahmed Waheed mi? Kuzey *Afrika*'dan gelen adam?" Jon donakalmıştı. Aklı önceki hafta gelen adamla tanışmasına gitti. "Waheed kayak merkezi işletmekten ne anlar ki?"

"Fazlasıyla anlıyor. Afrika'da doğmuş olabilir ama çocukken ailesiyle Avrupa'nın çeşitli ülkelerinde yaşamış. Babası bir diplomattı. Waheed kayak yapmayı İtalya'da öğrenmiş. Arapça dahil beş dil konuşuyor. Grenoble Ecole de Management'dan mezun ve bildiğin üzere, okul yönetimde inovasyon dersleriyle meşhurdur. Kayak endüstrisi zincirinde tırnaklarıyla kariyer basamaklarını tırmanmış. Kitzbühel, Val d'Isère, Chamonix. Aynı zamanda kendisi sıkı bir kar kayağı fanatiği."

"Kar kayağı mı?" Hassiktir. "Bu yüzden mi genel merkeze getirildi? Daha gelmeden önce yerime mi hazırlandı? Bütün bunlar Labden varken mi oldu? Çünkü zamanlaması... Labden'in haberi var, değil mi? Daisy'yle beni buralara getirmek için bu işi söz veren kendi kayınpederim, yerime başkasını getirmiş."

Henry arkasına yaslanıp kadehini çalkaladığında sıvıda bakır rengi ışıklar dans etti.

"Bu imaj falan değil, tam bir aldatmaca," diyen Jon kendi kadehini hırsla alıp başına dikti ama boğazı yanınca yüzünü ekşitti. "Tamamen siyaseten doğruculuk. Sırf esmer tenli diye esmer oğlana en iyi pozisyonu ver. Hepimiz biliyoruz. Meselenin deneyim ya da pozisyona uygunlukla alakası yok."

Garson kız yeni içkiler ve ışıl ışıl bir gülümsemeyle geri geldi. Teni adeta nemliydi. Kadehleri bırakmak için eğildiğinde Jon, teninin sabun kokusunu alabiliyordu. Dahası bileğinin iç tarafında minik bir dövme fark etmişti. Birden kendini fena halde yaşlı hissetti. Henry kadar yaşlı değildi ama yaşadıkları yüzünden öfkeli ve işi bitmiş hissediyordu. Garson kız gider gitmez, yeni kadehine uzandı. İçkiyi başına dikmek için başını kaldırdığındaysa barın diğer ucunda bir kadın fark etti. Kadın onu izliyordu.

Uzun ve gür saçları koyu renkli ve dalgalıydı. Beyaz tenliydi. Barın iki ucundan göz göze geldiklerinde Jon teninin elektriklendiğini hissetti. Öylece bakışırken bir anlığına kalabalığa rağmen somut bir bağ kurmuşlardı. Canlı müzik gibi Henry de sanki artık çok uzaklardaydı. Kadın çok güzeldi. Jon'la ilgileniyordu. Tıpkı eski zamanlardaki gibiydi. Bir zamanlar Olimpik kayak tanrısıydı, paha biçilmez bir aygırdı.

Kadın başını çevirince Jon tekrar gerçek dünyaya döndü. Kalbi deli gibi atıyor, hâlâ kulakları çınlıyordu.

Sonra Henry'nin kendisini seyrettiğini fark edince genzini temizleyip içkisinden bir yudum aldı ve adamın gözlerinin içine baktı. O anda tek istediği sınırlarını zorlamak, uzun zamandır içinde tuttuğu yangını serbest bırakmaktı. Heyecan, bir dağın zirvesindeki başlangıç noktasından patlarcasına çıkmak, yanaklarını yalayan rüzgârın uğultusu, parkurdan aşağı kayarken çalan çan sesleri için yanıp tutuşuyor, podyumda durup yumruklarını havaya kaldırmanın verdiği o eski coşkuyu yaşamak istiyordu. Bir zamanlar şampiyondu, altın çocuktu. *DağFişeği.* Topluluk, *JonJon JonJon JonJon JonJon*, diye haykırırdı. Geceleri kulüplerde kızlar ona sokulmak için yarışırdı. Şimdiyse bir hapishanedeydi. Kapana kısılmıştı. Giderek sıkıcı hale gelen bir evliliğe hapsolmuştu. "Gül Köşkü" diye bir yerde yaşıyordu. Bebek bekliyorlardı. Bir şekilde baba olmanın sarsıcı sorumluluğunu hissediyordu. Bunu nasıl yapacaktı? Kendi babası bile babalık müessesini çözememişti. Babası evlilik prangasından kurtulmuş, Jon'u annesiyle birlikte terk etmişti. Elbette, babası genç modellerle gününü gün ettiği Avrupa'dan para göndermişti ama bu ayrılık annesine hiç yaramamış, teselliyi şişede aramış, sonunda onu öldüren bir dizi karmaşık ilişkiye sürüklenmişti. *Annemi babam öldürdü.* Babası sadece Olimpiyatlar'da altın madalya kazanmak gibi harika bir şey yaptığında arar, sadece o zaman bütün dünyaya, "*Bakın, işte benim oğlum*," diye haykırmak isterdi.

"Dinle..." dedi Henry. "Bu işe hazır hissettiğini biliyorum..."

"Bu iş için geri geldik," dedi Jon usulca, kadehinin tazelenmesi için elini kaldırırken. "Daisy'yle bu yüzden Colorado'dan ayrıldık. Sırf bu yüzden Japonya'daki bir kayak merkezinde TerraWest için yıllarca kölelik yaptım. Hepsi bir sonraki aşamaya hazırlıktı."

"Zaman değişiyor Jonno."

Garson yeni içkileri getirip dokunmadığı tabağını aldığında Jon arkasına yaslandı. Daisy şimdi ne diyecekti? Herkes ne düşünecekti? Rezil olmuştu. Yeni kartvizitlerini bile bastırmıştı. Labden söz vermeseydi şehre asla geri dönmezdi. Duvarların üstüne üstüne geldiğini hissediyordu. Henry gözlerini ona dikmişti. Jon dikkatle baktığında adamın gözlerinde hınzır ve karanlık kıvılcımlar çaktığını fark etti.

"Sanki... bu iş bitmemiş gibi bakıyorsun Henry."

"Henüz hiçbir şey bitmedi Jon."

Jon dudaklarını yaladı. Bardaki kadın yine onu seyrediyordu ama göz göze gelince başını hemen çevirip saçlarını yüzüne düşürdü.

Bir uyuşmazlık vardı. Bir şeyin sonu gibiydi. Yoksa başlangıcı mıydı?

"Yani hâlâ bir şansım var mı diyorsun? Gerçekten?"

Henry öne eğildiğinde ses tonu değişmişti. "Sana şu kadarını söyleyeyim evlat... Kimsenin neye sahip olabileceğine ya da olamayacağına karar vermesine izin verme. Benim kadar yaşlı olmayabilirsin ama seni tanıyorum Jon. Seni çok iyi tanıyorum."

Sözlerinin ağırlığı iyice hissedilsin diye es verdiğinde Jon, onun geçmişindeki o karanlık olayı kastedip kastetmediğini merak ediyordu.

"Bizim gibi adamlar..." diye devam etti Henry. "İstesek de istemesek de aynı kulübün adamlarıyız ve sürekli saldırı altındayız. Biz orta yaşlılar ve moruklar, sırf beyaz olduğumuz ve erkek olarak doğduğumuz için saldırıya uğruyoruz. Üstelik doğduğumuzda bize adam olmamız öğretildi. *Delikanlı* olmamız öğretildi. Oysa bu imkânsız. Ten rengi tecrübeye tercih edildiğinde birlik olmalıyız." Kadehini Jon'a doğrulttu. "Senin olanı *alman* gerekiyor evlat. İstediğin şey için savaş." Yine es verdiğinde bakışları adeta birer lazer gibi Jon'un ruhuna işliyordu.

"Bunu söylemek için beni niye buraya çağırdın ki?"

"Avantaj sağlamanı istedim. Gafil avlandın," diyen adam iyice öne eğildi. Jon nefesindeki et ve viski karışımını alabiliyordu. "O iş için ben seni istedim Jon ama oylamada yenildim. Bu yüzden şimdi sana strateji kurman için küçük bir fırsat penceresi açmak istiyorum. Eskiden nasıl savaşılacağını biliyordun JonJon. Gözünü karartıp savaşır, seni diz çökmeye zorlamaya kalkanlara hadlerini bildirirdin. Altın madalya kazanamayacağını söylediklerinde ne yapmıştın? Onlara kazanabileceğini gösterdin ve eve sadece bir değil, tam *iki* madalya getirdin. Yoksa altın çocuk çok eskilerde mi kaldı?"

Jon'un göğsü sıkışıyordu.

Henry arkasına yaslandı. "Herkesin bir açığı... bir zaafı vardır," derken hâlâ Jon'un gözlerinin içine bakıyordu. "Herkesin Jon... herkesin bir geçmişi vardır. Herkes hata yapmıştır. Herkesin bir sırrı vardır. Herkesin kırılgan bir yanı vardır." Es verdi. "Özellikle Ahmed Waheed gibi genç adamların," dedikten sonra masada beyaz renkli küçük bir kartvizit kaydırdı. "Bu numarayı ara."

Jon kartı aldı. Üzerinde basit bir logo vardı: *PRESTON ÖZEL ARAŞTIRMA*. O sırada masada duran telefonu çaldı. Daisy arıyordu. Açmamaya karar verdi. Babası ikisine de kazık attıktan sonra ona ne diyecekti ki? Aldatılmış, oltaya gelmiş, geçiştirilmiş hissediyordu. Kartvizite bakarken, "Bu nedir?" diye sordu.

"Bu konularda uzman biri. Eski polis. Ne yaptığını bilir. Aradığında Jake'i iste ve numarayı Henry Clay'den aldığını söyle."

Henry kalkıp gitti.

Jon karta baktı. Bardaki kadının hâlâ kendisini seyrettiğinin farkındaydı. O anda patlamaya hazır bir bombanın üzerinde oturduğunu hissetti.

HİZMETÇİNİN GÜNLÜĞÜ

Annemin küllerini özgür bıraktıktan sonra GPS üzerinden yolu takip ederek yeni müşterimin evine, Gül Köşkü'ne gittim. Ağzı hâlâ annemden kalan küle bulanmış kupa, yolcu koltuğunda duruyordu. Bir şekilde tüm kurtulma çabalarıma rağmen ondan küçük bir parçayı kendimde tutmayı başarmıştım.

Gül Köşkü üniversite yakınlarında, güzel plajları olan, şehrin batısındaki nezih Point Grey bölgesindeydi. Mahalle, temizliğini yaptığım "yüzde birlik" kısmın çoğuna ev sahipliği yapıyordu..

Burrard Köprüsü'nden geçerken suyun karşı tarafındaki North Shore Dağları'na göz attığımda, karşı sahilde Vanessa ve Haruto North'un sahip olduğu Cam Ev'i düşündüm. Uzun süredir devam eden işlerimden biriydi. North çiftinin yaşlı yan komşuları Beulah Brown'ın üst kat penceresinden yeni dürbünüyle etrafı izlediği gözümün önünde canlanıyordu. Hatta o anda köprü trafiğini izliyor bile olabilirdi.

Rampadan çıkıp Gül Köşkü'ne yaklaşırken merakım artıyor, giderek heyecanlanıyordum. Yeni müşterilere hep bayılmışımdır. İlk buluşma gibidir... ne ile karşılaşacağını bilmezsin ama keyifli bir sürpriz umarsın. Yeni bir ev, bir hediye paketi gibidir. Taze gizemdir. Gizli sırlara götürebilecek ipuçlarıyla doludur. Ev bana sakinleriyle ilgili acaba neler söyleyecekti? Yeni müşterilerim merakımı cezbederek beni ne zamana kadar eğlendirecekti?

Sırlarının ne kadarını çözebilecektim? Takip edebileceğim sosyal medya hesapları var mıydı? Hatta gizlice peşlerine takılmama değecekler miydi?

Herhalde bir dedektif de yeni bir olay yerine yaklaşırken benzer hislere kapılıyordur.

Bahçe yoluna girip evi inceledim. Gül Köşkü, köşk falan değildi. Belki bir zamanlar köşk olabilirdi ama artık tamamen yeniden tasarlanıp onarılmış bir yapıydı. Batı Sahili modern mimarisine sahipti. Çatıda güneş enerjisi panelleri vardı. Kullanılan bol miktarda cam ve ham ahşap, "*Çevreye saygı gösteriyorum,*" çığlıkları atma amaçlıydı. Yeni çim ekilmiş ön bahçeye üzerinde PASİF TASARIM GÜNEŞ ISITMASI tabelası çakılmıştı.

Kendi kendime sormadan edemedim. *Gül Köşkü* sakinleri bu tabelayı bir şeyler kanıtlamak için mi burada bırakmıştı? Böyle insanlar mıydılar? Zenginliğin getirdiği suçluluk duygusuyla iklime, çevreye, ırkçılığa, sınıf ayrımına karşı çıktıklarını böyle mi duyuruyorlardı?

Telefonumdan Gül Köşkü iş planını kontrol ettim. Holly, müşterinin haftada iki kez hizmet almak istediğini belirtmişti. Pazartesi ve cuma. Hafta sonundan sonra pazartesileri dip köşe temizlik. Cumaları daha yüzeysel temizlik.

Evde kimse yokmuş gibi görünüyordu. Arabamdan inip emin olmak için kapı zilini çaldım. (Bir keresinde müşteriyi seks yaparken yakalamıştım ve aynı tecrübeyi bir daha yaşamak istemem.)

Evin boş olduğundan emin olunca telefonumdaki talimatlar doğrultusunda kilitli kutudan kapının anahtarını alıp kapıyı açtıktan sonra doğrudan duvardaki güvenlik paneline giderek sistemi devre dışı bırakmak için gerekli kodu girdim.

Ardından birkaç saniye koridorda durarak etrafa göz gezdirdim. Her şey modern ve netti. Çoğunlukla beyaz iç tasarım, cesur renk patlamaları ve rustik dokunuşlarla tamamlanmıştı. Holden arkadaki yemyeşil bahçe görülebiliyordu. Heyecan damarlarımı yakmaya başladı. Evet, biliyorum, biliyorum...

damarlarımda dolaşan bu leziz hormon ve biyokimya kokteyli bağımlılık yapan dopamin, adrenalin ve seratonin karışımı. Aslında sabahki kederimin ilacı. Bu yüzden derinlerdeki duygularımdan korunmamı sağlayan bu kokteylin damarlarıma yayılmasına izin verdim.

Arabamdan Dyson süpürgemi ve diğer temizlik eşyalarımı alıp içeride ayakkabılarımı değiştirdim. Yağmurluğumu asıp önlüğümü üzerime geçirdikten sonra da dolaşmaya başladım. (Etrafı karıştırma davranışıma çekidüzen vermemi gerektirecek dadı/hizmetçi ya da evcil hayvan kamerası olup olmadığı konusunda her zaman dikkatliyimdir.)

Önce mutfağa girdim.

Her şey siyah beyazdı. Şarap dolabı. Son derece pahalı bir espresso makinesi. Lavaboya bırakılmış yumurtalı kızarmış ekmekle dolu kahvaltı tabakları. Kirli kahve kupaları. Yarım bırakılmış bir greyfurt. Mutfak adasının kıyısında bir parça kâğıt... Kâğıda yaklaştım. Ultrason taraması çıktısının yanında bir randevuyu hatırlatan bir not vardı. Ürperdim. Ultrason çıktısını elime aldım, karnıma yumruk yemiş gibi olunca şok olmuş halde başımı kaldırdım ama bunu neden yaptığımdan emin değildim. Haftada iki kez temizlik hizmeti alacak kadar zengin bir çiftin bebek beklemesine şaşırmamalıydım ama bir şeyler yüreğime oturuyordu.

Çıktıyı yakından incelediğim anda moralim biraz daha bozuldu. Sonunda kâğıdı bırakıp oturma odasına geçtim. Kocaman kayan kapıların ardındaki bakımlı bahçeden gözümü alamıyordum. Bahçenin sonu çalılıklar ve ağaçlardan oluşuyordu. Onun da arkası herhalde yoldu. Döndüğümde şöminenin iki yanında iki devasa tabloyla karşılaşınca olduğum yerde donakaldım.

Adeta taş kesildim.

Kıpırdayamıyordum.

Düşünemiyordum.

Beynimin içinde tiz bir cıyaklama, kafamın içindeki pencereleri döven bir kum fırtınası gibi kreşendoya ulaştı. Sanki ölüm perileri çığlıklar atarak beynimi tırmalıyordu. Ayaklarım ahşap yer döşemesine adeta çakılı kalmıştı. Nabzım hızlanmaya başladı. Bayılacaktım. Panik atak geçiriyordum. Beynim bedenimin tepkilerine yetişemiyordu.

Terapistim travma hakkında konuşurken, beyin yapamasa da bedenin kayıt tuttuğunu söylemişti. Bazen insan travmatik bir olay yaşadığında mantıklı bir anlatı geliştiremiyormuş, haliyle bilinç olayı tamamen siliyor, sıra dışı hiçbir şey olmamış gibi davranıyormuş. Ama beden hatırlıyormuş. Örnek de vermişti. Korkunç bir trafik kazası geçiren bir kadın insanların korkunç bir şekilde öldüğüne tanık olmuş ama bunu düşünmemeye, hayatına devam etmeye çalışmış. Bunu başarmış da. İyi olduğunu düşünüyormuş. Aylar, yıllar geçmiş. Sonra kanlı kazanın olduğu aynı yerden yine arabasıyla geçerken kimyasal bir tetiklenmeyle hayatta kalma amaçlı kaç ya da savaş hormonları bedenine hücum etmiş. Bu da sinirsel hafızasının tekrar canlanmasına neden olmuş. Ve olayla ilgili hiçbir zaman bir anlatı geliştirmediği için kadının beyni kısa devre yapmış.

Benim de bedenim, salona adeta hükmeden tablolara tepki olarak kısa devre yapıyordu. Tablolarda kaskı ve kayak gözlüğüyle bir kayakçı vardı. Yay gibi bacakları ve likranın sardığı kaslı vücuduyla bir dağdan aşağı kayarken adeta bir savaş tanrısı gibi görünüyordu. Bana doğru geldiğini hissetmekten kendimi alamıyordum. Tablolardan birinde, olmayacak bir açıyla slalom çıkışı yapmıştı. Diğerinde zaferle havaya kaldırdığı kayak batonuyla her yere kar püskürterek kayışını tamamlamıştı.

Yutkunmaya, nefes almaya çalıştım.

Bu oydu.

Yani tablolar, onun evinde olduğum anlamına gelmezdi. Ultrason çıktısındaki bebeğin onun olduğu anlamına gelmezdi. Sonuçta Gül Köşkü herkesin olabilirdi. Belki bu tabloları bir müzayedede falan bulmuşlardı. Gül Köşkü sakinleri kayak fanatiği olabilirdi.

Ter içinde etrafıma bakındım. Kitap rafında çok sayıda fotoğraf çerçevesi vardı. Hemen yaklaştım. Bir düğün. Bir nişan. Piramitler, aslanlar, filler, okyanuslar, sık ormanlar ve dağlarda mutlu bir çiftin fotoğrafları. Birlikte oldukları yıllar boyunca çektirdikleri fotoğraflar.

Bu oydu.

Jon Rittenberg.

Ve karısı Daisy.

Buraya gelmişti. Geri gelmişti. Şehrime... Burası artık benim şehrim.

O gitmişti. Hem de çok uzun zaman önce.

Ve ben buradaydım. Evinin içinde. Pisliğini temizlemem için tutulmuştum.

Şimşek çarpmışçasına bir hışım mutfağa döndüm. Tezgâhtaki ultrason çıktısı... Jon Rittenberg'in bir bebeği olacaktı.

Yumruklarımı sıktığımda tırnaklarım avuçlarıma batıyordu. Görüşüm bulanıklaştı. Titriyordum. Bunca zaman... yıllardır kurmak için dişimi tırnağıma takarak çalıştığım yeni hayatım... yeni arkadaşlarım, bir parça huzur... Sonunda mutluluk. Ve birden aradan geçen zamanda hiçbir şey olmamış gibi yine eskiye dönmüştüm.

Midemin kalktığını hissedince şaşırsam da tuvalete koşarak klozete öğürdüm. Ardından porseleni iki yanından sımsıkı tutup serin fayanslara çökerek tekrar kustum.

Önce annemin külleri. Sonra bu.

İki şey.

İki tetik.

Tuzağa gönüllü düştüm Sevgili Günlük. Ve her şey değişti. Jon Rittenberg'in evindeydim ve anahtarım vardı.

MALLORY

1 Kasım 2019, Cuma

Mallory ve Benoit, Beulah Brown'ın ön kapısını çaldı.

Northview mutfağındaki kayıp bıçak havuzun dibinde bulunmuş, diğer kanıtlarla birlikte laboratuvara gönderilmişti. Mallory aynı zamanda yerel polisten bölgeyi taramalarını istemişti. Başka tanıklar bulmayı umuyordu. Karakoldaki kendi ekibi Vanessa ve Haruto North'u bulmaya çalışıyordu. Öğleden sonra, ne ile karşı karşıya olduklarına dair daha iyi bir fikir sahibi olduklarında, bir bilgilendirme toplantısı yapacaklardı.

Benoit kapıyı bir kez daha çaldı. Bu seferki daha gürültülüydü. Kapının etrafını saran sarmaşık gürdü. Koridor, yandaki cam yapıyla karşılaştırıldığında karanlık ve kasvetliydi.

Açık tenli ve yuvarlak yüzlü bir adam kapıyı açtıktan sonra, elini kapı kolundan ayırmadan ve hiç gülümsemeden, "Evet?" dedi.

"Ben Komiser Mallory Van Alst. Bu da ortağım Çavuş Benoit Salumu." Rozetlerini gösterdiler. "Beulah Brown adında bir hanımefendinin bu adresten ihbar ettiği bir olayı araştırıyoruz. Kendisiyle görüşmek isteriz."

"Annemden mi bahsediyorsunuz? Afyonlu ilaçlar kullanmaya başladığından beri her ay en az bir kez polisi arar. Kendisi dördüncü evre kanser hastası. Olmayacak şeyler uyduruyor. Evimizde sesler duyuyor. Bahçelerde gölgeler, geceleri çalılıklarda ışıklar, sudan bizi gözetleyen tekneler görüyor. Yerel polis kapıya geldiğinde uyku sersemi bir şekilde hiçbir şey olmadığını benim anlatmam gerekiyor. Her halükârda etrafa bakınıyorlar çünkü kapıyı açan adamın sözüne niye güvensinler, öyle değil mi? Ama her seferinde aynı şey oluyor. Çöp tenekesinde bir sokak kedisi ya da bir rakun, bazen eski teneke kutuları toplayan yaşlı bir evsiz." Hâlâ kapıyı sımsıkı tutuyor, Mallory'nin içeriyi görmesine bedeniyle engel oluyordu.

Mallory sinirini yüzüne yansıtmamaya çalıştı. "Adınız nedir efendim?"

"Horton. Horton Brown. Burası benim evim. Yani annemin evi ama burada yaşıyorum."

"İçeri girebilir miyiz? Anladığım kadarıyla Bayan Brown yukarıda kalıyor."

Adam derin bir nefes alıp verip geri çekilerek içeri girmelerine izin verdiğinde, Mallory hızlıca bir bakış fırlatınca Benoit başını belli belirsiz salladı. "Bay Brown, size de soracaklarım olacaktı. Komiser Van Alst yukarıda annenizle görüşürken biz de sizinle oturma odasında konuşabilir miyiz?"

Bay Brown homurdanarak Benoit'yı dantel örtülerle bezeli, süs lahanası desenli pofuduk koltuklarla döşenmiş oturma odasına götürdü. Bayan Horton'un mobilyaları olduğu açıktı. Pis bakışlı bir Malta köpeği, tırnaklarını ahşap yer döşemesi üzerinde tıkırdatarak Horton'un peşine takıldı.

Bu arada Mallory merdivenleri tırmanırken Beulah Brown'ın gerektiğinde aşağı nasıl indiğini merak ediyordu.

Deniz manzaralı küçük bir pencerenin olduğu sahanlığa ulaştığında aralık duran kapıyı görünce, "Bayan Brown?" diye kapıyı tıklattı. "Ben Komiser Mallory Van Alst. İhbar ettiğiniz olay hakkında konuşmaya gelmiştim."

"Girin," dedi incecik bir ses.

Büyük oda bir hastane yatağı, bir oksijen kompresörü, bir tekerlekli sandalye, rahat görünen bir kanepe ve okuma koltuğuyla döşenmişti. Kendi banyosu vardı ve arka duvara küçük bir mutfak yapılmıştı. Ön pencere denize bakıyordu. Köşedeki pencereyse yandaki evi ve bahçe yolunu görüyordu. Fransız kapılar küçük bir balkona açılıyordu. *En azından temiz havaya çıkabiliyor*, diye düşündü Mallory.

Beulah Brown okyanus manzaralı berjer koltukta minicik görünüyordu. Bir pufa uzattığı bacakları şişmişti. Yanındaki yuvarlak sehpada bir termos, bir çay fincanı, kurabiyeler ve bir dürbün duruyordu. "Birilerinin geleceğini hiç sanmıyordum," dedi yaşlı kadın.

Mallory, belli belirsiz Britanya aksanını seçebiliyordu.

"Herkes kaçık olduğumu düşünüyor, biliyor muydunuz? Yaklaşın. Lütfen oturun. Çay ister misiniz? Eğer isterseniz mutfak dolabından kendinize bir fincan almanız gerekecek. Termostaki çay hâlâ sıcak."

"Teşekkür ederim, almayayım."

"Oturun o zaman, buyurun oturun. Lütfen. Ziyaretçimin olması çok hoş."

Mallory pofuduk minderli bir koltuğa oturduğunda, "Güzel manzara," dedi. Havuz kenarındaki tulumlu olay yeri uzmanlarını ve orta sehpanın devrik durduğu oturma odasının bir kısmını görebiliyordu. Yukarıdaki pencerelerde de hareket vardı. Polis bandı araba yolunda rüzgârla titreşiyordu.

"Evet, şahane manzaradır. Burrard'ın diğer tarafını görebilmem için Horton iki hafta önce bana bir dürbün aldı. Biliyorsunuz, dünyanın her yerinden geliyorlar. Bugün, on iki tanker günü. Bakın, hepsi limana girmek için bekliyor."

Mallory ışıldayan sulara baktı. "Yan komşunuzun eviyle bahçesini de rahatça görebiliyorsunuz."

Beulah dudaklarını büzdü ama çapaklı gözleri ışıl ışıldı. "Dürbünümü komşulara çevirmiyormuş gibi yapmak için fazlasıyla yaşlıyım. Bir ayağım çukurda." Öne eğilip bir sır veriyormuş gibi incecik sesini alçalttı. "Ama aramızda kalsın. Dürbünle daha iyi görüyorum. Gözlüğüm artık işe yaramıyordu."

Mallory gülümsedi. "Aşağı hiç inmiyor musunuz?"

Yüz ifadesi değişen Beulah gözlerini kaçırdı, sonra sessizce, "Horton... iyi bir çocuk," dedi. "Dürbünü benim için o aldı."

Mallory not defterini ve kalemini çıkardı. "Bu sabah erken saatlerde çığlıklar duyduğunuzu bildirmişsiniz Bayan Brown. Ne gördüğünüzü ve duyduğunuzu sizden duyabilir miyim?"

"Beulah. Lütfen bana Beulah deyin. 23:21'de nedense uyandım. Bir süre öylece yatıyordum ki tekrar duyduğumdan emin oldum. Bir kadın çığlığıydı."

Mallory not alıyordu. "Saatten emin görünüyorsunuz."

"Eh, evet. Bir süredir kayıt tutuyorum."

Mallory kadına baktı. "Kayıt derken?"

"Günlük gibi. Gördüğüm her şeyi kaydediyorum. Bahçede. Denizde. Yan komşuda. Bahçemin önündeki küçük dalgakıranda. Bazen körfeze demir atan bir yattaki insanların güneşlenmesini seyredip her şeyi kaydediyorum. Kaçta demir attılar? Ne zaman gittiler? Hangi kanocular saat kaçta geçti? Kaydetmeye birkaç hafta önce başladım çünkü Horton sürekli her şeyi yanlış hatırladığımı ve gördüğümü söyleyip duruyordu. İlaç almayı unuttuğumu, daha çok ilaç almam gerektiğini söylediğinde haklı olabileceğini düşünmeye başladım. Belki de yanlış ilaçları alıyordum çünkü günler birbirine karışmaya başlamıştı. Bu yüzden artık aldığım bütün ilaçları zamanıyla birlikte yazıyorum. Ve bütün bakıcılarımın ve hemşirelerimin isimleri de kayıtlı. Bir de hangi sıklıkta tuvalete gittiğimi not alıyorum." Kıkırdadı. "Yoksa beni yine gitmeye zorluyorlar. Size şu kadarını söyleyeyim... yaşlanıp hastalanmak uysal insanlar için işkence." Tereddütle aksırdı. "Bazen o kadar zorlanıyorum ki hayatta kalmaya değip değmeyeceğini merak ediyorum."

Mallory yüreğinin sıkıştığını hissetti. "Bunu duyduğuma üzüldüm Beulah."

"Gerçi polisi aramak biraz rahatlatıyor."

Bu tanığın ne kadar güvenilir olduğu tartışmalı olabilir miydi? "Gördükleriniz..."

"Şu okuma gözlüğünü verir misiniz?" dedi Beulah, aniden not defterine uzanırken. Sonra Mallory'nin verdiği gözlüğü burnunun ucuna yerleştirip defterini açarak eğri büğrü parmağını sayfaya bastırdı. "Dün başladığını düşündüğüm andan başlayacağım. 31 Ekim Perşembe, saat 18:14... Cadılar Bayramı. Ben küçük bir kızken Cadılar Bayramını hiç kutlamazdık. Biz..."

"Devam edin. Saat 18:14'te ne oldu?"

"Cam Ev'e misafirler geldi... Buralarda herkes Northview evine öyle der. Cam Ev."

"Misafirler?"

"Koyu gri bir Audi araçla gelen bir çift. Araba bahçe yoluna saat 18:14'te park etti. Bir dakika sonra çift araçtan indi. Adam iri yarı ve uzundu. Kum rengi saçları vardı. Kadının koyu saçları uzun ve dalgalıydı."

"Keskin bir gözlem... polis raporu kadar detaylı Beulah."

"Ah, dedektif hikâyelerine bayılırım Komiser. Sürekli seyrederim. Zaten yapacak başka işim mi var? En çok İngiliz dizilerini severim. Yorkshire'da küçük bir kızken de hep gizemli hikâyeler okurdum." Yaşlı kadının kırışık gözleri özlemle daldı. "Bir keresinde kitap yazmayı deneyebileceğimi düşünmüştüm. Kadın bir dedektif hakkında. İnsan yüreğinin sesini dinlemeli, öyle değil mi ya? Çünkü fark etmeden ömür geçip gidiyor. Bir bakmışsınız, Azrail kapıya dayanmış."

Mallory sabırsızlıkla konuya geri döndü. Cinayet araştırmasında ilk kırk sekiz saat hayati önem taşıyordu. Olayın çözülmesi bu yaşlı kadının ifadesine bağlı olabilirdi. Ama aynı zamanda yaşlı tanığı aceleye getirmenin ters tepeceğini de görebiliyordu. "Çiftle ilgili söyleyebileceğiniz başka bir şey var mı Beulah?"

Kadın notlarına baktı. "Eh, adam kırklarındaydı. Kadın biraz daha gençti. Ve karnı burnunda sayılırdı."

Mallory gözlerini kıstı. "Hamile miydi?"

"Evet. Tıpkı Vanessa North gibi."

"Vanessa North… yani yan komşunuz da mı hamile?"

"Artık bebek kendini belli etmeye başladı. Vanessa'yı geçen cuma gördüm. O koyu saçlı kadını da ilk kez o zaman gördüm. İkisi havuz kenarında öğleden sonra bir şeyler atıştırıyordu. İkisinin de hamile olduğu açıktı."

Mallory'nin nabzı hızlanmıştı. Evdeki bütün o kanı ve şiddet izlerini düşündüğünde telaşlanıyordu. "Beulah, gelen şu çift… yanında bir şey getirmiş miydi?"

Beulah defterini gözden geçirdi. "Çiçekler. Beyazın ağırlıkta olduğu bir buket. Bir de pasta kutusu gibi bir şey. Akşam yemeğine gelmiş gibiydiler."

Mallory not aldı. "Sonra ne oldu?"

"Bilmiyorum. Bakıcım geldi, sonra akşam yemeğiydi, banyoydu derken yatağa yatırıldım ve… ilacı aldıktan sonra uyumuş olmalıyım. Ama uyandığımda karanlıktı. Ateşim var gibiydi, huzursuzdum. Yağmur yağıyordu. O sırada bir çığlıkla uyandığımı fark edince sandalyeme geçip pencerenin önüne gittim. İşte o zaman gördüm."

"Ne gördün Beulah?"

"Yan evde bütün ışıklar yanıyordu. Işıldayan kocaman camdan bir kutu gibiydi. Havuzun ışıkları bile açıktı. Parlak yeşil, insanı rahatsız eden bir ışık... Yağmura rağmen oturma odasının cam kapıları ardına kadar açıktı ve orta sehpa devrilmişti. Sonra siyah yağmurluk giymiş çiftin oturma odasındaki beyaz halıya ağır bir şey sardığını gördüm. Halıyı havuzun kenarından bahçe kapısına kadar sürüklediler. Halı olduğundan eminim çünkü sabah dürbünle bakarken halının gittiğini gördüm. O şeyi bahçe kapısından araba yoluna sürükledikleri sırada hareket algılayıcısı yüzünden yağmur göz alırcasına parlamaya başladı. Bir de çok sis vardı."

"Devam et Beulah. Sonra ne oldu?"

"Eh, bir süre zorlandılar. Halı ağır görünüyordu ve karnı burnunda olduğundan kadın daha çok zorlanıyordu ama sonunda o şeyi arabanın arka koltuğuna yerleştirmeyi başardılar. Yani Audi'ye. Diğerine değil."

Mallory'nin sinirleri bozulmaya başlamıştı. "Hangi diğeri?"

"Sarı renkli küçük araba. Yan kapısında Holly's Help logosu olan hizmetçinin Subaru aracı. Kız sabah erkenden gelmişti ama çift Audi aracıyla geldiğinde Subaru hâlâ araba yolundaydı. Hizmetçinin akşam yemeğine yardım ettiğini ya da yemekten sonra temizlik için beklediğini düşündüm."

"Halıyı Audi'yle gelen kadın mı sürüklüyordu? Yoksa ev sahibi Vanessa North muydu? Ayırt edebildiniz mi?"

Beulah kaşlarını çattı. "Hangisi olduğundan emin değilim. Gözlüğüm gözümde değildi ve başını bol yağmurluğun kapüşonuyla kapatmıştı ama koyu saçlı kadın olduğunu düşündüm çünkü Audi arabaya bindi."

"Ve hizmetçi ortalıkta yoktu?"

"Hayır. Halı Audi'ye yerleştirildikten sonra iki araba da hızla uzaklaştı. Yolun sonundaki dur tabelasında bile durmadılar. Tabelayı köşe penceremden görebilirsiniz. Patinaj yaparak karanlığa ve sise karıştılar. Cadılar Bayramı'nda şeker toplayan çocuklara çarpacaklar diye korktum ama sanırım o saatte bütün çocuklar artık eve dönmüştü."

"Sonrasında evde hiç hareket gördünüz mü?"

"Hayır. Ama polisi aramaya çalışıyordum ve telefonum yatağın yanındaydı."

"Hizmetçiyi tarif edebilir misiniz?"

"Otuzuna merdiven dayamış, belki otuzların başında. Kuzenimin torunuyla akran sayılır. Kuzenim öldü. Geçen ay."

"Başınız sağ olsun Beulah. Hizmetçi ne giymişti? Saçları ne renk?"

"Sarışın. Güzel bir kız. Yüzünü dürbünle görmüştüm. Beni her gördüğünde el sallar. Tatlı kız. Holly's Help üniforması giymişti. Yani mavi bol pantolon ve pembe tişört. Saçlarını kedi kulağı gibi toplamaktan hoşlanıyor. Neşeli bir görüntü. Bir de her zaman boynunda tasma gibi bir kolye oluyor." Beulah'ın kaşları yine çatıldı. "Belki saçlarını toplama şekli yüzünden genç olduğunu düşünüyorum ama gençler gibi hareketli bir kız. Enerjik yürüyor." Fincanına uzandığında eli titriyordu. Şimdiye kadar soğumuş olan çayından ağır ağır bir yudum alırken yorgun görünüyordu. Gözleri nemliydi.

Mallory nazikçe, "Hizmetçinin dün giydiği ayakkabıları görmüş olabilir misiniz?" diye sordu.

"Ah, evet. Yanlarında turuncu bir işaret olan beyaz koşu ayakkabıları." Beulah titrek eliyle çayından bir yudum daha alıp fincanı özenle tabağının üzerine bıraktı. "Horton daha önce hizmetçiyle konuşmuştu. Bir keresinde bahçe çiti üzerinden sohbet ettiklerini görmüştüm. Adı neymiş diye sordum." Duraksadığında gözlerinde tuhaf bir ifade belirdi. "*Kit* dedi."

HİZMETÇİNİN GÜNLÜĞÜ

Gül Köşkü'nün alt katındaki küçük banyoda yüzüme soğuk su çarpıp aynada gözlerime baktım. Kendi gözlerim beni yargılıyordu. Kendimle tartıştım... benliğimin her yönüyle kavga ettim. Tüm iç seslerim duyulmak adına birbirini bastırmak için yarışırcasına haykırmaya çalışıyordu.

"Hâlâ vaktin varken bu müşteriyi bırak. Hemen Holly'yi arayıp söyle."

"Ama burada bulabileceklerini hayal etsene! Rittenberg çiftinin saklamış olabileceği bütün o karanlık sırlar! Anahtarın var be kızım. Güvenlik sistemini nasıl devre dışı bırakacağını biliyorsun. Gül Köşkü artık açık bir MİDYE gibi! Aylarca boş kalmayacaksın."

"Sen dalga mı geçiyorsun ya? Bu hiç iyiye alamet değil Kit. Gitmen gerekiyor. HEMEN."

"Mahvolacaksın. Geri dönülmez bir yola gireceksin. Bu senin yıkıcı yanın Kit. Geri dönüşü yok."

"Ah, hadi ama! Eğlenceli olacak! En son ne zaman ünlü bir sporcunun evini temizlemiştin?"

"Terapistin ne derdi? Yardıma ihtiyacın olduğunu söylerdi. Bu normal değil."

"Normal kimin umurunda? Zaten normal de neymiş? Her şey gibi normallik de abartılıyor."

Bütün sesleri dinliyor, ürkek bir kedi kadar temkinli Kit'in bastırılmaya başladığını duyabiliyordum. Cesur ve düşüncesiz Kit kazanıyordu. Yüzümü kurulayıp sırtımı ve omuzlarımı dikleştirdikten sonra dengemi sağlamak için derin bir nefes aldım. Ardından önlüğümün cebinden pespembe rujumu çıkardım. Cebimde her zaman parlak renkli bir ruj taşırım. Rujum zırhımdır. Aynaya yaklaşıp parlaklığıyla son derece eğlenceli ve bir o kadar saldırgan kadınsı rujumu sürüp dudaklarımı birbirine bastırdım. İşte olmuştu. Çıkardığım işi incelediğimde görüntü onayımı aldı. Sevimli ve oyuncu görünmeme rağmen, silahını kuşanmış bir kadındım. Terapistimin bu konuda büyük fikirleri olduğundan emindim. Yüzüme düşen saçları elimle geriye tarayıp ağzıma attığım tarçınlı sakızı çiğnemeye başladım. Sakız çiğnemek her zaman adrenalinimi kanalize ederek odaklanmama yardım eder.

Saatime göz attım. Temizliğe başlamadan önce evi dolaşmak için kısacık zamanım kalmıştı. Kronometreyi ayarladım.

Sonra oturma odasındaki cesur DağFişeği tablolarını özenle görmezden gelip yukarı koştum. Dört büyük yatak odası ve bir çalışma odası vardı. İlk iki yatak odasındaki nispeten küçük yataklara bakılırsa bunlar kullanılmayan konuk odalarıydı. Jon Rittenberg'in ofisi tam bir erkek sığınağıydı. Çerçevelerde yalçın dağların siyah-beyaz fotoğrafları. Ekstrem maceralar peşinde koşanların hayatta kalma hikâyelerini anlatan kitaplarla dolu raflar. Zirvelerin, okyanusların, sık ormanların fatihleri. Bir sürü kişisel gelişim kitabı... daha iyi, daha büyük, daha güçlü olma, kendini insanlara dinletme sanatı. Düşük karbonhidrat ve keto diyet kitapları. Kas yapma, güçlü fiziği koruma... Büyük bir monitörü olan bir egzersiz bisikletinin arkasında asılı bisiklet ayakkabıları. Yoga matı. Ağırlıklar. Her şey orta yaşı dert edinen bir Olimpiyat şampiyonunun endişelerini ilan ediyordu. Sadistik bir zevk damarlarımı uyuşturuyordu. Üzerinde bir iMac ve devasa bir kavisli monitör duran cam masaya dokunduğumda, Daisy ve Jon Rittenberg çiftinin bu evde uzun süredir yaşamadığı izlenimine kapıldım. Her şey fazlasıyla yeniydi.

Ofisten çıkmak üzereydim ki dağ fotoğraflarından biri gözüme takıldı. Bu dik kayalıkları tanıyordum. Büyüdüğüm köye tepeden bakan zirvelerden biriydi. Şehrin iki saat kuzeyinde, belediyenin babama iş teklif etmesiyle taşındığımız küçük ama dünya standartlarında bir kayak merkeziydi. Çevre mühendisi olan babam, beldenin kanalizasyonunu arıtan atık su tesisinde çalışıyordu. Zihnime karanlık bulutlar üşüştü. Gittiğim okuldaki çocukların alaycı sesleri kulağımdaydı. "Katarina Bok-ovich'in babası, bok çukurunda çalışıyor. Hey, Bok-ovich, köpeğinin adı ne? Yoksa Pis mi?" Alaycı kahkahaların korosunu hâlâ duyabiliyordum. O eski acı ve endişeler göğsümün sıkışmasına neden olunca aniden kendimi fazlasıyla şişko hissettim. Sanki bir anda bütün yüzümü sivilceler kaplamıştı. Gözlerim dolmaya başladı. Okuldan ağlayarak döndüğümde annem bana sarılır, saçlarımı okşar, ne kadar güzel olduğumu söylerdi. Ah, onu çok özlüyorum!

Aceleyle odadan çıkıp kapıyı çarparak benimle alay eden kahrolası zengin çocukları, annemin evlerini temizlediği, yataklarını yaptığı, kıyafetlerini katlayarak dolaplara kaldırdığı çocukları içeri kilitledim.

Ardından ana yatak odasına geçtim. Yumuşak gri tonlarında döşenmişti. Büyük pencerelerden ışık güzel bir açıyla içeri sızıyordu. Giyinme odası ve büyük bir banyo. Bir gözüm saatimdeyken odanın atmosferini içime çekerek kocaman yatağa baktım. Sonra ağır adımlarla üzerinde bir kutu mendil ve bir kitap bulunan komodine yaklaşarak kitabı elime aldım. Zengin ev kadınlarıyla ilgili bir reality şovun yapım öyküsüydü. Daisy herhalde yatağın bu tarafında yatıyordu. Gözlerim Jon'un yattığı tarafa kaydı. Burası seviştikleri ve bebek yaptıkları yerdi.

Bir anda göğsüme bir taş oturdu.

Terapistimin sözlerini hayal edebiliyordum. "Neden Kit? Neden böyle hissediyorsun? Neden bunu yapıyorsun? Yepyeni bir şey bulana kadar neden, neden, neden diye yaz."

Kimseye sormam gerekmiyor. Nedenini biliyorum.

Halihazırda eşiği geçmiştim. Tek görebildiğim karanlık dehlizlerin daha derinlerdeki karanlıklara gömüldüğüydü. Dehlizlerin sonunda yansımamı binlerce parçaya bölerek bir kaleydoskop gibi yansıtan lunapark aynalarıyla dolu mahzenler vardı. Bir aynada bir süredir unutmayı başardığım ama şimdi bütün netliğiyle geri dönen şişman, üzgün, ergen Katarina Bok-ovich'i görüyordum.

Liseyi iyi notlarla bitiren Katarina'yla birlikte kafamın içinde bir gürültü başlıyor, Katarina dumanlara gömülüyordu. Ardından müthiş arkadaşları ve mutlu bir hayatı olan hizmetçi Kit'i gördüm. Bu Kit evlere temizliğe gidiyordu çünkü kendini kanıtlaması gerekmiyordu ve görünmez olabiliyordu. Başka bir Kit, amatör tiyatro grubuyla parlak ışıklar altında bir sahnedeydi. Sayısız rol oynuyor, maskeler takıyor, kendinden başka karakterlere bürünüyor, yaptıklarında kendini bütünüyle rahatlamış hissediyordu. Yazın sokaklarda doğaçlama yapıyor, etkileşimli tiyatro sanatıyla izleyicilerin ilgisini çekiyor, çocuklar için balonlar üflüyordu... Daha bir sürü Kit... Hepsini net bir şekilde görmek mümkün değildi. Aynalar şekilsiz yansımalarla tünelin gölgelerinin derinliklerine kadar gidiyor, bilincimin kenarlarında geziniyor, izliyor, fısıldaşıyorlardı.

Silkinip bütün Kit'leri kafamdan kovup banyoya girerek hızla dolaplardaki kozmetikleri ve ilaçları gözden geçirdim. Kaygı ilaçları. Uyku ilaçları. Buraya geri dönmeliydim ama alarmım çalıyordu. Nabzım hızlandı. Temizliğe başlamam gerekiyordu.

Son odaya koşup kapıyı açtığımda donakaldım.

Bebek odasıydı.

Temkinli adımlarla içeri girip beşiğin kenarını okşadım. Küçük yatakta küçücük bir oyuncak ayı vardı. Tuhaf bir duyguyla sarsıldım. Beşiğin üstünde asılı duran müzikli dönenceyi pastel renklerde sirk filleri ve tek boynuzlu atlar süslüyordu. Çalıştırdığımda tıngırdayan bir ninni eşliğinde filler ve tek boynuzlu atlar dönmeye başladı. Aklımda karanlık ormandaki küçük kulübeler ve büyükannesini ararken ormanda kaybolan kırmızı başlıklı kızın kurtlarla karşılaşması vardı. Tekinsiz müzikle birlikte filler ve tek boynuzlu atlar dans ederken şifonyere gidip avcumu üzerinde gezdirdim. Bu oda bütün enerjimi adeta emiyor, beni boğuyordu.

Başka zaman geri dönmeye karar verdim.

Sevgili Günlük, bu sayfaları okuduğumda terapistim geçmişte ya da şimdi çocuk isteyip istemediğimi soracak. Bundan eminim. Belki ona bir kere hamile kaldığımı ve artık hamile kalamayacağımı çünkü ilk seferinde bir enfeksiyonun rahmimi mahvettiğini söylerim. Belki bunun nasıl olduğunu, hatta daha başlamadan evlilik hayallerimin nasıl yerle bir olduğunu anlatırım. Belki de... hiç anlatmam.

Aşağı inip bir kez daha ultrason çıktısını dikkatle inceledim.

Belki evi bugün hızla temizleyebilirsem, üst kata koşup karnımın üstünde bu çıktıyı tutarak dans eden fillerin ve tek boynuzlu atların önünde bir selfie çekebilirdim.

#sürpriz #bebekyolda #çokheyecanlıyız #benvebalım

@tilkiylekarga hesabımdan paylaştığım bu selfie bana özel bir eğlence... bütün o sahte mutluluklara bir cevap olacaktı.

Saf bir zevk dalgası damarlarıma yayılırken elektrik süpürgesini çalıştırdım.

JON

17 Ekim 2019, Perşembe
Cinayetten iki hafta önce

Jon, Hunter and Hound'da masada oturmuş, Henry'nin bıraktığı kartvizite bakıyordu.

Sarsılmıştı. Bağlı olduğu partneri tarafından tırmanma ipi kesilmiş gibi ihanete uğramış hissediyor, düşerken kulaklarında ıslık çalan rüzgârı duyabiliyordu. Dönerek düşerken kulaklarında aynı şey çınlıyordu.

JonJon JonJon JonJon...

DağFişeği dengesini kaybetti...

"Beyefendi?"

İrkilerek düşüncelerini bölen garsona baktı.

"Sizi korkutmak istememiştim," dedi genç kadın, yeni viski kadehini önüne bırakırken. "Bardaki hanım gönderdi."

Jon gözlerini bara çevirdi. Etrafına şehvet yayan kadın, martini kadehini kaldırarak gülümsedi.

Önce kafası karışan, ardından hemen gönlünün okşandığını hisseden Jon, ikram edilen içkiyi şerefe kaldırdı ve küçük bir tereddüdün ardından dudaklarını kıpırdatıp eliyle buyur ederek ekledi. *Eşlik etmek istemez miydiniz?*

Kadın başını iki yana salladıktan sonra sıcak bir şekilde gülümseyip arkasını döndü.

Viskisini yudumlayan Jon'un merakı doruklardaydı. Ardından masadan kalkıp artan kalabalığın arasında mekik dokuyarak bara yöneldi ve sağındaki koyu saçlı kadının oturduğu tabureyle başka bir müdavimin arasına girdi. Kadına yakındı. Güzel kokusuna çok yakındı. Müziğin sesi yükseldi. Sahneye İrlandalı bir keman ikilisi çıkmıştı.

"Teşekkürler," dedi.

Kadının dudakları kıvrıldı. Kopkoyu kırmızı bir ruj sürmüştü. Uzaktan göründüğü kadar çekiciydi. "Gelmenize gerek yoktu," dedi.

"Gelmesem kabalık olurdu."

"Özür dilerim… gönderdiğim içki bir davet değildi. Benim hatam."

Kadın belli belirsiz bir aksanla konuşuyordu. Jon emin olamadı. Alman mıydı? Belki Hollandalı, hatta Fransız olabilirdi. Merakı artarken ilkel dürtüleri harekete geçti. "O zaman niye gönderdiniz?" diye sordu. "İçkiye ihtiyacım varmış gibi mi görünüyordum?"

"Var mıydı?"

Jon ofladı. "Belki. Olabilir. Evet."

Kadın mütevazı bir kahkaha attı. "Baktığım için kötü hissettim. O kadar tanıdık geliyordun ki hatırlamaya çalıştığım sırada beni yakaladın. Tanıdığımdan çok emindim. Bu hissi bilir misin? Hani evde sık sık ekranda izlediğin için artık arkadaş gibi gördüğün bir TV yıldızıyla karşılaşırsın da anlık bir aşinalık hissine kapılırsın ya? Tanıyorsundur ama aslında alakası yoktur. Sonra hatırladım. Sen kayak şampiyonu Jon Rittenberg'sin." Sırıtarak martini kadehini kaldırdı. "DağFişeği'nin şerefine. Milyonlarca yıl önce ben de kayak delisiydim. 2002 Salt Lake City Olimpiyatları'ndaydım. İlk altın madalyayı kazandığında seyirciler arasındaydım. Aman Tanrım… orada olmak heyecan vericiydi. Alp Kupası'ndaki kazayı da görmüştüm. Çok üzücüydü. Tekrar kayıp iki altın madalya kazanmak şöyle dursun, hepimiz bir daha hiç yürüyemeyeceğini düşünmüştük. O yüzden baktığım için bağışla." Kadehinden bir yudum aldı. Jon gözlerini dudaklarından ayıramıyordu. "İkramım sadece teşekkürlerimi sunmak içindi. Muhteşem kayakçılığınla hepimize esin kaynağı olduğun için."

Jon yerinde duramıyordu. Ergenlik yaşlarında ve yirmilerinde kayak çevresiyle takılırken olduğu gibi hissediyordu. Bu kadın onda bir kahraman *görüyordu.* Onu tanıyor, spor hayatının bir parçası olduğu için gurur duyuyordu. Minnettardı. Kadın, Jon'u doğrudan manyetik bir akıma bağlamıştı, o yüzden Jon geçmişinin yeniden canlandığını hissediyordu. Yine *yaşadığını* hissetmek baş döndürücüydü.

Kadın başını yana eğerek gözlerinin içine bakınca sahnenin gürültüsünden kaçmak istercesine Jon iyice ona eğildi. "Doğrusunu istersen Jon... bu akşam görene kadar DağFişeği'ni çoktan unutmuştum. O güzel günlere."

Jon çarpık gülümsemesiyle iyice sokulduğunda kolları birbirine değiyordu. "Eski ve hüzünlü bir Springsteen şarkısı gibi oldu bu."

"Heyhat."

"Sen de kayıyor muydun?"

Cebindeki telefon titredi. Yine Daisy arıyordu. Şu anda onunla konuşmaya yüreği yetmeyecekti. Konuşursa buraya taşınmalarının yalan yanlış nedenleriyle yüzleşmesi gerekecekti. Dahası karısına da kızgındı. Sinsi bir şüphe içini kemiriyordu. O da biliyor muydu acaba? Daisy ailesiyle, özellikle de annesiyle çok yakındı. Eve boş yere döndüğünü kendi kızlarına *söylemeyecekler* miydi yani? Tabii... oyuna getirilmişlerdi. Belki Wentworth çifti, evliliklerini bozup ondan kurtulmadan önce Daisy'yi yanlarında istemişti. Kalbi deli gibi atıyordu.

"Evet."

"Efendim?" diye sordu Jon.

"Kayıyordum. Kayıp kaymadığımı sormuştun."

"Evet, doğru. Buralardan mısın? Sanki bir aksan duyuyorum."

"Belçikalıyım ama artık İsviçre'de yaşıyorum. Buraya iş için gelip gidiyorum."

"Ne tür bir iş?"

Kadın sessizce onu süzdü.

"Özür dilerim. Ben… ben adını bile bilmiyorum, bir de tutmuş ne iş yaptığını soruyorum."

"Sorun değil. Adım Mia. Bankacıyım."

Etkilenen Jon elini uzattı. "Tanıştığımıza memnun oldum Bankacı Mia."

Kadın gülüp elini sıktı. İnce uzun eli pürüzsüz ve serindi. Tırnaklarını koyu kırmızıya boyamıştı. Dudaklarıyla aynı renkteydi. Jon o sırada yüzüğü fark etti. Kadın da onun fark ettiğini fark edince elini geri çekti.

"Mia'nın bir soyadı var mı?"

Kadın tekrar tereddüt edince Jon hızla geri vitese taktı. "Sorun değil. Soyadını bilmesem de olur." Oysa öğrenmeyi gerçekten istiyordu. İçinde zamanla, kayıtsızlıkla ve sıradanlıkla büzüşen canavarı uyandıran şehvetli bankacı Mia hakkında her şeyi bilmek istiyordu.

"Gitsem iyi olacak," diyen kadın içkisini bitirip tabureden aşağı kaydı.

"Ah… bir içki daha? Masamda içebiliriz. Burası çok gürültülü, sahneye çok yakın."

Kadın saatine baktığında kalbi tekledi.

"Ben… peki. Sadece bir içki. Sabah erken kalkmam gerekiyor."

Anında canlanan Jon hemen iki içki siparişi verdi. Ardından masaya geçtiler. Mia'yla sohbet etmek kolaydı. Dahası en doğru noktalara atış yapıyor, doğru yerlerden gururunu okşuyordu. Kayak yarışından ve kayak endüstrisinden konuşurken bilgili olduğu anlaşılıyordu. Haliyle Jon cinsel çekimin yanı sıra bir ahbaplık hissine de kapılıyordu.

Mia soyadının Reiter olduğunu söyledi.

Mia Reiter.

Jon da ona hâlâ TerraWest'te çalıştığını anlattı.

"Kayak merkezi işi tam da kayakçı işi," diye güldü Mia.

Jon da gülüp öne eğildi.

"Az önceki iş arkadaşın mıydı?" diye sordu Mia.

"Henry mi? Evet, eskilerden. Labden Wentworth'le çalışmış."

"Gergin bir toplantıya benziyordu."

Jon omuz silkti. "Beni bir rakiple ilgili bilgilendirmek istemiş."

"Ciddi bir rekabet mi?"

"Halledemeyeceğim bir şey değil."

Mia onu dikkatle süzdü. "Labden Wentworth'un kayak merkezi işi, küresel etkiyle birlikte uluslararası bir güce dönüştü. Son çeyrek raporu, yaz ziyaretlerinin yükselişte olduğunu gösteriyor. Hatta bazı TerraWest işletmelerinde, yaz ayları kış aylarından daha kalabalık."

"Dağ bisikletçiliği sayesinde."

Mia gözlerine kilitlendi. "Endüstri dergilerine bakılırsa aynı zamanda kızıyla evlisin."

Jon'un gözünün önüne Daisy'nin yüzü geldiği anda, elini tutarak ultrason monitöründen minik oğullarını seyrederken hissettiği sevinci hatırladı. Burada ne işi vardı? Saatine göz atarken kalp atışları hızlandı.

Onun saate baktığını fark eden Mia'nın yüz ifadesi değişti. "Elbette, ben… yani seni böyle tekelime almak istemezdim. Gitmem lazım." Çantasını alıp doğruldu.

"Sohbet için teşekkürler Mia," dedi Jon. "Buna ihtiyacım vardı."

Mia duraksadı. "Tam olarak neye ihtiyacın vardı?"

Jon'un telefonu yine titredi.

Mia masadan kalktı.

Telefonu titremeye devam eden Jon göğsünün sıkıştığını hissedebiliyordu. Daha düşünemeden, "Bekle," deyiverdi. "Henüz gitme. Telefona bakmam lazım. Bir saniye izin verir misin?"

Tereddüt etse de Mia tekrar oturdu.

Jon telefonu kulağına götürdüğü anda Daisy, "Selam tatlım," dedi. "Her şey yolunda mı? Merak ettim."

Jon iki parmağını kaldırıp Mia'ya baktı. Sadece dudaklarını oynatarak *iki dakika* diyordu. "İyiyim. Dur, daha sessiz bir yere geçeyim. Bir saniye bekle." Masadan uzaklaşırken telefonu gömleğine bastırıp koşarcasına kalabalığın arasında mekik dokuyarak barın dışındaki daha sessiz lobiye ulaştı ve telefonunu tekrar kulağına götürdü. "Kusura bakma aşkım. Aramam gerekirdi. Henry giderken işten arkadaşlar geldi. Herkes yeni işi konuşuyor. Hatta çevre eksperi de yanlarındaydı. Adamla yakınlaşmam gerektiğini hissettim. Hâlâ burada. Geç kalabilirim. Sorun olmaz değil mi? İstersen hemen gele…"

"Hayır, hayır. Ben… sorun değil. Henry'yle yemek nasıldı?"

Jon iyi gittiğini söyledi. Daisy üsteleyince de evde açıklayacağını belirtti. Tam kendisini beklememesini söyleyerek telefonu kapatacağı sırada Mia lobiye gelerek, "Jon, gerçekten erkenden kalkmam lazım," dedi fısıldarcasına. "Her şey için teşekkürler. Harika bir akşamdı." Sonra yanından geçip otelin kapısından dışarıdaki sonbahar akşamında kayboldu.

Jon telefonunu cebine atıp arkasından koşarak, "Mia!" diye seslendi.

Kadın kaldırımda durup döndüğünde sokak lambası saçlarını parlatıyordu. Gözlerinde beklenti vardı.

Jon birden utanıp ellerini pantolonunun ceplerine sokarak, “Ben… iyi geceler,” dedi. “Teşekkürler.”

Bir an için öylece kaldılar. Birbirlerine bakıyorlardı. Erkek ve kadın. Aralarında adeta elektrikli bir akım vardı. Bıçak sırtındaydılar… ya arzularına yenik düşecek ya da yürüyüp gideceklerdi.

Jon hamle yapmayınca Mia hızlı adımlarla yanına gelerek dudaklarını kulağına yapıştırdı. “Hoşça kal JonJon Rittenberg,” diye fısıldadı. “Tanıştığımıza sevindim. Sonunda. Ta kendisi. Onca yıl sonra.” Ardından yanağına küçük bir öpücük kondurup dönerek uzaklaştı.

Gecenin serinliğinde öylece durmuş, kadının baştan çıkaran kalçalarını seyrederken, “Kahretsin,” diye mırıldandı Jon. O yüksek ve seksi topuklar. Uzun saçlarının sırtında dalgalanışı… Orada dururken sertleşmişti. Terliyordu, nefesleri sıklaşmıştı.

Kadın köşeyi dönüp gözden kaybolduğunda yutkundu. Şehrin sesleri yavaş yavaş geri geliyordu. Gerçekliğe dönerken içinden evrene hükmeden tüm tanrılara sessizce teşekkür etti çünkü korkunç bir hata yapmanın kıyısından dönmüştü. Tekrar bara girdiğinde kendini tutarak doğru olanı yaptığını düşünüyordu. Bunu bilmek bir anlamda kendisiyle gurur duymasını sağladı ama hesabı ödemek için masasına gittiğinde kırmızı ruj bulaşmış peçeteyi gördüğünde aklına Schrödinger’in kedisi geldi. Mia Reiter’ı hem yeniden görmek istiyordu hem de hiç görmek istemiyordu.

Peçeteyi katlayıp cebine atmayı düşündü ama sonra yerinde bırakıp adisyonla birlikte kasaya gitti. Tam cüzdanından kredi kartını çıkarmakla uğraşıyordu ki barmen, “Hanımefendi hesabı kapattı," dediğinde Jon başını kaldırıp, "Ben daha önceki yemek ve viskileri de ödemek istiyorum," dedi.

"Dediğim gibi, hanımefendi hesabı kapattı."

"Her şeyi mi? İki kişilik yemek ve içki?"

"Her şeyi."

Jon tam dönüp gidecekti ki birden durdu. "Kredi kartıyla mı ödedi? Adres ya da herhangi bir şey bıraktı mı?"

"İyi denemeydi dostum. Hayır, hesap nakit ödendi."

FOTOĞRAFÇI

Otelin girişinde koyu saçlı kadınla konuşurken Jon Rittenberg belli ki caddenin karşısındaki bir araçtan birinin kendilerini izlediğinin farkında değildi.

Arabanın içindeki kamerayı kaldırıp telefotoyu pencereden dışarı doğrultarak girişin üstündeki otelin adıyla birlikte Rittenberg'le kadını kadraja aldı.

Klik. Klik. Klik.

Koyu saçlı kadın yaklaşıp Rittenberg'i yanağından öptü.

Klik.

Koyu saçlı kadın dönüp kaldırımda, Milan ya da Paris sokaklarında sıklıkla rastlanan kadınların sofistike rahatlığıyla uzaklaşmaya başladığında fotoğrafçı, Rittenberg'i izlerken gülümsüyordu.

Sonunda Rittenberg kadının peşinden gitmek yerine tekrar otelin lobisine girdi.

Fotoğrafçı onun girişini fotoğrafladıktan sonra kamerasını indirdiğinde, Rittenberg koyu saçlı kadının peşinden gitseydi gecenin ne kadar farklı sona ereceğini merak ediyordu. Kadın bariz bir şekilde açık bir kapı bırakmıştı ama adam o kapıdan içeri girmemişti.

MALLORY

1 Kasım 2019, Cuma

Mallory ve Benoit cinayet birimiyle toplandığında akşamüstü olmuştu. Odadaki bir masanın etrafında onlarla birlikte diğer iki dedektif Arnav Patel ve Jack Duff'ın yanı sıra idari memur Lula Griffith'le arama emri başvuruları ve dava belgeleriyle ilgilenen Gavin Oliver de oturuyordu. Çekirdek ekip küçük olsa da Mallory'nin emrinde adli tıp birimi, çeşitli birimlerden üniformalı polisler, analistler ve teknik destek ekibi vardı. Mallory duruma göre ekibi şekillendirebiliyordu.

Başdedektif Mallory, önünde bir dizüstü bilgisayar, arkasında bir monitörle masanın başında oturuyordu. Aşırı sıcak odada, birinin getirdiği pizzanın sucuk, sarımsak ve erimiş peynir kokusu mide bulandırıyordu. Mallory bir an önce çıkıp sahaya dönmek için can atıyordu.

"Pekâlâ, henüz cinayet olup olmadığına dair kesin kanıtlara ulaşamadık ama varsayım üzerine çalışıyoruz. Bu yüzden hızlanalım," dedikten sonra bilgisayarında bir tuşa bastığında arkasındaki ekranda Cam Ev'in resmi belirdi. "Şimdiye kadar bulduklarımız şöyle... Northview ya da Cam Ev olarak bilinen Batı Vancouver kıyısındaki lüks evde gerçekleşen şiddetli boğuşmaya dair izler var. Ciddi kanama söz konusu. Olay doksanlı yaşlara merdiven dayamış yan komşu Beulah Brown tarafından ihbar edilmiş. Kendisi dün gece 23:21'de bir kadının çığlığıyla uyandığını söylüyor. Kadın tedavi amaçlı yatıştırıcı ve ağrı kesiciler alıyor. Tanıklığının şüpheli olabileceği aklımızın bir köşesinde durmalı ama gün boyunca hafızasını tazelemek için gördüklerini not alıyor."

Mallory yine tuşa bastığında araba yoluyla çevre evlerin resmi ekranı doldurdu.

"Brown'ın köşe penceresi evinin ikinci katında," diyerek pencerenin yerini işaret etti. "Buradan araba yolunu görebiliyor. Dediğine göre, Holly's Help diye bir firmadan temizlikçi dün sabah gelip sarı renkli Subaru Crosstrek aracını şuraya park etmiş." Kalemiyle işaret etti. "Subaru'nun her iki ön kapısında Holly's Help logosu varmış," dedikten sonra bu sefer logonun bir örneğini ekrana yansıttı. "Bayan Brown'ın notlarına göre koyu gri bir Audi sedan saat 18:14'te arkasına park ettiğinde hizmetçinin arabası hâlâ araba yolundaymış. Audi'den otuzlarının sonunda kırklarının başında bir adamla bir kadın inmiş. Brown koyu renk, uzun ve dalgalı saçları olan kadının hamile olduğunu söylüyor. İri yarı ve uzun adamın saçları kum rengiymiş. Kadının elinde beyaz bir çiçek buketiyle pasta kutusuna benzer bir şey varmış."

Ön kapının hemen yanında solmaya yüz tutan çiçeklerle ezilerek içindekileri sızdıran pasta kutusunun resmini gösterdi. "Çiçekler ve pasta burada, ön kapının hemen dışında yere düşmüş. Bukette, *Daisy* diye birinden bir kart vardı." Bir tuşa bastığında resim ekranı doldurdu. "Kartta bunlar yazıyordu."

Özerklik ölmeden önce iyi şanslar dostum.
Heyecanlı bir yolculuktu.
Destek için teşekkürler.
Daisy
X

"Kartın alt tarafında kabartma bir logo var. *Bea's Blooms*... Point Grey'de bir çiçekçi. Pasta da yine Point Grey'deki *Pi Bistro* diye bir yerden alınmış."

Arnav araya girdi. "Yani şu Daisy denen kişi çiçekleri ve meyveli pastayı Point Grey'de alıyor, sonra adamla birlikte Audi arabayla Cam Ev'e gidiyor. Saat altı civarı oraya ulaşıyorlar. Akşam yemeği? Pasta tatlı niyetine mi? Belki çift Point Grey bölgesinde yaşıyordur."

"Benoit'yla birlikte toplantıdan sonra çiçekçiyle bistroya uğrayacağız," diyen Mallory, fareyi oynatıp başka dosyaları açınca ön kapı ve kanlı oturma odası ekranda belirdi. "Zorla girme izi yok," dedi. "Olay yerinde kurban bulunmadı. Evde kimse yoktu. Soğuğa ve yağmura rağmen hem ön hem arka kapı ardına kadar açık bırakılmıştı. Bütün ışıklar ve storlar açıktı. Evdeki kamera sistemi devre dışı bırakıldığı için olaylara dair herhangi bir kayıt yok." Notlarına baktı. "Evin sahipleri Haruto and Vanessa North çifti. İkisi de henüz bulunamadı ama arabaları hâlâ garajda duruyor."

Ardından ekibine Benoit'yla birlikte evin içinde bulduklarını tarif etti. Konuşurken ilgili görselleri ekrana getiriyordu. Kanlı yerde sürüme izleri, sıçrayan kanlar, devrilen mobilyalar, yatak odasındaki kanlı biblo, yatağın yanındaki kanlı spor ayakkabısıyla çorap, havuzun dibinde bulunan et bıçağı, kanepede bulunan elmas kolye...

Bir sonraki görsel, otuzlu yaşlarının başında olan sarışın bir kadına aitti.

"Benoit, devam etmek ister misin?"

Ortağı öne eğildiğinde buyurgan varlığıyla odanın bütün dikkati ona yöneldi. "Brown, iki kişinin oturma odasından kaybolan halıya sardıkları bir şeyi yerde sürükleyerek dışarı çıkardığını gördüğünü söylüyor. Halıyı Audi'nin arka koltuğuna yerleştirmişler. Sonra biri Audi'ye, diğeri Holly's Help logolu Subaru araca binmiş ve iki araç hızla Cam Ev'den uzaklaşmış." Ekrandaki sarışın kadını işaret ederek devam etti. "Bu Kit Darling... Beulah Brown'ın sabah geldiğini gördüğü hizmetçi. Fotoğrafı Darling'in işvereni Holly McGuire'dan elde ettik. Kendisi Holly's Help temizlik hizmetlerinin sahibi ve yöneticisi."

Ekrandaki fotoğrafı incelerken odadaki herkes sessizliğe gömülmüştü.

Darling alışılmadık bir şekilde çekiciydi. Gözlerinde muzip bir bakış, dudaklarında hafif bir gülümseme vardı. Sanki gizlice eğlenceli bir şey bulmuş gibi bakıyordu. Parlak pembe ruj sürmüştü. Uzun takma kirpikleri göze batıyordu. İnce sarı saçlarını başının iki yanında topuz yapmıştı. Boğazında siyah kadife bir boyunluk vardı.

Benoit anlatmaya devam etti. "McGuire, gönderdiğimiz memurlara Darling'in uzun zamandır yanında çalışan değerli ve güvenilir bir eleman olduğunu söylemiş. Sekiz yıldır temizlik hizmetlerinde çalışıyormuş. Altı ayı biraz aşkın bir süredir Cam Ev'de haftada iki kere standart temizlik yapıyormuş. McGuire, Darling'in iki yan kapısında Holly's Help logosu olan sarı renkli bir Subaru Crosstrek kullandığını doğruladı. Dediğine göre, Darling'den dün mesai sonrası haber çıkmamış, dahası dün akşam şirketin Cadılar Bayramı partisine de katılmamış."

Benoit kısa bir süreliğine Kit Darling'in fotoğrafını inceledi. "Darling'in acil durumlarda aranmasını istediği kişi, en yakın arkadaşı Boon-mee Saelim. McGuire, Saelim'i aradığını ama onun da Darling'den haber alamadığını öğrendiğini söyledi. Telefonla ulaşamayınca Saelim, Darling'in evine gitmiş. Ne kendisi ne de Subaru oradaymış. Bunun üzerine Saelim kayıp ihbarında bulunmaya çalışmış."

"Kit Darling için durum hiç iyi görünmüyor," dedi Jack.

"Diğerleri için de öyle," dedi Lula. "Hâlâ Vanessa ve Haruto North çiftini ya da Audi'yle gelen gizemli çifti bulamadık. Şimdilik elimizde sadece iki hamile kadın bilgisi var." Duraksadıktan sonra ekledi. "Yani doğmamış iki bebeğin hayatı da tehlikede olabilir."

Mallory, "Arnav, sosyal medya araştırmasına başlayabilir misin?" dedi. "Kit Darling ile ilgili bulabileceğimiz her şey işimize yarayabilir. Arkadaşları, yaptığı yorumlar, nerelere gittiğine ya da dün akşamla ilgili planlarına dair bilgiler..."

Dedektif başıyla onayladı. "Tamamdır."

Mallory, Jack'e döndü. "Tanıklar ve çevredeki güvenlik kameraları ne âlemde? Hızla olay yerinden uzaklaşan Audi ve Subaru herhangi bir kameraya yakalanmış mı?"

"Bütün kapıları çaldığımızda, caddenin köşesinde gece köpeğini dolaştırmaya çıkan bir tanık daha bulduk," dedi Jack. "Audi ve Subaru tarifine uyan iki aracı görmüş. Beulah Brown'ın ifadesinde olduğu gibi araçlar dur tabelasında bile durmadan hızla uzaklaşmış. Doğu yönünde Marine Drive'a dönerken iki araç da lastikleri sürtmüş. Marine Drive ve köprü kamera kayıtları için bir ekip şu anda tarama yapıyor. Araçlar doğudan Marine yönüne gittiyse birkaç seçenek söz konusu. Ya Marine üzerinden konut bölgesine giderek North Shore'da bir yerlerde saklanıyorlar ya da daha doğudaki Deep Cove bölgesine kadar gittiler. Belki de Burrard üzerinden şehre bağlanan iki köprüden birinden geçmiş olabilirler."

"Lions Gate Köprüsü kameralarına dikkatli bakın," dedi Benoit. "Audi, Point Grey bölgesinden geliyorsa, o tarafa gitmiş olmaları mümkün."

"Ya da gitmemişlerdir," dedi Jack. "Belki önce halıyı bir yere atmaya gittiler."

"Peki," dedi Mallory. "Elimizdekilerle harekete geçelim. O araçları bulmamız gerekiyor. Gizemli çiftin kimliğini bulmamız gerekiyor. North çiftini bulmamız gerekiyor. Ve kayıp hizmetçi Kit Darling'le ilgili her şeyi bulmamız gerekiyor. Bugün hâlâ yolumuz uzun. Yarın sabah tam altıda burada buluşalım. Umarım adli tıptan bazı sonuçlar gelir de neyle uğraştığımız hakkında daha fazla bilgi sahibi oluruz." Gözlerini teker teker ekip elemanlarında gezdirdikten sonra ekledi. "Kan kaybına ve kanın sıçrama şekline bakılırsa kurbanımız ya ciddi yaralı ya da bir ceset arıyoruz. Lula, birine hastane acil birimlerini kontrol ettirebilir misin?" dedi. Ardından herkese görev dağılımı yapıp saatine baktı. "Hadi gidelim. Saat işliyor."

HİZMETÇİNİN GÜNLÜĞÜ

Holly, dün Gül Köşkü mesaim biter bitmez aradı. Bu bir işaretti. Merakımın bataklığına daha fazla batmadan Rittenberg işinden çıkmam için bir fırsattı. Ama donakaldım. Bir türlü soramadım. O yüzden hastalanan başka bir elemanın yerine birkaç günlüğüne araya ekstra mesai sıkıştırıp sıkıştıramayacağımı sorduğunda bir şey demeden kabul ettim. Böylece Jon ve Daisy Rittenberg'in hayatını didikleyemeyecek kadar yoğun olacak, sosyal medya hesaplarını kontrol etmeye zaman bulamayacak, geri çekilmek için kendime zaman tanıyabilecektim. Çünkü akıllı Kit öyle yapardı. Akıllı Kit, Rittenberg evinde ona buna burnunu sokmanın sonunun iyi olmayacağını çok iyi biliyordu.

O yüzden bugün o işten bu işe koşarken süper yoğundum. Şimdi evdeyim. Yorgunum. Ve bir saat sonra tiyatroya gitmek üzere çıkmam gerekiyor. Hayır grubumuz Mary'nin Üç Hayatı adında bir oyun sahneliyor. Mary'yi ben oynuyorum. Sekiz haftalık turne için iki akşam daha sahneye çıkacağım. Yarın son perde. Sonra Mary karanlığa gömülecek. Haliyle çıkmadan önce hızlıca bir şeyler karalayacağım.

Artık merak sorunum olduğumu biliyorsun Sevgili Günlük. Ama kimin sorunu yok ki? Terapistime göre benimki bağımlılık seviyesindeyse, o zaman sıkı bir bağımlıyım çünkü bağımlılığımı iyi saklıyorum. Doğrusunu istersen dışarıdan bakanlar için hayatım son derece eğlenceli. Hobim ve tutkum amatör tiyatroculuk. Doğaçlama, çok boyutlu oyunculuk, doğal ve anlık performanslar, pandomim... hepsinden keyif alıyorum. Aynı zamanda Boon'la drag şovlara giderken süslenip püslenmeye bayılıyorum. Asıl sevdiğim güzellik yarışmasından eksik kalmayan kostümler ve hayali anlatılar. Çekmecelerinizi karıştıran görünmez temizlikçi... evinizdeki hayalet, Anonim Kız herhangi biri olabiliyor.

Boon'la sıkı fıkı bir arkadaş grubumuz var. Hepimiz aynı amatör tiyatro grubunun üyeleriyiz. Birlikte oynuyor, birlikte sosyalleşiyor, düzenli bir şekilde Zindanlar ve Ejderler oynamak için toplanıyoruz. ZE de bir tür rol yapma oyunu.

Bak işte... ne yapmaya çalıştığını biliyorum Sevgili Günlük. Mutlu sosyal yaşantımın ve normal yanımın bile rollerin, maskelerin, oyun karakterlerinin arkasına saklanmakla ilişkili olduğunu göstermeye çalışıyorsun. Hayalet olan benim. Terapistim hayalet kalmaya neden bu kadar ihtiyaç duyduğumu öğrenmek istediği için bu sayfaları yazan da benim. Ama aslında sana anlatmak istediğim kendimle gurur duyduğum Sevgili Günlük. Şimdiye kadar Rittenberg çiftinin hayatını araştırmamayı başardım. Hâlâ sosyal medya hesaplarını incelemedim. Ve hâlâ Holly'ye o işi bırakmam gerektiğini söyleyebilirim.

Kontrol bende.

Saatime bakılırsa gitmem gerekiyor. Mary bekliyor. Oyun, hayatında üç kez önemli bir seçim yapma şansı olan genç bir kadın hakkında. Her seferinde farklı bir seçim yapıyor. Her seçim hayatını bambaşka yerlere götürüyor. Bir seferinde Mary, kazara hamile kalınca bebeği doğurmayı seçip bebeğin babasıyla evleniyor. Başka bir sefer adamı kapıya koyup kürtaj oluyor ve güçlü bir iş kadını oluyor. Sonuncusundaysa tek başına bohem hayatı yaşayan bir anne olmayı seçiyor. Her hayatın kendine özgü savaşları ve zaferleri var.

Gitmeden önce hızla @tilkiylekarga Instagram hesabımı kontrol edip son videoma baktım. Gül Köşkü'ndeki bebek odasında durmuş, karnımın önünde Daisy'yle Jon'un ultrason çık-

tısını tutuyordum. Gülümsüyordum. Filler ve tek boynuzlu atlar arkamda dans ediyordu. Arkadaki dönencenin müziği korku filmlerini aratmıyordu. Videoyu hem masum hem de karanlık gösteren bir filtre seçmiştim.

#bebekyolda #hayatseçimleri #hangihayatıseçti

Şimdiden 207 kalp gelmiş. İnsanlar paylaşımımı sevmiş. Yorum bölümü tebrikler, gülen suratlar ve daha çok kalple dolmuş. @tilkiylekarga gibi sahte bir hesabı takip etmeye karar veren bu insanların kim olduğu hakkında en ufak bir fikrim bile yok ama benim için mutlu olmuşlar.

Genellikle bu beni de mutlu eder.

Ama bugün nedense içim boş.

İçimdeki özlemi ben yarattım.

Bazen hayat seçimlere bakmaz, irademize rağmen olacakları bize dayatır.

Ama yıllar sonra bir şeyi yeniden yaşama fırsatı elimize geçerse ne olur? Mary gibi? O zaman farklı bir yol seçeriz.

DAISY

18 Ekim 2019, Cuma
Cinayetten on üç gün önce

Daisy cep telefonunu havaya kaldırıp gülümserken fotoğrafını çekti. Sonra açıyı değiştirip tekrar çekti. @GünlükGündelikDaisy Instagram hesabı için kusursuz bir fotoğraf çekmeye çalışıyordu. Son denemesini Stanley Park dalgakıranında balık tutanları arkasına alarak yaptı. İnsanlar yanlarında kovalarıyla otururken oltalarını kayalık suya atmışlardı. Fotoğrafı çekerken aklından potansiyel etiketler geçiyordu.

#BalıkçıAdamlar #StanleyParkSabahı #GünDoğumu
#HamilelerEgzersizYapmalı

Etiketlerinde her kelimeyi büyük harfle yazmayı seviyordu. Büyük harfle yazmak, görme engelli ekran okuyucularının yanı sıra kelimeler arasındaki kalıpları ve disleksi ya da bilişsel engeller yüzünden kelimeleri ayrıştırmakta zorlanan Instagram kullanıcılarına yardımcı oluyordu. En azından birileri öyle demişti. Sosyal medya hesabıyla amacı, sıcak ve kapsayıcı olduğunu göstermekti. Kültürel farkındalık yaratmaktı. Daisy'nin özenle küratörlüğünü yaptığı hikâyesi doğru mesajlar içermeliydi.

Hayır, #BalıkçıAdamlar doğru olmazdı çünkü yanında çocuğu olan bir kadın da balık tutuyordu. #Balıkçılar? Sonunda karar verdi.

#Balıkçılar #PacifikNorthwest #NadirGüneşliBirGün
#ÇokKültürlüVancouverMutluluğu
#HamilelerEgzersizYapmalı
#BistroÖğleYemeğiİçinSabırsızlanıyorum

Karnını da gösterecek şekilde birkaç selfie daha çektikten sonra cep telefonunun kamerasını deniz uçaklarının inip kalktığı Coal Harbour'ın tepesinde yükselen ışıltılı gökdelenlere çevirdi. Jon o cam kulelerden birinin en üst katındaki masasında güneşler içindeki altın bir tanrı gibi okyanusları, dağları ve Burrard'daki karlı yamaçları izliyordu. Daisy'nin aklından birkaç etiket geçti.

#JonOfiste #ÇatıKatı #TerraWest #KayakHayatı
#BirOlimpiyatçıylaEvlilik #ÇifteAltınMadalyalıAdam

Ama bunu asla yapmazdı. Jon onun Instagram alışkanlığını küçümsüyordu. Dediğine göre belaya davetiyeden başka bir şey değildi. Özellikle de Daisy'nin bir tür sosyal medya fenomeni olarak hamile annelere hizmet veren en iyi şirketlerden hediyeler almasından hiç hoşlanmıyordu. Geçen hafta fillerin ve tek boynuzlu atların dans ettiği çok sevimli bir müzikli beşik dönencesi gelmişti. Ondan önceki hafta Gül Köşkü'ne, içinde büyüyen karınlar için tasarlanmış son derece seksi yoga taytı gelmiş, Jon taytı çok beğenmişti. Ta ki Daisy, şirket için taytı giyerek Instagram'da poz vereceğini söyleyene kadar... Bunun üzerine hediyelerin reklam amaçlı olduğundan, Daisy'nin buna hiç ihtiyacı olmadığından dem vurmuştu.

Böyle şeylere hiç gerek yok Daisy. Sanki ihtiyacımız varmış gibi. Sanki karıma güzel bir hayat veremiyormuşum gibi. Sanki başarısızmışım, fakirmişim gibi... Tanrı aşkına, yapma böyle şeyler.

Telefonu indirdiğinde Daisy'nin gözü hâlâ kocasının çalıştığı ışıltılı ofis binasındaydı. Jon'un sesi kulağında yankılanıyordu.

Binlerce kişinin seni takip etmesinin tek nedeni, benim karım olman. Bu avantajı sosyal medya hesabını ilk açtığında sonuna kadar sömürdün. Ve nasıl tehlikelere gebe olduğunu biliyorsun Daisy. Daha önce de peşimize deliler takıldı. Herkes coğrafi konumdan ne zaman nerede olduğunu çözebilir. Bir restoranda oturup fotoğrafını çektiğinde, siparişin masaya gelene kadar takipçilerin de seni bulabilir.

Daisy bu sözleri aklından kovmaya çalıştı ama Jon'un azarlayan sesi hâlâ buz gibi göğsünü titretiyordu. Sonra Jon'un alkol kokularıyla eve döndüğü önceki geceyi hatırladı. Kocası karanlıkta sessizce yatağa girerken belli ki onun uyuduğunu sanıyordu, oysa Daisy uyumuyordu. Yatakta saatlerce yatarken Jon'la telefonda konuşurken duyduğu kadın sesini hayal edip etmediğini merak etmişti. Jon'un şişmiş bedenini seksi bulmadığı endişesi de buna eklenince kaygıları artmıştı. Kocası bir süredir sevişme girişiminde bile bulunmamıştı. Daisy sabah kahvaltıya indiğinde onunla yaptığı konuşmayı kelimesi kelimesine aklında tekrar oynattı.

"Eee, Henry ne konuşmak istemiş?" diye sordu Jon'un fincanını yeni yaptığı kahveyle doldururken. Kocasının yüzü gergindi, gözlerinde temkinli bir bakış vardı. Daisy endişelenmeden edemedi.

"Jon?"

Jon derin bir iç çekip alnını ovuşturdu.

Akşamdan kalmaydı. Suratsızlığının nedeni bu olmalıydı.

"Jon, lütfen. Konuş benimle. Henry seni niye davet etmiş?"

"Son yönetim heyeti toplantısında bir mesele olmuş. Henry benimle baş başa görüşmek istemiş. Daha doğrusu önceden bilgilendirmek istemiş." Karısının verdiği kupadan bir yudum aldı. Artık daha hızlı konuşuyordu. "Dediğine göre artık COO pozisyonuna tek aday ben değilmişim."

"Ne?"

"Bir rakibim var."

"Anlamıyorum. 'Rakip' derken?"

Jon kupayı masaya bırakıp kravatını sıktı. Her hareketinden adeta gergin dalgalar yayılıyordu.

"Jon! Konuş benimle."

"Biliyor muydun Daisy?"

"Neyi? Sen neden bahsediyorsun?"

"TerraWest yeni birini işe almış ve halihazırda insan kaynakları onu Claquoosh Kayak Merkezi'nin yeni COO pozisyonuna hazırlıyormuş. Baban ya da annen bahsetmemiş miydi?"

"Tabii ki bahsetmediler. Böyle bir şeyi senden saklamazdım."

"Gerçekten saklamaz mıydın? Yani belki her şey planın bir parçasıydı Daisy. Beni geri getirmek için ailenle birlikte kandırmış olabilirsiniz. Tıpkı doğum kontrol haplarını bıraktığını söylemediğin gibi."

"Ne münasebet..."

"Boş ver. Özür dilerim. Öyle demek istemedim."

Daisy'nin gözleri yanıyordu. "O zaman ne demek istedin? Hamile kalmak için seni kandırdığımı mı düşünüyorsun? Sonra da kandırarak buraya taşınmaya mı ikna ettim? Niye öyle bir şey yapayım? Kendin söylemiştin. Bir bebek istiyordun. Bir aile istiyordun. Yeni bir başlangıç istiyordun. Yani... Colorado'daki o kâbustan sonra."

Jon'un omuzları çöktü. Yüzünü sıvazladı. "Bağışla. Dün akşamki haberler şok ediciydi. Özür dilerim. Ben... ben hâlâ anlamaya çalışıyorum Daize." Gözlerinin içine baktı. "Sanırım iş bitmiş. Galiba şu yeni gelen yerime gelecek."

Daisy kocasına baktı. Dünya etrafında fır dönüyordu. "Kimmiş bu?"

"Ahmed Waheed diye benden daha genç ve tecrübesiz biri."

"İyi de TerraWest niye böyle bir şey yapsın? Senin neyin..."

"Benim neyim mi eksik? Neyin eksik olduğunu söyleyeyim Daisy. Şu Waheed denen tip esmer tenli ve ben beyazım... Ben orta yaşa merdiven dayamış bir adamım ve zaman değişiyor ve herkes çeşitlilik imajı peşinde. Yanlış zamanda zirve yaptım. Lanet olsun, sıramı kaçırdım. Şu yeni siyasi doğruculuğun... kurbanı oldum."

"Jon, bu doğru..."

"Değil mi? Bu ülke için lanet olası iki altın madalya kazandım. Kayakçılık kanıma işlemiş." Parmağını masaya bastırdı. "Burada doğdum... North Shore Dağları'nın eteklerinde, TerraWest'in doğduğu şehirde doğdum. Ben bir ikondum. Adım bütün bir sektörün sırtına yüklendi. Adım para yaptı. Yüzüm ve vücudum biradan tıraş köpüğüne, diş macunundan yaşam tarzına kadar bir sürü şey sattı. Şirket... ailenin şirketi ismimden, benden faydalandı. O kadar para kazandırdıktan sonra anlaşılan pabucum dama atıldı çünkü esmer tenli değilim ve lanet olası beş farklı dil konuşmuyorum. Sikerim böyle işi."

"Bu evde küfredemezsin. Ve sakın ailemi bu işe bulaştırmaya kalkma. Babam kalp krizinden sonra emekli olmak zorunda kaldı. Bu onun kararı değil. Bahse girerim şirketten ayrıldıktan sonra verilen bir karardır."

"O zaman bunun ne anlama geldiğini anlıyorsundur. O pozisyon için TerraWest'te beni bir tek baban... belki bir de

Henry istiyor. Bunu mu demeye çalışıyorsun? Labden kapıdan çıkar çıkmaz herkesin beni defetmeye çalıştığını mı söylüyorsun?"

"Şu Waheed denen adamın işe daha uygun olabileceğini hiç düşündün mü?"

"Sen ciddi misin? Gerçekten mi?"

"Jonnie..."

"Bırak şimdi 'Jonnie' ayaklarını."

"Yani... beş dil bilmek? Sonuçta kulağa etkileyici geliyor. Hem TerraWest'in dünya pazarındaki yeni girişimleri göz önüne alınırsa..."

"Bir Müslümana mı ihtiyaçları var? Sonuçta Waheed lanet olası bir Müslüman ve böylece bir standart tutturulmuş oluyor."

Daisy öfkeyle boğulduğunu hissediyordu. "Eh... gerçekten Müslüman mı?"

"Muhtemelen."

"Gördün mü? Uyduruyorsun. O adam hakkında hiçbir şey bilmiyorsun, değil mi?"

"Sen biliyor musun? Of Daisy. En azından senin desteğine güveniyordum. Ben... benim gitmem gerekiyor," dedikten sonra Jon sandalyesini geri itip hole yürüdü.

"Lütfen böyle çekip gitme."

"Geç kaldım." Jon holdeki vestiyerden ceketini aldı.

"Kahvaltı etmeyecek misin? Bir sürü şey hazırladım. Lütfen otur da bir şeyler ye."

Kocası yumurta, kızarmış ekmek, portakal suyu ve yakut kırmızısı greyfurt dilimleriyle dolu sofraya baktı. Daisy bahçeden sonbahar renginde taze çiçekler bile kesmişti. Yeşil filizler arasında turuncular ve sarılar...

"Sofrayı benim için değil, Instagram için hazırlamışsın," diye terslenen Jon, hırsla ceketini giydi.

"Büyük haksızlık ediyorsun."

"Hadi ama... Sakın bana kahvaltı fotoğrafını çoktan sosyal medyada paylaşmadığını söyleme." Jon çantasını aldı.

Daisy içten içe titriyordu. Öfke ve korkunun yanı sıra kocasını sakinleştirmek için yanıp tutuşuyordu. Bu işi düzeltmek, bütün iğrençlikleri temizlemek istiyordu.

"Anlaşıldı," dedi Jon sertçe. "Anlaşılan çoktan fotoğraf Instagram'da paylaşılmış." Bir hışım kapı koluna uzandı.

"Babamla konuşmamı ister misin?" diye seslendi Daisy, kocası kapıdan çıkarken. "Arayayım mı? Belki bu işi düzeltebilir?"

Kocası söylenerek kapıyı sertçe çarptığında bakakaldı. Sonra Jon'un Audi model arabasını çalıştırdığını duydu.

Yaşlar yanaklarından süzülüyordu.

Güneş cam kulenin üzerinde parıldarken Daisy birden kendine geldi. Gözleri yine dolmuştu. Gözyaşlarını hızla silip saatine bakınca içi rahatladı. Vanessa'yla Point Grey'deki en sevdikleri küçük bistroda buluşma zamanı gelmek üzereydi. Arabasına doğru yürümeye başladı. Deniz kenarında biraz egzersiz yapmak ve hizmetçi geldiğinde evden çıkmış olmak için parka gidecekti. Hizmetçi gününde sık sık Vanessa'yla buluşurdu.

Bahçede yürürken, kendi kendine Jon'un onu aslında incitmek istemediğini söylüyordu. O da incindiği için öyle konuşmuştu. Gururu incindiği için savunmaya geçmişti. Geleceklerinin belirsizliğiyle ilgili içgüdüsel bir endişeden ibaretti. Kocasını iyi, hem de çok iyi tanıyordu. Onun savaşçı ruhunun karanlık ve öfkeli köşelerini yakından biliyordu. Dünyanın dört bir yanından gelen azimli ve kendini adamış sporculara karşı rekabetçi ve tehlikeli bir sporda kazanmasına yardımcı olan bütün özelliklere sahipti. Biri olmadan diğeri de olmazdı. Ve o anda Jon'un enerjisini kanalize edebileceği başka bir yer yoktu. Evet, babasıyla konuşacaktı. Babasının bu konuda bir şeyler yapabileceğinden emindi. Ama Jon'a söylemeyecek, onu daha fazla küçük düşürmeyecekti. Bir kadının bazı sırları kocasından saklaması gerekirdi.

Minik BMW'sinin kilidi açılırken öttüğünde daha sinsi bir düşünce zihnine sızdı. Jon, akşamki kadını unutturmak için özellikle mi öfkeli adam rolü yapmıştı?

Daisy bir kez daha bu çarpık düşünceyi aklından kovup arabasına binerek emniyet kemerini şiş karnının üzerinden geçirdi ve motoru çalıştırdı. Ama yola koyulmadan önce hızlıca fotoğraf galerisindeki fotoğraflarından birini seçip paylaştı. Ardından altına etiketleri yazıp boynunda güneşin ışıldattığı elmas kolyeyi fark edince kendi kendine gülümsedi. Kolyeyi Jon hamileliği kutlamak için hediye etmişti. Telefonu yolcu koltuğuna bırakıp vitesi taktı.

İyi olacağız Küçük Fasulye Bebek. Hepimiz iyi olacağız. Sadece tökezledik. Mücadele hayatı değerli kılar. Hayatta tek sabit şey değişimdir.

Tam park yerinden gerileyerek çıkacaktı ki telefonu çınladı. Sonra yine… yine çınladı. Instagram paylaşımına etkileşim geliyordu. Hızlıca bakmaktan kendini alamadı. Biraz dopamine ihtiyacı vardı. O küçük onaylama kalplerine ihtiyacı vardı. Telefonunu alıp hızla yorumları gözden geçirdi.

Aman Tanrım… nasıl bu kadar iyi görünebiliyorsun?
Sırrın ne? Anlat bakalım kızım!
Ceketine bayıldım!
Şahane foto.
Vancouver sana âşığım âşığım âşığım.
Sadece bir buçuk ay kaldı! Seninle birlikte geriye sayıyorum.

Daisy'nin göğsü tatminle doluyordu. Takipçileri fotoğrafına bayılmıştı. Hayatını onaylıyorlardı. Onu onaylıyorlardı.

Artık kendisini o kadar da yalnız hissetmiyordu. Hafiflemişti. Daha çekiciydi.

Daha çok hamilelik fotosu lütfen.

O sırada başka bir yorum gelince Daisy kalakaldı.

Bir zamanlar ünlü olan, şimdi işi biten JonJon Rittenberg'in karısından başka bir şey değilsin.

Sonra bir yorum daha geldi.

SENİ GÖRÜYORUM @GünlükGündelikDaisy. KİM OLDUĞUNU BİLİYORUM. Tik tak tik tak saat işliyor.

Mesaja sağa sola bakan iki pörtlek gözden sonra patlayan bir bomba görseli eklenmişti.

Bir mesaj daha.

Umarım bebeğin ölür. ÖLÖLÖLÖL Rittenberg veledi.

Daisy elini ağzına götürüp gözlerini kırpıştırdı. Sonra hiç düşünmeden o korkunç yorumları sildi. O sırada özel mesaj bildirimini gördü. Bakmaya korkuyordu. Açarken elleri titredi.

Chucky bebeğinin bir GIF dosyasıydı. Elinde bıçak olan Chucky. Kanlı yaralarla kaplı Chucky. Bıçağını sürekli indirip kaldıran Chucky. Altında bir mesaj vardı.

Chucky, Kötü Annenin kim olduğunu biliyo.
Chucky, Kötü Annenin ne yaptığını biliyo.
Öl öl öl öl Fasulye Bebek öl.

HİZMETÇİNİN GÜNLÜĞÜ

Dün akşam Mary'nin Üç Hayatı son kez sahnelendi. Artık Mary'nin kostümlerini giyemeyecek, farklı hayatlarını yaşayamayacağım. Tuhaf bir şekilde boş hissediyorum. Herkesle birlikte kutlamaya gitmeliydim ama Boon'dan onlara iyi hissetmediğimi söylemesini isteyerek eve yalnız döndüm. Boon'un benim için endişelendiğini biliyorum. Annemin küllerini parka saçtığımızdan beri endişeleniyor. Bir şeyler seziyor. Gerçi ona yeni müşteri hakkında bir şey söylemedim. Gül Köşkü hakkında hiçbir şey bilmiyor. Ve sessizliğim çok şey anlatıyor çünkü normalde Boon'la yaşadığımız hemen her şeyi paylaşırız.

Eee, buna ne diyorsun Sevgili Günlük? Casusluğum sayesinde, insanların sakladığı sırların saklamadıklarından daha çok şey anlattığını çok iyi biliyorum.

Dün maaşımı almak için ofise gittiğimde Holly'yle konuşmaya çalıştım ama meşguldü. Vazgeçip çıktım. Bu da bugün Rittenberg çiftinin evine gideceğim anlamına geliyor. Bu işten sıyrılma fırsatımı kaçırdım. Artık gitmem gerekiyor. Erkenden kalkıp balkonumu ziyaret eden tek bacaklı karga Maraz'ı buzdolabındaki yemek artıklarıyla besledim, sonra kanepeme yerleşip kırmızı bir lolipopu ağzıma atarak iPad'imi açtım.

Gül Köşkü'ne gitmeden önce iki saatim vardı.

Facebook'la başladım.

Jon ya da Daisy Rittenberg adına hesap açılmamıştı. Instagram'da Daisy Rittenberg araması yaptım. Meğer Daisy artı Rittenberg kelimeleri nadir bir ikiliymiş... istersen kendin de deneyebilirsin. Sadece iki isim çıktı. Birincisi kesinlikle Gül Köşkü'nden Daisy değildi. Ama ikincisinde turnayı gözünden vurdum. Hesabını gerçek ismi üzerinden açmışsa da @GünlükGündelikDaisy lakabını kullanıyordu.

Lolipopumu emerken Colorado'da çekilen bir fotoğraf görene kadar hızla son paylaşımları gözden geçirdim (paylaşımlara sonra değineceğim). Fotoğrafta Jon ve Daisy Rittenberg devasa bir ahşap verandada, rustik bir piknik masasında oturuyordu. Karlı zirveler ve masmavi gökyüzüyle Alpler'deydiler. Arkalarındaki tabelada Silver Aspens Kayak Merkezi yazıyordu. İkisi de güneş gözlüğü takmıştı. Önlerindeki bira şişeleri terliydi. Kayak kıyafetleri giymişlerdi.

Jon'a yakından baktım. Bir zamanlar olduğu sporcunun karikatürüne dönüşmüştü. Hantallaşmıştı, yaşlanmıştı, yüzü şiş görünüyordu. Dudaklarının kenarında çizgiler derinleşmişti. Gözlüğünün ardındaki gözlerini göremiyordum.

Paylaşımda yazılanlara baktım.

Adamımla dağda bir gün. Bahar karı. Hızlı kayak.
#Zirveler #KayakEndüstrisiHayatı #ColoradodaKanadalılar #ColoradoGünleri #İçTasarımcıHayatı #SezonunEnGüzelGünleri

Duygularım kapkaranlık bir yerden fışkırırken etrafımdaki dünya kayboldu.

Ardından bütün paylaşımları teker teker inceledim. Zamanda geriye gidiyordum. Güzel Daisy şöyle yapıyor. Güzel Daisy şunu yapıyor. Yogada. Kızlarla dışarıda. Şarap gecesi. Resim gecesi. Kitap kulübü. Alışveriş ve öğle yemeği. Yeni ayakkabılar. Denver seyahati. Üzüm bağı ziyareti. Şahane yemekler. Dünyanın diğer ucunda tatiller. Hindistan, Avustralya, Botsvana'da safari, Nil'de gezi.

Beynim uğuldamaya başlamıştı. Hayatım boyunca hep seyahat etmek istemiştim. Serengeti'deki hayvanlarla ilgili belgeseli seyrettiğim sekiz yaşımdan beri hem de... Kenya'ya gitmek istemiştim. Galapagos Adaları'na. Amazon'a. Endonezya'ya. Hep seyahat edeceğimi düşünmüştüm. Bütün dünyayı görmeyi hayal etmiştim. Buna rağmen sadece Boon'un film ekibiyle ancak Nikaragua'ya gidebilmiştim. Bütün bu hayaller, okuldan ayrıldığım anda bitmiş, seyahat özlemim uğraşmamayı tercih ettiğim karmaşık nedenlerle sekteye uğramıştı.

Oysa Gül Köşkü'nde bebeklerinin doğmasını bekleyen Daisy ve Jon'un paylaşımları, gizli hayallerimi ruhumun en derinlerine gömdüğüm o ağır ve eski sandığın çatlamasına neden olmuştu. Gömdüğüm her şeyin, bir gölün dibindeki bir sızıntı gibi yavaşça yüzeye çıktığını hissedebiliyordum çünkü hatırladığım eski hayallerimle birlikte balçık gibi bir şey de açığa çıkıyordu. Hatırlamak... ya da hissetmediğim şeylerdi bunlar.

Sayfayı hızla kaydırırken lolipopum ağzımda fır dönüyordu.

#ColoradoGünleri #BebekHaberleri! #JonİçinYeniİş #EveDönüş #VancouverBizGeliyoruz #VedaPartileri #TaşınmaGünü! #VancouverEvim #YeniEv #GülKöşkü #WhistlerYineYeniden #BaharKayağı

Hesabından Daisy'nin bir hamile yoga grubuna katıldığını öğrendim.

#ParktaHamileAnnelerİçinYoga

#PiBistro diye bir yeri sevdiği belliydi. Daisy buradan satın aldığı tartların fotoğraflarını paylaşmıştı. Başka bir fotoğrafta hamile bir arkadaşıyla mekânda öğle yemeği yiyordu.

#HarikaBirYerKeşfettim #ÇokYakın #BelimİçinÇokTehlikeli #SürekliAçım

Midem bulandığında durdum çünkü biraz nefes almam gerekiyordu. Paylaşılan her şeyin sahte olduğunu biliyordum. Kimsenin hayatı mükemmel değildi. Bu özenle yaratılmış bir illüzyondu. Yanıltıcıydı. Tıpkı benim @tilkiylekarga hesabım gibi.

Ama gerçekle algı arasında bir şey daha var. Rol aldığım oyundaki Mary gibi hayat hikâyeni seçebildiğinde, aslında aynı zamanda hayatını seçmiş olursun. Sonuçta öykündüğümüz hayat oluruz, o yüzden neye öykündüğümüze çok dikkat etmeliyiz.

Saate göz attım, üniformamı giymek için birkaç dakikam daha vardı.

Bu sefer Jon Rittenberg, Colorado ve Silver Aspens Kayak Merkezi araması yaptım. Colorado yerel gazetelerinden haberler çıktı. Daha eskilerinde bir TerraWest iştiraki olan Silver Aspens'in yeni operasyon müdürünün altın madalyalı Jon Rittenberg olduğu duyuruluyordu. Jon'un sektörle ilgili söylediklerine dair haberler vardı. Bir videoda Jon, muhabire Salt Lake şampiyonluğundan sonra bir piste Whistler adı verildiğini, orada antrenman yapıp ekibini barındırdığını, Whistler dağını evi olarak gördüğünü söylüyordu.

Kapkara bir bulut üzerime çöküyordu.

O günü hatırlıyordum.

Başka haberler de okudum. Jon, Vancouver'daki TerraWest genel merkezinde geçici bir görev için Silver Aspens'teki görevinden ayrılmıştı. Habere göre Jon Rittenberg'in TerraWest'in Whistler'ın kuzeyinde geliştirdiği yepyeni Claquoosh Kayak Merkezi'nde operasyondan sorumlu genel müdür yardımcılığına hazırlandığı söyleniyordu.

Daha derinleri eşeledim. Ve sonunda...

Bir başlığı görünce kalakaldım.

Haber yaklaşık bir yıl öncesinindi.

Ünlü kayakçı ve Silver Aspens Kayak Merkezi'nin operasyon müdürü Jon Rittenberg ve eşi Daisy Rittenberg, tacizci bir takipçinin kurbanı olduklarını iddia ediyor. 30'larında bir kadın bu suçlamalar doğrultusunda tutuklandı. Club Crimson'da dansçılık ve garsonluk yapan kadın da Jon Rittenberg ve arkadaşlarının kulüpte geçirdikleri bir gece kendisine cinsel saldırıda bulundukları suçlamasında bulundu. Dansçı, Rittenberg'in çocuğuna hamile olduğunu iddia ediyor. Zanlı, Rittenberg çiftinin dağ yamacındaki malikânelerinin hemen önündeki çalılıklarda saklanırken yakalandı. Rittenberg'in hayatını mahvettiğini, bunun sonucunda Jon ve eşini takip etmeyi takıntı haline getirdiğini ama ne Rittenberg'e ne de eşine fiziksel bir zarar verme niyetinde olmadığını iddia ediyor...

Nabzım hızlanırken sayfayı daha hızlı kaydırdım. Başka bir habere göre dansçının adı Charlotte Waters'tı. Arkadaşları tarafından Charley olarak biliniyordu. Bir fotoğrafı vardı. Sarışındı. İnceydi. Bitkin görünüyordu. Hüzünlü bakıyordu.

Okumaya devam ettim.

"Asla öyle bir şey olmadı," dedi Rittenberg.

Sözleri beynimde klakson etkisi yaratıyordu.

"O kadın ucuz bir yalancı," diye ekledi, söz konusu gece Rittenberg'le birlikte Club Crimson'da olan arkadaşı Tom Gunn. "O bir fırsatçı. Hamile olduğunu kanıtlaması gerekiyor çünkü inanmıyorum. Tek istediği para. Kadın kafadan kontak."

Başka bir haber buldum.

Polis, Rittenberg tacizcisi davasında iddia konusu olan suçlamaların düşürüldüğünü doğruladı. Jon Rittenberg'in avukatları da Charlotte Waters'ın cinsel saldırı suçlamalarını geri çektiğini bildiriyor.

Charlotte Waters, avukatının yayınladığı yazılı beyanında özür diliyor. "Hata ettim. Asla saldırıya uğramadım. Hiç hamile kalmadım. Rittenberg ailesine verdiğim rahatsızlıktan dolayı son derece pişmanım."

Waters için uzaklaştırma emri çıkarıldı. Bununla birlikte kendisi terapi görmeyi kabul etti. Rittenberg'in avukatı, müvekkilinin davayı devam ettirmeyeceğini söylüyor.

"Kendisine hayatta başarılar diliyoruz. Umarız ihtiyaç duyduğu profesyonel yardımı alır," diyor Jon Rittenberg yazılı beyanında. Silver Aspens, Times gazetesine verdiği röportajda da Waters için üzüldüğünü söylemişti. "Hayatında onu buna itecek ne yaşadığını bilmiyorum ama asla yaşanmamış bir olay nedeniyle suçlandım. Böyle bir suçlama hayatları mahvedebilir."

Saatim çınlayınca sıçradım. Nefesim sıklaşmıştı, o yüzden başım dönüyordu. Gözlerimi kırpıştırdım. Sanki bir solucan deliğinden yeryüzüne çıkmıştım. Aceleyle bütün haberlerin linklerini kaydettim ve iddia edilen tacizciyi aklımın bir köşesine not ettim.

Charlotte Charley Waters.

DAISY

18 Ekim 2019, Cuma
Cinayetten on üç gün önce

Pi Bistro'nun sokağa bakan camının önündeki rustik masaya oturduğunda Daisy'nin bacakları titriyor, elleri seğiriyordu. Sırtını duvara vermiş, kapıya dönmüştü. Arkasındaki duvarla kendini daha güvende hissediyor, oturduğu yerden içerideki herkesin yanı sıra kaldırımda yürüyenleri görebiliyordu.

Jon'un uyarısı zihninde dönüp dolaşan bir yılan gibiydi. *Tehlikeli olduğunu biliyorsun... Herkes coğrafi konumdan ne zaman nerede olduğunu çözebilir. Bir restoranda oturup fotoğrafını çektiğinde, siparişin masaya gelene kadar takipçilerin de seni bulabilir.*

Jon'u arayabilir, Instagram paylaşımına gelen dehşet verici yorumları anlatabilirdi ama yapamadı. Henüz yapamazdı. Chucky görselinden sonra olmazdı.

Chucky, Kötü Annenin kim olduğunu biliyo.
Chucky, Kötü Annenin ne yaptığını biliyo.

Jon'un Chucky meselesini öğrenmesine izin veremezdi. Bu onun sırrıydı. Hem de en karanlık sırrı. Kadınlar bazı durumlarda evliliklerini koruyup hayatlarını rayında tutmak için bazı şeyleri saklamak zorundaydı. Hem paylaşımına gelen yorumları genel bağlamda anlatsa bile, kocası hesabını kapatması için ısrar ederdi. Daisy, Instagram dünyasından kopmaya cesaret edemiyordu. Neler mi kaybedecekti? Günlük bağlantısı olmayacaktı. Sevgi, kalpler, onaylanma olmayacaktı. Hayata bağlanmak için bunlara fazlasıyla ihtiyacı vardı, yoksa hayatı bomboş... yapayalnız olurdu. Neden eskisi gibi liseli Daisy olamıyordu ki? O güçlü ve hazırcevap kıza ne olmuştu? Aklı 6,7 milyon dolarlık dairede yaşayan ve her şeyi küçümseyen cadaloza gitti. O duyguları... bıçağı saplayıp tam kıvamında kanırtma hissini yeniden yaşamak istiyordu.

Bistro kapısının üstündeki çanlar çınladığında oturduğu yerde sıçradı. Neyse ki içeri girenler genç bir gruptu. Parlak renkli sonbahar atkıları ve rüzgârın dağıttığı saçlarıyla yanakları al aldı, neşe saçıyorlardı. Coşkuları, kaldırımda dans eden ölü yapraklar kadar sinir bozucuydu.

Vanessa nerede kalmıştı? Saatine baktı. Her an gelebilirdi.

Gözü tekrar müşterilere kaydı. Yakındaki bir masaya oturmuşlardı. Heyecanlı ve sıcak bir sohbete dalmışlardı. Bazıları gülüyordu. Baharatlı latte kahveleri ve mis gibi kokan taze ekmek eşliğinde güz çorbası içiyorlardı.

Gözü tek başına oturmuş, gazete okuyan bir adama kayınca korku içini yokladı.

Burada güvendeyim. Bistroya geleceğimi Instagram'da paylaşmadım... değil mi?

Instagram hesabını açıp son paylaşımını kontrol etti.

#BistroÖğleYemeğiİçinSabırsızlanıyorum

Midesi panikle kasıldı. Bahsetmişti. Hesabını takip eden hemen herkes, Gül Köşkü yakınındaki Pi Bistro'yu ne kadar çok sevdiğini biliyordu. Nasıl bu kadar aptal olabilmişti? Telaşla sabah paylaştığı görseli sildi.

Kapının çanları tekrar çınladığında Vanessa dışarının serin havasıyla birlikte içeri girdi. Kocaman gülümsüyordu. Yanakları pembeleşmişti.

Daisy'nin korkuları bıçakla kesilmiş gibi yok oldu. Vanessa her zamanki gibi mükemmel görünüyordu. Bal rengi perçemleri olan upuzun kahverengi saçları fönlüydü. Daisy'nin o anda özel diktirdiği kendi elbisesiyle hissettiğinin aksine elbisesi tam olarak üzerine oturmuştu. Kısa topuklu botlarını giymişti çünkü o asla bir anda dükkâna girip ucuz bir spor ayakkabı alacak bir kadın değildi. Daisy, o iğrenç ayakkabıları çöpe atabilmek için bir sonraki alışverişinde rahat botlar almayı aklının bir köşesine yazdı.

"Geciktiğim için kusura bakma," dedi Vanessa, atkısını çıkarıp Daisy'nin karşısına otururken. Sandalyeye yerleştiğinde ışıldayan ela gözlerini kıstı. "Sen iyi misin Daisy? Sanki biraz... bebek iyi mi? Ultrason ve doktor randevusu iyi gitti mi?"

Arkadaşına her şeyi anlatmamak için kendisiyle savaşan Daisy saçlarını düzeltti. "İyiyim," derken gülümsemesi zoraki ve gergindi.

Ama Vanessa'nın gözleri lazerden farksızdı. "Emin misin?"

Daisy başını salladı.

"Sipariş verdin mi?"

"Ben... seni bekliyordum," diyen Daisy, telefonunu peçetesinin altına kaydırdı.

Bu hareketi gören Vanessa tekrar gözlerinin içine bakarak, "Günün çorbasını denemeyi düşünüyordum," dedi.

"Evet, olur. Çorba," dedi Daisy.

Vanessa hâlâ onu süzüyordu. "İyi hissettiğinden emin misin?"

"İyiyim," diye terslendikten hemen sonra Daisy geri vitese taktı. "Sanırım açım," diyerek yapmacık bir kahkaha attı. "Ya da açlıktan dolayı sinirli diyebiliriz. Zamanında yemezsem hemen şirretleşiyorum."

Vanessa garsona el ettikten sonra sipariş verdiler. Daisy bir bardak da su istedi. Garson gider gitmez Vanessa öne eğilip boğuk sesini iyice alçalttı. "Pekâlâ. Dökül bakalım. Mesele ne? Bebek mi? Belli ki bir şeyler var."

Eli boynundaki elmas kolyeye giderken Daisy pencereden dışarı baktı. Gergin davranışlarına bir mazeret uydurmak için çaresizce beynini zorluyordu. Bunun yerine içinde bir şeylerin koptuğunu hissetti. Artık kendini tutamayacaktı. "Aklımı yitiriyormuşum gibi hissediyorum," dedi, arkadaşının sıcacık bakan gözlerine bakarak. "Delice bir duygu lunaparkında gibiyim. Bir an için göklerdeyim, sonra mutsuzluğun dibine vuruyorum. Sinirli ve korkak hissediyorum. Hatta bazen paranoyakça davranıyorum. Üstelik unutkan biri olup çıktım... hafızam bitmiş durumda. Beden ısımı bile düzenleyemiyorum. Sürekli açım. Şişko hissediyorum. Cildim çatlıyor. Kendimi fazlasıyla çirkin hissediyorum." Duygular görüşünün bulanıklaşmasına neden oluyordu. "Şu halime bak. Hiçbir şeyi kontrol edemiyorum. Burada oturmuş, boş boş konuşuyorum."

Vanessa elini tuttu. "Sorun değil. Bu yaşadıkların çok normal Daisy."

"Senin için değil. Kahretsin, şu haline bak. Sen..."

"Ah, inan bana benim de delirdiğim anlar oluyor. Hatta jinekoloğuma da bahsettim. Dediğine göre hamilelik sırasında ve doğumdan sonra birçok kadın en azından belli bir dereceye kadar bilişsel değişim yaşıyormuş. Halk arasında *hamile beyni* olarak biliniyor. Jinekoloğum en yaygın semptomların unutkanlık, hafıza bozuklukları, odaklanamama, artan dalgınlık, okuma ve konsantrasyon zorluğu olduğunu söylüyor. Hatta hamilelik insanı korku dolu ya da paranoyak olmaya itebiliyormuş. Okumam için bir şeyler önerdi. İstersen sana gönderebilirim."

Garson gelip çorba kâseleriyle su bardaklarını önlerine bıraktığında arkalarına yaslandılar. Garson gittikten sonra Vanessa, "Doktorum diyor ki..." diye devam etti. "Beden bu şekilde anneliğe hazırlanıyormuş. Böylece biyolojik olarak dünyada her şeyi unutup bebeğimizi korumaya odaklanıyormuşuz. Örneğin daha önce korkmadığımız şeylerden korkmaya başlıyormuşuz. Sırf kendimizi ve bebeği güvende tutabilmek için." Güldü. "Hamilelik bizi gerçekten aptallaştırıyor, korkak cadılara dönüştürüyor."

Daisy gönülsüzce gülümseyip kaşığına uzandı.

"Bu kadar endişelenme," dedi arkadaşı suyunu yudumlarken. "Geçecek... hepsi geçecek."

"Bilemiyorum," dedi Daisy çorbasını karıştırırken. Sonra başını kaldırdı. "Sanırım izleniyorum... takip ediliyorum. Bundan gayet eminim."

"Ne?"

Sonunda yapmıştı. Daisy söylenmemesi gerekeni söylemişti. Artık devamını getirmekten başka çaresi yoktu. Derin bir iç çekti. "Biri bahçenin yola bakan tarafından evi gözlüyordu. Sonra geçen gün yogaya gittiğimizde, siyahlar içinde bir adam kaldırımda pusu kurmuş gibiydi."

"Onu hiç görmedim."

"Eh, ben gördüm ve bizi izlediğinden eminim. En azından beni izliyordu. Ve ben... sosyal medyadan çok tuhaf mesajlar almaya başladım. Sonra bir de bilinmeyen numaralardan gelip hemen silinen mesajlar var. Artı..."

"Silinen?"

Daisy arkadaşının gözlerindeki kuşkuyu görebiliyordu. "Evet, görüldükten sonra silinen mesajları biliyorsundur? Belli bir süre sonra silinmesi için programlanabiliyor. Ve bugün ilk kez Insta paylaşımıma korkunç, hatta tehditkâr mesajlar yağmaya başladı."

"Ne diyorlar?"

"Bebeğimin ölmesini istediklerini söylüyorlar."

Vanessa'nın beti benzi attı. "Görebilir miyim?"

"Ben... ben hepsini sildim. Hemen. Refleks olarak hepsini anında sildim. Özel mesaj olarak gelen o korkunç GIF görselini de."

"Yani kimin gönderdiğini bulma şansın kalmadı?"

"Tekrar gönderirlerse öğrenebilirim. Biliyorum, silmemeliydim. Yani kanıt için. Polise falan gitmem gerekirse diye."

"Hiç *kanıtın* yok mu?"

"Yok."

"Yorumlarda tam olarak ne deniyordu?"

"Pabucu dama atılmış bir kayakçının karısından başka bir şey değilmişim. Biri beni *gördüğünü* söylüyordu. Yaptığım her şeyi görüyormuş gibi."

"Hemen ayarlara girip yorumları kapat Daisy," dedi Vanessa. "Ve hesabını kilitle."

Daisy'nin göğsü, bütün o sevgi ve onaylamayı kesme fikriyle sıkıştı. "Sadece sosyal medya değil. Biri dün arabamın ön camına Instagram lakabıma hitaben bir not bıraktı. Bunu yapan her kimse, bu şehirde yaşıyor. Şehir merkezinde satışa çıkardığımız daireyi biliyor."

Vanessa bakakaldı. "Aman Tanrım," diye fısıldadıktan sonra ekledi. "Polise bildirmen gerekiyor Daisy."

Daisy derin bir iç çekip başını çevirerek kaldırımdan geçen anonim yüzlere baktı. Bunlardan herhangi biri olabilirdi. Halihazırda sekiz binden fazla takipçisi vardı ve o yorumları yazanın takipçi olmasına bile gerek yoktu. "Polise nasıl gidebilirim? Gösterecek hiçbir kanıtım olmadan öylece karakola mı gideyim?"

"Arabana bırakılan not var ya?"

Seni görüyorum @GünlükGündelikDaisy.
Kim olduğunu biliyorum...

Daisy kusacak gibi oldu. Polisin bunun yazılmasına neden olacak bir sürü soru sormasını istemiyordu.

"Dinle," dedi Vanessa. "Troller hep olacak. Hayatını ortaya serdiğinde birileri nedeni ne olursa olsun, şansını deneyecektir. Takipçi sayın arttıkça büyürsün, sen büyüdükçe birileri seni devirmek ister. İnsanlar çiğ süt emmiş. Üstelik sosyal medyanın anonimliği bunu mümkün kılıyor. Arabada, direksiyon başında olmak gibidir. İnsanlar yüz yüze asla yapmayacakları şeyleri arabalarında yaparlar. Sosyal medya steroid basılmış yol canavarı gibi." Turuncu çorbasından bir kaşık alıp ağzına götürdü. "Hesabını kapatmayı düşündün mü? Bebek gelirken sosyal medyadan tamamen çıkmayı düşündün mü? Yani birçok insan asla çocuklarıyla ilgili paylaşım yapmıyor. Prensip olarak. Yani onların emniyeti için."

"Böyle olmaması gerekir," diye terslendi Daisy. "Sosyal medyada tonlarca profil var. Hamileler, bebekli anneler... Hamilelik sorunlarını, doğum sonrası zorluklarını, emzirme mücadelelerini, bebek odası dekorasyonunu tartışıyorlar. Destek grupları var. Sonra harika bebek kıyafetleri, ailesel meseleler, reçeteler, doğum sonrası diyet ve egzersiz. Hamilelik ve annelik neden korkunç ve tehlikeli bir şey olsun ki? Bunu reddediyorum..." Birden dehşet içinde sosyal medyadan çıkmanın söz konusu bile olamayacağını fark etti. Asla. Bir anlığına bile ayrılamazdı. Ve itin teki kendisini köşeye kıstırdığı için öfkeden kuduruyordu. Kendini yatıştırarak, "Gözümün korkutulmasını reddediyorum," dedi. "Kaçmayacağım."

Vanessa'nın dudakları belli belirsiz bir gülümsemeyle kıvrıldı.

"Gerçekten, siktir olup gitsinler," diyen Daisy kaşığını çorbasına adeta sapladı. *Sap sap sapla, Chucky geliyor bıçakla.*

Vanessa'nın gülümsemesi yüzüne yayıldı. "İşte budur. Yürü be anne."

Daisy'nin içi hiç rahat değildi ama kararlıydı. Başını sallarken kalbi deli gibi atıyordu.

"Jon'a yorumlardan bahsettin mi?"

"Hayır. Prensipte sosyal medyada olmamdan hiç hoşlanmıyor. Daha sabah hesabımı kapatmamı söyledi."

"Erkekler," dedi Vanessa.

"Aynen." Çorbasından bir yudum alan Daisy, kendini şimdiden daha iyi hissediyordu. Vanessa'yla havadan sudan sohbet ettiler, yogadaki diğer annelerle dalga geçtiler, en sevdikleri butiği konuştular, şehir merkezinde açılan yeni ve harika restoranı eleştirdiler. Daisy, artık bütün korkularının evham olduğunu hissetmeye başlamıştı.

"Peki sen?" diye sordu arkadaşına. "Sen niye sosyal medyada değilsin?"

"Ah, bir zamanlar ben de aynı çöplükteydim," dedi Vanessa. "Ama bir yıl kadar önce bütün hesaplarımı kapattım."

"Hamile kalma planları nedeniyle mi?"

İç çeken Vanessa kaşığını bırakıp peçetesiyle dudaklarının kenarlarını özenli bir şekilde sildi. Sonra son derece mesafeli bir tavırla, "Haruto'nun siber güvenlik işinde olduğunu söylemiştim, değil mi?" dedi. "Eh, Singapur merkezli bir şirketle yeni bir sözleşme imzaladı. Gizli devlet işi gibi bir şey işte... Haruto, karısının sosyal medyada hesabı olduğu öğrenilirse bir şekilde işinin... bozulacağından endişelendi. Tabii bizim güvenliğimizi de riske atabilirdi. Bilemiyorum. Sonunda kapatmanın en iyisi olacağına karar verdik."

Daisy kaşlarını kaldırdı. Birden kendi siber trollerini unutmuştu. "Güvenlik riski? Yani... kaçırılma falan gibi mi?"

Vanessa omuz silkti.

"Yani Haruto istihbarat falan gibi işler mi yapıyor?"

"Öyle bir şeyler."

Daisy aşırı meraklanmıştı. "Yani Haruto sosyal medyadan çıkmanı istedi?"

Vanessa'nın yanakları kızarmıştı. Utanmış görünüyordu.

Arkadaşının hali onu daha da meraklandırdı. "Haruto *tam olarak* ne iş yapıyor?"

Vanessa elini sallayarak, "Özür dilerim ama bu konuda konuşamam," dedi. "Tanrım, kâseme bak. Çorbayı bitirmişim. Tatlı ister misin?"

Daisy dikkatini kâsesine yöneltiğinde tuvalete gitmesi gerektiğini fark etti. Hemen gitmesi gerekiyordu. Bu da hamileliğin can sıkan semptomlarından biriydi. İzin isteyerek koşarcasına tuvalete gitti. Geri döndüğünde telefonu artık peçetenin altında değildi ama Daisy oraya sakladığından emindi. Dahası telefon yüzüstü bir şekilde masanın diğer tarafındaydı. Yerine otururken Vanessa'ya baktı, ardından telefonunu alıp çantasına attı.

"Garson kâseleri almaya geldi," dedi Vanessa. "Bir çorba daha isteyip istemediğinden emin olamadım."

Herhalde öyle oldu. Herhalde garson telefonumun yerini değiştirdi.

Daisy tam en sevdiği tartı paylaşmayı önerecekti ki kaldırımda beliriveren paltolu bir adam masalarının hemen önünde durup içeri baktı.

Arkadaşının nefesini tuttuğunu fark edince, "Ne oldu?" diye sordu.

"Haruto," diye fısıldadı Vanessa. Yanakları al al olmuştu. Telaşla çantasını karıştırıp cüzdanını bulduktan sonra masaya birkaç banknot bıraktı. "Zamanı unutmuşum. Ben... onunla yemekten sonra caddenin aşağısında buluşacaktım." Sandalyesini geri itse de ayağa kalkamadan, kapı ardına kadar açılınca soğuk rüzgârla birlikte Asyalı görünümlü iri yarı bir adam içeri girip ateş saçan gözlerle ona baktı. Uzun boylu değildi ama iriliğiyle etrafındaki her şeyin küçük görünmesine neden oluyordu. En azından kusursuz Vanessa'yı büzüştürdüğü kesindi. Kadıncağız birden kıpkırmızı kesilmişti. Neredeyse paniğe kapılmış haliyle kusursuzluğundan eser kalmamıştı.

Adam masaya yaklaşınca Vanessa doğruldu. "Haruto... seni beklemiyordum..."

"Yine zamanın nasıl geçtiğini mi anlamadın?" Britanya aksanıydı. Adamın sesi sertti. Yüzü duygusuzdu.

"Ben... ben şimdi kalkıyordum. Bu arkadaşım Daisy Rittenberg. Hani Hamile Yogası sınıfında tanıştığımızdan bahsetmiştim?"

Haruto, Daisy'ye belli belirsiz bir baş selamı verip karısının kolunu tuttu. Tutuşu hiç nazik değildi. Öyle ki bir hamlede Vanessa'yı sandalyeden adeta koparmıştı.

Daisy dehşetle bakakalmıştı.

"Tanıştığımıza sevindim Daisy," diyen adam karısına döndü. "Vanessa, gel. Gidiyoruz."

Vanessa çaresiz bir mahcubiyetle baktı. "Özür dilerim Daisy. Ben... gerçekten gitmem gerekiyor," dedikten sonra boğulurcasına küçük bir kahkaha attı. "Hamile beyni işte... Haruto'ya kaçta buluşacağımızı söylemeyi *bile* unutmuşum."

Kocası onu duymazdan gelip rüzgârlı sokağa sürükledi. Kapı kapandığında Daisy gözlerini ayırmadan onları izliyordu. Haruto karısını caddenin karşısına geçirip ağaçların altından ilerletti.

Ağzı açık kalmıştı. Bunu fark edince hemen kapattı. Vanessa… kendinden fazlasıyla emin, fazlasıyla havalı, fazlasıyla derli toplu Vanessa, adamı görünce büzüşüvermişti.

Ağzında buruk bir tat hissetti. Bu aşina histen hiç hoşlanmıyordu. Kocası kapıdan girdiği anda Vanessa'da kendinden bir şeyler görmüştü. Öfkeli, zorlayıcı ve güçlü bir kocanın nasıl bir şey olduğunu biliyordu.

Belki kendinden emin ve hazırcevap liseli Daisy'ye olan buydu. Evlilikle birlikte eriyip gitmişti. Aslında ilişkinin dizginlerini elinde tuttuğunu sanıyordu ama belki de öyle değildi. Belki hiç öyle olmamıştı. Belki ailesinden ve arkadaşlarından ayrı düşmesi yüzünden bu hale gelmişti. Belki Jon'u bir bebeğin ve taşınmanın evliliklerini düzeltmeye ikna etme çabaları hepten yanlıştı. Hatta belki güvenlik için bilinçsizce atılan bir yardım çığlığıydı.

Beyninde küçük alarm zilleri çalıyordu.

DAISY

18 Ekim 2019, Cuma
Cinayetten on üç gün önce

Hesabı ödedikten ve o sırada ortaya çıkan bistronun sahibi olan Ty Binty'yle selamlaştıktan sonra, Daisy mantosunu giyip beyaz renkli küçük BMW'sini park ettiği kaldırımda yürümeye başladı. Vanessa ve Haruto'nun tam tersi yönde ilerliyordu ama aklında hâlâ ikisi vardı. Sürekli Haruto'nun gelişini ve birlikte gidişlerini zihninde tekrar oynatıp duruyordu. Haruto karısına resmen zorbalık yapmıştı. Vanessa resmen korkmuştu. Daisy, kusursuz ve güzel hamile arkadaşının korku dolu bir karanlıkta yaşadığını aklına bile getirmemişti. Belki de Vanessa hiç de kusursuz ve kendinden emin biri değildi. Görünüş ne kadar da aldatıcıydı.

Yine de arkadaşı için endişeleniyordu. Belki bugünlerde haber vermeden Vanessa'nın evine uğrayabilirdi. Çünkü Daisy sadece endişelenmemişti, aynı zamanda inanılmaz bir meraka kapılmıştı.

Arabasının yanına geldiğinde sonbahar rüzgârı saçlarını yüzüne yapıştırıyordu. Kilidi açıp yumuşacık deriden koltuğunun güvenliğine gömüldü. Tam kontağı çevirmişti ki…

Yolcu koltuğunun üzerinde bir not vardı.

Ah merhaba Daisy.

Arabasının içinde…

Kalbi yerinden çıkacakmış gibi atıyordu.

Kilitli arabasının içinde...

Telefonu çınlayınca korkuyla sıçrayıp eline aldı. Bir Whatsapp mesajı gelmişti. Numara tanıdık değildi. Beyninde kükremeyi andıran bir uğultu başladı. Titreyen elleriyle mesajı açtı.

Yine bir GIF görseliydi. Chucky elinde kanlı bir bıçak tutuyordu. Ve altında şöyle yazıyordu.

Chucky artık İÇERİDE.
Tik tak tik tak
Zaman çok hızlı akıyor.

MALLORY

1 Kasım 2019, Cuma

“Televizyonda asla göstermedikleri şey nedir, biliyor musun?” dedi Benoit. Lions Gate Köprüsü’nde dur kalk yaparak ilerliyorlardı.

“Ne olduğunu ayrıntısıyla anlatacağından eminim,” diyen Mallory, bir taraftan kocasına mesaj yazmaya başladı.

“Trafik. Dizilerdeki polisler doğruca A noktasından B noktasına gider, kapının hemen önüne park eder. Asla saatlerce trafikte oturmazlar.”

Mallory gülerek yazmaya devam etti.

Lazanyayı buldun mu?

Sonra Peter’dan bir cevap bekledi. Ön camda yağmuru dağıtan silecekler gıcırdıyordu. Yağmur hızlanmıştı ve akşamüstü saat 5’te hava tamamen kararmıştı. Dünyanın bu bölgesinde ve yılın bu zamanında bu enlemde hep olduğu gibi güneşli gün kısa sürmüştü.

“Her şey yolunda mı?” diye sordu Benoit, ortağının telefonuna göz atarak.

Mallory dudaklarını sıkarak başını salladı. Hâlâ Peter’ın cevabını bekliyordu. Belki kocası kulaklıkla müzik dinlediği için telefonu duymamıştı. Ya da belki telefonunu açmayı unutmuştu. Ya da yine bir yerlerde unutmuştu. Başını çevirip Burrard Koyu'nun mürekkepten farksız sularına baktığında aşağıdaki terk edilmiş rıhtımın ve eski tahıl silolarının siluetlerini seçebiliyordu. Bölge yeni gayrimenkul alanı olarak seçilmişti.

O sırada köprünün yüksek payandalarındaki kamerayı fark etti. O kamera tam bir polis dostuydu. Köprünün korkuluklarına tırmanmaya çalışan bir sürü insanı yakalamış, birçok hayat kurtarmıştı.

"Peter'ın durumu kötüleşiyor," dedi sonunda. "Dün yine ocağı açık bırakmış. Bütün gün açık kalmış. Neyse ki üzerinde tavada yağ falan yokmuş. Kelimeleri unutuyor, yanlış kelimeler kullanıyor, sonra kendine ve konuştuklarına öfkeleniyor ki genellikle benimle konuşuyor." Uzun bir es verdi. "Çok öfkeleniyor," diye ekledi usulca. "Utançtan öfkeleniyor. Onun gibi aklı başında bir adam için, kendini zihniyle tanımlayan bir adli psikoloji profesörü için..." Devamını getiremedi.

"Üzüldüm Mallory."

Benoit'nın şaşırtan sözleri karşısında duyguları depreşti. Kocasının genç yaşta başlayan demansını kimseye açmamıştı. Gerçi Benoit, Peter'a konulan tanıyı biliyordu. Mallory birlikte çalıştığı ortağıyla yakındı ve birine canı pahasına güvenmenin sonucu buydu. Benoit da genç yaşta ilk kez baba olmanın zorlukları ve bebek yüzünden geçen uykusuz geceler konusunda ona samimiyetle açılmıştı. Hatta Kongo'daki korkunç çocukluğundan bile bahsetmişti. Yedi yaşında asiler tarafından kaçırılmış, uyuşturucularla beyni yıkanmış bir çocuk asker olarak kendi köyünden insanları öldürmeye zorlanmıştı. Ganalı-Kanadalı bir sivil toplum kuruluşu çalışanıyla tanışmasa, o hayattan asla kurtulamayabilirdi. Adam genç Benoit'yı tedavi amacıyla Quebec'e getirmişti. Bu müdahalenin ardından gelen evlatlık edinme işlemi olmasa, Benoit'nın hayatı muhtemelen yıllar önce şiddetle son bulacaktı. Nasıl hayatta kalabildiği Mallory için hep bir gizem olarak kalmıştı. Öylesi bir travma asla geçmezdi. Benoit Salumu'nun psikolojik olarak kısmen de olsa çocukluk kâbuslarının karanlık parçalarını taşıdığından şüpheleniyordu. Muhtemelen de hep taşıyacaktı. Benoit'nın dediğine göre, bir polis olarak adalet için savaşmak, yola devam etmesini sağlıyordu. Şimdi bir de karısı Sadie ve yeni bebekleri vardı. Sadie bir taraftan bebekleriyle ilgilenirken, bir taraftan da uzaktan eğitimle hukuk eğitimini tamamlamaya çalışıyordu. Mallory ikisine de büyük saygı duyuyordu.

Sonunda Point Grey semtine girip Dördüncü Cadde'de ilerlerken Benoit teatral bir ses tonuyla, "Ah, bakın Dedektif Hanım, çiçekçinin tam karşısında boş bir yer var," dedi. "Tıpkı dizilerdeki gibi," diye kıkırdarken arabayı park etti.

Aklı hâlâ evde olduğu halde Mallory gülümsemeden edemedi.

Çiçekçinin kapısındaki bal arısı logosu, Cam Ev'de buldukları kartvizitteki logoyla aynıydı. Birlikte içeri girdiler. Nemli ve sıcaktı. Sera gibi kokuyordu. Tavandaki kirişlerden saksılarla eğrelti otları sarkıyordu. Bir duvarı kaplayan soğutucu dolaplarda gökkuşağı renklerinde, taze kesilmiş çeşit çeşit çiçek vardı. Arka fonda hafif bir müzik çalıyordu. Klasik piyano huzur veriyordu.

Mallory fısıldadı. "Burada yaşamak istiyorum."

Kırkına merdiven dayadığı görülebilen göz alıcı güzellikte bir kadın yanlarına geldi. Esmer teni pürüzsüz ve kusursuzdu. Uzun dalgalı saçları incecik gümüş bir iple atkuyruğu şeklinde toplanmıştı. İki bileği de gümüş bileziklerle doluydu. Makyaj yapmamıştı. Bir balerinin kararlı ve akıcı zarafetiyle yürüyordu. Mallory asla böyle bir kadın olamayacaktı. Böyle kadınlar kendini irilikleriyle hantal Labrador köpekleri gibi hissetmesine neden oluyordu.

Rozetlerini gösterdiklerinde Mallory kadına yönetici olup olmadığını sordu.

"Buranın sahibiyim. Bea Jemison. Mesele nedir?" Kadının gözleri Benoit'ya kaydı. Mallory, bu gözlerdeki ilgi kıvılcımlarını seçebiliyordu. Mallory artık insan sarrafı olmuştu, kıdemli bir soruşturmacıydı. Bea Jemison'ın ortağına ilgisi ayan beyan olmasa da kendini tutup Benoit'nın ipleri eline almasına izin verdi. Bu sayede daha çok şey öğrenebilirlerdi.

"Bayan Jemison," dedi Benoit. "Bir kayıp kişi olayında yardım edebileceğinizi umuyoruz."

Aferin, diye geçirdi içinden Mallory. Herkes kayıp birini bulmaya yardım etmek isterdi. Şiddet ya da cinayetten bahsedilmesi kuşkuları devreye sokardı.

Benoit telefonundan solan buketin yanında bulunan kartın fotoğrafını gösterdiğinde Bea Jemison yakından bakmak için eğildi.

"Bu kart ve buket North Shore'daki bir evin önünde bulundu. Buketle ilgili söyleyebileceğiniz bir şeyler var mı? Buradan alındığını varsayıyoruz?"

"Evet, bizim işimiz," diyen kadın fotoğrafı işaret etti. "Çövenlerin tamamladığı orkideler, Japon anemon, krizantem ve beyaz zambak… Dün kendim hazırladım. Ne oldu?"

"Biz de anlamaya çalışıyoruz."

"Kendisi… iyi mi? Bu buketi satın alan kadın mı kayıp?" Dükkân sahibinin gözlerinde endişe belirmişti. "Hamileydi… Hamile olduğunu biliyorsunuz, değil mi?"

Mallory'nin sırtı ürperdi.

"Adı Daisy miydi?" diye sordu Benoit.

"Ben… özel bilgileri veremiyoruz."

"Yarın izin belgesiyle geri dönebiliriz Bayan Jemison," dedi Benoit. "Ama çok değerli zamandan oluruz. Bu kadının ve bebeğinin hayatı tehlikede olabilir."

"Of Tanrım... Evet, ben... adı Daisy. Sık sık gelir. Yani buralara taşındığı temmuzdan beri."

"Bir soyadı, adresi ya da iletişim numarası var mı?"

Benoit'ya bakarken kadın kendi iş riskini değerlendiriyordu. Sonunda, "Evet, tabii," dedi. "Gelin, bilgisayar burada." Ardından arama yaptı. "Adı Daisy Rittenberg. Gül Köşkü, West Third 4357 numara. Açıkçası buradan deniz yönünde birkaç cadde ötede." Sonra cep telefonu numarasını verdi.

Çiçekçi kadına teşekkür edip dükkândan çıktıklarında Mallory, "Pi Bistro caddenin köşesinde," dedi. "Gül Köşkü'ne gitmeden önce uğramak ister misin?"

"Gelmişken uğrasak iyi olur."

Uzun adımlarla karanlık kaldırımda ilerlediler. Islak caddede tekerlekler gıcırdıyor, gelip geçen arabaların camlarında yağmur damlaları parıldıyordu. Yürürlerken Mallory, Jemison'ın verdiği cep telefonunu aradı ama karşısına telesekreter çıktı. "*Merhaba, ben Daisy. Mesaj bırakın.*"

Telefonu kapatarak Benoit'ya, "Cevap vermiyor," dedi. Ardından karakoldan Lula'yı aradı.

"Komiser yardımcısı Griffith," diye cıvıldadı Lula.

"Selam Lu, Gül Köşkü, West Third 4357 numaradan Daisy Rittenberg hakkında bulabileceğin her şeyi bulmana ihtiyacım var. Sicil kaydı, çalıştığı yerler... ne bulabilirsen. Şu anda bu adrese gidiyoruz."

"Aradığımız bu *Daisy* mi?"

"Öyle görünüyor."

"Anlaşıldı."

Telefonu cebine atmıştı ki ortağı Pi Bistro'nun kapısını açtığında tepelerinde bir çan çınladı. İçerisi sıcak ve rahattı. Her yer taze pişmiş ekmek kokuyordu. Toplantı odasından çıkmadan önce taş kesmiş bir pizza diliminin kenarını mideye indirdiği halde Mallory acıktığını hissetti.

Rustik masaların arasından ilerlerken Benoit, "Zengin vegan-yogacı müşteriler yoğunlukta," dedi usulca. Bankoda yöneticiyi sordular.

Kırkına merdiven dayamış bir adam açık fırın alanından çıkarak yanlarına geldi. Kışa rağmen teni bronzdu. İnce, uzun ve kaslıydı. Kum rengi saçları güneşte açılmıştı. Fırıncı önlüğünün altına giydiği rengi solmuş uzun kollu bir tişörtün üstünde bir sörf tahtasıyla Meksika'nın küçük bir sayfiye yerinin ismi vardı. Ellerindeki unu bir bezle silerken, "Ty Binty," dedi. Sonra bezi önlüğünün önündeki cebe sıkıştırdı. "Sizin için ne yapabilirim?"

Mallory rozetini göstererek kayıp biriyle ilgili araştırma yaptıklarını ve önceki gün mekândan alınan meyveli pastayı kimin aldığını öğrenmeyi umduklarını söyledi.

Adamın kaşları havaya kalktı. "Pastalarımdan biri suça mı karıştı?" Mallory ve Benoit bir şey demeyince ekledi. "Ciddi misiniz? Yaban mersinli pastalarımdan biri polislik bir olaya mı karıştı? Ne oldu?"

"Yaban mersinli olduğu kanısına nereden vardınız?" diye sordu Mallory, Cam Ev'in önündeki betona sızan koyu mor sıvıyı hatırlayarak.

"Şu anda meyveli olarak sadece yaban mersinli pasta yapıyoruz. Önden siparişle."

"Dün hamile bir kadın alışveriş yaptı mı?" diye sordu Mallory. "Muhtemelen akşamüstü gibi?"

"Daisy'yi mi kastediyorsunuz? Ne oldu? O iyi mi?" Adamın endişesi samimi görünüyordu.

"Daisy olduğundan emin görünüyorsunuz," dedi Mallory.

"Bakın, dün Cadılar Bayramı'ydı. Ekim ayındayız. Bütün dükkân balkabaklı tart deposuna dönüşmüş halde. Daisy yaban mersinli pastayı özel olarak sipariş vermek için aradı. Özel toplanmış yemişlerle yapıldığı için sadece özel siparişle yapıyoruz."

"Demek Daisy'yi tanıyorsunuz?" dedi Benoit.

"Elbette tanıyorum. Daisy Rittenberg. Haftada en az bir kez uğrar. Genellikle geç öğle yemeği ya da akşamüstü çayına gelir. Ve sıklıkla yine hamile olan arkadaşı Vanessa'yla takılır. Bazen caddenin karşısındaki parkta düzenlenen yoga derslerindeki başka hamile hanımlar da olur. Güzel havalarda ders çimlerin üzerinde, ağaçların altında yapılıyor," diye açıkladı adam. "Yağmur yağdığındaysa, cadde üzerindeki stüdyoya gidiyorlar. Daisy siparişi almak için dün öğleden sonra geç saatte geldi. Herhalde beş falan gibiydi?" Emin olamadı. "Peki, o iyi mi?"

"Kendisiyle iletişime geçmeye çalışıyoruz."

"Daisy, Jon Rittenberg'in eşidir."

"Bu ismi tanımamız gerekiyormuş gibi söylediniz," dedi Mallory.

"Pardon, sanırım herkes kış sporları meraklısı değil. Jon, Kanadalı bir kayakçıdır. Olimpiyat şampiyonu. Salt Lake 2002 Kış Olimpiyatları'nda iki altın madalya kazandı. North Shore Dağları'nda doğup büyümüş. Oraların kahramanıdır. En azından bir zamanlar öyleydi. Benimkine yakın bir ortaokula giderken biz afacanlar ondan birkaç yaş küçüktük ve hepimiz JonJon Rittenberg *olmak* istiyorduk. Tam bir kız mıknatısıydı. Evinde ve Whistler'daki kayak takımı kulübesinde büyük partiler verirlerdi. Hatta birkaç partinin çığırından çıktığı bile olmuştur. Polis basmak zorunda kalmıştı. Jon, ünlü Wentworth ailesinden Daisy Wentworth'le evlendi. Daisy'nin babası Labden Wentworth, TerraWest'in kurucusudur. Kayak ve golf merkezleri sektöründe büyük isimdir. Daisy, Jon'un artık şehir merkezindeki TerraWest ofisinde çalıştığını söylemişti. Colorado'daki Silver Aspens'ten yakın zamanda buraya taşındılar. Daisy bebek doğduktan sonra ailesine yakın olmak istiyordu." Adam duraksadı. "Artık neler olduğunu lütfen söyler misiniz?"

"Henüz emin değiliz," dedi Mallory. "Henüz erken. Sadece temel bilgileri kontrol ediyoruz. Çok yardımcı oldunuz Bay Binty. Gerçekten. Acaba Daisy'nin hamile arkadaşı Vanessa'nın da soyadını biliyor musunuz?"

"Evet. North. Vanessa North."

HİZMETÇİNİN GÜNLÜĞÜ

Arabamla Rittenberg çiftinin bahçe yoluna girdiğimde rüzgâr ağaçlardaki yaprakları adeta kırbaçlıyordu.

Malzemelerimi alarak eve girip koşarcasına yukarı çıkarak ana banyoya girdim. Aklımda hâlâ Charley Waters vardı. Nefes nefese kirli sepetini açtım. Herkesin sepeti farklı kokar; farklı şampuan, losyon, parfüm ve deodorantın sakladığı beden kokusudur bu. Sepeti açtığım anda Daisy ve Jon'un kokusu genzimi doldurdu. Hızla çamaşır makinesine girmemesi gerekenleri ayıklamak üzere ceplerini karıştırırken beynimde akortsuz bir çınlama başlamıştı. Kafamın içindeki kahkahalar korosuyla donakaldım.

Bir hatıra öne çıkmıştı. Kahkahalara eşlik eden müzik hafızamın en karanlık sandığından çıkıvermişti. Bir zamanlar popüler olan şarkılardı. Birden yüksek sesler beynimi dövmeye başladı. Kahkahalar artıyor, dalga geçen bir tezahürata dönüşüyordu. Ellerim titremeye başlarken derin bir nefes alarak önlüğümün cebinden tarçınlı sakızımı buldum. Ağzıma attığımda tadı yakıcıydı ama odaklanmamı sağlıyordu. Çiğneyerek çamaşırları toplayıp aşağıdaki çamaşır makinesini doldurduktan hemen sonra mutfağa geçtim.

Rittenberg çifti yine yumurtalı bulaşıklar bırakmıştı. Her yere sinen jambonun yağlı kokusu mide bulandırıcıydı... On yılı aşkın süredir veganım. Bulaşıkları sudan geçirip makineye yerleştirdim. Oturma odasının duvarındaki DağFişeği'nin tablolarına özellikle bakmıyordum ama varlığını hissedebiliyordum. Sanki benimle dalga geçiyordu.

Bak Kit! Bana... altın kayak tanrısına bak. Odanda posterim asılı değil miydi, şişko Katarina Bok-ovich?

Tezgâhtaki et bıçağını kaptığım gibi hınçla sudan geçirirken sıcak tenimi ısırıyordu. Bıçağa odaklandım. Parlak ve keskindi. Bıçağı Jon ya da Daisy'nin elinde hayal ettim. Bir şeyi kestiklerini gözümde canlandırdım. Ama artık kendimi tutamıyordum. Sonunda başımı kaldırıp şöminenin iki yanındaki tablolara baktım. Bıçağın kabzasını sıktığımı hissedebiliyordum. O tabloları paramparça ettiğimi hayal ettim. O sırada nefesimi tuttuğumu fark edince aşağı baktım. Elimi kesmiştim. Kahretsin.

Banyoya koşup bir yara bandı buldum. Kanım suyla karışıp lavabo deliğinden akarken pembeleşiyor, düşüncelerim karanlıklara kayıyordu. Başımın belada olduğunu fark ettim. Gül Köşkü denen bu Pandora'nın kutusuna hiç bulaşmamalıydım. Kutunun kapağını hiç açmamalıydım. Holly'ye bu evi temizlemeyeceğimi söylemeliydim. Artık çok geçti.

Düşüyordum.

Toz almaya, ortalığı toplamaya, elektrik süpürgesiyle süpürmeye başladım. Jon'un holde bıraktığı ayakkabıları koymak için dolabı açtığımda düzgün bir şekilde asılmış atkılarla ceketleri gördüm. Kış için eldiven dolu bir sepet vardı. Anahtar kancalarına yedek araba anahtarları asılmıştı. Anlaşılan Rittenberg çifti, Audi ve BMW kullanıyordu. Gördüğüm her şeyi aklıma yazıyor, ezberliyordum.

Ama elektrik süpürgesiyle Jon'un ofisine girdiğimde büyük ödül aramama bile gerek kalmadan karşıma çıktı.

Ofis halısını süpürürken dalgınlıkla çalışma masasına çarptığımda bilgisayar ekranı kendiliğinden açıldı. Bakakaldım. Nabzım hızlanmıştı. Mac kullanıyordu. Küçük bir plaj topu kenarlara çarparak ekranda dolaşıyordu. Herhalde kapatmaya ya da uyutmaya çalışmıştı ama sistem muhtemelen takılıp kalmıştı. Belki basmaya çalıştığı bir çıktı takılmıştı ya da bir Bluetooth cihazı bilgisayarı uyanık tutuyordu. Belki de sadece hatalı bir dosyaydı.

Kalbim tekledi.

Yavaşça masaya oturduğumda ekrandaki ajandasını gördüm. Bütün günlük randevuları listelenmişti. Heyecan içimi gıdıklıyordu. Toplantıları vardı, golf oynayacaktı, Audi'yi servise götürecekti, dişçiyle randevulaşmıştı... Bütün dünyası karşımdaydı. Alaaddin'in hazinelerle dolu mağarasındaydım.

Fareyle klasörünü açtığımda bir çınlama duyunca zıpladım ama çamaşır makinesiydi. Saatime göz attım. Çamaşırları kurutucuya atmam gerekiyordu. Zamanım daralıyordu. Merakımı bir kenara bırakıp Daisy Rittenberg gelip beni suçüstü yakalamadan önce temizliği bitirmeliydim. Ama bilgisayarı uyutmadan önce hızla son kullanılan klasör ve dosya listesini inceledim.

Ve gördüm.

Ah, seni aptal oğlan!

KİŞİSEL etiketli bir klasörün içinde bir Excel dosyası vardı ve adı... evet, doğru tahmin ettin Sevgili Günlük! Dosyanın adını ŞFRLR koymuştu. İster inan ister inanma, bazıları bilgisayarlarında adından ne olduğu anlaşıla dosyalar tutuyorlar çünkü güvenli evlerinin kozasında özel bilgilerinin karıştırılacağı akıllarının ucundan bile geçmiyor. Bilgisayar korsanlarının kurbanı olmayacaklarına güvenecek kadar saflar.

Dosyayı açtım. Jon'un dijital hayatı alfabetik sırayla listelenmişti. Netflix, Dropbox, Apple... hatta bilgisayarının şifresi!

Flaş bellek! Bütün şifreleri bir flaş belleğe kopyalamam lazım!

Ama flaş belleğim yoktu.

Yazıcıya baktım. Basabilir miydim?

Aklıma daha iyi bir fikir geldi.

Safari tarayıcıyı açıp kendi Gmail hesabımı açarak Jon'un şifre dosyasını kopyalayıp kendime e-posta olarak gönderdim, sonra tarayıcının yakın geçmişini sildim.

Ağzım kurumuştu. Yutkunmakta zorlanıyordum. Derim karıncalanıyordu. Alaaddin'in mağarası için Açıl Susam Açıl bendeydi. Jon'un bilgisayarına ve içindeki bilgilere istediğim zaman, istediğim yerden erişebilecektim. Herhangi bir zamanda ajandasına işlendiği sürece Jon Rittenberg'in nerede olduğunu bilecektim. Hatta telefon numarası üzerinden mesaj gönderip arama yapabilirdim.

Bilgisayarı uyuttum.

Yüzüm yanıyordu, nabzım deli gibi atıyordu. Ofisi hızla süpürdükten sonra Dyson süpürgemle koridora çıktım ve önlüğümü düzeltip içeriye son bir kez göz attım.

Girdiğim andan farksız görünüyordu.

Sessizce kapıyı kapattım.

JON

18 Ekim 2019, Cuma
Cinayetten on üç gün önce

TerraWest kulesindeki masasında otururken Jon, Henry'nin verdiği kartı parmaklarının arasında tekrar tekrar çeviriyordu. Akşamdan kalma olduğu için başı zonkluyor, aklını işine veremiyordu. Dahası düşüncelerini koridorun karşısındaki çapraz cam ofiste oturan Ahmed Waheed'den alamıyordu.

Bir karta, bir Ahmed'e baktı. O sırada TerraWest'in danışma görevlisi Anna Simm, elinde dumanı tüten bir kupayla rakibinin ofisine girdiğinde, Ahmed başını kaldırıp üzerine boyanmış gibi bütün kıvrımlarını gösteren kırmızı dar elbiseli kadına baktı. Anna, kupayı masaya bırakıp gülümsedi, yetmezmiş gibi flört edercesine saçını omzunun üstünden geriye attı. Ahmed bir şey söylediğindeyse başını arkaya atıp şuh bir kahkaha attı. Sanki Ahmed, hayatında duyduğu en komik şeyi söylemişti. Jon onu hiç böylesine gülerken görmemişti. Damarları antipatiyle yanmaya başladı. Kartı hâlâ elinde hızla çeviriyordu.

Açıkçası kaybetmeye katlanamazdı. Operasyondan sorumlu genel müdür yardımcılığını o adama kaptırırsa, buraya taşınma, aile kurup bebek yapma konusu tamamen boşa çıkmış olacaktı. O yüzden kaybetmek bir seçenek bile değildi. Ahmed herhalde otuzlu yaşlarının başlarında, belki daha henüz otuzuna merdiven dayamıştı. Dört mevsim çalışacak dünya çapında yepyeni bir dağ merkezini yönetme sorumluluğu için fazlasıyla gençti. Seçilmiş olmasının yetenekle alakası olmadığı açıktı. Her şey tamamen imaj içindi. Tanrı aşkına... bu adam koskoca bir kayak merkezini işletmek şöyle dursun, daha saçlarını bile düzeltemiyordu. Parlak siyah dalgalı saçları neredeyse omuzlarındaydı. Jon, onun kuaföre bile uğramadığından şüpheleniyordu. Profesyonellikten çok uzaktı. Bu haliyle seks yaptıktan sonra yataktan çıkmış falan gibi görünüyordu. Bir de sakalı vardı. Anna gibi kadınların cazip bulduğu anlaşılan sakalları ona serseri bir hava katıyordu. Taktığı gözlükse sahte bir entelektüel izlenimi yaratıyordu. Jon'a göre Ahmed o yuvarlak gözlükleriyle baykuş gibi görünüyordu. Artistlikten başka bir şey değildi. İş yerindeki kadınların neden etrafında fır döndüğünü anlamak mümkün değildi. Herifin ne olduğunu göremiyorlar mıydı?

Aklı, önceki akşam evli parmaklarının arasından kayıp gitmesine izin verdiği seksi bankacı Mia Reiter'a gitti. Arkasından bakmak yerine peşinden koşsaydı acaba gece nasıl sonuçlanırdı?

Çenesi kasılırken damarlarına hücum eden adrenalini hissedebiliyordu. Derin nefesleri sıklaşmıştı.

Elindeki kartvizite baktı. *Preston Özel Dedektiflik*. Ardından çantasından çıkardığı dizüstü bilgisayarını açarak tarayıcısına karttaki internet adresini girince ekranı şirketin ana sayfasıyla kaplandı. Sayfanın en üstündeki hareketli bir görsel *hızlı sonuç, tam teşekküllü hizmet ve gizlilik* vadediyordu.

Sayfayı aşağı kaydırdı.

Evlilik Dışı İlişkiler, Zina, Sadakatsizlik, Aldatan Eşler: Bu terimler, eşinin eylemlerinden kuşkulanan kişilerde hatırı sayılır strese neden oluyor. Hangi terim kullanılırsa kullanılsın, istatistiklere göre aldatma eylemi sanılandan çok daha yaygın. İstatistikler aynı zamanda, maalesef, kuşkulanan kişinin sıklıkla haklı çıktığını gösteriyor.

Jon başını kaldırıp karşıdaki cam ofiste çalışan rakibine bir kez daha baktı. Ahmed hâlâ bilgisayarıyla meşguldü.

Hatırı sayılır stres.

Site doğru söylüyordu. Ahmed Waheed'in Jon'da yarattığı etki tam olarak stresti.

Gizli bir ilişkisini yakalarsam? Ya da daha beterini?

Jon, loş barda Henry'nin söylediklerini düşündü.

Bu konularda uzman biri. Eski polis. Ne yaptığını bilir. Aradığında Jake'i iste.

Şu *Jake* denen adam geçmişte Henry'ye acaba nasıl bir hizmet vermişti?

Kırmızı elbiseli Anna, bir kupa kahve ve gülümseme şöyle dursun, odasının önünden hiç bakmadan geçip gitti.

Yine çenesi kasıldı.

Sandalyesinde dönüp sırtını cam duvara dönerek cep telefonunda Preston Özel Dedektiflik'in numarasını tuşladı ve bir kadın cevap verince Jake'i istedi. Çok geçmeden huysuz bir ses, "Jake Preston," dedi.

Jon genzini temizledi. "Ben... şey, Jon. Henry Clay sizi önermişti."

"Sizin için ne yapabilirim Jon?"

Omzunun üzerinden temkinli bir bakış fırlatan Jon, hakkı olan bir konuda bir tür rakibi olduğunu açıklayıp, "Neyle karşı karşıya olduğumu bilmem gerekiyor," diye ekledi.

"Yani rakibin pisliğine ihtiyacınız var? Rakibi elemeye yarayacak bir şeye?"

Jon bir an için konuşamadı. İstediği şeyin ağırlığını hissedebiliyordu. Dudağını ısırdı.

"Bakın Jon *Bilmemkim*... İş yapacaksak, bilmeniz gereken tek şey lafımı asla esirgemediğimdir. Gördüğüm şeyi söylerim. Kafa karışıklığını ve yanlış anlamaları önlemenin en kolay yolu. Dahası yasalar çerçevesinde çalışmama yardım ediyor. Örneğin benden bir şey istiyormuş gibi yapıp aslında başka..."

"Evet," dedi Jon hemen. "Evet, pislik bulmak istiyorum. Bilgi. İşimi çalmaya çalışan birinin kuyusunu kazmama yarayacak herhangi bir şey."

"Peki," dedi Jake ağır ağır. "İş alanlarımdan biri de budur. Bir *kompromat** varsa bulurum. Devam etmeden önce size iş anlaşması ve fiyat listesini e-posta olarak gönderebilir miyim? Yoksa yüz yüze halletmeyi mi tercih edersiniz? Nasıl isterseniz."

"Yüz yüze daha iyi."

"İyi tercih. Bu akşam? Yoksa öğleden sonra? Neredesiniz Jon?"

Jon yutkundu. Dik bir kayak pistinin tepesinde dengesini bulmaya çalışıyor gibiydi. Hafifçe öne eğildi. Biraz daha eğilirse, yarışa geri dönüşü olmayan bir şekilde başlamış olacaktı. Bunu istediğinden emin olması gerekiyordu. Aynı zamanda kazanması gerekiyordu ve kazanmak için rekabeti sabote etmekten imtina edecek değildi. Pis oyunlardan muaf değildi. Sonuçta yarışı kazanmak için her şeyi yapmayı göze almış üst düzey bir sporcuydu. "Vancouver şehir merkezinde çalışıyorum. Evim Point Grey'de," dedi.

"Jericho Plajı otoparkı uyar mı?"

"Evet. Evet... uyar."

---

* Kompromat (Rusça): Şantaj için kullanılabilecek bilgi. -*ç.n.*

"Pekâlâ Jon. Sizden istediğim araştırılmasını istediğiniz kişinin ismi ve ilgili olabilecek ya da ipucu olabilecek diğer bilgiler. Adres, yaş, hobiler, cinsiyet, cinsel eğilimler… Partneri, çocukları, kardeşleri, annesi babası var mı? Kimlerle arkadaş? Nerelerde takılıyor? Spor salonu, sevdiği bir bar ya da kulüp… İçer mi, uyuşturucu kullanır mı, kiliseye…"

"Cami. Kendisi dindar biri. Camiye gittiğinden eminim."

Kısa bir sessizlik oldu. "Tamam." Adam yine sustu. "Bu kişinin arsız siyasi ya da ideolojik eğilimleri faydalı olabilir. Ne kadar çok şahsi bilgi olursa, o kadar iyi. Akşam altı buçukta Jericho otoparkında?"

"Olur." Jon, TerraWest'in insan kaynakları veri tabanına girecek, ofisten ayrılana kadar bulabildiği bütün bilgilerle bir dosya hazırlayacak, eve gitmeden önce Jake'le buluşacaktı. Jericho Plajı, Gül Köşkü'nden uzak değildi.

"Açık mavi bir Toyota Camry kullanıyorum," dedi Jake. "Göze çarpmaz… göze çarpmamak benim işim," diye ekledikten sonra telefonu kapattı.

Jon, elinde telefonuyla öylece kalakalmıştı. Nabzı hızlanmıştı ama dudaklarında küçük bir gülümseme belirmeye başlamıştı. Güçlü hissediyordu. Harekete geçmişti. Bir şey yapıyordu. Mia'nın önceki gece uyandırdığı eski Jon geri dönmüştü. Özel dedektifle yaptığı telefon konuşmasından aldığı güçle internette hızlıca *Mia Reiter* araması yaptı.

Bir sürü Mia Reiter vardı ama hiçbiri *onun* Mia Reiter'ı gibi görünmüyordu. Böylesi daha iyiydi. Yeri Daisy ve bebeğinin yanıydı. Gece kendini tuttuğu için gurur duyuyordu. Doğru yoldan şaşmaması çok önemliydi çünkü TerraWest'teki terfiyi kaybetme olasılığıyla birlikte Daisy'yi kaybetmek… olacak iş değildi. Daisy'yle bebek Wentworth parasıyla arasındaki bağdı. Orada burada düzüşmeye başlarsa Labden ya da Annabelle Wentworth'un bir şekilde bunu öğreneceğini biliyordu. İşte o zaman işi biterdi. Onu mahkemelerde süründürür, burnundan getirirlerdi. Bu yüzden akıllıca davranmalı, radara girmemeliydi.

Ayrıca sabah Daisy'yi de iyi idare etmemişti. Jake'le toplantıdan sonra *Bea's Blooms*'tan bir gül buketi almaya karar verdi. Mesaj atacak, dönerken dışarıdan akşam yemeği götürecekti.

Audi'siyle yeraltındaki otoparktan şehir merkezindeki trafiğine çıktığında saat 18:10'u gösteriyordu. Yolcu koltuğunda, Ahmed Waheed ile ilgili özel detayları içeren sarı bir dosya duruyordu.

FOTOĞRAFÇI

Rittenberg'in Audi'si TerraWest kulesinin otoparkından çıktığında caddenin karşısında onu bekleyen fotoğrafçı arada iki araç bırakarak peşine takıldı. Hava artık kararmıştı, bu yüzden fark edilmeyeceğinden emindi. Kamerası yolcu koltuğunda hazırdı.

Saat 18:29'da Jon Rittenberg'in Audi'si Jericho Plajı yakınındaki otoparka girip duş ve çamaşır odalarından oluşan alçak beton binaya park etti. Fotoğrafçı arabasını evlerin önündeki ağaçların altında durdurarak motoru susturdu ve Audi'yi izlemeye başladı.

İki dakika sonra açık mavi renkli bir Toyota Camry otoparka dönüp Audi'nin yakınına park etti. Ardından kapı ardına kadar açıldığında otoparkın ışıklarında koca göbekli iri yarı bir adam ortaya çıktı. Adamın kel başı parlıyordu. Doğrudan Audi'nin yolcu kapısına gidip içeri girdi.

Fotoğrafçı kamerasını kaldırıp arabasının camından doğrulttu.

Klik klik klik.

Audi'nin kapısı kapanınca bekledi.

Yaklaşık yedi dakika sonra kel adam Audi'den indi. Bu sefer elinde saman kâğıdından büyükçe bir zarf vardı. Fotoğrafçı hem Audi'nin plakasını hem de zarfı görecek şekilde tekrar deklanşöre bastı. *Klik.*

Kel adam tekrar kendi arabasında direksiyon başına geçti. *Klik.*

Toyota Camry'nin plakası da çekilmeliydi. Araç otoparktan çıkarken fotoğrafı yakaladı. *Klik.*

Sonra tereddüt etti. Rittenberg'in otoparktan ayrılmasını bekleyebilir, peşine takılabilirdi. Ya da Camry'yi takip edebilirdi. Kel adam arabasıyla park ettiği aracının yanından geçerken şoför koltuğunda alabildiğine aşağı kaydı. Ardından motoru çalıştırıp vitesi taktı ve loş sokakta arabayı takip etmeye koyuldu.

Camry onu Burnaby'deki küçük bir alışveriş merkezine götürdü. Araba alışveriş merkezinin otoparkına girip bir çamaşırhanenin önünde durdu. Sonra kel adam arabasından inip çamaşırhaneyle müşterisi bol bir Vietnam restoranının arasına sıkışmış bir kapıya yöneldi.

Fotoğrafçı bekledi. Restorana müşteriler girip çıkıyordu. Çamaşırhanede iki kişi vardı. Saat 19:52'yi gösteriyordu. O sırada çamaşırhanenin üstündeki bir pencerede ışığın yandığını fark etti. Hemen aracından inip kel adamın girip gözden kaybolduğu kapıya yaklaştı. Duvardaki plakette üst katta bulunan üç iş yerinin ismi okunabiliyordu. Biri balo dansı stüdyosuydu, diğeri ayakkabı tamircisiydi ve üçüncüsü Preston Özel Dedektiflik'ti.

Fotoğrafçı gülümsedi. Demek Jon Rittenberg özel bir dedektifle çalışıyordu.

Aracına dönüp telefonunun tarayıcısından Preston Özel Dedektiflik'in web sitesini buldu.

Evlilik Dışı İlişkiler, Zina, Sadakatsizlik, Aldatan Eşler: Bu terimler, eşinin eylemlerinden kuşkulanan kişilerde hatırı sayılır strese neden oluyor...

Jon Rittenberg karısının kendisini aldattığından mı kuşkulanıyordu? Yoksa daha karanlık kuşkuları mı vardı?

Fotoğrafçı uzun bir süre arabasının karanlığında bekledi. Yağmur başlamıştı. Kapıdan biri çıkmayınca arabasını çalıştırıp Rittenberg'i düşünürek evine döndü.

İnsanlar son derece sıradan görünebilir ama cila kazındığında parlaklığın altında her zaman bir sır vardır.

MALLORY

1 Kasım 2019, Cuma

Daisy Rittenberg'i aramak için Gül Köşkü'ne ulaştıklarında Mallory ve Benoit, bahçe yoluna park edilmiş koyu gri Audi'yi görüp arkasına park ettiklerinde bakıştılar. Farlar aracın çamurdan okunamayan plakasını aydınlatıyordu.

Arabadan inecekleri sırada Mallory'nin telefonu çaldı. Lula arıyordu. "Selam Lu. Hoparlöre alıyorum. Ne buldun?"

"Pekâlâ... Ne Daisy Rittenberg ne de kocası Jon hakkında sabıka kaydı var ama çiftle ilgili bulduğumuz fotoğraflar, Cam Ev'e Audi'yle gelen gizemli çiftle ilgili Beulah Brown'ın verdiği bilgilere uyuyor. Bilgi toplamaya devam ediyoruz. Ama bir şey dikkatimizi çekti. Gül Köşkü'nde yaşayan Rittenberg çifti, *Holly's Help*'in gönderdiği Kit Darling'in müşteri listesinde yer alıyor." Lula küçük bir es verdiğinde belli ki listeyi inceliyordu. "Darling, 27 Ekim'e kadar temizlik yapmak için Gül Köşkü'ne gitmiş ve Cam Ev'deki olaydan dört gün önce gitmeyi bırakmış."

"Anlaşmayı Rittenberg'ler mi iptal etmiş?" diye sordu Mallory.

"Hayır. Holly McGuire, Darling'in Gül Köşkü işinden ayrılmak istediğini söylüyor. Ani bir *iş planı çakışması* olmuş. McGuire, böylesi bir talebin alışılmadık olduğunu söyledi ama Darling'in en iyi elemanlarından biri olduğunu ve yanında çalıştığı sekiz yıl boyunca hiç sorun çıkarmadığını belirtti. Ona göre, Rittenberg çifti canını sıkmış olabilirmiş ama üstelese de Darling başka açıklama yapmamış, haliyle patron elemanının isteğine boyun eğmiş çünkü Darling'i kaybetmek istemiyormuş. Bunun üzerine 28 Ekim Pazartesi günü başlamak üzere Gül Köşkü'ne başka bir temizlikçi göndermiş."

Mallory, yan gözle Benoit'ya baktı. Kit Darling'le Daisy Rittenberg arasında bir bağ daha bulmuşlardı. Biri diğerinin evini temizliyordu. Ve ikisi de Cadılar Bayramı gecesi Cam Ev'deydi. Dahası ikisi de ortalıkta yoktu.

Lula'ya teşekkür edip telefonu kapattıktan sonra arabadan inerlerken yeni bir bakış açısı edinmişlerdi. Karanlıkta bir sis düdüğü öttü. Yağmur çiselemeye devam ediyordu. Ağır adımlarla Audi'nin yanından geçtiler. Kapıya doğru yürürlerken Benoit, "Plaka gibi tekerlekler de çamurlu," gözleminde bulundu. Mallory kapıyı çaldığında, "Bana hiç köşk gibi gelmedi," diye ekledi.

İçeride bir ışık yandı. Ön kapının yan tarafındaki buzlu camdan birinin hareketleri seçilebiliyordu ama kimse cevap vermeyince Benoit arka arkaya zile basarken Mallory kapıyı yumruklayıp, "Polis!" diye seslendi. "Evde kimse var mı? Lütfen kapıyı açın."

Kapı sonunda aralandı.

Otuzlarının sonunda, kırklarının başında uzun boylu ve yapılı bir adam, kıpkırmızı şişmiş gözleriyle onlara bakıyordu. Yanaklarında ve boynunda yeni oluşmuş sıyrıklar vardı. Pijamasının üzerine kirli bir kazak giymişti. Yalın ayaktı, saçları dağılmıştı, güçlü bir alkol kokusu yayıyordu. Kapıya resmen yapışmıştı. Mallory, elindeki yeni olduğu belli olan kanlı bandajı görebiliyordu. Adam gözlerini odaklamaya çalışıyormuş gibi başını hafifçe eğmişti.

"Bay Rittenberg?" diye sordu Mallory.

"Kimsiniz?"

"Ben Komiser Mallory Van Alst. Bu da ortağım Çavuş Benoit Salumu. Size ve eşiniz Daisy'ye birkaç soru sormak istiyorduk."

Adamın yüzü panikle gerildi. "Konu ne?"

"Daisy Rittenberg evde mi? Siz eşi Jon Rittenberg misiniz?"

Adamın kaçacakmış gibi kaskatı kesilmesi karşısında Mallory kendini hazırladı. Benoit'nin de aynısını yaptığını, kendisini biraz daha sağına ve arkasına doğru konumlandırdığını hissetti.

"Evet, ben Jon."

"Eşiniz evde mi efendim?"

"Hayır."

"Kendisini nerede bulabiliriz?"

"O gitti."

Mallory ürperdi. "Gitti derken? Nereye gitti?"

"Ben nereden bileyim? Çantasını hazırlayıp gitti. Telefona da cevap vermiyor."

"Girebilir miyiz Bay Rittenberg?"

"Neden?"

"Sadece etrafa bakıp eşinizin evde olup olmadığını görmek için."

"Size söyledim. O gitti. Mesele nedir?"

"Yüzünüze ve elinize ne oldu beyefendi?" diye sordu Benoit.

Adam elini arkasına sakladı. "Sizi ilgilendirmez."

"Siz ya da eşiniz Vanessa ve Haruto North çiftini tanıyor musunuz?" diye sordu Mallory.

Adamın rengi attı. Çenesi seğiriyordu. Bir şey demedi.

Mallory onun ayılıp düşünmeye çalıştığını görebiliyordu.

"Soruyu cevaplayabilir misiniz lütfen Bay Rittenberg?" dedi Benoit.

"Size ne?"

"North Shore'da kayıp bir kişiyi araştırıyoruz," diye araya girdi Mallory. "Sizin ve eşinizin araştırmamıza yardımcı olabileceğinize inanmamız için nedenlerimiz var. İçeri girebilir miyiz?"

Adam gözlerini kıstı. Kapıya iyice yapışmıştı. Sanki ayılıyor, ayıldıkça daha çok kasılıyor, aralarına kalın bir duvar örüyordu. Yutkunup yavaşça, "Kusura bakmayın," dedi. "Karımın çobanı değilim. Ne halt ettiğini bilmiyorum ve şu anda nerede olduğunu da bilmiyorum."

"Öğrendiğimiz kadarıyla eşiniz hamileymiş beyefendi. Hem onun hem de bebeğin hayatı tehlikede olabilir. Eğer..."

Adam kapıyı kapatmaya yeltendiğinde Mallory botuyla engel oldu. Arama emri olmadan içeri giremeyeceğinin farkındaydı ve nabzı deli gibi atıyordu. Dahası bu adamın karısı ve doğmamış çocuğu için endişeleniyordu. "Audi sizin mi efendim?"

Rittenberg sessizce ona bakarken gözlerinden ateş saçıyordu.

"Dün akşam Northview diye bilinen eve çağrıldığınız mı? Bu Audi'yle?"

Adam cevap vermedi.

"Sizi ve eşinizi Northview'da gören bir tanığımız var. Cam Ev olarak da biliniyor. Vanessa ve Haruto North'un evi."

Adam yine kapıyı kapatmaya çalıştı ama Mallory'nin botu buna engel oluyordu. Üsteledi. "Temizlikçiniz kim Bay Rittenberg?"

"Ne alaka?"

"Holly's Help şirketini mi kullanıyorsunuz beyefendi?" diye sordu Benoit.

Rittenberg nefret dolu gözlerini ona çevirdi. "Hiçbir fikrim yok. O işleri karım halleder."

"Holly's Help şirketinde çalışan Kit Darling'i tanıyor musunuz?"

Gözlerini ondan ayırmayan Rittenberg bir küfür savurdu. "Aptal falan mısınız? Size söyledim... Temizlik işlerini karım Daisy halleder, dahası temizlik gününde kimin geldiğini onun bildiğinden bile şüpheliyim çünkü o günlerde evde durmaz. Şimdi lanet olası ayağınızı eşiğimden çekin."

Mallory son derece sakin bir tavırla, "Bay Rittenberg," dedi. "Eşinizle birlikte Audi aracınızla saat 18:14 civarı Bea's Blooms adlı çiçekçiden bir buket ve Pi Bistro'dan yaban mersinli bir pastayla Northview'a gittiğinizde, evin önünde Holly's Help logolu sarı bir Subaru Crosstrek gördünüz mü?"

"Araba falan yoktu."

"Yani orada olduğunuzu doğruluyorsunuz?"

"Defolun gidin, yoksa sizi mahkemelerde süründürürüm. Başka bir şey öğrenmek istiyorsanız ya mahkeme emri getirin ya da avukatımla konuşun."

Mallory ayağını eşikten çekerek geriledi. "Eşinizin nerede..."

Kapı yüzlerine çarptı.

Ardından kilidin sesi duyuldu.

Mallory ortağına baktı. Benoit'nın yüzü gerilmişti. Göz akları iyice ortaya çıkmıştı. Belli ki o da havuzun dibinde bulunan et bıçağıyla bembeyaz döşenmiş Cam Ev'de şiddetli bir boğuşma olduğunu kanıtlayan kan izlerini düşünüyordu. Ve belli ki ikisi de Rittenberg'in yüzündeki ve elindeki yeni sıyrıklara takılmıştı. "Karısını bulmamız gerekiyor," dedi.

"Hizmetçi kızı da bulmamız gerekiyor," dedi Benoit.

JON

1 Kasım 2019, Cuma

Üst kattaki karanlık bebek odasının penceresinden dedektiflerin evden uzaklaşmalarını izlerken Jon'un kalbi yerinden çıkacakmış gibi atıyordu. Ayılmaya, kendini toplamaya çalıştı. Panikten titriyor, terliyordu.

Odaklan. Odaklan.

Audi'ye doğru yürüyen polislerden gözünü ayırmadan bir kez daha Daisy'nin cep telefonunu aramayı denedi. Hat çaldı, çaldı, çaldı, sonunda telesekretere düştü.

"*Merhaba, ben Daisy. Mesaj bırakın.*"

"Daisy, lanet olsun, aç şu telefonu! Beni ara. Her neredeysen ara. Lütfen. Konuşmamız lazım."

Bunları söylediği sırada iki dedektif ellerinde fenerlerle Audi'nin etrafında dolaşıyordu. Eğilip çamurlu tekerlekleri ve plakayı incelediler. Sonra kadın plakayı silip telefonuyla fotoğrafını çekti.

Jon bunun üzerine avukatını aradı.

HİZMETÇİNİN GÜNLÜĞÜ

Bugün her yerde cam kulelerin ışıldadığı popüler Yaletown bölgesindeki lüks bir gökdelen dairesini temizledim. Bir sürü insan artık kavanozlarda yaşıyor. Daire Airbnb olarak kullanılıyormuş. Holly'nin defterinde birçok gecelik kiralanan böylesi daire var. Günümüzde hızlı ve kazançlı bir iş. Sabah ayrılan konuk belli ki sadece uyumuş, duş alıp tıraş olmuştu. Herhalde bir günlüğüne şehre gelen bir iş adamıydı. Daha öncekilerde olduğu gibi vahşi seks izleri yoktu. Her yere saçılmış içki şişeleri, kokain artıkları, kullanılmış prezervatif, çöpe atılmış vibratörler... Hatta geçen hafta yatağın altında pelüş kelepçe bulmuştum.

Perdeleri açıp soluk gün ışığını içeri davet ettim. Caddenin karşısında CABARET LUXE adındaki kulübün neon tabelası yanıp sönüyordu. Burası da yeni popüler mekândı. Cam kavanozlarında yaşayan bütün bu insanların 7/24 yanıp sönen pembe neon tabelaya nasıl katlandığını anlamak mümkün değil.

Yatağı yaparken Cam Ev'i düşünüyordum. Dün ortalığı süpürürken yatak odasının penceresine bakan çalılıkların ardından gizlice evi gözetleyen Horton Brown'ı yakalamıştım. Hatırlayınca hafifçe ürperdim. Horton tüylerimi diken diken ediyor. Kafamı boşaltıp temizliği bitirdim ve boş zamanımı değerlendirmek için pencerenin önündeki masaya oturarak düşüncelerimi yazmaya başladım.

Bir süredir yazmıyordum. Şu günlük fikrini yeniden gözden geçirmem gerekiyordu. Dahası son terapi randevuma da gitmedim. Sanırım psikoloğumun zaten bildiğim şeyi doğrulayacağından korkuyordum. Her geçen saniye hem zihinsel hem de fiziksel olarak biraz daha tehlikeli sulara açılıyorum. Ve günlük yazmayı bırakmak istememin ardında muhtemelen bilinçaltımın benden saklamaya çalıştığı bir şeye yaklaştığımı hissetmem yatıyor.

Dün Charlotte Charley Waters'la konuştum.

Silver Aspens gazetesinde adı geçen Club Crimson'ı aradıktan sonra onu buldum. Hâlâ orada çalışıyor. Tıpkı benim Holly için çalışmam gibi. Charley ve ben gibi kızlar... istikrarlıyızdır. Toplumun bizi yakıştırdığı yerde kalırız. Kulüp müdürü elbette numarasını vermek istemedi ama Charley'nin mesailerinden birine denk getirecek şekilde ararsam, şansımı deneyebileceğimi söyledi.

Birkaç gün defalarca denedikten sonra, sonunda şans yüzüme güldü.

Devamı şöyle Sevgili Günlük...

Charlotte Waters telefona gelince Jon Rittenberg'in eski bir çalışanı olduğumu ve bana yardım edebileceğine inandığımı söyledim.

Anında kuşkulanması hiç şaşırtıcı değildi.

"Hikâyeni gazetede okudum," dedim sözlerimi tartarak. "Bizim gibi kadınların birbirimizi kollaması gerekiyor. Bilmem anlatabiliyor muyum?"

Bir süre sessiz kaldı. Arkada müziği ve kalabalığın sesini duyabiliyordum.

"Adın ne demiştin?"

Tereddütle genzimi temizledikten sonra, "Katarina Popovich," dedim. "Ama herkes bana Kit der. Evlendiğimde Darling soyadını aldım ama boşandık." Kendimi Katarina Popovich olarak tanıtmayalı uzun zaman olmuştu. Etkisi tuhaftı. İçimde bir şeylerin yer değiştirdiğini, eski Katarina'nın daha çok yer kaplayarak yeni ve daha mutlu Kit'e eklenmeye çalıştığını hissedebiliyordum. Öte yandan Katarina'yı yeniden uyandırmanın büyük bir hata olmasından korkuyordum. Belki geri dönüşü olmayan bir yola girmiştim... Belki geri dönmem gereken noktadaydım, öleceğim tepedeydim. Ama kendimi birden Jon Rittenberg'in evinde bulup dağdan aşağı kaydığını resmeden kocaman tabloları görmek, bende köklü bir değişim yaratmıştı. Artık geri dönüş olamazdı. Denesem bile olamazdı. Bunu iliklerimde hissediyordum.

"Kit," diye adımı tekrarladı Charley. Beynindeki dişlilerin dönmeye başladığını, beni çözmeye çalıştığını sezebiliyordum ama henüz telefonu kapatmaması iyiye işaretti. "Fazla zamanım yok," dedi. "Sigara molasındayım. Çabuk ol."

Demek meraklıydı. Güzel. Daha ne isterdim ki? Teklifimi kabul edebilir ya da etmeyebilirdi ama tek istediğim beni dinlemesi ve sorularım üzerine düşünmesiydi. Şimdi olmazsa, belki düşünüp taşındıktan sonra benimle yine görüşürdü.

"Dinle Charley, tek bildiğim gazetelerden okuduklarım... Sana Charley diyebilir miyim?"

"Herkes öyle diyor."

"Peki. İnternette bir yıl önceki haberleri araştırırken, Jon Rittenberg'in seni kendisini ve karısını taciz etmekle suçladığı bir habere denk geldim. Sen de Jon'u cinsel saldırıyla... içkine hap atıp seni hamile bırakmakla suçluyordun. Rittenberg'in evinde tutuklandıktan sonra bu suçlamayı yaptın, ardından tacizle suçlandın. Polis daha sonra bütün suçlamaları düşürdü. Sen de buna karşılık bütün cinsel saldırı suçlamalarından vazgeçip her şeyi uydurduğunu söyledin. Bir de anlaşılan psikolojik yardım almayı kabul etmişsin. Gerçekte ne oldu?"

"Hassiktir? Benden ne istiyorsun? Bunu niye soruyorsun? Bir yıl önce olup bitti. Medyadan mısın? Yoksa onun için mi çalışıyorsun?"

Nabzım hızlandı. "O kim?"

Sessizlik çöktü.

Onu kaybediyordum. Her an telefonu kapatabilirdi.

Hızla, "Dinle, sana inanıyorum Charley," dedim. "Sonradan geri çektiğin ilk ifadene inanıyorum. Bence gerçek bu ve..." Bir an duraksadım, çünkü birden korkmuştum ama artık vazgeçemezdim. "Ben gazeteci değilim. Ben... pekâlâ, tam olarak dürüst olduğum da söylenemez. Jon Rittenberg'in eski bir çalışanı değilim. Hâlâ onun için çalışıyorum. Evini temizliyorum. Ben bir hizmetçiyim." Tereddütle es versem de Charley hâlâ dinliyordu. "Ve yardıma ihtiyacım var çünkü ben... ben bunu daha önce yaptığını biliyorum. Bence bunu daha önce defalarca yaptı. Seninle ilgili haberleri bulduktan sonra yalnız olmadığımı anladım."

Sessizlik uzuyordu. Sonunda, "Sana da mı yaptı?" diye sordu.

Bu sefer sessiz kalan ben oldum.

"İyi misin?" diye üsteledi.

"Hayır," diye fısıldadım. "İyi olduğumu sanmıyorum. Ben... benim biriyle konuşmam gerekiyor. Jon'un bunu daha önce de yaptığı hissine kapılmıştım. Ne yapacağımı bilemiyorum. Polise gidersem, bana da sana yaptıklarını yaparlar diye korkuyorum."

"Kim olduğunu nereden bileceğim? Sana niye güveneyim ki?"

"Güvenmen gerekmiyor ama seninle konuşmadan olmazdı. Özür dilerim. Hata ettim. Ben..."

"Bekle," dedikten sonra bir küfür savurdu. "Dinle. Sana inanmak istiyorum ama konuşmak istesem bile konuşamam. Bir anlaşma imzaladım. İki taraf da sessiz kalacak."

Kalbim deli gibi atmaya başladı. Ter alnımı yakıyordu.

Bingo! Tam isabet! Biliyordum!

"Gizlilik anlaşması? Sana gizlilik anlaşması mı imzalattılar?"

"Bu konuda konuşamam. Para karşılığında sessiz kalacağıma dair imza attım. Bütün söyleyeceklerim bu kadar."

Derin bir nefes alarak heyecanımı bastırmaya çalıştım. "Peki. Şöyle diyeyim. Kabul etmen gerekmiyor ama yanılıyorsam telefonu istediğin zaman kapatabilirsin. Beni dinler misin?"

Hattın diğer ucunda birinin ona seslendiğini duydum.

"Molam bitmek üzere. Gitmem gerekiyor."

"Bekle! Lütfen. Bebeğine ne olduğunu söyle. Sana inanıyorum... Seni hamile bıraktığına inanıyorum. Kürtaja mı zorladılar? Para o yüzden miydi? Kürtaj, suçlamaları geri çekmen karşılığında mı para verdiler? Böylece taciz suçlamalarını düşüreceklerdi? Sana bok gibi davrandı Charley. Bahse girerim, daha önce *hiç* olmadığını söylemiştir. Haksız mıyım?"

Kadın hattın diğer ucunda zehir gibi bir küfür savurdu. Genzini temizleyip burnunu mendille silerken onu hayal edebiliyordum.

"Charley, takıntılı bir şekilde onu takip ettiysen anlarım. Gerçekten anlarım. Böyle şeyler insanı delirtebilir. Özellikle de içkiye hap atma olayı... çünkü herkes seni ve hareketlerini sorgularken kendi hatırladıklarını sorgulamaya başlarsın. Ama bunu hak etmiyorsun. Hiçbir kadın hak etmiyor."

Fısıldarcasına, "Belki söylediğin kişisindir hanımefendi... Belki değilsindir. Ama sana şu kadarını söyleyeyim. Bunu yaptıran Jon'un değil, onun avukatlarıydı. Oydu."

"Nasıl yani?"

Derin bir iç çekti. "Gizlilik anlaşmasını zorla imzalatan oydu. Jon Rittenberg'in haberi bile olmadı. Jon bana tecavüz ettiğini biliyordu çünkü sonuçta kendisi tecavüz etti ama bugün sadece hamilelik kısmını uydurduğumu düşünüyor çünkü ailesinin adı ve itibarı sayesinde onu korumak için o Jon'un pisliğini temizledi. Önce bebekten kurtulmam için gözümü korkuttu. Ben... Tanrım, bunları söylediğim için başımı tonlarca belaya sokabilirim ama anlaşmada muğlak kalan tarafı avukatları bile bilmiyordu..."

"Muğlak?"

"Önce beni korkutarak kaçırmaya çalıştı. Beni delirtmeye çalıştı. Taciz etti, ödümü kopardı, bıçaklı Chucky GIF dosyaları ve mesajlar gönderdi. *Çocuk oyunu değil... öl bebek, öl, öl, öl. Umarım bebeğin ölür.*" Charley kısa bir es verdi. "Rittenberg çiftiyle ne işin olduğunu bilmiyorum ama dikkatli ol Kit. Jon Rittenberg'in kötü biri olduğunu düşünebilirsin ama aslında sıradan dallamanın tekidir. Ama karısı... Daisy Rittenberg... işte o çok tehlikeli biri."

DAISY

18 Ekim 2019, Cuma
Cinayetten on üç gün önce

Daisy özenliydi. Vanessa'yla yediği öğle yemeğinden dönerken pazardan satın aldığı balıkla basit ama lezzetli bir yemek hazırlıyordu. Jon arayıp yiyecek bir şeyler getireceğini söylemişti ama Daisy memnuniyetle bir şeyler pişirecekti. Tereyağı tavada erirken aklında BMW'sinin *içine* bırakılan not geldi.

Arabaya zorla girildiğine dair bir iz yoktu. Dahası arabaya yaklaşırken uzaktan kumandayla açtığı kilidin biplediğinden emindi. Yani araba *kilitliydi*. Yedek anahtar sadece Jon'da vardı. Ve Jon asla böyle bir şey yapmaz, onu delirtmeye çalışmazdı. İmkânı yoktu. Öyle değil mi?

Tek düşünebildiği belki de kendi hatası olduğuydu. Belki arabayı *kilitlemeyi* unutmuştu.

Öyle bile olsa biri arabayı bistroya yakın bir yere park ettiğini biliyordu. #BistroÖğleYemeğiİçinSabırsızlanıyorum paylaşımını kendisi yapmıştı. Herhalde silene kadar trollerden biri bunu görmüştü.

Daha da korkuncu, bir trolün onu fiziken takip etmiş olmasıydı.

Dumanı fark edince sıçrayıp küfürler eşliğinde tavayı ocaktan kaldırdı ve yanan yağı döküp tekrar başladı. Tavayı tekrar yağladıktan sonra bir süre Instagram paylaşımı yapmamaya karar verdi. Güvenlik ayarlarını da tekrar düzenleyecekti. Belki troller onu unuturdu. Eriyen yağın üzerine taze limon sıkıp tadına bakarken aklına bu sefer Chucky GIF'i geldi.

Asıl canını sıkan buydu.

Chucky'nin Daisy için ne anlama geldiğini dünyada bilen sadece tek bir kişi vardı. Ama rastlantı da olabilirdi. Korku filmi kahramanı Chucky, iğrenç işlerle ilişkilendirilen yaygın internet geyiğiydi. Bu kahramanı onun açısından gerçek bir canavara dönüştüren suçluluk duygusuydu.

Önemli değildi. Alakası yoktu. Her şey yoluna girecekti. Yine de bundan Jon'a bahsedemezdi. En iyisi Vanessa gibi sosyal medyadan bir süre uzak durmaktı.

Vanessa ve Haruto'yu düşündü. Haruto'nun Vanessa'nın kolunu öfkeyle kavraması endişe vericiydi. Arkadaşının gözlerinde korkuyu görmüştü.

Limonlu tereyağı sosunu küçük bir servis tabağına aldıktan sonra balığı kesmek için ahşap bloktaki en keskin bıçağa uzandı. Narin pembe etten gri deriyi ayırıp balığı dilimlerken Vanessa'yla Haruto meselesini konuşmaya karar verdi. Konuyu hassasiyetle açacak, dolaylı olarak sadede gelecekti.

Bir şarkı mırıldanarak ışıldayan etten incecik kılçıkları ayıklamaya başladı.

Belki Vanessa'ya şahsi bir sırrını bile itiraf edebilirdi. Sırf buzu kırmak için. Böylece Vanessa arkadaşının da ne kadar kırılgan olduğunu görecek, ona güvenecekti. Böylece kocası hakkında ağzındaki baklayı çıkarması daha kolay olacaktı.

Araba yolunda Jon'un Audi'sinin sesini duyunca kalbi sıkıştı. Dışarıdaki güvenlik ışığı yanmıştı. Aceleyle keskin bıçağı bırakıp ellerini sildi ve mumları yaktı. Ardından caz tarzı yumuşak bir müzik açtı. Bir an için fazla özendiğinden endişelendi. Bu akşam son ihtiyacı, Instagram için akşam yemeği hazırlamakla suçlanmaktı.

Balık dilimlerini hızla sıcak tavaya attı. Şarap soğuyordu. Elbette Jon içindi. Daisy içki içemezdi.

Jon elinde bir zarf yığını, çantası ve devasa bir kırmızı gül buketiyle içeri girdi. Daisy güllere bayılırdı. Bu yüzden köşk restore edildiği için bir zamanlar olduğu halinden eser kalmasa da Gül Köşkü adını korumak istemişti.

Kocası zarfları tezgâha bırakıp onu öptükten sonra buketi verdi. "Vay, burası nefis kokuyor aşkım... Açlıktan ölüyorum." Çekici gülümsemesi iç rahatlatıcıydı. Daisy'nin karnına dokunarak, "Küçük adamımız ne yapıyor?" diye sordu.

"Futbolcular gibi tekmeleyip duruyor." Daisy bir vazo alıp suyla doldurdu.

Bu arada kocası çantasını yukarıdaki ofise çıkarıp kollarını sıvamış, kravatını çıkarmış, rahat bir şekilde geri döndü. Onu yine böyle görmek güzeldi ama küçük bir an için Daisy temkinli davranmaktan... hatta bir parça kuşkulanmaktan kendini alamadı.

Tabakları masaya yerleştirirken Jon şarabı açtı. Ardından yemeklerini yerken lezzetini onaylayan sesler çıkardı. Daisy şu son derece hassas terfi meselesini açmasını bekliyordu ama Jon öyle bir şey yapmayınca o da sormadı.

Kocası şarabından aldığı her yudumla gözle görülür bir şekilde gevşiyordu. Sonunda, "Sabahki patlama için özür dilerim Daize," diyerek kadehini doldurdu. "Henry'nin Ahmed Waheed'le ilgili anlattıkları bende şok etkisi yarattı. Öfkemi bir yerden çıkarmam... durumu hazmetmem gerekti. Ama haklısın. Belki Waheed, yönetim kurulu açısından doğru aday olarak görülüyordur. Ama onlara daha iyi olduğumu göstermek için birkaç haftam var. O iş için *tek* doğru adayın ben olduğunu görmelerini sağlayacak şekilde konumlanmam gerekiyor." Şarabını yudumlarken gözleri çakmak çakmaktı.

Daisy bu ani değişim karşısındaki şaşkınlığını bastırdı. Acaba gün içinde bunu sağlayacak ne yaşanmıştı? Az önceki minik kuşku yılanları beyninde kıpırdanmaya başlamıştı. Jon bir işler çeviriyordu. "Babamla konuşmamı istemediğinden emin misin?" diye sordu. "Artık yönetim kurulunda değil ama..."

"Hayır." Jon ağzını sildiği peçetesini katlayarak masaya bıraktı. "Kurulda yeni yüzler var. Hepsinin tam desteğini kazanmak istiyorum. Operasyondan sorumlu genel müdür yardımcılığını hakkıyla kazanmak için, yeni TerraWest yüzü için en iyi adam olduğumu kanıtlamam lazım."

"İşi alamasan bile sorun değil Jon. Yani geri döndük, aileye yakınız. Bebeği burada doğurabiliriz. Genel merkezdeki işin zaten cepte. Fasulye geldikten sonra tekrar düşünebiliriz."

Terfiyi alamazsa Vancuover'da kalma fikri karşısında Jon gözlerini kaçırdı. Daisy hata etmişti. Kocası kaybetmeyi iyi karşılamazdı. Hem de hiç iyi karşılamazdı. Tek bir planı vardı, o da kazanmaktı. Tıpkı kayak yarışında olduğu gibi. O zaman da sadece altın madalyayı istemişti. Başka planı yoktu. Taviz yoktu.

"Eh," dedi Jon. "Eminim Labden, elinden geldiğince *Prenses Daisy*'yi evde tutmaya çalışacaktır..."

"Jon," diye uyardı Daisy. "Lütfen. Lütfen o konulara girmeyelim."

Kocası şarap şişesine uzanıp kadehini neredeyse ağzına kadar doldurdu. "Ama doğru, öyle değil mi Daisy?" Şişeyi bıraktıktan sonra kadehinden büyük bir yudum aldı. "Belki Wentworth Babacık bizi geri getirmek için küçük bir oyun oynamıştır."

Daisy ağzını açtı ama bir süre ona bakakaldı. Rüzgâr nedeniyle dallar cama çarpıyordu. "Saçma," dedi sonunda sessizce.

"Öyle mi?" Jon kadehini ona doğrulttu. "Yüzünde minicik bir duraksama gördüm. Sen bile bunun mümkün olabileceğini biliyorsun. Belki Wentworth Annecik önermiştir. Belki o pozisyon için akıllarında hiçbir zaman ben olmadım. Belki plan başından beri seni ve torunu geri getirip benimle bağları koparmaktı."

"Bunu niye yapsınlar ki?"

Kocasının yüzüne bir karanlık çökünce Daisy'nin nabzı hızlanmaya başladı. Babasının ne kadar manipülatif ve kontrolcü olduğunu biliyordu. Ama bunu asla yapmazdı... değil mi?

"Çünkü seni seviyorlar Daize. Gerçek bu. Ve Wentworth ailesi her zaman istediğini alır. İnsanlar onlar için mal gibidir. Satın alırlar. Ya Colorado'da yaşanan saçmalıktan sonra artık küçük kızları... *küçük prensesleri* için iyi bir koca olmadığıma karar verdilerse? Onlara hiç anlatmamalıydın."

"Sakın suçu bana yüklemeye kalkma Jon. Haberlere çıkmıştı. Silver Aspens'te herkes biliyordu. Elbette annemle babam, o tacizci kadını duyacaktı. En azından ben anlatırken olayın yaratacağı darbeyi yumuşattım. Zaten mesele kapandı. Herkes kadının dengesiz biri olarak ilgi çekmeye çalıştığını biliyor. Seni hedefe koyup tuzağa düşürdü. Bunu itiraf etti."

Kocası gözlerine baktı. Belli ki hatasından dönecekti. Yine de gülümsemesine rağmen bakışları sertti. "Özür dilerim. Sadece... Henry yüzünden merak ettim. Bir de Ahmed Waheed'in iki hafta önce şirkete getirilmesi... Önceden planlanmış gibi görünüyor. Haksız mıyım? Ama sorun değil. Hem Labden'in şirketten ayrılmış olması iyi. Sırf kızıyla evli olduğum için işi alan biri olarak görülmek istemem." Kalkıp onu öptükten sonra yanaklarını avuçlarının arasına aldı. "Her şey güzel olacak. Göreceksin."

Daisy gergin bir şekilde gülümsedi. Nabzı biraz daha hızlanmıştı.

Jon tabakları toplayıp mutfağa götürdü. "Eee, senin günün nasıldı?" diye sordu bulaşıkları makineye yerleştirirken. "Bugün temizlik günüydü, değil mi? Nerelere gittin? Yine Vanessa'yla öğle yemeği mi?"

"Biraz yürüdüm, sonra bistroda Vanessa'yla buluştum."

"Arkadaşın nasıl?"

"Hamilelik ona daha çok yakışıyor."

"Olamaz. Şu haline bak. Yüzünde güller açıyor."

"Balonlar açıyor demek istedin herhalde."

Jon güldü. "Bana göre her halinle şahanesin."

Daisy tereddüt etti. "Kocası Haruto'yla tanıştık. Kısa bir tanışma oldu. Karısını bistrodan çıkarmaya geldi."

"Çıkarmaya? Tuhaf bir söz."

"Eh, en azından öyle görünüyordu."

Jon duraksadı. "Nasıl yani?"

"Yani bir tür… ben… emin değilim."

Jon hâlâ bekliyordu.

"Kontrol sanırım. Vanessa her zaman kıskanılacak derecede kendinden emindir ama Haruto bistronun önünde belirdiğinde birden başka birine dönüştü. Yüzü kıpkırmızı kesildi. Doğru dürüst konuşamıyordu. Açıkçası korkmuş görünüyordu Jon. Ve adam kolunu kavradığında… düşündükçe daha çok endişeleniyorum."

"*Kusursuz* Vanessa? Kocasından korkuyor?"

"Belki ikisini akşam yemeğine falan davet etmeliyiz. O zaman ikisiyle de tanışır, kendin görürsün."

"Olabilir."

Jon masayı temizlerken Daisy tezgâhtaki zarflara uzanıp faturaları ve broşürleri gözden geçirmeye başladı. O sırada Jon'un cep telefonu çınladı. Tam en alttaki kahverengi zarfı eline alacaktı ki birden Jon'un hareketsiz kaldığını fark etti. Kocası kasılmış halde telefonundaki mesaja bakıyordu. Bir an için sanki nefes alamıyordu. Sonra Daisy'nin baktığını fark edince telefonu hemen cebine atıp kalan şarabı kadehine doldurdu.

"Ne oldu?" diye sordu Daisy.

"Hiç."

"Eh, *hiçi* gönderen kim?"

"Saçma sapan pazarlama mesajları işte." Jon gözlerini kaçırıyordu.

"Jon?"

"Efendim?"

"Birbirimizden bir şey saklamayız. Biz öyle bir çift değiliz. Artık değiliz."

"Tanrı aşkına Daisy... Pazarlama mesajı, tamam mı? Rahatla."

"Görebilir miyim?"

"Neyi?"

"Pazarlama mesajını?"

"Sildim."

Gözlerini kocasından ayırmadan bakan Daisy, hiç düşünmeden trol mesajlarını nasıl hızla sildiğini hatırlıyordu. Refleksten ibaretti. İyi de neden kocasına inanamıyordu? Neden şu anda her şeyden kuşkulanıyordu?

Vanessa'nın sözleri kulağında çınladı.

Hamilelik insanı korkak, hatta paranoyak yapabilir.

"Özür dilerim," dedi. "Üstelemek istemedim."

"Sorun değil."

Daisy, mektup açacağını yumruğunda bir hançer gibi sıktığını fark etti. Ardından son zarfı açmaya koyuldu ama kalbi deli gibi atıyordu. Bir görüntü beynini cam kırıkları gibi parçalıyordu. Gözünün önünde bir bıçak kalkıp iniyor, kalkıp iniyor, kalkıp iniyordu. Sanki bıçak kendi elindeydi. Sanki bembeyaz eti kesiyordu.

Jon'un telefonu yine çınladı. Bu sefer Daisy'nin önünde açmadan bir e-posta atması gerektiğini söyleyerek şarabını alıp ofisine çıktı.

Çenesini sıkan Daisy kahverengi zarfı keserek açtığında A4 boyutunda parlak bir fotoğraf masanın üzerine kaydı.

Kanlı Chucky bebeğinin fotoğrafıydı. Bıçak elindeydi.

Mektup açacağını küçük bir çığlıkla elinden attı. Fotoğrafın altında bir yazı vardı.

KiM oLDuĞuNu BiLiYoRuM.
Ne YaPTıĞıNı BiLiYoRuM.
SeNi MaHVeDeCeĞiM.
ÖLölÖLölÖLölÖLBEBEKöL

Daisy nefes alamıyordu. Bebek karnını tekmeliyordu. Ağır hareketlerle zarfı ters çevirdi. Aklı Jon'a takılı kaldığı için kimden geldiğine bakmamıştı.

İsim yoktu.

Adres yoktu.

Hiçbir şey yoktu.

Biri evlerine… burunlarının dibine girmiş, posta kutusuna bunu şahsen bırakmıştı.

Önce arabası. Şimdi evi.

Kocasının çıktığı merdivenlere baktı. Dehşet içindeydi. Ona söylemeliydi. Polise bildirmeliydi.

Ama o zaman herkes ne yaptığını öğrenecekti.

JON

18 Ekim 2019, Cuma
Cinayetten on üç gün önce

Şarap kadehini çalışma masasına bırakan Jon ofisinin kapısını kilitledi. İçi kıpır kıpırdı. Mia Reiter telefon numarasını bulmuştu. Herhalde bulmak için bayağı bir uğraşmıştı. Demek onu gerçekten *istiyordu* ve bu istek Jon'u en doğru yerlerden okşuyordu.

Oturup şarabından büyük bir yudum aldı. Ardından Daisy'ye söylediğinin aksine aslında hiç silmediği mesajı açtı.

Dün akşam tanıştığımıza sevindim Jon. Seni düşünmeden edemiyorum.

Tahrik ediciydi. Yutkunurken gözünün önüne Mia geldi. Kan kırmızısı dudaklar, berrak yeşil gözler, dünyada başka hiç kimse kalmamış gibi bakışı, Jon'a göğsünün tam ortasındaki gücü yeniden hissettiren gülümsemesi, narin serin eli, baştan çıkaran aksanı, o topuklu ayakkabılarla yürüyüşü, kaldırımda sallanan kalçaları, şehir ışıklarında ışıldayan saçları...

Yaşamak... başarmak buydu işte. Evliliği, çekirdek ailesi, bu *köşk*... içinde bir şeyleri öldürüyordu.

Aynı numaradan gelen ikinci mesajı okudu.

Yeniden görüşmeyi çok isterim. Umarım yine karşılaşırız. Yakında. Rastlantıların şerefine. Mia. Sevgiler.

Jon çekmecesinden özel viskisini çıkarıp kadehini birkaç parmak doldurdu. Ardından küçük bir yudum aldı. Şaraptan daha iyiydi. Cevap yazmaya başladı.

Buluşalım. Aynı bar? Daha sakin bir yere de gidebiliriz. Şehre ne zaman dönüyorsun? JR

GÖNDER tuşuna basmak üzereyken tereddütle duraksayarak mutfakta bıraktığı Daisy'yi düşününce vicdanı sızladı. İkileme düşmüştü. Hayıflanıyordu da... çünkü Daisy'yi kaybedemezdi. Karısına boşanmak için zemin hazırlarsa, her şeyini kaybedebilirdi.

Ama Daisy'nin başına bir şey gelse?

İçinden küfretti. Şarap yüzündendi. Viski yüzündendi. Kayak yaptığı kadar hem seksi hem de zeki bir bankacı olan İsviçreli Mia Reiter yüzündendi. O da para kokuyordu. Belki Daisy'den bile zengindi. Gözlerini yumduğunda kalbi gümbürdüyordu. Bir omzuna tüneyen şeytan *yapmasını* söylüyordu. Diğer omzundaki melek, aslında onu kendinden korumaya çalışıyordu.

O sırada şeytan ruhunun en derinlerindeki gizli köşesinden fısıldadı...

Daisy konusunda dünyanın sonu değil. Çaktırmadan yaparsan küçük bir kaçamağın ne zararı olabilir? Kimse öğrenmezse sorun olmaz, değil mi? Senin gibi erkeklerin kaçamaklara ihtiyacı var Jon. Bastırıldığı için biriken alfa enerjini kısmen de olsa salman lazım.

Sonunda GÖNDER tuşuna bastı.

MALLORY

1 Kasım 2019, Cuma

Mallory ve Benoit el fenerleriyle Gül Köşkü'nün araba yolunda park edilmiş Audi S6 sedanın etrafını dolaştı. Yağmur Mallory'nin şapkasının siperliğinden damlıyor, ceketlerinden akıyordu. Hava soğuktu. Burrard'daki sis düdüğü hüzünlüydü.

"Göçük yok," dedi Benoit. "Ama çamura bakılırsa toprak yola girmiş."

Mallory fener ışığını camlardan içeri tuttu ama sıra dışı bir şey göremedi. O sırada Gül Köşkü'nün üst katında sarı bir ışık fark edince başını kaldırıp baktıysa da perde kapanınca ışık kayboldu.

"Yukarıda bizi seyrediyor," dedi Benoit. "Adam düpedüz yalan söylüyor. Yüzündeki ve elindeki sıyrıklardan da hiç hoşlanmadım."

"Resmen korku kokusunu alabiliyorsun," dedi Mallory. "Bir de alkol tabii."

"O eve girmemiz, Audi'nin içini aramamız gerekiyor," dedi ortağı.

"Evet ama aynı zamanda mahkeme emri için sağlam bir delil bulmamız gerekiyor," diyen Mallory eğilip, arka plakanın çamurunu sildi. Ardından hem plakanın hem de arabanın dışıyla tekerleklerinin fotoğrafını çekerek polis logosu taşımayan arabalarına girdiklerinde fotoğrafları Lula'ya gönderdi. Benoit motoru çalıştırdığındaysa bir kez daha Daisy Rittenberg'i aramayı denedi. Hat yine telesekretere düşünce, "Pi Bistro'dan Ty Binty, Rittenberg çiftinin Daisy'nin ailesine yakın olmak için Vancouver'a geri taşındığını söylemişti," dedi. "Babasının adı neydi?"

"Wentworth," dedi Benoit, geri vitese taktığında. "Labden Wentworth."

"Sokağın karşısına park et. Gözetim emri alana kadar beklemek istiyorum. Her an kaçabilirmiş gibi bir hali var." Ortağı sokağın karşısındaki ağaçların altına doğru ilerlerken Gül Köşkü için telefonla gözetim emri talebinde bulundu, ardından tekrar Lula'ya bağlanmak istedi. "Lu, Labden Wentworth'un telefon numarasını ve adresini bulabilir misin? Kendisi hamile Daisy Wentworth'un babası. Kadın evinde değil. Hem kendisinin hem de doğmamış bebeğinin sağlığından endişelenmek için nedenlerimiz var."

"Hallediyorum," dedi Lu.

Mallory telefonu kapattıktan sonra hızla arama motorunda *Labden Wentworth* araması yaptığında isimle ilişkili bir sürü link çıktı. Ty Binty haklıydı. Wentworth ismi gerçekten büyüktü. Çıkan haberlere göz gezdirdi. "Burada, Labden Wentworth'un küresel çapta lüks kayak merkezleri geliştirip işleten TerraWest Corporation'ı kurduğu yazıyor. Şirket ayrıca doğa sporları malzemeleri satan bir zincir de dahil olmak üzere bir sürü iştirake sahipmiş. Dünya çapında elli beş binden fazla çalışanı varmış. Yıllık gelirleri 5.2 milyar civarında. Görünüşe göre Wentworth'un eşi Annabelle, lüks emlak alanında kendi başına büyük bir isim. Kendi şirketi var. North Shore'da, British Properties bölgesinde yaşıyorlar ama şu ana kadar herhangi bir telefon numarası bulamadım."

Gözetim emrini ve Lula'dan iletişim bilgilerini beklerken hızla Peter'a bir mesaj yazdı.

Her şey yolunda mı?

Cevap gelmedi.

Kocasıyla ilgili endişeleri derinleşiyordu. Muhtemelen üzerinde çalıştığı iş, son işi olacaktı. Peter'la ilgilenebilmek için sandığından da yakın bir zamanda işten elini ayağını çekmesi gerekecekti.

Telefonu çaldı. Lula, Labden Wentworth'un telefon numarasını ve adresini bulmuştu. "British Properties, Eyrefield Drive, dört dört beş altı," dedi kadın hoparlörden.

Gözetim emriyle birlikte bir devriye aracı ağır ağır sokağa girdi. Mallory hemen arabadan çıkarak devriyedeki polisle konuşmak üzere yağmurun altında koştu. Adam camını indirince de konuşmak üzere eğildi. "Rittenberg evden ayrılırsa peşine takılın," diyerek durumu açıkladı. Ardından yine koşarak arabada bekleyen Benoit'nın yanına dönüp emniyet kemerini taktı. Ortağı anında gaza basarak North Shore'a giden köprünün yolunu tuttu.

Mallory yoldayken Labden'in numarasını aradı. Telesekreter çıktı. Bunun üzerine Peter'ı aradı. Kocası telefona bakınca çok rahatladı ama sesini kontrol etmeye çalıştı. Onunla konuşurken serinkanlı kalması gerekiyordu. "Selam, n'aber?" diye sordu.

"İyi. Geç mi geleceksin?" Belli ki çoktan unutmuştu.

"Evet, öyle görünüyor. Yeni bir iş. Mesajlarına bakmıyor musun?"

"Ah. Ben... şey..."

"Dert etme. Lazanyayı ısıtabildin mi?"

Sessizlik.

"Lazanya mesajımı aldın mı?" Mallory, ağzından çıkan soruya küfretti. Bir şeyi hatırlayamadığı gerçeğiyle yüzleşmeye zorlamayacak şekilde Peter'la nasıl konuşabileceği konusunda yardım alıyordu, aksi takdirde kocası hemen savunmaya geçiyordu ki bunun kimseye faydası yoktu.

"Evet, lazanyayı ısıttım Mallory."

Kocasının azarlayan sesiyle Mallory gözlerini yumdu. "Süper. Beni bekleme, tamam mı?"

"Cinayet mi?"

"Öyle görünüyor."

"Kurban kim?"

Mallory göğsünün sıkıştığını hissetti. Araştırdığı dosyaları hep Peter'la tartışmıştı. Zihin sağlığı sorunları yüzünden geçen yıl erkenden emekliliğe ayrılmadan önce geleceği parlak bir adli psikoloji profesörüydü. İkisi hep bir takım olmuştu ama şimdi kocasının, ilişkilerinin, bir zamanlar oluşturdukları takımın kayıp gittiğini hissedebiliyordu. "Kurbanın kim olduğundan henüz emin değiliz," dedi. "Ama birileri ciddi yaralanmış. Hayatlar tehlikede olabilir. Yani hâlâ hayattaysalar bile, zaman onlardan yana değil."

"Katilleri yakala aşkım."

Mallory'nin gözleri yandı. "Evet, yakalayacağız. Elimizden geleni yapacağız," deyip vedalaştıktan sonra telefonu kapattı. Benoit'nın merakını ve anlayışını sezebiliyordu. Asıl anlayış göstermesi en kötüsüydü. Mallory kimsenin kendisine acımasını istemiyordu. Neyse ki Benoit bir şey demeden şehir trafiğinden köprüye girdi.

Sonunda sessizliği bozan Mallory oldu. "Sadie geç mesailere ne diyor?"

Ortağı gülümsedi. "Başka seçenek mi var?"

"Departmanda yöneticilik pozisyonları olduğunu biliyorsun."

Benoit kıkırdadı. "O işler bana göre değil Mallory."

"Evet, biliyorum."

Bir sessizlik oldu.

"Hem her gün cinayet işlenmiyor, değil mi ya? İşin hafif olduğu günlerde gece mesaisini evde geçiriyorum. İzin günlerimde de bebeğe ben bakıyorum."

"Sadie hâlâ mezun olmak istiyor mu?"

"Çok kararlı. Şu anda uzaktan eğitime devam ediyor. Bu kadını durdurmak imkânsız." Benoit yan gözle ortağına baktı. "Fişek gibi bir göçmen ve sığınmacı avukatı olacak. Onunla acayip gurur duyuyorum."

Mallory gülümsedi. "Dünya iyi ellerde."

Benoit sesli ve kasvetli bir kahkaha attı. "Dünya bizim kontrolümüzde değil patron."

"Eh, en azından taç sana önerildiğinde ekibim iyi ellerde olacak."

"Daha ayların var," dedi Benoit.

Mallory hüzünle gülümsedi. "Olabilir. Olmayabilir de."

HİZMETÇİNİN GÜNLÜĞÜ

Sevgili Günlük, bir süredir uğramadığım için kusura bakma. Sadece yazmamakla kalmadım, aynı zamanda resmen terapiyi bıraktım. Psikiyatristim, "Geriye sarıyorsun Kit," dedi. "Terapiyi bırakarak hasarlı yanın yine derinlere gömülüyor. Güdülerinin ne olduğunu öğrenmeye çalışmak korkutucu bir şey, biliyorum ama büyük bir gelişmeden hemen öncesi her zaman zorlayıcıdır. Neredeyse başarıyordun Kit."

Belki.

Ama hasarlı yanımın derinlere gömüldüğü konusuna katılmıyorum. Bağları koparmıyorum. Derinlere falan gömüldüğüm yok. Bu sefer ayaklarım yere sağlam basıyor. Güçlüyüm. Peki, gücü nereden buldum? Charley sağ olsun. Bir de Daisy'nin gizli kasası var.

Yazmaya ilk başladığımda insanların sırlarını nerelerde sakladığını bilmek gibi bir yeteneğim olduğundan bahsetmiştim. Nereye bakmam gerektiğini bilirim.

Bugün Gül Köşkü'nde temizlik yaparken çamaşırları, tozları, süpürmeyi halledip mutfaktaki bulaşıkları makineye yerleştirdim. Ardından casusluk yapmak üzere saatimi ayarladım.

Jon'un bilgisayarına girmeyecektim. Bugün banyo günüydü. Asıl ilaçların ve tıbbi sırların peşindeydim. Ama banyo dolabında ilgimi çekecek bir şey yoktu. Soğuk algınlığı ilaçları, yatıştırıcılar, uyarıcılar, tarihi geçmeye yakın ağrı kesiciler, nasır ilacı, hamilelik vitaminleri, antiseptik sprey, yara bantları, aspirin falan filan... Çömelip lavabonun altındaki dolabın bir tarafını açtım. Onun tarafıydı. Dolabın içindeki çekmece kadın hijyen ürünleriyle doluydu. Pedler, paket paket tamponlar, vajinal kayganlaştırıcı, ıslak mendiller... Kadınlar özellikle kocalarından saklamak istedikleri sırlarını böyle yerlere saklamaya bayılır. Kocalar ve erkek arkadaşlar, genellikle regl ürünlerini karıştırmaz.

Tampon kutularından birinde küçük bir şey hissettim. Sert ve açılıydı. Tampon olamazdı. Kutuyu açınca tamponların arasına sıkıştırılmış bir anahtar buldum.

Nabzım hızlanmıştı.

Elime aldığımda nerenin anahtarı olduğunu adım gibi biliyordum. Gül Köşkü'ne geçen gelişimde Daisy'nin iç çamaşırı çekmecesinin arkalarında kilidi ve sapı olan ince uzun bir kasa görmüştüm. Açık mavi renkteydi. Çoğu müşterimin çeşitli şekil ve büyüklükte böyle kasası var. Gerçi onlar sır saklamak için değil, yangından korumak içindir. Bu kasanın rengi, iç çamaşırı çekmecesinin gerilerinde saklanmış olması, tamponların arasında bulduğum anahtar... her şey tek bir şeyi haykırıyordu.

Kadın kocasından bir şeyler saklıyor.

İçim kıpır kıpırdı. Saatime baktım. Çok az zamanım kalmıştı. O anda bırakmalıydım. Hemen. Bir dahaki sefere devam ederdim. Daisy bir iki dakika erken gelirse yanardım. Ama bırakamıyordum.

Banyo dolabının kapısını açık bırakıp yatak odasına koşarak iç çamaşırı çekmecesindekileri elimle yoklayıp kutuyu kendime doğru çektim. Sağlam metalin ağırlığını hissettiğimde heyecanım zirvedeydi. Ağzım kurumuştu.

Devasa yatağın kenarına oturup anahtarı soktum. Cuk diye oturmuştu. Çevirip kapağı açtım. İçinde iki kahverengi zarfla bir flaş bellek vardı.

Belleğe dokundum. İçindekileri görmek için yanıma alamazdım. Daisy kaybolduğunu görüp polise bildirirse Holly'yi ararlardı, ben de işimden olurdum.

Kahverengi zarflardan birini açtım. İçinde çok sayfalı bir hukuk belgesi vardı. Okumaya başladım. Hukuk dilini çözmeye çalıştıkça başım dönüyor, nefesim kesiliyordu. Neye baktığımı anlamak için kendimi zorlarken başka hiçbir şey düşünemiyordum. Gözüm en alttaki imzalara kayınca donakaldım. Bunun üzerine titreyen ellerimle diğer zarfı açtım.

Kulaklarım uğulduyordu. Yazılanların benim için anlamını hazmetmeye çalışırken yutkundum.

Tam o sırada alarm çalınca irkildim. Dahası bahçeye giren arabayı duyabiliyordum. Panikle midem kasıldı.

Kahretsin!

Pencereye koşup aşağı baktığımda neredeyse bayılacaktım. Neyse ki bir UPS aracıydı. Sürücü araçtan inip elinde bir paketle ön kapıya yöneldiğinde kapı ziline aldırmadan yatağa koştum. Kurye paketi bırakır ya da yarın tekrar gelirdi.

Belgeleri yatağa yayıp telefonumla her birinin fotoğrafını çektim. Ellerim öyle titriyordu ki fotoğrafların net olması için içimden dualar ediyordum. Sonunda belgeleri zarflarına geri sokup kutuya yerleştirdim. Flaş bellek hâlâ yatağın üstündeydi. Belgelerle karşılaştırıldığında bellekte nasıl bilgiler olabileceğini hayal bile edemiyordum. Belleği alıp bir süre avucumun içinde sımsıkı tuttum. Beynimde dişliler deli gibi çalışıyordu. Jon'un bilgisayarında belleğin içindekileri incelemek için kesinlikle zamanım yoktu. Yanıma alırsam evde inceler, bir dahaki sefere geri getirirdim ama bu büyük bir riskti.

Kulağımda Boon'un sesi çınladı.

Birinin çaresizce saklamaya çalıştığı dehşet verici bir sırrı keşfetmen başını belaya sokabilir. İnsanlar, özellikle zenginler kendilerini ve ailelerini korumak için her şeyi yapar. Hatta öldürür.

Bu da o sırlardan biriydi.

Ortaya çıkarırsam Rittenberg çiftiyle birlikte onlara yakın herkesi mahvedebilirdi.

Ve ortaya çıkarmazsam, mahvolacak olan bendim.

Başka şansım yoktu. Artık yoktu.

Flaş belleği cebime atıp koşarcasına banyoya giderek dolabı kapattım. Ardından telaşla çantama temizlik malzemelerimi doldurup Dyson süpürgemle birlikte Subaru'ma götürdüm. Terliyordum. Daisy ya da Jon geliverecek diye panikliyordum. Daisy'nin flaş belleğin kaybolduğunu anlayarak hizmetçisinin peşine düşmesi düşüncesi ödümü koparıyordu.

Öte yandan Daisy'nin Jon'a bir şey demeyeceğinden adım gibi emindim. Belgelerin içeriğine bakılırsa aynı zamanda Holly'yi aramayacağına da güveniyordum.

Dediğim gibi... kapkara bir sır. Ve Daisy bu sırrı gömülü tutmak için elinden geleni ardına koymayacak.

MALLORY

1 Kasım 2019, Cuma

4456 numaradaki Wentworth malikânesi, dağın yamacındaki bir kale gibi ışıldıyordu. Sokak ışıkları, eve doğru kıvrılan asfalt yolu aydınlatıyordu. Dört garaj kapısının önüne beyaz renkli küçük bir BMW park edilmişti. Mallory ve Benoit BMW'nin arkasına yanaşıp araçlarından inerek merdivenlerden kapıya ilerlediler. Benoit zili çalarken Mallory dönmüş, uzaktaki şehrin gece manzarasını inceliyordu. Her yer yoğun bir sis örtüsüne bürünmüştü. Lions Gate Köprüsü'nün ışıklı çelik asmaları siste çelenklere benziyordu. Şehir merkezindeki en yüksek binalar da bulutların üzerinde parlayan fenerler gibi burunlarını çıkarmışlardı. Wentworth malikânesi Hollyburn Dağı'nın eteklerinde yüksek bir noktadaydı. Burada yağmur yoktu, hava kapalı değildi. Sadece buz gibi soğuktu ve gökyüzü yıldızlarla doluydu ama aşağıda sisin içinde yağmur yağıyordu.

"Büyüleyici görünüyor," diye mırıldanırken kapı açılınca hızla döndü. Karşısında koyu renk saçlı hamile bir kadın vardı. Kalbi tekledi. "Daisy Rittenberg?"

"Ne istiyorsunuz?" diyen kadının gözleri ikisi arasında mekik dokuyordu. Belli ki ağlamıştı.

Şükürler olsun, hamile kadınlardan biri emniyette.

"Ben Komiser Mallory Van Alst. Bu da Çavuş Benoit Salumu. İçeri gelebilir miyiz? Sormak istediğimiz..."

Koridordan bir erkek sesi yükseldi. "Ne oldu Prenses? Kim gelmiş?" Çok geçmeden adam göründü. İnce, uzun boyluydu. Bronz tenliydi. Saçları gümüş rengindeydi. Köşeli çenesi gibi tavrı da keskindi.

Mallory onu internette gördüğü fotoğraflardan tanıdı. "Bay Wentworth," diyerek hem kendisini hem ortağını yeniden tanıttı. "Kayıp birini soruşturuyoruz ve her geçen saniye önemli. Kızınızın sahip olduğu bilgilerin bize yardımcı olacağına inanmak için nedenlerimiz var. İçeri girebilir miyiz lütfen?"

Labden Wentworth tereddütle kızına baktı. *Prenses* belli belirsiz başını iki yana sallıyordu. Bunun üzerine omuzlarını gerdi. Bu haliyle daha uzun görünüyordu. "Daisy nasıl bir katkı sağla..." Birden aklına bir şey gelmiş gibi yüzü değişti. "Jon'un meseleyle ilgisi var mı?"

Mallory nabzının hızlandığını hissediyordu. "Girebilir miyiz?"

Daisy ve babası gönülsüzce geri çekilerek iki dedektifi gösterişli evlerinin sıcağına buyur etti. Hep birlikte devasa bir oturma odasına girdiler. Şöminede alevler oynaşıyordu. Pencereden görünen uzak şehir manzarası çok daha büyüleyiciydi.

Dans edercesine yürüyen zarif bir kadın yanlarına gelirken kocasının buyurgan tavrını sergiliyordu ama çok daha keskin ve kadınsıydı. "Neler oluyor?" diye sorarak Mallory ve Benoit'ya baktı. "Kim *bunlar*?"

"Sorun yok aşkım. Sadece polis. Daisy'ye kayıp biriyle ilgili bir şeyler sormak istiyorlarmış."

Kadınla adam adeta gözleriyle konuşuyordu. Mallory ve Benoit da kaçamak bir şekilde bakıştı. Özellikle Mallory bir şeylerin eşiğinde olduklarını hissedebiliyordu.

Bay ve Bayan Wentworth kanepeye yöneldiğinde Benoit, "Daisy'yle yalnız konuşmamız daha iyi olur," dedi.

Yaşlı çift tereddüt etti. Ardından Labden Wentworth kızına baktı. "İhtiyacın olursa koridordayız Prenses," dedikten sonra dedektiflere döndü. "Daisy yorgun. Dinlenmesi gerekiyor. Kötü bir gün geçirdi. Hepimiz bebek için endişeliyiz."

"Anlıyorum," dedi Mallory.

Sonunda çift çıkıp cam Fransız kapıları sessizce kapattı.

Şişmiş gözleriyle Daisy hantal hareketlerle şöminenin yakınındaki bir koltuğa çöktü. Gergin olmanın yanı sıra sinirli ve düşmanca bir tavır sergiliyordu.

Ortağıyla birlikte kadının karşısındaki kanepeye yerleştiklerinde Mallory öne eğilip, "Bayan Rittenberg," diye söze başladı. "Northview diye bilinen bir evde gerçekleşen bir olayı araştırıyoruz. Cam Ev olarak da biliniyor. Anladığımız kadarıyla evin sahipleri Vanessa ve Haruto North'u tanıyorsunuz?" Hamile kadının ne diyeceğini merakla bekliyordu.

Daisy yutkundu. "Ne... olayı?"

"Yakın zamanda North çiftini ziyaret ettiniz mi?"

Kadın kapana kısılmış gibi görünüyordu. Bakışları kapılara kayarken elini korumak istercesine şiş karnına götürdü. "Avukata ihtiyacım var mı?"

"Var mı?" diye sordu Mallory. Daisy'nin kıpkırmızı kesildiğini görünce ekledi. "Bakın Bayan Rittenberg... başınız belada değil. Şu aşamada sadece bilgi toplamaya çalışıyoruz. Dün akşamüstü Point Grey'deki Pi Bistro'dan yaban mersinli pasta satın aldığınızı biliyoruz. Aynı zamanda Bea's Blooms adlı çiçekçide..." Not defterinin sayfalarını karıştırdı. "Orkide, çöven, Japon anemonu, krizantem ve beyaz zambaklardan oluşan bir buket yaptırdınız." Başını kaldırıp Daisy'ye baktı. "Hem pasta hem de çiçekler, dün saat 18:14 civarı Northview'a bırakıldı. Bukete iliştirilmiş kart sizdendi." Yerinden kalkıp Daisy'ye telefon ekranından kartın fotoğrafını gösterdi.

Özerklik ölmeden önce iyi şanslar dostum.
Heyecanlı bir yolculuktu.
Destek için teşekkürler.
Daisy
X

"Notu kime yazmıştınız Bayan Rittenberg?"

Kadın konuşmuyor, gözünü bile kırpmıyordu.

Mallory tekrar yerine oturdu. "Northview'da ne oldu? Neden kocanızla birlikte oraya gittiniz? Neden pastayı ve çiçekleri kapının önünde bıraktınız?"

Daisy Rittenberg diliyle dudaklarını ıslatıp son derece yavaş bir şekilde konuştu. "Kocam Jon'la birlikte arkadaşlarımızın evinde akşam yemeğine davetliydik."

"Arkadaşlarınız?"

Kadın gözlerini kaçırıp pantolonunu düzeltti. "Vanessa North... hamile arkadaşım. Ve kocası Haruto."

"Yakın arkadaş mısınız?"

Daisy duraksadı. "Ben... Vanessa'yla ağustos ayında bir hamile yogası kursunda tanıştım." Gözleri dolmaya başlamıştı. "Dediğim gibi o da hamileydi."

"Hamileydi? Geçmiş zaman kipi kullandınız? Bir şey mi oldu?"

"Ben... hayır, yani tabii ki *hâlâ* hamile. Haruto'yla daha önce sadece bir kez karşılaştım. Jon ikisini de tanımıyordu. Çiçekleri ve pastayı giderken yoldan aldık."

"Pasta ve çiçekleri neden kapının önünde bıraktığınızı açıklayabilir misiniz?"

Daisy hiç duraksamadan cevap verdi. "Karnıma kötü bir kramp girmişti. Doğumun başladığını falan sandım. Ödüm koptu. Karnımı tutunca elimdekiler yere düştü."

Mallory yavaşça nefes aldı. "Peki dostlarınızla akşam yemeği nasıl geçti?"

"Aslında kalmadık. Kramplarım yüzünden doğrudan eve döndük. Jon belki de doktoru görmem gerektiğini düşünüyordu."

"Peki North çifti dün akşam nasıl görünüyordu?"

"İyi."

"Sonrasında konuştunuz mu?"

"Hayır."

"Arkadaşlarınız krampların nasıl olduğunu sormak için aramadı mı?"

Daisy bir şey demedi.

"Bayan Rittenberg, o akşam Cam Ev'de Vanessa ve Haruto North dışında başka biri var mıydı?"

"Başka birini görmedim."

"Dışarıda park etmiş başka bir araba gördünüz mü?"

Daisy'nin rengi attı. Nefesleri sıklaşmıştı. Yine Fransız cam kapılara baktı.

Mallory hemen taktik değiştirdi. "Eviniz... Gül Köşkü, değil mi?"

"Bunun evimle ne alakası var?"

"Gül Köşkü'nü kim temizliyor Bayan Rittenberg?" diye sordu Mallory.

"Alakasını gör..."

"Konuşmaya karakolda devam edebiliriz hanımefendi," dedi Benoit. "Ya da bize buradayken yardım edebilirsiniz."

Daisy Rittenberg'in dudakları düz bir çizgiye dönüştü. Tekrar konuştuğunda gergin sesi tizdi. "Şirket temizliyor. *Holly's Help*. Temmuzda taşındıktan üç gün sonra hizmet vermeye başladılar."

"Evinizi temizleyen kişinin adını biliyor musunuz?"

"Hayır." Cevabı hızlı ve kararlıydı. Fazla hızlı cevap vermişti.

Mallory ağır ağır başını salladı. "Dün eşinizle Audi'de North çiftinin evine gittiğinizde dışarıda park etmiş Holly's Help logolu sarı bir Subaru fark ettiniz mi?"

"Hayır. Size söyledim. Kimseyi görmedim. Araba da görmedim."

"Emin misiniz?"

"Araba yolunda başka araç yoktu." Daisy'nin gözleri kapılara dikildi. Her saniye biraz daha köşeye sıkışmış gibi bakıyordu.

Mallory, ondan bilgi alma penceresinin hızla kapanmaya başladığını seziyordu. "Dün akşam saat 18:14'te koyu gri bir Audi S6 sedanla Northview bahçesine girdiğinizde sizi ve kocanızı gören bir tanığımız var desem? Audi'yi sarı Subaru'nun hemen arkasına park etmişsiniz. Tanığımız gece yarısından hemen önce Audi ve sarı Subaru'nun hâlâ evin önünde olduğunu görmüş. Sonrasında hem Audi hem de Subaru birlikte uzaklaşmış. Hem de hızla."

"Bence tanığınız yalan söylüyor. Ya da hayal görmüş. Konuşmamız bitmiştir."

Benoit araya girdi. "O evde biri çok ciddi bir şekilde yaralanmış Bayan Rittenberg. İş birliğiniz..."

"Ne?"

"Dedim ki biri yaralanmış..."

"Kim? Kim yaralanmış?" Daisy'nin gözlerinde panik kıvılcımları uçuşuyordu. Yanakları al al olmuştu.

"Sorumuza cevap verebilirseniz..." dedi Mallory.

"Baba!" Daisy kendini zorlayarak ayağa kalkıp eli belinde yalpalayarak Fransız kapılara doğru yürümeye başladı. Aynı anda kapılar ardına kadar açıldı. İçeri giren babası kızına baktığı anda, "Pekâlâ dedektifler... Gitmeniz gerekiyor. Hemen!" dedi.

Mallory ayağa kalktı. "Sadece bir soru daha. Lütfen. Bir kadının hayatı buna bağlı olabilir."

Labden Wentworth tereddüt etti, sonra yan gözle tekrar kızına baktı. Mallory fırsatı değerlendirerek telefonunu çıkarıp Holly McGuire'ın gönderdiği Kit Darling fotoğrafını bularak Daisy'ye gösterdi. "Bu kişiyi tanıyor musunuz?"

Daisy öne eğilip zorla yutkundu. "Hayır."

"Emin misiniz? İyi bakın."

"Elbette eminim. Kim bu hanım?"

"Hizmetçiniz. 27 Ekim'e kadar evinizi bu hanım temizledi."

Daisy bembeyaz kesilmişti. "Ne?"

"Adı Kit Darling. 27 Ekim'e kadar Holly's Help şirketi için Gül Köşkü'nü temizledi. Sonrasında yeni bir hizmetçi gelmeye başladı."

Daisy, Mallory'nin gözlerine bakmaktan korkuyormuş gibi gözlerini fotoğraftan ayırmıyordu. "Hizmetçi geldiğinde hep dışarıda olurum. Bu kişiyi hiç görmedim. Holly ekim sonunda başka birini gönderdiyse, onu da bilmiyorum. Tek bildiğim, evin temizlendiği." Elleri titremeye başlamıştı. "Babacığım, ben... ben galiba bayılacağım. Uzanmam gerekiyor. Bu insanlara gitmelerini söyle. Şimdi."

Annabelle Wentworth onları kapıya götürürken Mallory, Daisy Rittenberg'in tiz bir sesle babasıyla konuştuğunu duyabiliyordu. "Bilmiyorum! O evde ne olduğuna dair *hiçbir* fikrim yok. Elbette sana doğruyu söylüyorum."

HİZMETÇİNİN GÜNLÜĞÜ

Daisy'nin flaş belleğini dizüstü bilgisayarıma takarken gerginlikten ateş basmıştı. Daireme girer girmez hemen işe koyuldum. Keskin bir telaşa kapılmıştım. Gördüklerim, bildiklerim, telefonumdaki kanıtlar beni hem Jon hem de Daisy için tehlikeli birine dönüştürüyordu ki bu aynı zamanda benim de tehlikede olduğum anlamına geliyordu.. Bir an önce flaş belleği geri götürmem gerekiyordu.

Bellekteki klasörü açtım. İçinde tek bir video dosyası vardı. Üzerine tıklayıp OYNAT tuşuna bastım.

Başta görüntüler kafa karıştırıcıydı. Kötü açılar, titrek bir kamera, çok fazla hareket eden insan, loş ortam, müzik, gürültü, kahkahalar... Neden sonra dehşetle neye baktığımı fark ettim.

Biri o geceyi kaydetmiş.

Daisy'nin kilit altında tuttuğu belgelerin içeriğine dair görsel bir kanıttı. İzlemeye devam ederken korku içimde giderek yer ediyordu. Sonra bir şey duydum. Bir kahkaha müziği ve diğer sesleri bastırmıştı. Tiz ve şuh bir kahkahaydı. Bir anda buz kestim. Nefes alamıyordum. DUR tuşuna basıp nefes alıp verişimi düzenleyebilmek için arkama yaslandım.

Sonra biraz geri sarıp tekrar OYNAT tuşuna bastım. İşte oradaydı. Başta zor duyuluyordu çünkü parti gürültüsünde kaynıyordu ama sonra yükseliyor, yükseliyor, yükseliyor, tizleşiyordu. Gözlerim yanmaya başladı. Kalbim deli gibi atıyordu.

Geri sarıp tekrar OYNAT tuşuna bastım. Tekrar tekrar oynattım. Ekrana iyice eğilip yakından baktığımda o korkunç gecenin görüntülerindeki yüzleri tanıyabildim. Ben dahil. O gece Boon'u görmemiştim. Gitmediğini söylemişti. Oysa oradaydı. İşte video yüreğimde tek bir şüphe kırıntısı bile bırakmıyordu. Bu onun kahkahasıydı. Bu kahkahayı dünyanın neresinde olsam tanırım. Kimse Boon gibi kahkaha atamaz.

Bir enerji patlaması yaşarken arkama yaslandım. Bunca zaman... bunca zaman arkadaşım olmuş, benimle ilgilenmişti ve... biliyordu. Oradaydı. Görmüştü. Ve hiçbir şey yapmamıştı. Videoya bakılırsa tanık olduklarını asla polise bildirmemişti. Dahası o gece Boon saldırıyı kahkaha atılacak kadar komik bulmuştu.

O zaman sadece anlattıklarıma inandığını söylemişti ama asla orada olduğunu itiraf etmemişti. İhaneti... özellikle de Daisy'nin kasasındaki belgelerden birinin altındaki imzası yıkıcıydı. Yine de son yirmi yıldır hayatımda gerçek olduğunu sandığım her şeyi bunun nasıl değiştireceğini kestiremiyordum. Tuzağa düşmek, muğlak görüntüler... Kötü kalpli yaşlı cadıyı birden genç ve güzel bir kadın olarak gördüğünde, onu görmezden gelemezsin.

Ağlamaya başladım. Hıçkırıklarla sarsılıyordum.

Kahretsin.

Bir arkadaşımı kaybettim. Öte yandan gerçekten arkadaşım mıydı?

Ellerimle gözlerimi kapattım. Şakaklarımı ovuşturdum. Acı dayanılmazdı. Güm güm güm. Sanki beynim balyozla dövülüyordu.

Ama artık kanıtım vardı. On sekiz yıl sonra kanıtım olmuştu. Her şey buradaydı. Onca acı, onca kayıp, onca kaçınılmaz yıl, bunca zamandır hep burada... Daisy Rittenberg'in lanet olası kasasındaydı.

İyi de neden? Neden Daisy bu görüntüleri saklamıştı? Ortaya çıkarsa kocasının başına gelecekleri biliyordu herhalde? Belki tam da bu yüzden saklamıştı. Jon'u kontrol altında tutmak için.

Charley'nin uyarısı kulağımda çınladı. "Rittenberg çiftiyle ne işin olduğunu bilmiyorum ama dikkatli ol Kit. Jon Rittenberg'in kötü biri olduğunu düşünebilirsin ama aslında sıradan dallamanın tekidir. Fakat karısı... Daisy Rittenberg... işte o çok tehlikeli biri."

Öylece oturmuş, boşluğa bakarken anlamaya çalışıyordum. Sonunda gece karanlığı mürekkep gibi her yere sindi. Karanlıkta oturmaya devam ettim. Yağmurun başladığını duyana kadar oturdum. Ne yapmam gerektiğini bilene kadar oturdum.

Gül Köşkü'ne ilk kez girip o tabloları ilk kez gördüğümden beri hayat beni bugüne taşımıştı. Bütün parçalar belli bir amaçla yerlerine oturuyordu.

Telefonumu alıp derin bir nefes alarak kendimi topladım ve Boon'u aradım.

"Kit?" Sesi mahmurdu. Uyandırmıştım. "İyi misin Kit? Saatin kaç olduğunun farkında mısın? Neler oluyor?"

"İyi değilim Boon. Seni görmem gerekiyor. Sana göstermem gereken bir şey var."

DAISY

25 Ekim 2019, Cuma
Cinayetten altı gün önce

Geç bir öğle yemeği randevusu için Vanessa'nın evine giderken Daisy gergin hissediyordu. Günlerden cumaydı. Yani hizmetçi günüydü. O yüzden evden çıkması gerekmişti ama şiş bacaklarını uzatıp öğleden sonrasını yatakta geçirmeyi tercih ederdi. Otuz beş haftanın bitmesine iki gün kalmıştı ve her şeyin kendisini kuşattığını hissediyordu. Bedeni rahat değildi. Geçen hafta zarfla gelen Chucky onu derinden sarsmıştı. Dahası Jon'un tuhaf davranışları endişe vericiydi. Bir de sürekli paranoyaya kapılıyor, takip edildiğini hissediyor, bir şeyleri unutuyor ya da yanlış yerlere koyuyordu. Sabah elmas gözyaşı kolyesini bulamamıştı. Banyo tezgâhına bıraktığına adı gibi emindi. Jon da ayakkabılarını bulamayınca bağırmıştı.

Fasulye Bebek bir an önce doğsun istiyordu. Artık normal hissetmek istiyordu.

Ancak direksiyonu kıyıya paralel şeride kırıp Vanessa North'un ışıl ışıl parlayan cam evini gördüğünde morali düzeldi. Vanessa onu geç bir öğle yemeğine davet etmişti ve sonbahar havası muhteşemdi. Masmavi gökyüzü, ılık hava, her yerde kırmızı, turuncu ve sarının parlak tonlarına dönüşen yapraklar... Kendi kendine Fasulye'nin de yakında burada olacağını söyledi. Bu arada sosyal medyadan uzak durmaya devam edecekti. Jon'un işi zaten kendi kendine çözülürdü. Bu günler geçip gidecekti.

Cam Ev'in önüne park ederek BMW'sinden indiğinde yakındaki bir ağaçtan kapkara kuşlar gürültü kopararak havalanınca irkildi. Sonra masmavi gökyüzündeki siyah benekleri seyretti. Kargalar. Lanet olası çirkin kargalar. Tekinsiz yağmacılar... Karga sürüsüne ne deniyordu? *Cinayet.** Kelime aklına geldiği anda sokağın karşısındaki bahçeye dikilmiş mezar taşlarını ve üst kat penceresinden sarkıtılmış iskeleti görünce ürperdi. Lanet olası Cadılar Bayramı.

"Daisy!" Vanessa, şiş karnını gösteren zümrüt yeşili triko elbisesiyle cam kapıda belirdi. Muhteşem görünüyordu.

Sarılıp makyajlarını bozmamak için yanaklarına uzaktan öpücükler kondurdular.

"Hava şahane," dedi Vanessa. "Havuz başında yeriz diye düşündüm. Ne dersin?"

"Harika."

Birlikte oturma odasından geçip koya bakan havuzun kenarındaki iki kişilik masaya ulaştıklarında Daisy kıskançlıktan resmen yemyeşil kesilmişti. Jon'la oturdukları ev karşı kıyıdaydı ve suya yakın değildi. Daisy bu yakada, özellikle de su kıyısında yaşamayı tercih ederdi. Koyun bu tarafında olmak aynı zamanda ailesine yakın olmak anlamına geliyordu. Aslında düşündükçe Gül Köşkü, hayal ettiği hayata hiç uymuyordu. Köşkü Colorado'dan taşınmadan önce hemen taşınmak üzere aceleyle 7.7 milyon dolara satın almışlardı. Geçici bir ev sayılırdı çünkü Jon yeni görevine başladığında yeni bir eve taşınmayı düşünüyorlardı. Şimdi Daisy, bunun gerçekleşeceğinden pek emin değildi.

"Otursana," dedi Vanessa. "Ben yemeği getireyim."

---

* Kökeni bilinmese de karga sürüsü İngiliz folklorunda kötülük ya da cinayet olarak anılır. *-ç.n.*

Daisy havuza ve okyanusa bakan sandalyeye oturduğunda rahatladı. Ayakları zonkluyordu. Vanessa peynir çeşitleri, isli etler, turşular, zeytinler, üzümler, dilimlenmiş sebzeler ve kuru yemişle dolu ahşap bir şarküteri tabağıyla geri geldi ama tabağı masaya yerleştirirken tereddüt etti. "Düşündüm ki... ah, neyse."

"Neyse ne?" diye sordu Daisy.

"Şarap içmeyi *çok* özlüyorum. Belki... biraz maden suyuyla karıştırılmış şarap içebiliriz." Vanessa'nın dudakları alaycı bir şekilde büzüldü. "Ya da köpüklü roze. Ama..."

"Aman, hadi içelim. Biraz içmekten bir şey olmaz. Rahatlamış oluruz." Daisy fikri beğenmişti. İkisinin de doğuma bir ay kadar zamanları kalmıştı. Azıcık içkinin bebeklere zararı olmazdı herhalde?

Vanessa kaşlarını çattı. "Emin misin?"

Daisy gülümsedi. "Tabii ki eminim."

Vanessa elini kalbine götürdü. "Beni anlayan bir kadın, Tanrı'ya şükürler olsun. Ben içkilerimizi getirirken salamı kesebilir misin? Bıçak şurada," dedikten sonra cam kapılardan şahane evine girdi.

Daisy derin bir nefes alıp masadaki keskin bıçağa uzandı. Salamı dikkatle keserken gerginliğini biraz olsun yatıştıracak bir kadeh şaraba gerçekten ihtiyacı olduğunu düşünüyordu. Kaygı ve bunun sonucunda vücuduna pompalanan kortizol, Fasulye Bebek için muhtemelen ılık sonbahar güneşi altında birazcık şaraptan çok daha kötüydü.

Vanessa kocaman gülümsemesiyle geri geldi. Elinde iki şarap kadehi ve buz gibi bir Fransız roze şişesi vardı. Kadehleri doldurduktan sonra yumuşacık güneşin altında et, peynir ve meyveleri atıştırırken şaraplarını yudumladılar. Göğsünü ısıtan alkol Daisy'nin daha iyi hissetmesini sağlıyordu. "Of, çok özlemişim," dedi arkadaşı kadehlerini tekrar doldururken.

"Ben de" diyen Vanessa şişeyi masaya bırakıp kadehinden kocaman bir yudum aldı. "Bu büyük haksızlık. Erkekler hayatlarına devam edip bara giderken, istedikleri gibi içerken bizim azizeler gibi günahtan uzak durmamız gerekiyor."

"Sonra bir de doğurmak, emzirmek, süt sızan memeler ve göğüs pompaları meselemiz var."

Vanessa güldü. "Mahvolan vajinalarımız cabası. Geçen gün bunu Haruto'ya da söyledim."

Daisy, arkadaşının hafif ısıttığı *Cambozola* peynirine uzandı. Peynir krakerin üzerinde yağ gibi eriyor, bıçak güneş ışığında parlıyordu. "Haruto'yla bistroda tanışmak güzeldi," dedi temkinli bir şekilde.

"Öyle mi?"

Daisy başını kaldırıp ona baktı. "Eh, evet," derken krakerinden bir ısırık aldı. "Bence Jon'la tanışmanız harika olurdu. Belki bir akşam yemeği ayarlayabiliriz."

Vanessa bir an onu sessizce süzdü, ardından arkasına yaslandı. "Sevgili Daisy. Ne gördüğünü biliyorum. Ne düşündüğünü tahmin edebiliyorum. Her şey yüzünden okunuyordu. Ama anlaman gereken bir şey var. Haruto iyi bir adam. Sadece... bazen baskıcı olabiliyor. Pek sabırlı biri değil, çabuk sinirleniyor. Ama bu onu işinde iyi yapan özelliklerinden biri. Beyni zehir gibi. Aptallara ya da yavaş düşünenlere katlanamıyor. Bu sayede çuvalla para kazanıp bunun gibi evlerde yaşayabilmemizi sağlıyor." Başıyla evi işaret etti. "Eminim anlıyorsundur."

Daisy onun ne yaptığının fazlasıyla farkındaydı. Yüzüne bir ayna tutulmuştu. Kendine, hayatına, evli olduğu adama... tavizlerine ve değerlerine bakması isteniyordu.

"Mesela Jon," diye devam etti Vanessa. "Kocan Olimpiyat madalyası kazanmış bir kayak şampiyonu. Ekstrem spor yapıyor. Risk yüksek. Tehlikeli. Her şey güçle alakalı. Tabii para da var. Sadece ayrıcalıklara sahip bazı A-tipi kişilikler sürekli böylesi bir hayattan her zaman zevk alabilir. Ama A+ alfalar aynı zamanda sorun yumağıdır, yanılıyor muyum? İkisi bir arada olmuyor maalesef." Kısa bir ara verdi. "Değil mi?"

Bu kadın kafasının içindeydi. Daisy kadehine uzanıp sessizce yudumladı çünkü en iyi cevabın ne olduğunu kestiremiyordu.

"Ne zamandır evlisiniz?" diye sordu Vanessa. "Sanırım hiç bahsetmedin."

Daisy küçük bir kahkaha attı. "Jon 2002'de altın madalyayla döndükten hemen sonra evlendik. Çok gençtik. Muhtemelen fazlasıyla gençtik. Gerçi liseden beri çıkıyorduk. Ve ailem ona bayılıyordu. Babam onun aile işimize uygun olduğunu falan düşünüyordu." Şarabından bir yudum daha aldı. O kadar güzeldi ki yudumlar ardı ardına eklenirken başı dönmeye başlamıştı. "Babam onda potansiyel olduğunu düşünüyordu."

"Düşünüyordu derken?"

Daisy'nin yanakları kızardı. Öyle demek istememişti ama galiba gerçek buydu. Genzini temizleyip konuyu değiştirdi. "Peki sen ve Haruto? Siz nasıl tanıştınız?"

"Bir havaalanı barında. Acayip klişe değil mi?" Vanessa kadehine uzanıp şarabından bir yudum aldı. "Sohbet ederken Vancouver'a aynı uçakla döneceğimizi anladık. Sonrasında takılmaya başladık, arkası çorap söküğü gibi geldi. Haruto'nun doğduğu Singapur'da evlendik. Annesi Japon, babası köklü bir İngiliz ailesinden geliyor."

"Demek soyadı oradan geliyor?"

Vanessa başını salladı.

Daisy şarabını yudumladı. Hâlâ Haruto'yu deli gibi merak ediyordu ama Vanessa'nın savunma kalkanlarını açmasını istemezdi. Aşağılanan ya da utanan insanlar hemen savunmaya geçerdi. O yüzden başka bir taktik denedi. "İçeride çerçeveli bir fotoğraf gördüm. Sen ve Haruto şahane görünüyorsunuz. Çok egzotik. Şelale, kayalıklar, arkada orkideler... Yalın ayaksın, beyaz renkli güzelim bohem eteğinin rengârenk desenleri... Meksika sanırım? Fotoğraf orada mı çekilmişti?"

"Nikaragua," dedi Vanessa gülümseyerek. "Yıllar önceydi. Eteği yerel bir pazarda bulmuştum."

Masaya sessizlik çöktü. Rüzgâr hızlanmaya başlamıştı, hava serinliyordu. Gökyüzünde bulutlar süzülüyordu. Vanessa şarap teklif etmedi ama giderayak Daisy daha fazla şey öğrenmek için yanıp tutuşuyordu. Şarap cesaretini arttırmıştı. "Bebeği uzun zamandır mı planlıyorsunuz?" diye sordu.

Vanessa alçakgönüllü bir kahkaha attı. "Hiç çocuğumuz olmayacağını düşünüyorduk. Sonra birden... *Bam*! Oluverdi."

"Haruto mutlu mu?"

"Elbette... Neden sordun?"

"Nedeni yok." Birden gerçeği söyleme ihtiyacıyla, belki de aylardır içmediği şarabın etkisiyle Daisy, "Bazen merak ediyorum..." deyiverdi. "Jon'la... yani bebek yapmakla doğru bir iş yaptığımızı *biliyorum* ama Jon'un bebeği gerçekten isteyip istemediğini merak ediyorum."

"Sen ciddi misin?"

Daisy başını salladı.

"Yoksa pişman mı oldu?" derken Vanessa kadehlerini tekrar doldurdu.

Derin bir nefes alıp veren Daisy, Jon'un birden cepte sandığı pozisyon için beklenmedik bir rakiple karşı karşıya kaldığını açıkladı. Haliyle planları altüst olmuştu. "Bir yanımla Jon'un sadece o iş yüzünden hamile kalmamı onaylayıp onaylamadığını merak ediyorum," diye eklediğinde yeni doldurulan kadehine uzandı.

"Bu da ne demek?"

"Eh, bebeğin evliliğimizin sağlığı açısından iyi olacağına... bebeğimizle birlikte, mutlu bir aile olacağımıza *inandığımı* biliyor. Ve ben mutlu olursam ailemin de mutlu olacağının farkında. Sonuçta terfiyi ona teklif eden babamdı, o yüzden..." Devamını getiremeyince genzini temizledi. "Yani belki sadece o yüzden bebeğe razı gelmiştir."

Vanessa usulca, "Evliliğinin sorunlu olduğunu bilmiyordum," dedi.

"Anlatmamalıydım."

"Sorun ne?"

Daisy çöken karanlığı hissedebiliyordu. Rüzgâr biraz daha şiddetlenmişti. Bir bulut güneşi kapatmıştı. "Ben... sanırım şarabı fazla kaçırdım. Biraz tuhaf hissediyorum açıkçası. Biraz sersemledim."

"Sana biraz su getireyim." Vanessa koşarak eve girdi. Geri geldiğinde buzlu bir sürahi su ve temiz bardaklar taşıyordu. Konuğu için bir bardak su doldurdu.

Daisy bardağın yarısını yudumladı ama kafasını toparlayamıyordu. O sırada yan taraftaki evin üst penceresinde bir hareket sezdi. Dönüp baktığında köşe pencereden tekerlekli sandalyede bir kadının kendilerini izlediğini fark etti. Vanessa'nın sırtı dönüktü, o yüzden muhtemelen kadını görmemişti. Daisy içinin iyice sıkılmaya başladığını hissederken gökyüzüne baktı. Bulutlar yoğunlaşıyordu. Lanet olası cinayet kargaları, minik kara lekeler halinde hâlâ gökyüzünde turluyordu.

"Daisy?"

"Efendim?"

"Bebeğin evliliğinizi düzelteceğine inandığını söylüyordun."

Daisy odaklanmaya çalışırken şakaklarını sıvazladı. Soğuk rüzgâr masa örtüsünü uçuruyordu ama kendisi ter içinde kalmıştı. "Ben... Jon, Colorado'da her şeyi yüzüne gözüne bulaştırdı. Aptalca bir şey yaptı. Ben... her iki seferinde arkasını temizlemek zorunda kaldım."

"Ne demek istiyorsun?"

"Ben... önemli değil. Kadınlar... birtakım suçlamalarda bulundular. Meseleyi abarttılar. Dikkat çekmeye çalışıyorlardı. Jon'un haberi olmadan konuyu kapattım."

Vanessa gözlerini ona dikmişti. Daisy birden korktu. Çizgiyi aşmıştı. Bunları asla anlatmaması gerekirdi.

"Olanları paylaşabilir misin?" diye sordu Vanessa usulca.

"Senin de dediğin gibi işte. Şu A-tipi erkekler. Jon bir hata yaptı. Erkek erkekliğini yapıyor. Bugünlerde erkek olmak da zor."

"Nasıl bir hata?"

Kafasını toplamaya çalışırken Daisy yutkundu ama kendi tuzağına düşüyormuş gibi hissederken arkadaşının merakını uyandırdığı için geri de çıkamıyordu. Boş verircesine elini sallayarak, "Aman, ilk olay yıllar önceydi... Jon o zaman resmen ergenin tekiydi. Diğeri Colorado'daydı. Kesinlikle uydurma bir suçlamaydı ve Jon'un suçu değildi. O iki kadın... neden bilmem ama onun hayatını mahvetmeye çalıştılar," dedi.

"Tam olarak neyle suçladılar?"

Daisy tam anlamıyla köşeye sıkışmıştı. Çaresizce Cam Ev'e baktı. Arabasına gitmek için evin içinden geçmesi gerekecekti. Kalkmak için nazik bir mazeret bulması lazımdı. Bu yola nasıl girmişti ki? Ama içten içe cevabı biliyordu. Gerçek bir dost ve müttefik istiyordu. Yalnızdı. Yükünü paylaşmak insan doğasındandı. Ama bu bir hataydı. Zihni tuhaflaşmıştı. Yorgun hissediyordu. Kafası karışıktı... Eve gitmesi gerekiyordu. Gidip biraz uyuması gerekiyordu.

"Daisy?"

Silkinip genzini temizledi. "Tecavüzle suçladılar."

Vanessa şok olmuş halde ona bakakaldı.

"Tabii ki öyle bir şey yapmadı Vanessa. Hepsi yalandı. İlgi çekmeye çalışıyorlardı. Ünlü biriysen zirveye çıktıkça insanlar seni aşağı indirmek için daha fazla uğraşır. İnsan doğası böyle. Hamilelikleri de yalandı. Tamamen yalandı."

Vanessa'nın yüzü değişti. Daisy artık dehşet içindeydi. Kırmızı çizgiyi aşmıştı ve arkadaşı artık eski arkadaş olma yolundaydı.

"Anlaman gerekiyor Vanessa. Jon Olimpiyatlar yüzünden büyük baskı altındaydı. Gençti. Bir partide sarhoş olup kendisi gibi sarhoş ve ona deli gibi âşık bir kızın oyununa geldi. Kız resmen altına yatmış. Tabii diğer çocuklar da kışkırtmışlar, hatta bir parça olaya dahil olmuşlar."

Vanessa'nın ağzı açık kaldı.

Daisy artık duramıyordu. Durumu normalleştirmesi... Vanessa'nın anlamasını sağlaması *gerekiyordu*. Vanessa anlamalı, onu onaylamalı, desteklemeliydi.

"Kız meseleyi abarttı. Tecavüz... toplu tecavüz suçlamasında bulundu. Sonra Jon'un bebeğine hamile olduğunu söylemeye başladı ama neyse ki kimse ona kulak asmadı. Ardından gittiği polisler soruşturma açma sorumluluğu hissetse de ne bir tanık ne de kanıt bulunabildi çünkü öyle bir şey yoktu. Haliyle suçlamalar da düştü."

"Yani Jon seksin karşılıklı rızayla olduğunu söyledi?"

"Öyleydi."

"Peki diğerleri?"

"Her ne olduysa sarhoş ergenler kızı dahil edip biraz eğlenmişler. Jon başta seksi inkâr ederek her şeyi berbat etti çünkü utanıyordu. Yani kız tipi bile değildi. Kiloluydu, sivilceliydi, kötü anılıyordu, körkütük sarhoştu. Üstelik Jon o sırada benimle çıkıyordu. Sonra kız hamile olduğunu söylediğinde, Jon seksin karşılıklı rızayla olduğunu ve diğer gençlerin de olaya dahil olduğunu itiraf etti. Bebek herhangi birinden olabilirdi."

"Babalık testi yapıldı mı?"

"Kız gitti. Bir daha bebek hakkında hiçbir şey duymadım. Belli ki düpedüz yalandı. O suçlamalar Jon'un ve kayak takımının yarısının hayatını mahvedebilirdi. Ülke Olimpiyatlar'da altın madalya falan kazanamazdı. O kız Jon'un geleceğini mahvedebilirdi..."

"Tabii senin de."

Daisy sinir bozucu bir rahatsızlıkla sarsıldı. "Evet... Evet, benim de. Jon'la gelecek planlarımız vardı."

"Ama Daisy... ya kız *doğruyu* söylediyse?"

Daisy yüzünü sıvazladı. "Bak... gerçeğin ufacık bir kırıntısı olsa bile, annem suçlamaları geri çekip baş belası olmayı bıraktığı için üniversite bursu olarak kızın ailesine bir servet bağışladı. O insanlar piyangodan büyük ikramiyeyi kazanmadıkça hayatlarında *asla* o kadar parayı bir arada göremezdi Vanessa. Sonunda para sahibi oldular. Annesi hizmetçiydi. Otel odalarını ve evleri temizliyordu. Babası kanalizasyon işlerinde çalışıyordu. Düşünürsen Jon tazminat davası açmadığı için şanslılar. Üstelik bir sürü de paraları oldu."

"Sessiz kalma parası mı? Annen susmaları için ailesine para mı verdi?"

"Eve gitmem gerekiyor. Bugün kendimde değilim. Bu konuyu açtığım için üzgünüm. Konuştuklarımızı unutabilir miyiz? Lütfen?"

Vanessa ona baktı. Bakışları adeta Daisy'nin beynini deliyor, Daisy'nin daha hasta hissetmesine neden oluyordu. "Colorado'daki kadına da para verdin mi?"

Daisy ayağa kalktığında hafifçe sendeledi. "Öğle yemeği için teşekkürler. Eve dönmem gerekiyor."

Vanessa da kalkıp nazikçe koluna dokundu. "Bütün bunları yaşadığın için üzgünüm Daisy. Erkeklerin canı cehenneme. Gerçekten canları cehenneme."

Gözleri dolarken Daisy başını salladı.

"Yapabileceğim bir şey var mı?"

"Hayır. Ben… ben iyiyim. Gerçekten."

"Ya yine benzer bir şey yaparsa?"

"Jon mu?"

"Evet, Jon. Yani onun gibi adamlar… hiç değişmez Daisy. Haksız mıyım? Sadece öğrenir, evrim geçirir, uyum sağlar, bir sonraki sefer yakalanmamak için nasıl dikkatli davranmaları gerektiğini çözerler."

Daisy titrek bir nefes aldı. "Yaparsa ben… yemin ederim, bir dahaki sefere ipini koparırım. Mahkemelerde süründürürüm. Oğlumuzu göstermem. Ve açtığım her davayı *kazanırım*, çünkü… çünkü sigortam var. O sigortayı kullanırım. Benimki gibi bir kocayla evli kadınların her zaman sigortaya ihtiyacı vardır."

Vanessa usulca, "Sigorta?" dedi.

Arkadaşının endişesinden cesaret alan Daisy başını salladı. Vanessa'nın onayına ve sevgisine çaresizce ihtiyaç duyuyordu. "Kayak merkezindeki partide biri *olayı* telefonuna kaydetmiş. Sonrasında telefon elime geçti. Videoyu kopyaladım ve telefonun sahibine içeriği gözümün önünde sildirttim. Video şu anda evimdeki kasada saklı. Colorado'daki striptizcinin imzaladığı gizlilik anlaşmasının kopyaları da öyle. Bir de Whistler'daki kızın annesine gizlilik anlaşması imzalattım. Hepsi Jon'un o şeyleri yaptığını kanıtlıyor. Ve…" Daisy birden ne diyeceğini fark edip ağzını sımsıkı kapattı.

Vanessa eğilip ona sımsıkı sarıldı. "Her şey yoluna girer," diye fısıldadı. "Her şey yoluna girer."

Daisy ağlamaya başladı.

DAISY

25 Ekim 2019, Cuma
Cinayetten altı gün önce

Daisy eve dönerken gergindi. Muhtemelen direksiyon başına bile geçmemeliydi çünkü hem zihni hem de bedeni tamamen tuhaf hissettiriyordu. Vanessa ağzındaki baklayı çıkarttırmayı nasıl başarmıştı? Nasıl birden anlatıvermişti?

Hatırlıyordu. Jon'un belki de bebeği aslında istemediğinden korktuğunu söylerken ağzından kaçırıvermişti.

Gül Köşkü'nün önüne dönerken posta kutusundan ucu görünen kahverengi bir parça kâğıdı fark etti ama doğrudan garaja gidip arabayı park etti ve posta kutusuna geri yürüdü. Hava almaya ihtiyacı vardı. Tökezleyince neredeyse düşüyordu. Neyse ki posta kutusuna tutundu. Birden dehşete kapılmıştı. Kalbi deli gibi atıyordu. Serin sonbahar rüzgârına rağmen adeta yanıyordu. Posta kutusuna tutunurken sersemlemiş hissediyordu. Gerçeklikten kopmuş gibiydi. Kuru yapraklar ayaklarının etrafında uçuştu.

O şarabı hiç içmemeliydi. İçki doğrudan beynini etkilemişti. Yine de muhtemelen hamile olduğunu öğrendiğinden beri alkol almadığı için bu kadar etkilenmiş olabilirdi.

Posta kutusundan ucu görünen sade kahverengi zarfı alınca donakaldı. Tıpkı Jon'un geçen hafta eve getirdiği zarfa benziyordu. Üzerinde isim ya da adres yoktu. Nabzı hızlanırken etrafına bakındı. Yapraklar ağaçlardan kaldırımlara uçuşuyordu. Köpeğini gezdirmeye çıkaran biri köşede durup tasmalı pom cinsi köpeğinin işemesini bekliyordu. Yaşlı komşusu kaldırımın dibinde dört ayak üstünde eğilmiş, çitin altındaki çiçekleri kesiyordu. Bir karga gaklayınca gökyüzüne baktı. Kuş telefon tellerinden onu seyrediyordu.

Daisy kargalardan nefret ediyordu.

Dudaklarını ıslatıp zarfı yırttı. İçinde yine A4 boyutunda parlak bir fotoğraf kâğıdı vardı. Kâğıdı çıkardığında nefes almayı unuttu. Bir mezar taşının yanında yatan bir et bıçağıydı. Altında bir mesaj vardı.

Fasulye Bebek öldü. <korsan bayrağı emojisi>

En altta kalın harflerle başka bir şey yazılmıştı.

<müzik notası emojisi> Çocuk oyunu değil... öl bebek, öl, öl, öl. Umarım bebeğin ölür <müzik notası emojisi>

Korku içini sardı. Sırtında korkunun bembeyaz alevden öfkesini hissedebiliyordu.

Bu kelimelerin ve görsellerin kendisi için anlam taşıyabileceği tek bir kişi vardı.

Bu dünyada tek bir kişi.

Colorado'daki tacizci kadın.

Charley Waters. Striptizci.

Daisy tekrar etrafına bakındı. Charley buralarda mıydı? Colorado'dan ayrılıp buraya mı gelmişti? Yine peşlerinde miydi?

Sinirimi bozmaya çalışıyor… lanet olasıca sadece aklımla oynamaya çalışıyor.

Yalpalayarak çite gidip yaşlı komşusuna seslendi. "Frank! Hey, selam Frank?"

Adam başını kaldırıp baktı, sonra zorla ayağa kalkarak çite yaklaştı. "Merhaba Daisy. Ne âlemdesiniz? Her şey yolunda mı?" Yaklaşırken gözlerini kıstı. "Hasta mısın?"

Daisy titriyordu. Hem de ne titremek! Yüzü herhalde pancar kırmızısına dönmüştü. Ateşler içindeydi. Gözleri yanıyordu. "Ben iyiyim. Gayet iyiyim. Buralarda dolaşıp posta kutuma bir şey bırakan birilerini görmüş olabilir misin?"

"Sanmıyorum. Neredeyse bütün gün dışarıdaydım, bahçeyle uğraştım. İyi olduğundan emin misin? İstersen bir bardak su falan getireyim?"

"Şüpheli biri posta kutumuza yaklaşmadı, öyle mi?"

Adam onu dikkatle süzerken kaşlarını çattı. "Tuhaf bir şey gördüğümü söyleyemem."

"Emin misin? Tuhaf hiçbir şey görmedin mi?"

"Sadece hizmetçi. Her zamanki gibi."

Daisy bakakaldı. Sonra yavaşça, "Hizmetçi," diye tekrarladı.

"Holly's Help kızlarından. Kapısında logo olan sarı bir Subaru sürüyor."

"Teşekkürler Frank," diyen Daisy dönüp ağır adımlarla kapıya yöneldi. Nefes almakta zorlanıyordu.

İçeri girdiğinde volta atmaya başladı. Hizmetçi mi? Holly's Help şirketinden gönderilen bir hizmetçinin Silver Aspens'teki Charley Waters'a gizlice yaptıklarını bilmesi imkânsızdı.

Polisi aramalı, Charley'yi ihbar etmeli, uzaklaştırma emrine rağmen iflah olmaz ve tehlikeli bir tacizcinin yine buralarda olduğunu bildirmeliydi.

Ama o zaman zarfın neden Charley Waters'tan geldiğine inandığını açıklaması gerekecekti. O zaman Jon'un veledinden kurtulması için para verip baskı yaparak Charley'ye nasıl bir dehşet yaşattığını da açıklaması gerekecekti. Ve bunu o karavan parkı striptizcisi pisliğin, Jon'u doğuracağı bir çocukla sonsuza dek kendisine bağlamasına asla izin vermeyeceğinden yaptığını itiraf etmesi gerekecekti. Hayatta olmazdı. Böyle kadınlar daha fazla para, daha fazla nafaka, daha fazla ilgi için geri gelirdi. O çocuk hayatta olduğu sürece Jon bir şekilde o kadına zincirlenmiş olacaktı.

Volta atarken eliyle belini destekliyordu. Yapılabilecek tek bir şey vardı.

Yukarı çıkıp küçük adres defterini çıkardı ve Charley'nin numarasını bularak numarasını tuşladı. Hat çalarken iyice geriliyordu.

Ve karşı taraf cevap verdiği anda bağırmaya başladı. "Sen misin? Bunu sen mi yapıyorsun? Senin derdin ne? Seni mahkemelerde süründüreceğim Charley Waters."

"Daisy? Daisy Rittenberg? Sen misin?"

"Kim olduğumu çok iyi biliyorsun. Evimdeydin. Yine peşime takıldın. Ta Kanada'dan peşimize takıldın. Beni takip ediyor, pusuya yatıyorsun. Arabama o notu sen koydun. Instagram hesabıma o pislik yorumları yapanın sen olduğunu biliyorum. Sen öldün Charley Waters. Yemin ederim öldün. Seni mahvedeceğim."

"Neden bahsettiğini bilmiyorum."

"Chucky bebeğini sadece sen biliyorsun. Sadece sen."

"Chucky bebeği?"

"Sana gönderdiğim bebekler. Jon'un bebeğinden kurtulman için seni tehdit ettiğim notlar. Sonunda parayı alıp kürtaj yaptırmaya razı olmuştun. Yasal olarak bizimle ilgili asla konuşmamak üzere gizlilik anlaşması imzalamıştın. Uzaklaştırma emri almıştın. Hemen polisi arayacağım. Beni yine taciz ettiğini ve korkuttuğunu söyleyeceğim."

Uzun bir sessizlik oldu. Daisy'nin ağzı kurumuştu. Charley'yi suçüstü yakalamıştı. Bütün bunları yapan oydu. Sessizliğinden belli oluyordu. Bir anda öfke ve zafer sarhoşluğuyla göğsünün şiştiğini hissetti. Kendini daha iri, daha güçlü hissediyordu.

"Bütün bunları söylediğine inanamıyorum Daisy," dedi Charley, hattın öbür ucundan sakince. "Chucky bebekleriyle bana ne yaptığını doğrudan itiraf ettin. Beni kürtaj olmaya zorlamak için taciz ettiğini ve ödümü kopardığını, sonra kürtaj paramı ödediğini itiraf ettin. Ne kadar vermiştin?"

Daisy sesini alçalttı. Dişlerinin arasından konuşuyordu. "Sakın benden bir yarım milyon daha koparabileceğini sanma Charley Waters. Saçmalıklarınla uğraşacak zamanım yok. Çeneni kapat diye paranı ödedim. Instagram'da trollük yapan sen misin? Bizi buraya kadar takip ettin mi gerçekten? Sinirlerimi mi bozmaya çalışıyorsun?"

"Ah bir saniye… Şimdi anladım. Mesele Kit, değil mi?"

Daisy duraksadı. "Kit de kim?"

"Beni dinle bayan…" Charley birden hızlı konuşmaya başlamıştı. Sanki ağzından bir şey kaçırmıştı da kusurunu hızla kapatmaya çalışıyordu. "Sen delinin tekisin. Kafadan kontaksın. Ve bilmeni isterim ki *beni* arayarak anlaşmamıza uymayan sensin ve…"

"Ah, hadi ama!"

"Ve bu konuşmayı kaydediyorum. Beni bir daha arayıp tehdit edersen, bu ses kaydıyla doğruca medyaya giderim Daisy Rittenberg çünkü anlaşmanın yarısı beni rahat bırakmandı."

Hat kapandı.

Daisy telefona bakakalmıştı. Kalbi küt küt atıyordu.

Lanet olası Kit de kim?

MALLORY

1 Kasım 2019, Cuma

Mallory ve Benoit, Kit Darling'in dairesine çıkan merdivenleri çıktı. Saat 20:43 olmuştu ve yağmur merdiven sahanlığının tepesini şiddetle dövüyordu.

Lula ve ekibin geri kalanı hâlâ North çiftini bulmaya çalışıyordu. Bu arada Mallory ve Benoit da hizmetçinin nerede olabileceğine dair ipucu bulma umuduyla dairesini kontrol edecekti. Mallory aynı zamanda olay yerindeki kanla karşılaştırmak üzere DNA örneği almak istiyordu.

Vancouver'ın doğu yakasındaki eski binanın ikinci katına çıktıklarında Benoit, "Daisy Rittenberg'in Darling'in fotoğrafını tanımaması meselesi… İnandın mı?" diye sordu.

"Henüz hiçbir şeye inanmıyorum," dedi Mallory koridorda ilerleyip daire numaralarını incelerken. Koridor loştu, aşağıdaki Hint restoranından köri kokuları yükseliyordu.

"Peki, Vanessa North'un iddia edildiği üzere, Rittenberg çifti çiçeklerle pastayı düşürüp sağlık nedeniyle oradan ayrıldıktan sonra arkadaşını aramaması?"

"Daisy, Vanessa'yla hamile yoga kursunda tanıştığını söylüyor. Ty Binty de Daisy'nin bistroya hamile arkadaşıyla geldiğini söylemişti. Yarın yogaya gidenlerle konuşabiliriz.

Belki Vanessa ve Haruto North'un nerede olabileceğine dair bir şey biliyorlardır."

Dairenin önüne geldiklerinde Benoit aniden durarak eliyle ortağını durdurdu ve parmağını dudaklarına götürdü. Darling'in dairesinde ışık yanıyordu. Kapı aralıktı. İçeride biri hareket ediyordu.

Telaşla bakıştılar. Benoit bir şey demeden başıyla kapının iki yanına konuşlanmalarını işaret etti. İçeride bir gürültü koptu, ardından bir inleme duyuldu.

Hemen tabancalarına davrandılar. İki yanda silahları hazır bir şekilde dururlarken Mallory uzanıp kapıyı tıklattı. "Merhaba? Kimse var mı? Polis."

Sessizlik.

"Merhaba?" diye seslendi Benoit. "Polis. İçeri geliyoruz!"

Mallory ittiğinde kapı ardına kadar açıldı. Benoit peşinden gelen Mallory'e kalkan olmak üzere hole daldı.

Sırtı dönük bir adam pencereye yakın bir masanın üzerine eğilmişti.

"Polis," diye tekrarladığında Benoit'nın sesi küçük dairede yankılanıyordu. "Masadan uzaklaşın lütfen. Ve kendinizi tanıtın."

Bir hışım dönen adam onları görünce nefesini tutarak ellerini havaya kaldırdığı sırada cam kavanozu düşürdü. Cam parçalarıyla birlikte kavanozun içindekiler her yere saçılmıştı.

"Durun!" diye bağırdı adam ellerini indirmeden. "Lütfen. Ben... ben yanlış bir şey yapmıyorum."

"Kendinizi tanıtın beyefendi," diye üsteledi Benoit.

"Pardon?" Adam duyamıyormuş gibi başını hafifçe yana eğdi.

"Adınız efendim," diye gürledi Benoit. "Adınız ne?"

"S-Samuel Berkowitz. Ben... yan dairede oturuyorum." Kekeliyor, korkudan titriyordu.

"Burada ne yapıyorsunuz? Neden cevap vermediniz?"

"Özür dilerim. Duyamıyorum."

Benoit sesini yükseltti. "Burada ne yapıyorsunuz beyefendi? Niye cevap vermediniz?"

Mallory yerdekilere baktı. Kuş yemine benziyordu.

"İşitme cihazımı takmadım. Rica etsem... takmama izin verir misiniz?"

Benoit tabancasını indirdi. Adamın numara çekme ihtimaline karşı Mallory hâlâ silahını doğrultuyordu.

Sam Berkowitz, yaşlılık lekeleriyle kaplı titreyen elini cebine atıp işitme cihazını çıkardıktan sonra kulaklarına takmaya çalıştı ama elleri çok fena titriyordu. "Sürekli takmak hoşuma gitmiyor," dedi sonunda. Gözleri dolmuştu, gözyaşları kırışıklarında birikiyordu. "Maraz'ın yemini getirmeye gelmiştim. Kit'in tek bacaklı kargası. Ben... bende dairenin anahtarı var. Bir şeye ihtiyacımız olursa diye Kit bana anahtar vermişti. Başına bir şey gelirse Maraz'ı beslememi istemişti. Siz... beni korkuttunuz."

"Özür dileriz efendim. Ben Çavuş Benoit Salumu," diyen Benoit tabancasını kılıfına soktu.

"Ben de Komiser Mallory Van Alst." Mallory de aynısını yapıp rozetini gösterdi. "Kit Darling'i bulmaya çalışıyoruz."

"Demek resmen kayıp?" dedi Sam Berkowitz. Yüzü ekşimişti.

"Kırık camlardan uzaklaşmanıza yardım edebilir miyiz beyefendi?" diyen Benoit ilerlerken cam parçaları kalın botlarının altında çatırdıyordu. Adamın kolunu nazikçe tutup yere saçılmış kıymıklardan dikkatle uzaklaştırdı.

"Oturabilir miyim?" diye sordu Berkowitz. "Kalbim... çok korktum. Dörtnala koşan bir at gibi."

Benoit bir sandalye çekip adamın oturmasına yardım etti. "Tıbbi yardıma ihtiyacınız var mı? Nabzınızı kontrol edebilir miyim? İlk yardım sertifikam var."

Adam kolunu sıvayıp bileğini uzattı. "Muhtemelen iyiyim. Sadece biraz soluklanmam gerekiyor."

Mallory adamın bileğindeki dövmeyi fark etti. Benoit da görmüştü. Ortağına bir bakış fırlattı.

Toplama kampı, diye düşündü Mallory. Sam Berkowitz soykırımdan kurtulmuştu. Göğsü sıkıştı. Ortağı adamın nabzını kontrol ederken bir bardak su getirmek için mutfağa gitti.

Musluğu açtığında mutfağa göz gezdirdi. Küçük bir mutfaktı. Her şey eskiydi. Pencere pervazındaki saksıda fesleğen vardı. Renkli küçük çay demlikleri. Buzdolabı kapağında Tayland, İzlanda, Kenya, Galapagos, Patagonya, Avusturalya, Kamboçya gibi yerlerden kartpostalların yanı sıra fotoğraflar... Su akmaya devam ederken kartpostalların arkalarını kontrol etti. Herhangi bir şey yazılmamıştı, damga ya da pul yoktu. Bunlar birinden gelmemişti. Kit Darling bir şekilde bunları bulup saklamıştı. Eğilip Kit'in de aralarında olduğu gençlerin fotoğrafını inceledi. Başka bir fotoğrafta Kit Darling bir şelalenin önünde yalnız duruyordu. Hayat dolu görünüyordu, gülüyordu. Teni bronzdu, sarı saçlarını özgür bırakmıştı, bileğini bilezikler kaplıyordu.

Doldurduğu bardağı Sam Berkowitz'e götürdü. "Buzdolabına yapıştırılmış fotoğrafta Kit Darling'in yanındakilerin kim olduğunu biliyor musunuz Bay Berkowitz?"

Adamın gözleri daldı. "Tiyatro grubundan arkadaşları. Hepsinin adını bilmiyorum. Bir tek Boon'u tanıyorum. Kit o kartpostalları biriktiriyordu. Hepsi gitmek istediği yerler. Kızcağız hep dünyayı dolaşmayı hayal etmiş, bunu biliyor muydunuz? Her zaman piyangoyu kazanırsa dünyayı dolaşacağını söyler. Ona ne oldu? İyi mi?"

"Biz de bunu öğrenmeye çalışıyoruz," diyen Benoit adamın bileğini bıraktı. "Kalbiniz yatışmış görünüyor efendim.

Kendinizi iyi hissetmezseniz lütfen söyleyin. Sizi korkuttuğumuz için özür dileriz."

Mallory bardağı uzatınca adam iki eliyle tutarak içmeye başladı.

"Öğrendiğimiz kadarıyla Kit bugün işe gitmemiş," dedi Mallory. "İşvereni ve arkadaşı endişelenmiş. Onu en son ne zaman görmüştünüz?"

"Evvelki gün. Market torbalarını taşımama yardım etti. Bir terslik olduğunu hissetmiştim. Hemen anlamıştım. Çok sessizdi. Bir parça dalgındı. Sonra başına bir şey gelirse kargasını beslememi rica etti." Yaşlı adamın gözleri yine dolmuştu. "Bir şeyler yapmalıydım. Korktuğunu görebiliyordum."

"*Başına bir şey gelmesi* ne anlama geliyor?" diye sordu Mallory.

Berkowitz, "Bunu ben de sordum," dedi. "Ölürse ya da birden ortalıktan kaybolursa... ya da tuhaf bir şeyler olursa anlamına geldiğini söyledi."

Mallory ortağına göz atıp devam etti. "Neden korktuğunu söyledi mi?"

Adam üzüntülü bir şekilde başını iki yana salladı. "Sadece... eh, yaklaşık bir hafta önce, belki biraz daha fazlasıdır... önceki gece binanın karşısındaki gölgelerde birini görüp görmediğimi sormuştu. Dediğine göre biri pencerelerini gözlüyormuş."

"Erkekten mi bahsediyordu?" diye sordu Mallory.

Berkowitz başıyla onayladı. "Ve ondan birkaç gün önce, *SkyTrain* istasyonundan gelirken takip edildiğini söylemişti. Siyahlar içinde bir adammış."

"Adamı tarif etti mi?" diye araya girdi Benoit.

"Açık kahverengi saçları varmış. Uzun boyluymuş ve iri yarıymış. Ama hepsi bu."

"Başka bir şey dedi mi?" diye sordu Mallory.

"Hayır. Ama onun için endişeleniyordum. Sonra dün akşam eve gelmediğini duydum. Arabası da dışarıdaki otoparkta değildi. Bu sabah da Maraz penceremin önünde dolaşıyordu. Balkonuma yakın uçarken, sanki bir şeyler söylemeye çalışıyor, tek ayağının üzerinde tüneyerek zıplıyordu. Birkaç tohum verdim, sonra gelip Kit'in kapısını çalarak seslendim ama cevap gelmedi. Öğleden sonra arkadaşı Boon da uğradı. Ardından kapımı çalıp Kit'i görüp görmediğimi sordu. Endişeli görünüyordu. Dediğine göre, Kit telefonuna da cevap vermiyormuş. O yüzden yedek anahtarla buraya girdik. Belki duşta düşmüş olabilirdi. Ya da başını bir yerlere çarpmış olabilirdi. Kimse yoktu."

Adamı dinlerken Mallory daireyi gözden geçiriyordu. Küçüktü. Rahattı. İncik boncukla doluydu. Bohem dekoru tuz kristali lamba, mumlar, minik aynalarıyla Asya tarzı minderler, makrame, bir sürü bitki, tiyatro oyunlarının posterleri, duvarlardaki Yunan tiyatro maskeleri ve kitaplarla dolu raflar tamamlıyordu. "Kit son zamanlarda farklı bir şeyler yapıyor muydu? Tanımadığınız biriyle görüşüyor muydu?"

Berkowitz başını iki yana salladı. "Tek bildiğim son birkaç aydır fazlasıyla dalgın göründüğü. Belki temmuzdan beri. O zaman günlük tutmaya başladı. Sanırım buna farklı diyebiliriz? Daha önce günlük tuttuğunun farkında değildim."

"Ne tür bir günlük?" diye sordu Mallory.

"Terapi için olduğunu söyledi. Terapisti önermiş."

"Kit Darling bir terapistle mi görüşüyordu?"

"Açıkçası bundan fazlasını bilmiyorum. Sadece bir gün balkonunda otururken üzerinde mor renkli benekler olan pembe bir deftere bir şeyler yazdığını gördüm. Hatta çok satacak romanını mı yazmaya başladığını sorarak takılmıştım. Gülüp terapistinin önerisiyle günlük tuttuğunu söyledi."

Benoit, "Neden terapiye gittiğini sormadınız mı?" diye sordu.

"Bunu kim sorar ki? Sormak doğru olmazdı."

"Günlüğü nerede tuttuğunu biliyor musunuz?" diye sordu Mallory.

"Tabii ki bilmiyorum. Muhtemelen aklına bir şeyler geldikçe yazmak üzere yanında taşıyordur. Ben olsam öyle yapardım."

Sorguyu bitirdiklerinde Benoit yaşlı adamı kendi dairesine götürürken Mallory etrafa bakınıp günlüğü ya da Kit Darling'in dairedeki son anlarına dair bir ipucu bulmaya çalıştı. En azından DNA örneği alması gerekiyordu.

Banyodaki fırçada sarı renkli ince saçlar vardı. Dipleri koyu renkliydi. Saç ve diş fırçasını kanıt torbasına attı. Bir şeylerden şüphelendiklerinden DNA örneği için gerekli belgeler ekibi tarafından hazır tutuluyordu.

Darling'in yatak odasını araştırdığı sırada Benoit gelip oturma odasını gözleriyle taradıktan sonra, "Dizüstü bilgisayar yok, tablet yok, telefon yok," diye seslendi.

"Burada da bir şey yok," dedi Mallory. "Herhalde yanına almıştır."

Benoit yanına geldi. "Belki arabasındadır."

Mallory, dolabın yanındaki silindir kabı eline aldı. Boş gibiydi. Kapağını açtığında, "Kül vazosu," dedi şaşkınlıkla. "Darling'in yatak odasında boş bir kül vazosunun ne işi var?"

"Sevdiği birinden vazgeçememiş olabilir?" diye fikir belirtti Benoit gardırobu açarken. Eğilip eline aldığı bir spor ayakkabısının içine baktı. Ardından birden gözlerini ortağına çevirdi. "Otuz yedi. Cam Ev'de bulduğumuz kanlı spor ayakkabısıyla aynı numara."

DAISY

26 Ekim 2019, Cumartesi
Cinayetten beş gün önce

Posta kutusunda mezar taşı notunu bulduğu günün ertesi sabahı Daisy, Gül Köşkü'nde yalnızdı. Günlerden cumartesiydi. Jon müşterileriyle şehir dışında golf oynamaya gitmişti, sonrasında da akşam yemeğine gideceklerdi. Geç geleceğini söylemişti. Dediğine göre müşterileri yeni kayak merkezi için potansiyel yatırımcılardı ve gönüllerini hoş tutması gerekiyordu. Fazlasıyla dalgın ve gergindi. Daisy onun bir işler çevirdiğinden emindi. Muhtemelen Ahmed Waheed'le ilgiliydi. En azından Jon, sabah kayıp ayakkabılarını bulmuştu. Ayakkabılar her zaman olduğu yerde... dolabın arka tarafında golf ayakkabılarının yanındaydı. Ama Daisy elmas kolyesini hâlâ bulamamıştı.

Oturma odasında bir koltuğa kurulup ayaklarını pufa uzatarak çayını yudumladı. Uykusuz geçen gece boyunca yatakta dönüp durmaktan yorgun düşmüştü. Ayakları iyice şişmişti. Tek düşünebildiği posta kutusuna bırakılan tehdit notu ve Charley Waters'ın sözleriydi.

Mesele Kit, değil mi?

Sonra komşusunun söylediklerini hatırladı.

Sadece hizmetçi. Her zamanki.

Aklı kayıp elmas kolyesine gitti. Hizmetçiden başka kim almış olabilirdi ki? Öte yandan hizmetçi evin etrafında dolaşan, posta kutusuna yaklaşan ya da arka sokağa bakan çalılıklarda saklanan birini görmüş olabilirdi.

Sarı renkli küçük Subaru'yu kullanan hizmetçinin kim olduğu hakkında en ufak bir fikri yoktu. Hizmetçileri kanlı canlı kadınlar olarak değil, hep ev perileri olarak düşünmeyi tercih etmişti. Evlerini temizleyen kadının adını bile bilmiyordu.

Bir karar verdi.

Pazartesi günü hizmetçi yine gelecekti. O sabah evde olacak, hizmetçinin gözlerine bakarak Gül Köşkü etrafında kuşkulu birini, bir de doğrudan elmas kolyesini görüp görmediğini soracaktı.

Belki kadın kolyeyi *güvenli* bir yere koymuştu çünkü Daisy en kötüsünü düşünmek istemiyordu. Holly's Help itibarlı bir şirketti. İnternette hizmetlerine dair yorumlar müthişti. Beğeniliyordu. Vanessa bile aynı şirketi kullanıyordu.

Ama hizmetçisiyle tanışma zamanı gelmişti.

MALLORY

1 Kasım 2019, Cuma

Mallory ve Benoit, şehrin doğu yakasındaki Boon-Mee Saelim'in kiralık evinin önüne park ettiğinde saat neredeyse 22:00 olmuştu.

Tıklattıkları anda Saelim kapıyı hemen açtı çünkü önceden geleceklerini haber vermişlerdi. Normalden biraz daha uzun boylu bir erkekti. Koyu tenliydi. Alnı genişti. Elmacık kemikleri belirgindi. Delercesine bakan simsiyah gözleri vardı. Burnuna halhal, kulaklarına küpe takmıştı. Siyah tişörtünün altına kot pantolon giymişti. *Yakışıklı adam*, diye düşündü Mallory.

Tanışma faslından sonra, "Lütfen Boon deyin," dedi genç adam. "Dışarıda... arabanızda falan konuşsak? Evi başka kiracılarla paylaşıyorum ve şu anda içerisi insan kaynıyor. Hem..." Sesi çatallaşırken gözleri ıslandı. "Gürültüden uzakta daha rahat konuşuruz."

Dedektifler onu araçlarına götürdü. Saelim arka koltuğa geçtiğinde öne yerleşip ona döndüler. Tavandaki ışık yanıyor, yağmur tepelerini dövüyor, ön camda silecekler gıcırdıyordu. Hava soğuk olduğundan motoru açık bırakmışlardı, haliyle camlar buğulanıyordu.

"Kit'i en son ne zaman gördünüz?" diye sordu Benoit.

Saelim gözlerini yumduğu anda Mallory genç adamın yalan söylemeye hazırlandığını anladı. Kıdemli bir sorgulayıcıydı. Ya da genç adam belki sadece duygusallaşmıştı.

"Sanırım iki gün önceydi."

"Sanırım?" dedi Mallory. Saelim gözlerini ona çevirdiğinde ekledi. "Mesele şu ki Boon... Kit'in komşusu Sam Berkowitz, onu aramak için dairesine gittiğini söyledi. Dediğine göre endişeliymişsin. Holly's Help şirketinin sahibi McGuire da yakın arkadaşın için endişelendiğinden bahsetti. Bütün gün Kit'i aramışsın. Buna rağmen onu en son ne zaman gördüğünü hatırlamıyor musun?"

"Şüpheli falan mıyım?"

"Öyle misin?"

Gözlerini kıstığında Saelim düşmanca bir tavır takındı. "Onu bugün görmedim. Dün de görmedim. Cadılar Bayramı'ndan önceydi, öyleyse çarşamba günü görmüş olmalıyım. Z&E için."

"Z&E?" diye sordu Benoit.

"*Zindan ve Ejderhalar.* Bir oyun."

"Son gördüğünde nasıl görünüyordu?" diye sordu Mallory.

"Aslında pek kendinde değildi. 15 Temmuz'dan beri hali tuhaftı."

"15 Temmuz," dedi Mallory. "O gün ne oldu?"

"Annesinin ölüm yıldönümüydü. Onu kaybetmek Kit'i perişan etmişti. Onun için uzun ve zorlu bir süreçti. Sonrasında küllerden bir türlü ayrılamadı. Ama bu yıl 15 Temmuz'da, onunla gideceğimi söyledim. Birlikte Lighthouse Parkı'na gidip külleri döktük. O gün olan şeylerin ilki buydu. Aynı gün annesinin küllerini döktükten hemen sonra yeni temizlik işine başladı. O zamandan beri giderek tuhaflaştı."

"Hangi iş olduğunu biliyor musun?" diye sordu Benoit.

"Gül Köşkü. Rittenberg çifti."

Mallory birden dikkat kesildi. "Kit onlardan bahsetti mi?"

"Evet. Birbirimizle hemen her şeyi paylaşırız. Gerçekten yakın arkadaşız. Aynı kayak merkezinde büyüdük ama benden birkaç yaş küçüktü, o yüzden o günlerde onu pek tanımıyordum ama yıllar önce alışveriş merkezindeki bir kafede karşılaşınca yakınlaştık."

"Peki Rittenberg çiftinin Kit'in tuhaflaşmaya başlamasıyla nasıl bir alakası olabilir?" diye sordu Benoit.

Boon oturduğu yerde kıpırdanırken dizini ovuşturdu, ardından genzini temizledi. "Bilmiyorum. Bir şey söylemedi."

"Birbirinize hemen her şeyi anlattığınızı sanıyordum," dedi Mallory.

"O yüzden tuhaflaştığını söylüyorum ya... İçine kapandı. Bir şey olmuştu. O evde mi... yani Gül Köşkü'nde mi bir şey olduğunu bilmiyorum. Belki annesinin yasını üstünden atamamıştır. Sorduğumda konuşmayı reddetti. Hatta aramız limonileşti, anlatabiliyor muyum? Haline üzülüyordum, o yüzden üsteledim. Beni dışladığını hissediyordum. Fazlasıyla savunmacı birine dönüştü. Daha çok içine kapandı. O yüzden hiçbir fikrim yok. Hatta anlamak için Gül Köşkü'nün önünden geçtim. Kit bunu öğrendiğinde kafayı yedi. Resmen çıldırdı. Dediğine göre çizgiyi aşmışım, işine karışamazmışım. Ama mesele sadece iş değildi. Her ne olduysa, özel hayatıyla alakalıydı. Berbat haldeydi. Bir de..." Nefesini bıraktı. "Son birkaç haftadır korkmuş görünüyordu. Ürkekti. Sinirliydi. Hatta paranoyakça davranıyordu."

"Nedenini söylemedi mi?" diye sordu Mallory.

Delikanlı çenesini sıvazladı. "Hayır. O müşterisiyle alakalı olduğundan kuşkulandım. Belki bir şey görmüştü. Ben..." Alçak sesle küfredip bu sefer sertçe yüzünü ovuşturdu. "Pekâlâ, anlatacağım çünkü onun için endişeleniyorum. Gerçekten endişeliyim. Kit'in kendisiyle alakası olmayan işlere burnunu sokmak gibi bir sorunu var. Resmen bağımlılık halinde. Bunları paylaşırken dalga geçiyor ama ciddi bir sorun. Yani sıkıntı verecek bir sorun. Ve bence çizgiyi asıl aşan o. Bir keresinde başını belaya sokacağını söylemiştim. Müşterilerinden birinin görülmesini istemediği bir şeyini görmesi başını belaya sokabilirdi."

İki dedektif ona sessizce bakıyor, arabadaki gerginlik ağırlaşıyordu.

Mallory alçak sesle konuşmaya başladı. "Burnunu sokmak sorunu derken..."

"Yani dolapları karıştırmak, kasaları açmaya çalışmak, bilgisayarlara girmeye çalışmak. Ve..." Gözlerinde yine duygusal bir ifade vardı. "Ona ihanet ediyormuşum gibi hissediyorum ama bir Instagram hesabı var. @tilkiylekarga. İkisi de dalavereci yaratıklardır. Yalan dünyaya dair bulduğu bir espri. İnsanların kendilerini ürün satarcasına markalaştırdığı sosyal medya yaşam tarzıyla dalga geçiyor, dünyayı dolaşan ultra-zengin bir kızmış gibi davranıyordu. Bazen ben de oyuna katılıyordum çünkü eğlenceli görünüyordu. Kimseye zararı yok, haksız mıyım? Ama son zamanlarda müşterilerinin evinden paylaştığı fotoğraflar sıklaşmaya başladı. Kıyafetlerini falan giyerek fotoğraf çekiniyordu. Ama çoğu Rittenberg çiftinin evindeydi. Bir de..." Saelim gözlerini dışarı çevirdi.

"Devam et," dedi Mallory. "Lütfen Boon. Önemli olabilir."

Delikanlı dudaklarını ıslattı. "Doğması beklenen bebeğin beşiği önünde çektiği bir fotoğraf var. Karnının üstünde bir ultrason görseli tutuyor. Altına yazdıklarından bebek *beklediği* anlaşılıyor. Belki Rittenberg'ler o fotoğrafı görmüştür. Kim görse çıldırır. Ya da belki Kit, Gül Köşkü'nde bir şey bulmuştur. Ben buna inanıyorum... Rittenberg çiftinin gizli kalmasını istediği bir şey görmüş olabilir. Büyük bir sır falan gibi bir şey. Yani... dile getirmek bile istemiyorum."

"Yani birini öldürecek kadar büyük bir sır mı?" diye sordu Benoit. "Bunu mu demeye çalışıyorsun Boon?"

Saelim başını eğip kucağındaki ellerine baktı. "Evet, beni korkutan bu," dedi usulca. "Ödümü koparıyor. Kit sapıtmış durumda. Elinde değil."

"Ve kaybının kesinlikle bahsettiğimiz müşterilerle ilgili olduğunu düşünüyorsun?" dedi Benoit.

Genç adam yutkundu. "Bilmiyorum. Ama Gül Köşkü'ne gitmeye başladıktan sonra tuhaflaştı."

"Kit'le aynı şehirde büyüdüğünüzden bahsetmiştin."

Saelim duraksadı. "Whistler. Mezun olduktan sonra ayrıldım. Okulu bırakınca o da ayrılmış."

"Demek kayakçısın Boon?" dedi Mallory.

Delikanlı kendiyle dalga geçercesine kıkırdadı. "Sırf kayak merkezinde yaşadım diye herkesin bunu düşünmesi çok komik. Teleferik biletlerinin kaç para olduğunu biliyor musunuz Dedektif? Kayak için hiç paramız olmadı. Annemle babam McDonald's restoranında çalışıyordu. Restoranın sahibi işçi bulmakta zorlanıyordu. Ve her yıl dünyanın her yerinden gelip iş arayan çocuklar, sadece kayak deneyimi için geliyordu. Tek dertleri dağ merkezinde bedava kayak pasosu alabilecekleri işler bulmaktı. Ta İngiltere'den, Avusturalya'dan ya da Japonya'dan McDonald's restoranında çalışmaya gelmiyorlardı. Haliyle restoran sahibi Filipinler ve Tayland'dan işçi getirmek için bir program başlattı. Kanada'ya göç etmek için çırpınan yoksul insanlar buldu. Ailem de bu yolla göç etmişti. Pahalı bir kayak merkezinde böyle yaşamaya başladılar. Ben de kayak merkezi şehrindeki zengin çocuklarla dolu tek okula gittim."

Mallory onu süzüyordu. Delikanlının sesinde burukluk vardı. Herhalde bu çocuk için okumak hiç kolay olmamıştı.

"Peki Kit?" diye sordu nazikçe. "O kayıyor muydu?"

"Annesi otellere ve evlere temizliğe gidiyordu. Babası kanalizasyon işindeydi. Kit'in asla parası olmadı. Kaymaya gitme şansını ancak biri fazla bilet verirse yakalıyordu. Bütün bunların Kit'in kaybolmasıyla ne alakası var?"

Mallory gözlerini ona dikti. "Bahsettiğin müşteriler... Jon Rittenberg... Ünlü bir Olimpiyat kayakçısı. North Shore'da büyüdüğüne göre Whistler'da sık sık kaymış olmalı. Kayak takımının orada bir de kulübesi varmış."

"Yani?"

Benoit araya girdi. "Sen ya da Kit o günlerde Jon Rittenberg'i tanıyor muydunuz? Çocukken? Sonuçta küçük bir kasaba. Belki yollarınız kesişmiştir."

Boon bir şey demedi ama kasılan bedeni başka şeyler söylüyordu. Delikanlının söylemediği bir şey vardı. Mallory bunun kayak merkeziyle ilişkili olduğundan şüpheleniyordu. Haliyle Boon-mee Saelim şüpheli listesinde yukarılara tırmandı. "Ama çocukken herhalde Jon Rittenberg'i duymuşsundur, değil mi?" dedi.

Genç adam yine dudaklarını yaladı. "Evet. Duymuştum. Bir piste adını vermişlerdi."

Mallory taktik değiştirdi. "Kit'in günlüğünü nerede tuttuğunu söyleyebilir misin?"

"Günlük?"

"Evet. Mor benekleri olan pembe bir defter."

"Günlük tuttuğunu bilmiyordum."

"Terapistinin kim olduğunu biliyor musun?" diye sordu Benoit.

Boon gözlerini ona çevirdi. "Kit'in terapisti yok."

"Demek seninle paylaşmadığı şeyler de varmış?" dedi Mallory.

"Bakın, terapisti olsaydı bilirdim. Hatta bir keresinde birini önermiştim. Dünya yansa gitmeyeceğini söylemişti."

"Neden önermiştin?" diye sordu Mallory.

Delikanlı birden köşeye sıkışmış gibi göründü. "Alakasız sorular sormaya daha ne kadar devam edeceksiniz? Kit'i aramak için bir planınız var mı? Çünkü tehlikede olabilir. Tehlikede olduğunu biliyorum. İçimde hissediyorum."

"Kit'le aranızda romantik bir ilişki mi var Boon?" diye sordu Benoit.

"Ben eşcinselim. Yakın zamana kadar erkek arkadaşım vardı. Ayrıldık. Kit, kardeşim gibidir. Kardeşimden de yakındır."

"Arayabileceğimiz kardeşleri ya da akrabaları var mı?"

"Tek çocuk. On dokuz yaşındayken babası öldü. Şimdi de annesi vefat etti."

"Kit'in romantik bir ilişkisi var mı?" diye sordu Mallory.

"Hayır. Bir keresinde kısa süreliğine evlenmişti. Sonraki ilişkilerine hiç de iyi bir etkisi olmadı."

Mallory şaşırdı. Bunu duymayı beklemiyordu. "Neden ayrıldılar?"

"Adam... Todd Darling çocuk istiyordu. Kit'in çocuğu olmuyordu." Delikanlı yutkundu.

Mallory bir şeyler sezmişti. Boon'un az önce bahsettiği Instagram paylaşımını düşündü. Kit, başkasının bebeğine ait ultrason çıktısını önünde tutarak başkasının bebek odasında poz vermişti. "Boon," dedi daha nazik bir sesle. "Sana tabletten birkaç fotoğraf göstereceğim. Bir tanesi son derece rahatsız edici olabilir. Olay yerinden. Gösterebilir miyim?"

Genç adam dehşet içinde başını sallayınca kanlı ayakkabının fotoğrafını gösterdi. "Bu ayakkabıyı tanıyor musun?"

Boon baktığında omuzları sessiz bir hıçkırıkla sarsıldı. Gözlerinden yaşlar süzülüyordu. Elinin tersiyle burnunu silip başıyla onayladı. "Onun. Kit'in ayakkabısı." Sonunda gözlerini kaldırdı. "Ne oldu? Fotoğraf Cam Ev'den mi? Aman Tanrım, lütfen Kit iyi olsun. Yaralı mı?"

"Neden Cam Ev olduğunu düşündün Boon?" diye sordu Mallory usulca.

"Haberlerde polisin oraya üşüştüğünü okudum. İnsanlar cinayet birimi olduğunu söylüyordu. Önünden geçmeye çalıştım ama sokak kapalıydı. Kit orada çalışıyor."

"Peki, bu fotoğraf? Bunu gördün mü?" Mallory, elmas kolyenin fotoğrafını gösterdi.

"Hayır."

"Peki. Bu fotoğraftaki insanlar kim?" diyen Mallory, bu sefer Kit'in buzdolabında bulduğu grup fotoğrafını ona doğru tuttu.

"Bu Kit. Bu da ben," diyerek kendini gösterdi Boon. "Felsefe öğretmenimiz Azim Shariff ve partneri Ella Carter. Şuradaki acil durum teknisyeni Onur Osman, bu da Vicky-Lee Murtagh... Kendisi patoloji laboratuvarında çalışıyor. Z&E grubumuz. Hepimiz yakınızdır. Aynı zamanda aynı amatör tiyatro grubundayız."

"Bir soru daha Boon. Kit'in soyadı..."

"Kocasının soyadını kullanmaya devam etti. Kızlık adı Katarina Popovich. Okulu bırakıp şehre taşındığında *Kit* adını kullanmaya başladı."

"Peki, Todd Darling'e ne oldu?" diye sordu Benoit.

"İngiltere'ye yerleşip İngiliz bir kadınla evlendi. İki çocukları oldu."

"Kit çocuk sahibi olamamasıyla ilgili endişelerini dile getirmiş miydi?" diye sordu Mallory.

"Evet. Sonuçta evliliği bu yüzden bitmişti. Todd çocuk istiyordu ve anlaşılan Kit ona evlenmeden önce rahminin hasar aldığını söylememişti. Haliyle bu büyük bir soruna dönüştü. Todd önemsemediğini, bununla başa çıkacağını söylüyordu ama sanırım ihanete uğramış hissetti. Sonunda Kit onu kovup gitmesine izin verdi. Sanırım tekrar evlenip hayalini kurduğu hayata kavuşmasını istiyordu."

"Neden evlenmeden çocuk sahibi olamayacağını söylememiş?" diye sordu Mallory.

Boon omuz silkti. "Sanırım Todd'un onunla evlenmeyeceğinden korkmuştu. Bence sevilmek ve istenmek için yanıp tutuşuyordu."

"Ve şimdi eski kocasının çocukları var," dedi Benoit.

"Öyle."

"Bu durum Kit'in canını sıktı mı?"

"Muhtemelen. Biraz. Belki de çok."

Mallory araya girdi. "Geçmişte arkadaşına terapist önermişsin Boon. Burnunu başkalarının hayatına sokma bağımlılığı olduğunu, muhtemelen içinden atamadığı yas duygusu yüzünden son zamanlarda pek kendinde olmadığını söylüyorsun. Gül Köşkü'nde görmemesi gereken bir şey gördüğünü, bu yüzden tuhaflaştığını düşünüyorsun. Müşterilerinin kıyafetlerini giyerek bebek bekliyormuş gibi poz verdiği sorunlu bir sosyal medya hesabı var... Kit'in duygusal açıdan dengesizliği ne seviyedeydi sence?"

Delikanlı derin bir iç çekti. "Kit biraz eksantrik biridir. Sıra dışıdır. Teatraldir. Hatta bazen dramayı abartır. Ama bütün bunlar bir kalkandır. İçi yumuşacıktır. İyi kalplidir." Gözleri yine dolduğunda Mallory'nin verdiği kâğıt mendile burnunu sildi. "Ona göre makyajının, kostümlerin, tiyatrodaki rollerin, özenti Instagram hayatının ardına saklanırsa, yaşamı boyunca saklamaya çalıştığı incinmiş Kit'i insanlar göremeyecek, onu sorularıyla sıkıştırmayacaktı."

"Sorulardan korkacak kadar ne saklıyordu ki?" diye sordu Benoit.

"Ben... bilmiyorum. Sanırım okuldayken başına gelen kötü... çok kötü bir şey. Zaten o yüzden okulu bırakıp şehre taşındı."

"Bundan sana hiç bahsetmedi mi?"

Boon yine dışarı baktı. “Hayır.”

Mallory yalan söylediğini hissediyordu. “Yarın karakola uğrayabilir misin Boon? Resmi ifadeni ve DNA örneğini alırız?”

“DNA mı? Ben? Ne için?”

“Eleme amacıyla.”

“Ben… sanırım uğrayabilirim.”

Boon araçtan inip yağmurun altında evine dönerken Mallory, “Bir şeyler saklıyor,” dedi.

“Kesin,” dedi Benoit.

Delikanlının kapıyı açmasını sessizce izlediler. Karanlık sarı bir ışık huzmesiyle bölünmüştü. Boon içeri girip kapıyı ardından kapatınca karanlık geri döndü.

DAISY

28 Ekim 2019, Pazartesi
Cinayetten üç gün önce

Beş haftacık daha, diye düşündü Daisy elini belinin ortasına bastırırken. Hizmetçinin gelişini görmek için yukarıdaki bebek odasına çıkmıştı. Belinde sıkışan siniri rahatlatabilmek için pencerenin önünde volta atıyordu.

Saatine göz attı. Jon sabah yine erkenden gitmişti. Ve akşam geç gelecekti. Olası yatırımcılarla tekrar yemeğe çıkacağı için ona kendisini beklememesini söylemişti. Anlaşılan TerraWest yatırımcıları eğlendirmek için şarap ve yemeği sakınmıyordu. Hatta Jon'un dediğine göre, yemekten sonra belki bir kulübe gideceklerdi çünkü Çinli müşteriler gece hayatını görmeyi pek istiyordu.

Daisy'nin buna canı sıkılıyordu. Jon'a güvenebileceğinden emin değildi. Vanessa'yla sohbeti hâlâ içini huzursuz ediyordu.

Sonuçta Jon, Charley Waters denen egzotik dansçıyla *eğlence kulübü* denen bir yerde tanışmıştı. Sonra olanlar malumdu.

Ya yine benzer bir şey yaparsa? Yani onun gibi adamlar... hiç değişmez Daisy. Haksız mıyım? Sadece öğrenir, evrim geçirir, uyum sağlar, bir sonraki sefer yakalanmamak için nasıl dikkatli davranmaları gerektiğini çözerler.

Titrek bir iç çekti.

İpini koparırım. Mahkemelerde süründürürüm. Oğlumuzu göstermem. Ve açtığım her davayı kazanırım, çünkü... çünkü sigortam var.

Sırtına kramp girince yüzünü ekşiterek durdu. Aklı kasasında tuttuğu belgeler ve flaş belleğe gitmişti. Silver Aspens'te olanları tekrarlarsa Jon'un işi biterdi. O striptizciyle başını belaya sokmamış olsaydı, Daisy şimdi paranoya, tehdit ve tacizle uğraşmak zorunda kalmayacak, Instagram hesabını basan troller ve lanet olası Chucky bebeklerinden korkmayacak, gölgelerde siyahlara bürünmüş birilerini görmeyecek, takip edildiğini düşünmeyecekti.

İçinde küçücük başka bir ses en derinlerden yüzeye çıktı.

Onu korumayı sen seçtin. Arkasını temizledin. Annenden itibarını ve aileni korumak için kadının bazen radikal kararlar alıp başını başka tarafa çevirmesi gerektiğini öğrendin. Erkeklerin, özellikle erkek ahbaplarıyla takılırken erkeklik gereği yapacaklarından geri durmayacaklarına inanarak başını kuma gömen sendin. Hâlâ erkekleri çıkar uğruna sürtüklerin baştan çıkardığına, özgürce seks konusunda savunmasız olduklarına ve her şey için o kadınların suçlanması gerektiğine inanmayı seçiyorsun.

Araba sesini duyunca aceleyle pencereye gidip perdelerin arasından ön bahçeye baktı. Holly's Help logolu bir arabaydı. Hemen perdenin arkasına saklanıp gizlice araçtan çıkıp elektrikli süpürgesiyle temizlik malzemelerini çıkaran hizmetçiyi izledi. Uzaktan çekici görünüyordu. İncecikti, sarışındı, hareketleri enerjikti. Onu görmek Daisy'nin kendi haline hayıflanmasına neden oluyordu.

Hizmetçinin elektrikli süpürgeyi kapıya çekiştirdiğini görünce hemen merdivenlere yöneldi. Mantosu ve çantası kapıya yakın duruyordu. Kadınla konuşur konuşmaz gidecekti.

Kadının ev temizliğini seyretmek için evde kalmaya niyeti yoktu.

Kapının yanındaki buzlu camdan hizmetçinin yaklaştığını görünce kapıyı açıverdi.

Anahtar kutusuyla uğraşan kadın şaşkınlıkla geri sıçrayarak, "Ah, özür dilerim," dedi. "Ben..." Daisy ve Jon'un temizlik hizmetleri için özellikle ayarladığı anahtar kutusunu işaret ediyordu. "Genellikle evde kimse olmadığı ve anahtarı kullanmam gerekeceği söylenmişti. Çok özür dilerim. Önce kapıyı çalmalıydım."

"Dert etme. Ben de çıkmak üzereydim. Sadece tanışmak istedim," diye gülümsedi Daisy. "Ben Daisy."

Kadın temkinli ve gergin görünüyordu.

Aha! Hizmetçi bir işler karıştırıyor.

Daisy bunu görebiliyor, hissedebiliyordu. Nabzı hızlandı. O sırada hizmetçi gözlerini karnına çevirince korumak istercesine elini karnına götürdü.

"Tebrikler," dedi kadın.

Daisy başını salladı. "Adın neydi?"

"Ah, özür dilerim. Ben Sofia. Sofia Ramos. Tanıştığımıza sevindim," diyen hizmetçi elini uzattı.

Daisy hayal kırıklığıyla sarsıldı. Adı Kit değildi. Hizmetçinin elini sıkmak için öne doğru eğildiğinde, "Kolyemi görüp görmediğini sormak istemiştim," dedi. "Elmas bir kolye. Altın bir gözyaşı damlası... Genellikle şeyin üzerinde bırakırım..."

"Ah, ben her zamanki temizlikçiniz değilim. İlk kez geliyorum."

"Ne?"

"Asıl hizmetçiniz Kit'in programında bir karışıklık olmuş, o yüzden Holly beni gönderdi. Bundan sonra Gül Köşkü'nü ben temizleyeceğim."

Daisy'nin kalbi tekledi. "Kit?"

"Evet."

"Kit kim?"

"Soyadının ne olduğundan emin değilim. Holly's Help için yeni çalışmaya başladım. Henüz herkesle tanışmadım."

"Ya?"

"Bir sorun mu var?"

"Yo, yo, ben… Kit çok iyi temizlik yapıyordu. Ben… ona çiçek göndermek isterdim. Özel bir not eşliğinde… Sende adresi ya da telefon numarası var mı?"

Sofia'nın kaşları çatıldı. "Maalesef yok. Belki Holly's Help ofisini ararsanız?"

"Evet, evet. Öyle yapacağım."

DAISY

28 Ekim 2019, Pazartesi
Cinayetten üç gün önce

Kit adındaki hizmetçiyi köşeye sıkıştırma planı işlemeyince Daisy şehir merkezindeki bir kafeye giderek cama yakın bir masaya oturup chai latte istedi. Ardından saldırgan sonbahar rüzgârıyla savaşarak yürümeye çalışan yayaları izlemeye koyuldu. Herkes ceketine sımsıkı sarınmıştı, ölü yapraklar ayakkabılarının arasında uçuşuyordu.

Sonuna kadar gitmeye karar verdi. Telefonunda Holly's Help web sitesini bulup ofisi aradı.

"Holly's Help. Ben Sabrina. Nasıl yardımcı olabilirim?" diye karşıladı sinir bozacak kadar neşeli ve tiz bir ses.

"Holly McGuire'la görüşebilir miyim lütfen?"

Birkaç saniye bekledikten sonra, "Ben Holly," diyen kadını duyunca sırtını dikleştirerek, "Selam, ben müşterilerinizden Daisy Rittenberg," diye kendini tanıttı. "Kit adında bir çalışanınız evimizi... Gül Köşkü'nü temizliyordu... Anladığım kadarıyla yerine başka biri görevlendirilmiş. Ne olduğunu merak etmiştim?"

"Kit'e mi ne oldu? Ah, sadece bir program çakışması. O yüzden planda değişiklik yaptık. Yeni temizlikçiyle her şey yolunda mı?"

"Şimdilik harika. Bu sabah tanıştık. Acaba Kit'in soyadını öğrenebilir miyim?"

Bir anlık sessizlikten sonra Holly, "Neden? Bir sorun mu var?" diye sordu.

"Ah, alakası yok. Bilakis Kit müthiş iş çıkarıyordu. Onu kaybettiğimiz için üzgünüz. Özel bir teşekkür notu eşliğinde bir buket göndermeyi düşündüm ama sonra soyadını bilmediğimi fark ettim."

"Teşekkür ederiz. Kit müşterilerimiz tarafından hep takdirle anılır. Sayesinde bir sürü yeni müşteri kazandık. Tam adı Kit Darling."

Daisy'nin nabzı hızlandı. Hemen peçetesine *Darling* yazdı. "Adresi var mı? Çiçeği gönderebilmem için?"

"Ofise gönderirseniz biz ulaştırırız. Çok teşekkür ederiz."

"Bir saniye... Çiçek doğrudan evine gitse daha özel olmaz mı?"

"Özür dilerim Bayan Rittenberg. Harika bir fikir ama çalışanlarımızın kişisel bilgilerini şirket politikası gereği kimseyle paylaşamıyoruz."

Daisy üstelese de Holly başka bilgi vermeyi reddediyordu. İçinden küfrederken kadına teşekkür edip telefonu kapattı.

Hemen ardından tarayıcıyı açıp *Kit Darling* araması yaptı.

Kit Darling adında New York'ta yaşayan bir manken vardı. Daha bir sürü Kit Darling buldu. Bir veteriner, İngiltere'de bir araştırmacı, birçok uzun mesafe maraton tamamlayan bir atlet, Arizona'da romantik romanlar yazan bir yazar... Hiçbiri Vancouver'da yaşayan bir hizmetçi değildi.

Tekrar Holly's Help internet sitesine girip hizmetçilerin fotoğrafını bulma umuduyla *Hakkımızda* bağlantısına tıkladı ama sadece Holly McGuire ve idari çalışanların fotoğrafı vardı.

Daisy dalgın bir şekilde düşünürken dudağını kemiriyordu. Nedense Vanessa'nın da Holly's Help hizmetini kullandığını hatırlayınca arkadaşını aradı.

"Selam Daisy," dedi Vanessa. "Ben de seni düşünüyordum. Jon'la birlikte..."

"Temizlik hizmetini Holly's Help şirketinden alıyordun, değil mi?"

Kısa bir sessizlik oldu. "Evet. Neden?"

Daisy genzini temizledi. "Hizmetçini tanıyor musun? Şahsen tanıştın mı?"

"Tabii ki tanıştım. Mesele nedir?"

"Adı ne?"

"Hizmetçiyle ilgili bir sorun mu var?"

"Hayır, sadece aynı hizmetçi olup olmadığını merak ettim."

"Kit'i mi kastediyorsun?"

Daisy göğsünün yandığını hissediyordu. "Evet... evet, sanırım o. Kit Darling?"

"İyi iş çıkarıyor mu? Neden sordun?"

Daisy abartılı bir iç çekti. "Anlaşılan Kit'in çalışma programında çakışma olmuş, o yüzden yeni bir temizlikçi geldi. Ben de Kit'e bir teşekkür notu göndermek istedim. Ben... nerede yaşadığını biliyor musun?"

Vanessa yine sessiz kaldı. Daisy onun sessizliğindeki soruları duyabiliyordu. Muhtemelen durumu çok tuhaf bulmuştu. Özellikle de o tuhaf öğle yemeğinden sonra... Hemen geri vitese bastı. "Sorun değil. Hiç önemi yok. Sadece ona bir teşekkür notu göndermek istemiştim."

"Ofis üzerinden gönderebilirsin," diye öneride bulundu arkadaşı.

"Öyle yaparım. Teşekkürler."

"Hey, kapatmadan önce... Jon'la birlikte akşam yemeğine gelmek ister miydin? Bu sefer Haruto'yla tanışmanızı istiyorum. Hem biz de Jon'la tanışmış oluruz. Cadılar Bayramı akşamını düşünüyordum? Özel bir şeyler yapmak hoş olur. Yani bebek bezleri, sızan memeler, uykusuz geceler bizi teslim almadan önce? Hâlâ nispeten özerk varlıklar olarak şansımız varken?"

Daisy güldü. Ama Jon'la ilgili itiraflarını hatırlayınca yine göğsü sıkıştı. Ya Vanessa kocasının önünde konuyu açmaya kalkarsa? Arkadaşının şok geçirdiği açıktı. Hiç anlatmaması gerekirdi ama o gün kendinde değildi. Paranoyası tekrar zihnini yoklarken göğsü daha da sıkışıyordu. Camdan dışarı bakıp kaldırımda yürüyen anonim yüzlere baktı. Rüzgârla birlikte çıplak dallar savruluyordu. Bugün kış kendini iyice belli etmişti. Daha karanlık bir his veriyordu.

"Daisy? Orada mısın?"

"Ben… evet. Akşam yemeği harika olur. Jon'la konuşayım ama olur diyeceğinden eminim."

"Altı civarı? Kokteyl… daha doğrusu mokteylle başlarız?"

"Kulağa harika geliyor," diyen Daisy zoraki bir kahkaha attı. "Ve evet lütfen mokteyl olsun. Hamilelikte şarap deneyiyle işim bitti. Onca zaman sonra içtiğim alkol hormonlarla bir araya geldiğinde… Abartmış olmalıyım. Kendimde değildim. Hatta neler konuştuğumuzu bile doğru dürüst hatırlayamıyorum. Tuhaf tuhaf konuşmadım, değil mi? Çünkü konuştuysam, lütfen söylediklerimi unut."

Vanessa saniyeden de kısa süren bir tereddüdün ardından, "Hiç sorun değil," dedi. "Perşembe görüşüyor muyuz?"

Daisy daveti kabul edip telefonu kapattı. Yine hata yaptığını hissediyordu. Vanessa muhtemelen şimdi neden hizmetçi konusunda ısrarcı olduğunu merak ediyor, bir taraftan Charley'nin söyledikleri kulaklarında çınlıyordu.

"Ah bir saniye... Şimdi anladım. Mesele Kit, değil mi?"

O Chucky şeyi posta kutularında belirdiğinde Kit Darling, Gül Köşkü'nü temizliyordu. Komşusu eve hizmetçiden başkasının yaklaşmadığını söylemişti. Notları gönderen ve Daisy'nin Instagram hesabına yorumlar yazan kişi, evin anahtarına ulaşabilen hizmetçi olabilir miydi? Arabasına kadar girebilen kişi o olabilir miydi? Birden holdeki vestiyerde asılı duran araba anahtarlarını hatırlayınca sarsıldı. Hizmetçi ikisinin de arabasına girebilirdi.

Elmas kolyesini de o mu çalmıştı? Başka neler bulmuştu?

Hasta hissediyordu. Hepsi mümkündü.

İyi de bir hizmetçi *neden* böyle şeyler yapsındı ki?

Bıçağını saplayan, saplayan, saplayan Chucky gözünün önüne geldi. *Umarım bebeğin ölür. Ölür. Ölür.*

Öfke damarlarına pompalanıyordu. Huzursuzdu, adeta alev almıştı, mantıklı düşünemiyordu. Üzerine *Darling* yazdığı peçeteyi yumruğunda sıkarken içinden küfretti.

Bütün bunları "Kit" yapıyorsa, onu bulup kendim bıçaklayacağım.

MALLORY

1 Kasım 2019, Cuma

Mallory, omzundan silkerek çıkardığı ceketini dubleks evinin holündeki askıya astı. Botlarını çıkarmak üzere banka oturduğunda, "Peter?" diye seslendi.

Cevap gelmedi. Saat geç olsa da alt katta bütün ışıklar yanıyordu. Kaygıları artmaya başlayınca çoraplarıyla mutfağa ilerledi.

Kocası mutfak masasında oturuyordu. Başını okuduğu gazeteden kaldırıp gülümsedi. İçerisi sıcaktı çünkü oturma odasındaki gazlı şömine yanıyordu. "Selam tatlım," dedi gazetesini indirerek. "Günün nasıl geçti? Kurbanı bulabildiniz mi?"

Mallory göğsünün sıkıştığını hissetti çünkü bir an için sanki her şey normale dönmüştü. Kocasının gerçekten kendinde olduğundan mı, yoksa yorgun beyninin oyununa mı geldiğinden emin olamadığı için temkinli bir şekilde, "Henüz bulamadık," diye yanıtladı. "Ben… sana anlattığımı unutmuşum," derken dolabı açıp çıkardığı kadehe kırmızı şarap doldurduktan sonra şişeyi kocasına gösterdi. "Biraz ister misin?"

"Hayır sağ ol. Az önce çay içtim. Telefonda North Shore bölgesindeki lüks bir evde bir şiddet olayı yaşandığından bahsetmiştin ama evin sahiplerinden ya da kurbandan iz yokmuş."

Mallory şarabını yudumlarken bir duygu patlamasıyla bir an için gözlerini yumdu. Ardından kadehini bırakıp buzdolabından önceki akşamdan kalan lazanyayı çıkararak bir tabağa koydu. "Kurbana dair herhangi bir iz henüz bulunmadı," dedi mikrodalga fırına yönelirken. "Audi arabayla eve giden çifti bulduk ama evin sahipleri ya da o akşam evde olduğu bildirilen hizmetçi ortada yok." Fırının kapağını açtığında kalbi sızladı. Peter lazanyasını içinde unutmuştu.

Saate göz attı. 23:15 olmuştu. Arkasını dönmeden yine temkinli bir ses tonuyla, "Yemek yedin mi Peter?" diye sordu.

Sessizlik.

Dönüp baktığında kocası kafası karışmış gibi görünüyordu.

"Biraz daha yemek ister miydin?" diye sordu bunun üzerine Mallory.

"Ben... ben iyiyim. Akşam yemek yedim."

Mallory başını sallayarak lazanyayı çıkarıp kendi tabağını mikrodalga fırına yerleştirdi ve yemeğinin ısınmasını beklerken şarabını yudumladı.

Peter gözünü oturma odasındaki şömineye dikmişti. Boş gözlerle alevleri seyrediyordu. Mallory'nin sevdiği adam yine tuhaf ve afallatıcı hastalığına teslim olmuştu. İlk belirtileri yedi yıl önce fark etmişti. Sonra Peter düşmüş, doktorlar küçük bir felçten şüphelenmişti. Ardından depresyon gelmişti. Kocası bahçe gibi hobilerine ilgisini yitirmiş, zaman geçtikçe unutkan ve sinirli birine dönüşmüş, sonunda bütün sosyal filtrelerinden olmuştu. Mallory'e sık sık küfreder, sinirlenir olmuştu. Sürekli kızgındı. Hatta trafikte öfkelendiği için bir gün polis kapılarına dayanmıştı. Üstelik işini de savsaklamaya başlamıştı. İş arkadaşları ve öğrencileri şikâyet ediyordu. Tabii resmi tanı konması uzun zaman almıştı.

Mallory tabağı ve şarabıyla Peter'ın karşısına oturdu. "Senin günün nasıldı?"

Kocası gözlerini ona çevirip bir an için düşündü. "Gazetede Alzheimer olan 71 yaşındaki birinin kaybolduğunu okudum."

"Sylvia Kaplan mı?"

Peter başını salladı. "East Van'deki evinden çıkıp bir daha geri dönmemiş. Kızı iki aydır annesini aradıklarını söylemiş. Kadın en son Renfrew'daki bir otobüs durağında görülmüş. Gece vakti bir otobüse binip bir yerlere gittiğini, kendini tamamen unuttuğunu düşünüyorlar."

"Çok üzücü, biliyorum. Çok sık yaşanıyor."

"Çocuklar için olduğu gibi yaşlılar için de bir alarm sistemi kurulmasından bahsediyorlar."

"Bence de." Mallory ağzına bir lokma alacakken kocasının dolan gözlerini görünce çatalını bırakıp elini tuttu. "Sen iyi misin?"

Adam iç çekip başını çevirdi.

"Bunun üstesinden geleceğiz Peter," diye devam etti. "Birlikte. Hastalıkta ve sağlıkta. Tamam mı?"

Peter hâlâ ona bakmıyordu.

"Peter?"

Kocası dönüp baktı.

"Senin evden çıkıp gitmene izin vermeyeceğim."

"O insanlarla konuşmak istiyorum," dedi Peter.

"Hangi insanlarla?"

"*Onurlu Ölüm*'dekilerle. Ölürken tıbbi yardım meselesi."

Mallory bir şok dalgasıyla sarsıldı. Dahası bir an için duyduklarından emin olamadı. Bu kadar ilerisini düşünmek için kendine *henüz* izin vermemişti.

"Huzurevinde bir bitki olmak istemiyorum," diye devam etti Peter öfkeyle. "Yatakta yatmaktan her yerimin yara olmasını istemiyorum. Yemeyi unutacağım, yutkunmayı unutacağım, altımın değiştirilmesi gerekecek. Bunu yapmanı istemiyorum Mallory. Kimsenin bunu yapmasını istemem."

Mallory yavaşça derin bir nefes alarak, "Peki," dedi usulca. "Konuşuruz."

Peter yumruğunu masaya indirdiğinde şarap kadehi az daha devrilecekti. Mallory yeni bir öfke patlamasına karşı kendini hazırladı. Gerilmişti.

"Konuşmakmış! Sürekli konuş, konuş, konuş... Nereye kadar? Ben eyleme geçmek istiyorum!" Gözlerini karısının gözlerine dikmişti. Yaşlar yanaklarından süzülüyor, elleri titriyordu.

"Biliyorum Peter. Dahası anlıyorum. Elimdeki iş biter bitmez doktorunla görüşürüz, olur mu? Ölürken tıbbi yardım meselesini sorar, *bütün* seçenekleri tartışırız."

Peter birkaç saniye ateş saçan gözlerle ona baktı. "Demans hastalarının sisteme erişimi kolay değil. Yasalar sonuna kadar bilincinin yerinde olmasını şart koşuyor."

"Biliyorum. Ama örnek vakalar var. Araştırırız," diyen Mallory, kendini zorlayarak gülümsedi. "Birlikte. Anlaştık mı?"

"Yazıya dökülmesini istiyorum," diyerek Peter parmağıyla masaya vurdu. "Seni ya da aileden herhangi birini artık tanıyamadığım andan itibaren artık yaşamak istemediğimin kayıt altına alınmasını istiyorum. O zaman ötenazi uygulanmasını istiyorum. Altımı değiştirip popomu ya da ağzımdaki salyaları silmekle uğraşmanı istemiyorum."

Bir an için Mallory'nin nutku tutuldu.

"Tamam mı?" diye üsteledi kocası.

"Tamam," dedi Mallory. "Adım adım ilerleyeceğiz. Bu gece üzerine yatıp sabah nasıl hissedeceğini görmek istemez misin?"

"Lanet olsun... aylardır bunu düşünüyorum. Bir sabah uyandığımda her şey için çok geç olacak."

Kocası oturmuş, alevleri seyrederken Mallory gönülsüzce yemeğini bitirdi, ardından her zamankinden yorgun görünen

Peter'ı yatağına yatırdı. Yorganı örtüp onu öptükten sonra ışığı söndürdü.

Şöminenin yanında şarabını bitirip durum değerlendirmesi yapmak için aşağı yöneldiğinde cep telefonu çaldı. Lula arıyordu. "Selam Lu," dedi yorgun argın mutfağa girdiğinde. "Sen hâlâ uyumadın mı?"

"Sanki sen farklısın patron. Aslında sabah altıdaki bilgilendirme toplantısına kadar bekleyebilirdi ama hemen bilmek istersin diye düşündüm."

"Mesele nedir?"

"İnterpol'ün yardımıyla Vanessa ve Haruto North'un yerini saptadık. Biz..."

"İnterpol mü?"

"North çifti Singapur'daki resmi ikametgâhlarındalar. Northview ikinci evleri. Evi sekiz ay kadar önce satın almışlar. Singapur polisi yanlarındayken kendileriyle telefonda konuştum. Yani kimlikleri doğru."

"İyi de... Singapur'a ne zaman gitmişler?"

"Son altı aydır Singapur'daki evlerinde olduklarını söylüyorlar."

"İkisi de mi?"

"İkisi de."

Mallory'nin aklı karıştı. "Beulah Brown, hamile olan Vanessa North'u geçen hafta gördüğünü söyledi."

"Mesele de bu ya," dedi Lula. "Kadın hamile değil."

"Ne?"

"Vanessa North hamile değil. Kendisi kırklarında ve hamile kalmasının mucize olduğunu söylüyor."

JON

28 Ekim 2019, Pazartesi
Cinayetten üç gün önce

Jon gizli bir köşede Mia ile oturuyordu. Saat 21:34'tü. Şehir merkezindeki küçük bir piyano barına gelmişlerdi. Gelmeden önce içtiği içkiler ve Mia'yla birlikte içtiği kokteyller yüzünden Jon çoktan çakırkeyif olmuştu. Bütün vücudu adeta ateş almış gibi arzuyla karıncalanırken Daisy ve doğmamış bebeği çoktan aklından uçup gitmişti. Artık tek odağı karşısındaki baştan çıkarıcı güzellikteki kadındı.

Mia'nın önerdiği mekân mükemmeldi. Gizli saklıydı. Ortalık yerde değildi. Jon şık ve loş mekânda kendini bir kozadaymış kadar güvende hissediyordu. Ucuz Cadılar Bayramı dekoru yoktu. Piyano hafiften caz şarkıları tıngırdatıyordu. Şarkıcının sesi duman ve viski gibiydi. Daisy'ye Çinli TerraWest yatırımcılarıyla olacağını söylediği yerden kilometrelerce uzaktaydılar.

"Numaramı nasıl buldun?" diye sordu. Mia hatırladığından bile güzeldi. Yakut kırmızısı kadife bir elbise giymiş, saçlarını omuzlarına bırakmıştı. Elbise gözlerinin yeşilini iyice belirginleştiriyordu.

Kadın gülümseyerek martinisini yudumladıktan sonra usulca, "İsteyen her şeyi bulur, haksız mıyım?" dedi.

Jon da gülümsedi. Ağına düştüğü denizkızı onu sarhoş etmişti. Dahası istendiğini bilmek onu daha da delirtiyordu. Kadının öne eğilmesi bile nefesinin sıklaşmasına neden oluyordu.

"Nasıl olduğunu bilirsin Jon? Açlığı? Bıkmadan usanmadan senin olması gerekenin... istediğin şeyin peşine düşmenin?"

"Bankacılıkta da mı böylesin?"

"Bankacılık çıkar işidir." Mia gözlerini ondan ayırmadan parmaklarını elinin üstünde gezdirdi. "Tam şu anda ne istiyorsun Jon? Senin olduğu için alman gereken nedir?"

Jon yutkundu. Yanıyordu. "Bence ne olduğunu biliyorsun."

Kadın başını yana eğdiğinde mum ışığında saçları ışıldadı. Yeşil gözleri büyüleyiciydi. "Yani seksten başka... Tam şu anda hayatında eksik olan nedir? Çünkü yüzeysel olarak baktığında her şeye sahipsin, öyle değil mi? İtibarlı bir aileden zenginsin ve çekici bir karın var. Bebeğiniz yolda. Kayak sektöründe, açıldığında Claquoosh Kayak Merkezi'nin operasyondan sorumlu genel müdür yardımcısı olacağın söyleniyor."

Daisy'den, doğmamış oğullarından ve artık cepte olmayan terfiden bahsedildiğinde Merkezi'nin ahenksiz çanlar çalmaya başlayınca Jon gözlerini kaçırıp içkisini yudumlarken bir an için piyanonun yanındaki şarkıcıyı seyretti. Kadın aşk için her şeyi göze almakla ilgili bir şarkı mırıldanıyordu.

"Özür dilerim," dedi Mia usulca. "Bam teline bastım galiba."

"Yo, hayır, sorun değil," diyen Jon yine ona baktı. İyice öne eğilen kadının göğüs çatalından gözünü alamıyor, kasıklarındaki yangın neredeyse canını yakarcasına sertleşmesine neden oluyordu.

Mia parmaklarını tüy hafifliğinde elinin üzerinde gezdirdi. "Bir daha o sulara girmem. Ailenden bahsetmem. Sadece parametrelerimiz konusunda net olmak istiyorum Jon. Evli bir adam olduğunu biliyorum. Öte yandan işte buradasın. Beni yanlış anlayıp daha fazlası olabileceğimize inanmanı istemem... Anlatabiliyor muyum?"

"Ben..."

Mia parmağını dudaklarına bastırarak Jon'u susturdu. "Ben de rahat bir hayat yaşıyorum," dedikten sonra daha fazlasını söyleyip söylememekte karar veremiyormuş gibi duraksadı. "Bir ilişkim var ve bozulmasını hiç istemiyorum. Öte yandan ben de buradayım. Ama neden burada olduğumu biliyorum. Hiçbir bağ içermeyen bir fiziksel bir şey için buraya geldim. Peki sen?"

Davul gibi çarpan kalbi Jon'un damarlarına ritmik bir şekilde kan pompalıyor, aynı ritimde kasıkları zonkluyor, başı tuhaf bir şekilde dönüyordu. Sanki bütün dünyası Mia adındaki yakut kırmızısı elbise giymiş sirenden ibaretti ve başka bir şey göremiyordu. Sersemlemişti.

"*Arnen,*" dedi, sonra hemen kendini düzeltti. "Yani aynen demek istedim." Dili dolanıyordu. Birlikte kaç kadeh içmişlerdi? Buraya gelmeden önce akşam yemeğinde müşterileriyle ne kadar içmişti? Hâlâ içmek istiyordu, o yüzden sipariş vermek için elini kaldırdı.

Garson içkilerini tazeledikten sonra kadehine uzanan Mia, "Yani her iki dünyayı da istiyorsun? Aile babası ve çapkın adam," dedi.

"Hepimiz her şeyi istemiyor muyuz?"

Karşısında gülen kadının bembeyaz uzun boynuna baktı. Artık düşünemiyordu. İçkisini yudumlarken bir kısmı çenesine damladı.

"İşin hakkında konuşmak çizgiyi aşmak olur mu?" diye sordu Mia.

Kelimeler Jon'un beyninde uçuşuyor, sonra kayıp gidiyordu. Odaklanmak için kendini zorladı. "İşim hakkında konuşabiliriz. Biraz..." Güldü. Kahkahası kulağına komik gelince daha çok güldü, ardından bir parça midesi bulanınca genzini temizleyip açıklamaya çalıştı. "Gülüyorum çünkü iş cepteydi, şimdiyse..." Düşüncelerini takip edemeyince bir an için hiçbir şey demeden öylece oturarak ne dediğini hatırlamaya çalıştı. Oturdukları masanın hizasındaki girintide iki adam gördüğünde meraklandı. İzleniyorlar mıydı? Gölgedekiler onları mı gözetliyordu? Yüzleri seçemese de izlendiğini hissediyordu.

"Cepte olan neydi?"

"Ne?"

Mia elini bacağına koyarak kasığına doğru kaydırınca Jon birden rahatsız hissetti. Hatta bir parça kapana kısıldığını hissediyordu. Yanlış bir şeyler vardı ama beyni onu yeterince hızlı uyaramıyordu.

Sertliğini kavrayan kadın, "Jon," diye fısıldıyordu. "Burada benimle güvendesin. Bu bizim sırrımız. Konuşabilirsin."

"Önemli değil. *Sadeje*... şirket ten rengi farklı birini işe almayı *düjünüyor*. İmaj olayı. Ben... benim o *poş*... pozisyon için en iyi aday olduğumu kanıtlamam gerekiyor."

Görüşü bulanıklaşıyordu. Onu seyreden Mia'nın sanki kırmızı dudakları büyüyor, yemyeşil gözleri adeta devleşiyordu.

"Nasıl kanıtlayacaksın?"

Mia hâlâ aletini sıvazlarken Jon dokunuşun sıcaklığından düşünemiyordu. "Ben... bir şeyler... rakibin felaket getireceğini kanıtlayacak bir açık bulacağım."

"O açığı nasıl bulacaksın?" derken Mia hâlâ aletini okşuyordu.

Jon artık çifte görmeye başlamıştı. Başını salladı. "Dedektif. Özel dedektif tuttum."

Kadın gülümsedi. "Peki, rakibin kim JonJon DağFişeği?" diye fısıldadı kulağının dibinde. Dilinin ıslaklığı kulak memesini gıdıkladı.

"Ah... Ahmed Waheed. Bana kendini anlat Mia... senin..."

"Benimle yukarı gel," derken kadının nefesi Jon'un kulağını yakıyordu. "Yukarıda bir Airbnb tuttum. İçki var. Yukarıda devam edebiliriz. Hadi gel." Elini tuttu. "Gel benimle."

Jon rüya mı görüyordu, yoksa sarhoş muydu? Emin değildi. Kaç viski, kaç bira içmişti? Gelmeden önce kaç tekila tekliği başına diktiğini çok iyi biliyordu ama artık ipin ucu kaçmıştı.

Asansörde öpüşüyorlardı. Yukarı çıkarlarken kadın kalçalarını tutup kasıklarını kasıklarına bastırıyordu. Asansöre ne zaman binmişlerdi? Peki, Mia'nın dairesine ne zaman girdiler? Öpüşürlerken kadının dili ağzının içindeydi.

Banyodaydılar. Sonra alçak bir yataktaydılar. Yekpare pencere şehir ışıklarına bakıyordu. Şehrin neresindeydiler? Farklı görünüyordu. Bu manzarayı hiç görmemişti. Pembe renkli yanıp sönen bir neon tabela vardı. Nabız gibi atan tabelaya gözlerini kısarak baktı. *CABARET LUXE* ismini tanıyordu. Daha önce müşterileriyle gitmişti. Evet, nerede olduklarını anlamıştı. Yaletown bölgesi yeniden trend olan bir yerdi. Herhalde gördüğü manzara False Creek'ti.

Mia kravatını çözüp gömleğinin düğmelerini açmaya başladı. Sonra elleri çıplak göğsünden omuzlarına kayarak gömleği çıkardı. Onu yatağa devirirken gülüyordu. Kendisi de elbisesini çıkarıp üzerine çıktı. Sadece cam, diye düşünüyordu Jon. Mia fermuarını açarken kendisi, Mia ve ışıltılı şehrin gökdelenlerindeki yüzlerce pencere arasında sadece bir cam vardı. Beyninde belli belirsiz bir kaygı filizlendi. O milyonlarca pencereden birinden birileri onları izliyor olabilirdi... ama sonra sadece kadının ona yaptıklarını düşünebildi. Dünya etrafında fır dönüyordu.

MALLORY

1 Kasım 2019, Cuma

"Dur, şunu iyice anlayayım," dedi Mallory telefonda Lula'ya. "Vanessa North hamile olmadığını ve kocasıyla birlikte son altı aydır Singapur'da olduklarını söylüyor, öyle mi?"

"Doğru. North çifti Singapur vatandaşı," diye açıkladı Lula. "Haruto, Singapore-Pacific International için çalışan bir bankacı. Yılın birkaç ayını bankanın Vancouver'daki Kuzey Amerika Genel Merkezi'nde geçiriyor. Bu yüzden geldiğinde karısıyla birlikte Cam Ev'de kalıyor. Ocakta yine geleceklermiş. Tekrar Singapur'a dönmeden önce evde sadece iki ay kalmışlar. Vanessa Kanadalı. Bir sivil toplum kuruluşu için çalışıyor ve sık sık Afrika'da dolaşıyor. İnterpol aracılığıyla bu bilgileri doğrulattık. North çiftinin fotoğraflarını ve pasaport kopyalarını sana gönderiyorum. Dediklerine göre evlerinde olan bitenden haberleri yok. 1 Mayıs'tan beri evlerinin bakımı için Holly's Help şirketini kullanıyorlarmış. Bir de burada olmadıkları süre içinde bahçe ve güvenlik hizmeti alıyorlar. Evlerine hangi hizmetçinin geldiğini bilmiyorlar, haliyle Kit Darling'le hiç tanışmadıklarını söylüyorlar."

Mallory'nin aklına Beulah Brown'ın sözleri geldi.

Artık bebek kendini belli etmeye başladı. Vanessa'yı geçen cuma gördüm. O koyu saçlı kadını da ilk kez o zaman gördüm.

İkisi havuz kenarında öğleden sonra bir şeyler atıştırıyordu. İkisinin de hamile olduğu açıktı.

"Ama Beulah Brown geçen cuma Vanessa North'un havuz kenarında Daisy Rittenberg'le öğle yemeği yediğini söylüyor. Dahası kadının hamile olduğundan adı gibi emin," dedi.

"Eh, o olamaz. North çiftinin bilgilerini doğrulattım," dedi Lula. "Altı ayı aşkın süredir Kanada topraklarına adım atmamışlar."

Mallory teşekkür edip kapattıktan sonra hemen Benoit'yı aradı.

"Bu durum, evin soğuk, dekoratif ve yaşanmamış ev hissini açıklıyor," dedi ortağı.

"Ama başka hiçbir şeyi açıklamıyor."

"Sence Bayan Brown yanılmış olabilir mi?" diye sordu Benoit. "O ilaçlar gerçeklik algısını fazlasıyla etkileyebilir. Ve Horton Brown da annesinin sürekli olmadık şeyler hayal ettiğini söylüyor. Tabii bir de beş kez olmadık yere polisi aramış olması meselesi var."

"Ya da... Beulah Brown, Vanessa olduğunu *düşündüğü* birini gördü," dedi Mallory. "Gözlükleri artık işe yaramadığı için iki haftadır yeni dürbünü kullandığını söylemişti. Bununla birlikte North çifti Cam Ev'i sekiz ay önce satın almış ve Singapur'a gitmeden önce sadece iki ay burada kalmışlar. Belki Brown, gerçek Vanessa buradayken onu hiç yakından görmemiştir. Belki sadece aynı kişi olduğunu varsayıyordur."

"Eh, her halükârda Vanessa North'u artık olası kurban listemizden çıkarabiliriz. Durum Darling için pek iyi görünmüyor."

JON

29 Ekim 2019, Salı
Cinayetten iki gün önce

Uyandığında başı kütük gibiydi. Hatırladığı son şey güldüğüydü. Nerede olduğunu anlamaya çalıştı. Anlam veremiyordu. Bir yataktaydı. Çıplaktı. Şehir ışıklarını görebiliyordu. Bir de yanıp sönen pembe renkli bir neon tabela... Midesi bulanıyordu. Fazlasıyla bulanıyordu. Doğrulmaya çalıştı ama oda dönmeye başlayınca kendini tekrar yatağın üzerine bıraktı. Sonra karnını tutarak yatağın kenarındaki halıya kustu. Koku daha çok öğürmesine neden oluyordu. Ağzını boştaki elinin tersiyle sildikten sonra yüzünü ekşiterek başını çevirdiğinde bir şok dalgasıyla sarsıldı.

Bileği yatağın başına kelepçelenmişti. Pelüş kelepçeler... Elini çekiştirdi. Kilitliydi. Panikten nefesleri sıklaşıyor, gözleri bulanıyordu. Ter içinde yanıyordu.

Odaklan. Panik öldürür. Düşün. Ne oldu? Buraya nasıl geldim?

Nefeslerini kontrol etmeye, düşünmeye çalıştı.

Hatırlıyordu. Mia'ylaydı.

Hassiktir.

Panik bir kez daha kırbaç gibi içinde şakladığında sakin kalmaya çalışıp taşları yerlerine oturmaya girişti.

Aşağıdaki bardaydılar. Çok sarhoştu. Fazlasıyla sarhoştu. Asansörle yukarı çıkmışlardı. Öpüşmüşlerdi. Mia'nın Airbnb dairesine gelmişlerdi.

Yeni bir adrenalin dalgasıyla sarsıldı. Dairede biri daha vardı. Bir yabancıyla birlikteydi. Çıplaktı ve yatağa kelepçelenmişti. Buradan bir an önce çıkması gerekiyordu. Delice etrafına bakındı. Loştu. Dışarısı hâlâ karanlıktı. Komodindeki saatin kırmızı ışığını görebiliyordu. Saat 01:29'du.

Daisy! Daisy meraktan delirecek. Polisi arayacak.

Görüşü yine bulanıklaştı. Kasıkları yapış yapıştı. Anüsü yanıyordu. Tanrım. Kıyafetleri yığın halinde yerdeydi. Bir de boş bir tekila şişesi vardı. Üç tekila kadehi. Bir viski kadehi...

Kalbi tekledi. Başkaları da mı vardı? Kim? Ne olmuştu? Gözleri yanıyordu. Titriyordu. Komodinde bir anahtar gördü. Kelepçenin anahtarı mıydı?

Boştaki eliyle anahtarı alıp kelepçenin kilidini açtıktan sonra doğrularak yüzünü sıvazladı, ardından kasıklarına dokundu. Seks yapmıştı. Gözü tekrar kadehlere takıldı. Ama kimle seks yapmıştı? Yine başını nasıl bir belaya sokmuştu?

O yaptı. İçkime ilaç kattı. Beni uyuşturdu. Aşağıda bir şeyler olduğunu anlamalıydım. Çok fazla soru soruyordu.

Mia'nın, rakibini sorguladığını, Ahmed Waheed'in adını sorduğunu, kendisinin de bir açık yakalamak için özel bir dedektif tuttuğunu söylediğini hatırlayınca başına balyoz inmiş gibi hissetti. Ve birden korktu. Ödü kopuyordu. Neler olduğu hakkında hiçbir fikri yoktu. Başına neler geleceğini hiç bilmiyordu. Tek düşünebildiği Daisy'ydi. Öncelikler... Öncelikleri düşünmeliydi.

Daisy bunu asla öğrenmemeliydi. Yoksa işi biterdi. Bunu iliklerinde hissediyordu.

En kötü ihtimal aklına geldi. Ya bütün bunların ardında Labden ve Henry varsa? Henry'nin davet ettiği barda Mia onu sürekli süzmemiş miydi? Oyuna mı gelmişti? Tuzağa düşeceğini biliyorlar mıydı?

Yoksa tezgâhı kuran aslında Daisy miydi? Onu mu sınıyordu?

Elleriyle yüzünü kapatıp inlerken öne arkaya sallanmaya başladı.

Hızlı düşünmeliydi. Daisy polisi aramadıysa bile, yakında arardı. Buradan çıkması gerekiyordu.

Sendelerken kusmamaya çalışarak dört ayak üstünde çoraplarını, kravatını, gömleğini, pantolonunu, ayakkabılarını ve külotunu topladı. Cüzdanını bulunca açıp baktı. Her şey içindeydi. 250 dolar dahil. Demek olay adi bir hırsızlık olayı değildi.

Cep telefonunu buldu. En azından telefonunu bırakmışlardı. Kadehlere baktığında yine midesi kalktı.

Ben ne yaptım? Bana ne yaptılar? Popom neden yanıyor?

Ağlayarak pantolonunu giydi, sonra gömleğini sırtına geçirdi. Ama o sırada dirseğinin iç tarafında küçücük yuvarlak bir yara bandı fark edince donakaldı. Dikkatle yara bandını kaldırırken adrenalin damarlarını yakıyordu. İğne yapmışlardı. Panik onu ele geçiriyordu. Demek bu yüzden kendinden geçmişti, bu yüzden hiçbir şey hatırlamıyordu. Tabii... daha kötüsü de olabilirdi. Zehirlenmiş olabilirdi. Hatta yıllar sonra anlaşılacak AIDS gibi bir virüs bulaştırılmış olabilirdi.

Banyoya girdiğinde bir jilet ve bir pipetin yanında incecik beyaz bir toz çizgisi görünce donakaldı.

Kahretsin.

Kokain? Uyuşturucu mu kullanmıştı? Buradan çıkması gerekiyordu. Hemen.

Hızla yüzüne su çarpıp gözlerini kısarak aynada kendine bakmaya çalıştı. Ceset gibi görünüyordu.

O sırada bir şey hatırladı. Mia üstündeydi. Odada başka kimin olduğunu hatırlamaya çalışsa da hatırlayamadı. Sonradan gelen birileri varsa bile hatırlayamıyordu. Yapış yapış penisini ve anüs bölgesindeki yanmayı düşündü. Neler olduğunu hayal bile edemiyordu. Gözleri ateşten yaşlarla dolmaya başladı. Utanıyordu. Küçük düşmüştü. Dehşet içindeydi. Saf dehşeti hissediyordu.

Lavaboya tutunarak aynada yüzüne baktı.

Bana ne yaptığını bilmiyorum Mia Reiter ama yemin ederim, bulursam seni öldüreceğim. Seni geberteceğim.

FOTOĞRAFÇI

Fotoğrafçı, Jon Rittenberg'in yalpalayarak Yaletown gökdeleninden çıktığını gördüğünde saat 01:44'tü. Hemen sürücü tarafındaki penceresini indirip objektifini doğrultup sendeleyerek yola çıkan adamın fotoğraflarını çekti.

Gergindi. Bir an için Jon Rittenberg'in kendini bir aracın altına atıp intihar etmesi ihtimali aklına gelmişti. Bu her şeyi değiştirirdi. Kapısını açmaya kalmadan Jon yaklaşan bir sarı taksiye el edince nabzı normale döndü. Kısa bir süreliğine seyrettikten sonra kamerasını doğrultup adamın taksinin arka koltuğuna geçtiği anları fotoğrafladı. Ardından motorunu çalıştırıp taksinin peşine takıldı. Bu saatte fazla trafik yoktu, o yüzden geride kalmaya dikkat ediyordu. Taksi büyük ihtimalle Jon'un Audi'sini park ettiği TerraWest binasının altındaki otoparka gidiyordu. Oysa Jon araba kullanacak halde değildi. Fotoğrafçı yine endişelendi. Rittenberg'in sarhoş halde araba kullanmasından hoşlanmadığı gibi, kendini göstermek zorunda kalmak da istemiyordu.

Taksi başka bir yönde ilerlemeye başlayınca bir kez daha rahatladı. Ama Gül Köşkü'ne oradan gidilmiyordu. Demek Jon Rittenberg evine gitmiyordu.

Hangi cehenneme gidiyor bu adam?

Birkaç blok sonra anladı.

Ah, seni sinsi çocuk…

Taksi, Vancouver General Hastanesi yönüne dönmüştü. Çok geçmeden acilin önünde durdu.

Jon araçtan inip yalpalayarak cam kapılardan içeri girdi.

Fotoğrafçı yakındaki otoparka park edip kontağı kapattı ve saatine baktı. Ardından gözünü acilin girişine dikti. Durduğu yerden iyi aydınlatılmış bekleme salonunu büyük camdan görebiliyordu. Jon Rittenberg plastik sandalyelerden birine geçip oturdu ve öne eğilerek başını ellerinin arasına aldı. Kimse onunla ilgilenmiyordu. Yoksa Rittenberg yardım istememiş miydi?

Yirmi dakika sonra beyaz renkli küçük bir BMW acilin önünde aniden durdu. Araçtan çıkan karnı burnunda hamile bir kadın koşarcasına kayan kapılardan içeri daldı.

Daisy Rittenberg.

Jon gelip alması için karısını aramıştı.

Seni düzenbaz herif.

Fotoğrafçı, Daisy Rittenberg'in kocasını gördüğü zaman bir anlığına duraksadığını, ardından ona doğru koştuğunu camdan görebiliyordu. Jon ayağa kalkıp karısına uzun uzun sarıldı, önce sırtını, sonra yüzünü okşadı. Kadın galiba ağlıyordu. Kocası elini onun karnına götürüp bir şey sordu. Kadın başını sallayıp gözlerini sildi. Sonra kocasının koluna girerek BMW'ye kadar yürümesine yardım etti.

HİZMETÇİNİN GÜNLÜĞÜ

İlaçlı içki yüzünden olanları hatırlamayacaksın. Tam olarak unutamayacaksın da. Ertesi gün, sonraki gün, sonraki haftalar, aylar, yıllar, on yıllar boyunca hem hatırlamaya hem de unutmaya çalışacaksın. Hem hatırlayacak hem unutacaksın. Hem bilmek hem de bilmemek isteyeceksin. Ve o gece yaşadığın dehşete dair her kırıntıyı hatırladıkça şüpheye düşeceksin çünkü orada olan herkes farklı bir hikâye anlatıyor. Hepsi senin suçun olduğunu, yalancı olduğunu, sarhoş olduğunu, fahişe olduğunu, fırsatçı ve kindar olduğunu... kafadan kontak olduğunu söyleyecek. Çünkü anlattıklarının olması mümkün değil... İyi çocuklar böyle bir şeyi nasıl yapmış olabilir ki?

Yıllar sonra günlük işlerine devam ederken iyi olduğunu ve her şeyi geride bıraktığını düşünürken sıradan bir koku, bir müzik, belli bir renk bir gün zihninde anı kırıntılarını canlandırır. Tüm sinirsel devreler bedenindeki savaş ya da kaç hormonlarını tetiklediğinde kafan karışır çünkü nörolojinin de açıkladığı üzere, tetiklenen şey aynı zamanda yeni devreler yaratır. Beynin resmin tamamını kavrayamaz, oysa bedenin farkındadır. Beden hep bilir. Ancak bedenin, bu travma hakkında sana anlayabileceğin bir anlatı sunacak şekilde zihninle düzgün bir iletişim kuramaz. Oysa bütün resmi görebilmek için bu anlatıya ihtiyacın vardır. Çaresizce şaraba, haplara ya da bağımlılık yapan başka alışkanlıklara sarılırsın. Uzun mesafe koşusu, kickboks, diyet, işte başarı, tehlikeli casusluk, maskelerin, makyajın ve teatral rollerin arkasına saklanmak, Anonim Kız olmak... Bütün bunlar içindeki Canavardan saklanmana yardım eder. Ve bütün bunların sana zarar verdiğini hissettiğinde, başka bir şey denemeye çalışırsın. Ama aslında hep o yüzsüz Canavardan... o kapkaranlık yerlerden kaçarsın.

Bir şey diyeyim mi? Kaçamazsın. Çünkü o senin içinde. Canavar sensin.

Bir gün bir eve girip bir tablo görürsün, sonunda yalancı olmadığını, bilakis senden başka herkesin yalan söylediğini gösterecek bir kanıt bulursun.

Ve o kanıtın içinde iliklerine kadar sinip ruhunu paramparça eden daha büyük bir ihanetle karşılaşınca bildiğini sandığın her şey altüst olur. En iyi arkadaşının seni kollamadığını, üstüne üstlük yalancı olduğunu öğrenirsin.

Yetmezmiş gibi küllerini atmaya bile kıyamadığın annenin üniversiteye gitmene, yaşadıklarını unutmana, çocukluk hayallerine ulaşmana yardım edeceğine inanarak aldığı para karşılığında seni bebeğinden kurtulmaya ikna ettiğini de öğrenirsin. Ama hiçbir işe yaramaz. Zamanında vermediği destek, her şeyi halının altına süpürmesi, babanı yaşananların çirkinliğinden uzak tutmaya çalışması... asıl hasarı bunlar yaratır. İntihar etmeyi düşünürken bunun yerine okulu bırakıp şehri terk edersin.

Nasıl bir his olduğunu biliyor musun Sevgili Günlük? O tabloları görmenin, onun evinde olduğunu anlamanın, asla sahip olamayacağın bebeği beklediklerini öğrenmenin, bir gizlilik anlaşmasının en alt kısmında Annabelle Wentworth adındaki bir imzanın yanında annenin imzasını görmenin nasıl bir his olduğunu biliyor musun? Tetik çekilmiş de kurşun doğrudan beynine saplanmış gibi hissedersin. Beynin patlar. Yılların sertleştirdiği kabuk anında parçalanınca çatlaklardan fışkıran karanlık içini hızla doldururken narin derinin gözeneklerinin bile patlayacağını sanırsın.

Tek başına olduğunu, aslında hep yalnız olduğunu anlarsın.

Bununla nasıl baş edilir ki?

Bütün bunları evire çevire düşünüp bu sayfalarda terapistimin önerdiği üzere sordum. Neden? Annem bunu neden yaptı? Daisy'nin annesi Annabelle Wentworth neden kızının tecavüzcü erkek arkadaşını korudu? Kadınlar neden başka kadınlara böylesine ihanet edebiliyor? Erkek dünyasına bu kadar mı bağımlıyız da erkeklerle iş birliği yapmak zorunda hissediyoruz? Başımızın belaya girmesinden bu kadar mı korkuyoruz? En iyi arkadaşım beni neden kandırdı? Yıllar önce o gün Boon neden o kafede yanıma geldi? Artık bunun kader olmadığından eminim. Beni özellikle arayıp buldu. Günahlarını mı affettirmek istiyordu? Suçluluk duygusundan mı kurtulmak istiyordu? Tek derdi bu muydu?

Cevaplar ne olursa olsun artık yıllardır saklanmaya çalıştığım Canavara itilmiş durumdayım. Ve bir anda iki seçenekle baş başayım. Ya durumu kabullenip bir kez daha ezilmeye izin verecek, Anonim Kız olarak kalarak maskelerimin ve savunma mekanizmalarımın iyice arkasına saklanacağım ya da bu sefer dik duracak ve savaşacağım. Ortaya çıkacağım. Hayalet olmayacağım.

Emniyet güçleri ve adli makamlar asla yanımda olmayacaksa, adaleti kendim sağlamalıyım. Üstelik şimdi bunu yapabileceğim kozlarım var.

Ne dersin Sevgili Günlük? Adalet sence nasıl bir şey? Ödeşmek mi? Acıyı yaymak mı? Telafiye zorlamak mı? Bir itiraf ve bir özür istemek mi? Emin değilim. Bunların hiçbiri bendeki hasarı telafi edemez.

Ama bildiğim bir şey var. Boon ve diğerleri yıllar önce konuşmaya cesaret edebilseydi... annem Annabelle'e parayı bir tarafına sokmasını söyleyebilse, polisleri meseleyi eşelemeye zorlayabilseydi, Jon ve diğerleri durdurulmuş olacak, Charley tecavüze uğramayacaktı. Belki başkaları da vardı. Belki hâlâ başkaları aynı saldırılara uğruyordur.

Amacım beni güçlendiriyor, güç veriyor. Adalete değil, onu durdurmaya ihtiyacım var.

Ve karısını.

Ve karısı gibi olanları.

Benim gibi kadınların böyle bir şeye kalkıştıklarında erkeklere paçayı sıyıramayacaklarını göstermesi gerekiyor.

"Sorun ne?" diye sordu Boon. Jericho'da bir kütüğe oturmuş, güneşin altında sandviçlerimizi yerken parlak pembe can simitleri ve ıslak mayolarıyla dalgalarla birlikte yükselip alçalan bir grup yüzücüyü seyrediyorduk. Hava açıktı, çok hafif bir yel vardı. Ne sıcak ne de soğuktu. Suyun karşı yakasındaki dağlar daha büyük ve yakın görünüyordu. Aslında atmosferin eğip büktüğü ışığın oyunuyla neredeyse devasa göründükleri bile söylenebilirdi. Sıradağlar kuzeye, annemin ev temizleyip babamın her hafta sonu kırk bin turistin ardında bıraktığı boku arıttığı dünya çapındaki küçük bir kayak merkezi olan memleketime doğru uzanıyordu. Arıtma tesisindeki kokudan hafta sonu işlerin iyi gittiğini anlayabilirdik.

"'Sorun ne' derken ne demek istiyorsun?" diyerek avokadolu sandviçimden bir ısırık aldım. İki iş arası öğle yemeğimde Boon benimle buluşmak için plaja gelmişti çünkü son telefon görüşmemizden sonra endişelenmişti.

"Kit, arayıp beni görmen gerektiğini söyledin. Hemen gelemediğim için özür dilerim ama işte şimdi buradayım. Neler oluyor?"

Sandviçimden bir ısırık daha alıp yavaşça çiğnedim. Oturduğumuz kütüğün üzerinden suyun karşısını, Cam Ev'in olduğu yeri görebiliyordum. Yan komşu Beulah Brown'ın dürbününü oturduğumuz kütüğe çevirdiğini hayal edebiliyordum.

"Beulah için üzülüyorum," dedim. "Oğlu tam bir sapık. Kadıncağızın mahalleyi gözetlemesi de mesele ama Horton resmen tüylerimi ürpertiyor. Ona hiç güvenmiyorum."

"Konuyu değiştirme."

Yan gözle baktığımda göz göze geldik. Gülümsemedim. Çizgiyi çekmiştim. Arkadaşlığımız asla eskisi gibi olmayacaktı ki zaten arkadaş olduğumuzu sanmam komikti. "Nasıl karşılaştığımızı hatırlıyor musun Boon?" dedim. "Hani şu kafede karşılaşmıştık?"

Kaşlarını çattı. Gergin görünüyordu. "Evet. Neden?"

"Masama oturup oturamayacağını soran rastgele biriydin. Tabii ki buyur ettim. Tanıdık geldiğin için seni bir yerlerden tanıyıp tanımadığımı merak etmiştim. Sonra sen adımın Katarina olup olmadığını sormuştun. Hatırlıyor musun?"

"Kit, ne söylemeye..."

"Herhalde far ışığında donakalan geyikten farkım yoktu," diye devam ettim. "Çünkü o anda seni hatırladım. Okuldan tanıyordum. Oysa okuldan ya da büyüdüğüm yerden kimseyle görüşmek istemiyordum. Aynı anda alışveriş merkezindeki olası kaçış yollarını düşünmeye başlamıştım. O sırada Whistler'dan olup olmadığımı sormuş, senden iki sınıf küçük olduğumu söylemiş, sıcak çikolatanı yudumlarken kupanın üzerinden gözlerini bana dikmiştin. Burnunun ucundaki kocaman krema ister istemez gülümsememe neden olmuştu. Hatırlıyorsun, değil mi?"

"Kahretsin Kit, sadede gel. Ne anlatmaya çalışıyorsun?"

"Değiştiğimi söylemiştin. Şahane görünüyormuşum. Yeni sarı saçlarım hoşuna gitmişti. Kilo verdiğimi söylemeyecek kadar akıllıydın. Adının Boon-mee olduğunu ama herkesin sana Boon dediğini söylemiştin. Otobüse birlikte yürürken, o küçücük kasabada başıma gelenlerden büyük olasılıkla haberin olduğunu söylemiştim."

"Bu yüzden masana geldim Kit. Seni kafede birkaç kez görmüştüm. Başına gelenler yüzünden hep üzülmüştüm. Kasabadaki birçok insan üzüldü. Hepimiz hikâyene inanıyorduk. Ben hep inandım. Jon Rittenberg ve kayak takımıyla ilgili hikâyene yüzde yüz inanıyorum."

Sandviçimi indirip ona bakarken kalbim deli gibi atıyordu.

"O gün sana okulda zorbalığa uğradığımı da söylemiştim," diye devam etti. "Jon Rittenberg gibi tipleri *bildiğimi* söylemiştim. Okul çıkışında sırf eşcinsel olduğum için bana sataşırlardı. Oysa henüz açılmamıştım, hatta eşcinselliğimi kendim bile henüz kabullenememiştim. Öylesi bir kasabadaki herkesin birbirini ana sınıfından mezuniyete kadar tanıdığı tek bir okulda hiçbir yere kaçamazsın. Saklanacak yer yoktur. İlk sınıftan başlayarak okul hayatın boyunca hedef olursun. Zorbalığa uğrarsın. Küçük düşürülürsün. Dışlanırsın. Yaftalanırsın. Yetmezmiş gibi onlara inanmaya başlarsın... Onca zaman sonra seni o kafede gördüğümde sana inandığımı söylemem gerekiyordu. Ben... sanırım özür dilemek istemiştim. Başına gelenler için gerçekten üzgünüm."

"Sahi mi? Gerçekten üzgün müsün Boon?"

Dehşet içinde bakakaldı.

Derin bir iç çekip gözlerimi yumarak fersiz güneşi yüzümde hissettim. "Yeni müşterilerden bahsetmiştim ya?"

"Evet."

Dönüp ona baktım. "O şehre geri dönmüş. Evini ben temizliyorum."

"Ne?"

"Yeni müşterim Jon Rittenberg."

Beti benzi attı.

"Bir şey daha söyleyeyim mi? Biraz ortalığı eşeledim. Tamam, birazdan fazla eşeledim. Ve bir video buldum. O gecenin videosu."

"Sen neden bahsediyorsun?"

Uzun uzun gözlerine bakarken durumu anlamaya başladığı anı görebiliyordum. Asılan suratı bembeyazdı. Yutkunmaya çalıştı. Gözleri dolmuştu. "Yani... kayak takımının evindeki o gece?"

"Hangi gece olduğunu çok iyi biliyorsun." Sesim hâlâ sakindi. "Biri saldırıyı telefonuna kaydetmiş. O gece orada olan herkesi kaydetmiş. Sesler falan. Öyle bir şeyin asla olmadığını söyleyen bütün o çocuklar... Hepsi orada, o kayıtta. Daisy Rittenberg de *partideymiş. Aslına bakarsan videoyu o kaydetmiş ve yıllarca kasasında saklamış. Şimdi bir kopyası telefonumda."*

Ağzını açsa da konuşamadı.

"Senin için kim olduğumu bilmiyorum Boon..."

"Sen benim arkadaşımsın Kit. Ben senin arkadaşınım. En iyi arkadaşın."

"O gün kafede yanıma gelme ihtiyacını neden duyduğunu, çaresizce arkadaşım olmaya neden çalıştığını, neden bu kadar iyi davranmak için kendini zorladığını bilmiyorum. Fazlasıyla iyi davranıyorsun. Tahmin etmem gerekirse... Utanç. Suçluluk duygusu. Belki de gördüklerini polise anlatan tek kişi olursan ölümüne zorbalığa uğrayacağını, haliyle okulu falan bitiremeyeceğini düşünerek korkmuşsundur. Belki eşcinsel olduğunu ailene ve bütün dünyaya ilan edeceklerinden korkmuşsundur. Her halükârda saklandın, başını önüne eğdin, kötülüğün devam etmesine yardım ettin. Ama başından beri biliyordun. Beni kurtarabilirdin. Bebeğimi kurtarabilirdin."

"Kit, lütfen. Açıklayabilirim. Ben..."

"Tek bildiğim bana borçlu olduğun Boon. Bana büyük bir borcun var. Sadece sessiz kaldığın için değil, bunca zamandır beni kandırdığın için." Çantamdan çıkardığım telefonda videoyu zorla izlettirdim.

MALLORY

2 Kasım 2019, Cumartesi

Mallory kahvesine uzanıp bir yudum aldı. Saat 05:55'ti. Ekibiyle toplanmışlardı. Gece uyumamıştı ve tek desteği kafeinin etkisini arttırdığı saf adrenalindi.

"North çiftini bulup Rittenberg çiftinin kimliğini belirlediğimize göre kurbanın Kit Darling olduğu varsayımıyla devam ediyoruz," dedi Mallory kupasını masaya bırakarak. "Darling'in dairesindeki bütün kişisel eşyalarını, DNA karşılaştırması için olay yerindeki kan örnekleriyle birlikte özel bir laboratuvara yolladık. Kesin olmayan sonuçlar akşama çıkar."

Benoit devam etti. "Vanessa ve Haruto North'un doğrudan bir ilişkileri olmadığı anlaşılıyor çünkü başka bir ülkedeler ama ev onların evi ve Darling onlar için çalışıyor. Elimizdeki tek doğrudan bağlantı Rittenberg çifti, Cam Ev'deki olay yeri ve Kit Darling. İhtiyacımız olan gerekçe, fırsat ve neden. Halıyı bulmamız gerekiyor. Subaru Crosstrek'i bulmamız gerekiyor. Evde olduklarını kanıtlayabilmek için Jon ve Daisy Rittenberg'in DNA örneğine ihtiyacımız var. Bir de Gül Köşkü'nü ve Audi'yi aramamız gerekiyor. Amacımız arama emrini garanti edecek ek kanıt bulmak."

"Peki, Beulah Brown'ın Vanessa North olduğunu düşündüğü şu gizemli hamile kadın? Binty'nin Vanessa North olduğuna inandığı ve Daisy Rittenberg'le Pi Bistro'ya giden kadın?" diye sordu Jack. "Ve Daisy Rittenberg'in söylediği üzere Cam Ev'e akşam yemeği için onları davet eden kadın?"

"Bugün Ty Binty'ye Vanessa North'un fotoğrafını göstereceğiz," dedi Mallory. "Bakalım ne diyecek. Aynı fotoğrafı yoga stüdyosunda da soruşturacağız. Sorgulamak üzere Daisy ve Jon Rittenberg'i sıkıştıracağız."

"Audi çamur içindeydi," dedi Arnav. "Bir atık sahasından geldiği anlaşılıyor. O gece şiddetli yağmur vardı."

"Doğru," dedi Mallory. "Marine civarındaki kamera kayıtlarını inceleyeceğiz. Aynı zamanda Darling'in telefonu ve banka kayıtlarına erişim için mahkeme izni almamız gerekiyor. Son finansal işlemleri, kimleri aradı, kimlere mesaj attı, kimler onunla iletişime geçti… şiddet olayından önce yaşananlara dair daha net bir fikrimiz olacaktır. Öte yandan sosyal medyayı da gözden kaçırmamak gerek." İş listesine bakıp sıralamaya başladı. "Rittenberg çiftinin sosyal medya hesapları var mı? Darling'in @tilkiylekarga adıyla bir Instagram hesabı olduğunu biliyoruz. Neler paylaşmış? Kendi adıyla açtığı başka hesapları var mı? Kayak merkezinde yaşadığı günlere dair bilgiye ihtiyacımız var. Arkadaşı Boon-mee Saelim, geçmişte yaşanan travmatik bir olay nedeniyle Darling'in okuldan ayrılıp şehri terk ettiğinden bahsetti. Ne yaşanmıştı? Günlüğünü bulmamız gerekiyor. Bir de Rittenberg çiftinin geçmişini eşelemekte fayda var. Jon Rittenberg, ulusal kayak takımındaydı. Kayak takımının Darling'in büyüdüğü şehirde bir kulübesi var. İkisi arasında bir ilişki olabilir."

Mallory görev dağılımını yaptığı sırada biri kapıyı sertçe tıklatınca herkes başını kaldırıp içeri giren üniformalı polise baktı. Adamın gözleri çakmak çakmaktı. "Bulduk!" diyordu. "İki aracı güvenlik kamerasında bulduk. Subaru ve Audi."

Odada gergin bir hava dalgalandı.

"Monitöre aktarabilir misin?" dedi hemen Benoit.

Birkaç dakika içinde masanın etrafına toplanıp kamera görüntüsünü sessizce izlediler.

"İşte," diye işaret etti polis memuru. "Bir Subaru Crosstrek ve bir Audi S6 sedan, Marine Drive'dan çıkarken görülüyor. Ve bu kameraya göre Kuzey Vancouver endüstri bölgesine ilerliyorlar. Bir de suyun kıyısındaki ADMAC inşaat alanının dışında tespit edildiler. Terk edilmiş tahıl siloları ve eski iskele yeniden yapılandırılacağı için bölge çitle çevrili. ADMAC'ı aradık ve sahada güvenlik kameraları olduğunu öğrendik. Kayıtlara ulaşmamıza izin verdiler," diyerek bir tuşa bastı. Audi S6 sedan ve Subaru Crosstrek tahıl silolarının önünden geçiyordu. "Başka bir kamera onları şurada yakalamış," diye parmağıyla işaret etti. "Rayları geçerek suya doğru ilerliyorlar." İki aracın arka arkaya rayları geçip sarsılarak kıyıya paralel çamurlu bir yoldan uzaklaşmasını seyrettiler. Sonunda araçlar kameranın görüş açısından çıktı. Hava sisli, yağmurlu ve karanlıktı.

"Maalesef iskeleyi gören kamera çalışmıyor. Ama on yedi dakika sonra Audi geri dönerek siloların önünden buraya geçiyor," diye devam etti adam. "Ardından burada ADMAC alanından çıkıp Marine'e yöneliyor. Aracı Lions Gate Köprüsü'nü geçerken görebiliyoruz."

"Muhtemelen Point Grey'deki eve gidiyor," dedi Benoit.

"Peki Subaru? Sahadan çıkışına dair kayıt var mı?" diye sordu Lula.

"Yok. Subaru oradan çıkmamış. Arkadaşları gönderdik. Az önce aradılar. Üç belirgin sayılabilecek tekerlek izi bulmuşlar. İzler doğrudan iskeleye giden standart Subaru tekerlekleriyle uyumlu. Orada izler doğrudan suya gidiyormuş. Etrafta iki çift ayak izi varmış. Bir de çamurda sürükleme izi. Sanki iskeleye ağır bir şey sürüklemişler."

"Sanırım çöplüğümüzü bulduk," dedi Mallory sessizce.

Odadaki hava değişmişti.

Benoit, "Audi S6, Gül Köşkü önünde duran modelle aynı," diye belirtti.

Mallory tükenmez kalemini tıkırdatıp duruyordu. "Rittenberg'in tekerleğindeki çamur örneğine ihtiyacımız var. ADMAC alanına girerken Subaru ve Audi'nin plakalarına yakından bakabiliyor muyuz?"

"Subaru'nun plakasını büyütmeyi başardık. Katarina Darling adına kayıtlı. Ama Audi'ninki çamurdan okunmuyor."

"Üç çift tekerlek izinden bahsetmiştin," dedi Mallory.

Polis gülümseyip başka bir video kaydını açtı. "Bu köprünün kamerasından. İntihar kamerası deniyor. Köprünün altını çekiyor. Şuna bakın... Audi ve Subaru ADMAC alanına gelmeden on bir dakika öncesine ait." OYNAT tuşuna bastığında sessizlik içinde lüks bir sedanın suya doğru ilerlediğini ve köprünün altında gözden kaybolduğunu gördüler. Polisin dudakları hınzırca kıvrılmıştı. "Bu başka bir araç dostlar. Üçüncü araç. Bir Mercedes-Maybach. Ve Subaru iskelenin ucundan sulara gömülürken Mercedes Maybach hâlâ köprünün gölgesindeydi. Geldikleri yoldan geri dönmeleri gerekiyordu." Tekrar OYNAT tuşuna bastı. "Öyle de yapmışlar." Mercedes-Maybach köprünün altından çıkıp suya paralel yolda sisin ve yağmurun içinde ilerleyip iskeleye ulaşmadan önce kameranın görüş açısından çıktı. Polis memuru devam etti. "Mercedes'i fark ettikten sonra ADMAC kayıtlarının başına döndük. Mercedes bölgeye Audi ve Subaru gelmeden on bir dakika önce geliyor." Ekranı işaret etti. "Şuraya bakarsanız... araçta iki kişi varmış gibi görünüyor. Biri sürücü, diğeri yolcu koltuğunda. Uzun saçlarına bakılırsa sürücü bir kadın olabilir. Mercedes, Audi alandan ayrıldıktan yedi dakika sonra geri dönüyor. İçinde hâlâ iki kişi var."

"Mercedes'in plakasını okuyabildik mi?" diye sordu Benoit. "Çünkü o eski iskelede kameranın yakalayamadığı her ne olduysa, Mercedes'tekiler mutlaka görmüş olmalı."

Polis memuru Mercedes'in büyütülmüş plaka görselini açtı, ardından herkesin gözünün içine bakarak sırıttı. "Kime kayıtlı olduğuna inanamayacaksınız."

"Of hadi ama! Çıkar ağzındaki baklayı," dedi Lula dalga geçerek.

"Tamara Adler. Kane, Adler, Singh ve Salinger Hukuk Bürosu'ndan. Şehrin en ünlü hukuk bürolarından Vancouver-Point Grey Yasama Meclisi üyesi Sayın Frank Horvath'la ilgili haberlere konu olan büyük dava bir şey hatırlatıyor mu?"

"Tanığımız Adler mi?" diye sordu Gavin.

"Adler'in arabasındaki o iki kişi her kimse… onlar potansiyel tanıklarımız," dedi Mallory usulca. "Kim olurlarsa olsunlar, olanları görmüş olsalar bile ihbar etmek üzere bir adım atmadılar. Tamara Adler'le konuşmak istiyorum," dedikten sonra ayağa kalktı. "Lula, Kuzey Kraliyet Polisi'ni bu işe dahil etmeni istiyorum. ADMAC inşaat sahasını kapatsınlar. Jack, sen de ADMAC'la iletişime geç, derhal bütün işleri durdursunlar. Gavin, Rittenberg çiftinin Audi aracı ve evleri Gül Köşkü için arama emri hazırlıklarını başlat. Jon Rittenberg'i sorgu için buraya getirin. DNA örneği alın, tırnak altlarından örnek alın, yara izlerinin fotoğraflarını çekin. Daisy Rittenberg'den de DNA örneği istiyorum. Ve iskeleye hemen bir dalgıç ve destek ekibi gönderilsin."

DAISY

29 Ekim 2019, Salı
Cinayetten iki gün önce

Daisy kocasını hastanenin acil biriminden aldıktan sonra yatağa girmesine yardım etti. Duyguları rahatlama ve kaygının fokurdadığı bir bataklıktan farksızdı. Jon sabah birde eve dönmediğinde endişelenince Çinli müşterileri birlikte eğlendirdiklerini bildiği başka bir iş arkadaşını aramış ama yemekten akşam on civarında ayrıldıklarını öğrenmişti. Adam Jon'un doğrudan eve döndüğünü sanıyordu.

Tam polisi arayacaktı ki telefonu çalmıştı. Arayan Jon'du. Vancouver General Hastanesi'ndeydi. Yemekten sonra arabada birden küçük bir hafıza kaybı yaşadığını söylüyordu. Onu kaldırımda baygın halde bulan biri ambulans çağırmıştı. Jon, acildeki doktorların küçük bir felç geçirmiş olabileceğine inandığını söylüyordu. Artık iyiydi ama kontrol için bir doktordan randevu alması gerekiyordu.

"Seni bulan o iyi yürekli insana şükürler olsun," diye fısıldadı Daisy, yatağa oturup kocasının elini tutarken. "Çok farklı şeyler olabilirdi."

Jon gözlerini yumup başını salladı.

Daisy kocasının saçlarını okşadı. Berbat görünüyordu. Bembeyaz yüzü hayaletten farksızdı. Gözlerinin altında koyu halkalar oluşmuştu. Nefesi kusmuk kokuyordu. "Sabah temizlenirsin," diye fısıldayıp yanağına bir öpücük kondurdu. "Eve döndüğüne şükrediyorum." Kocası kapalı gözleriyle yine başını sallayıp elini sıkınca dönüp ışığı kıstı ama tamamen kapatmadı. Ardından çay yapmak için aşağı indi.

Su ısıtıcısının düğmesine basarken içinden evrene sessizce şükürler ediyordu. Bu gece çocuğunu tek başına büyüten bir anne olmak istemediğini fark etmesine neden olmuştu. Kocasını ve doğacak oğullarını yanında istiyordu. Jon'a ihtiyacı vardı. Kocasının ölüm ayırana kadar, hastalık ve sağlıkta iyi ve inançlı bir adam olmasına ihtiyacı vardı. Gözleri doldu. Okulda tanıştıklarından beri hep buna ihtiyaç duymuştu. Kocası aptalca hatalar yaptığında bu yüzden büyük hasarlara neden olmuştu. Bu yüzden Daisy çaresizce Jon'un pisliğini temizlemeye çalışmıştı. Aslında doğru adamla evlendiğine inanmaya ihtiyacı vardı. Onun iyi bir adam olduğuna, harika bir baba olacağına ve onu sevdiğine inanmaya *ihtiyacı* vardı.

Daisy alternatif bir durumu kabul etmeyi reddediyordu.

İnsanlar buna istediği kadar bilişsel uyumsuzluk diyebilirdi. Psikologlar, insanın aynı anda iki zıt fikre inanma ya da temel inançlarıyla çelişen davranışlarda bulunma konusunda mükemmel bir yeteneğe sahip olduğunu, içindeki uyumsuzluğu desteklemek için düşünce ve hikâyeler icat etme konusunda maharet gösterdiğini söyleyebilirdi. Dahası Daisy bunun doğru olduğunu biliyor, karanlık şeyleri bilinçaltının derinliklerine gömebiliyor, yeri geldiğinde görmezden gelmeyi başarıyordu çünkü bu bir hayatta kalma mekanizmasıydı. Daisy'nin de tek isteği hayatta kalabilmekti.

Gözlerini silerken oğlunun iyi biri olacağını ummaktan başka çaresi yoktu. Erkekler üzerinde büyük bir erkek olma, *adam olma* baskısı vardı. Oysa Jon'un bu dünyada yolunu bulmasına yardım edecek erkek bir akıl hocası yoktu. Babası terk etmiş, annesi onu yalnız büyütmüştü. Jon sürekli kendini kanıtlamaya çalışan yolunu kaybetmiş bir çocuktu. Belki asıl mesele hep olmayan babasının ilgisini kazanabilmek olmuştu. Belki küçük Jon sürekli gururlandırmaya çalıştığı babasının eve dönmesini istemiş, onun gidişinin suçunu omuzlarına yüklenmişti. Sonra ergenlikte yolunu kaybetmişti.

Gözyaşlarını silerken Daisy'nin elleri titriyordu. Kocasının nefesindeki alkol ve kusmuk kokusunu ya da acilde doktoru hiç görmemiş olmasını düşünmemeye çalışıyordu. Küçük felcin ya da doktor her ne söylediyse yaşanan rahatsızlığın gizli bir lütuf olduğunu kendine söyleyip duruyordu çünkü Jon'un gözlerinde gördüğü korkudan kuşkusu yoktu. Kocası olan bitenden fena halde korkmuştu.

Belki artık ikisi de hayata daha çok şükrederek devam edebilir, birbirlerini daha büyük bir inançla koruyabilir, kuracakları küçük ailelerinin temelini sağlam atabilirlerdi.

MALLORY

2 Kasım 2019, Cumartesi

Tamara Adler, Mallory'i gösterişli ofisine buyur etti. Kadın Kane, Adler, Singh ve Salinger Hukuk Bürosunun ortaklarındandı.

"Lütfen oturun," dediğinde yerleşen Mallory, manzaranın nefes kesici olması gerektiğini düşündü ama alçak bulutlar yüzünden görüş mesafesi fazlasıyla az ve bulanıktı. Yağmur damlaları camlardan süzülüyordu. Pencereye yakın bir kanepeye oturmuştu.

Benoit, ADMAC inşaat alanında dalgıç ve adli tıp ekibini bekliyordu.

"Sizin için ne yapabilirim Dedektif?" Adler, kusursuz bir şekilde üzerine oturan krem rengi bir döpiyes giymişti. Özenle taranmış kızıl saçları çene hizasındaydı. Tırnakları manikürlüydü. Ona bakarken Mallory'nin aklına pahalı kelimesi geliyordu. Bir de kontrollü. Tamara Adler'de, gecenin en karanlık saatlerinde bir inşaat alanındaki köprünün altına park ettiği arabasından bir vahşete tanık olan bir kadının havası kesinlikle yoktu. Ancak Mallory, insanların nadiren göründükleri gibi olduğunu biliyordu.

Doğrudan konuya girdi. Bir dosya açıp güvenlik kamerasından aldıkları çıktıları Adler'in önündeki orta sehpaya yaydı.

"Bu görseller, Kuzey Vancouver'daki eski silo ve iskelenin yakınındaki ADMAC inşaat alanının güvenlik kameralarından. Tarih ve saatten göreceğiniz üzere 1 Kasım Cuma günü sabahın erken saatlerinde kaydedilmiş. Görsellerdeki Mercedes-Maybach araba adınıza kayıtlı Bayan Adler." Sonra gözlerini avukat kadının gözlerine dikti. "Bu görsellerde arabanızı kimin kullandığını söyleyebilir misiniz? Büyütülmüş fotoğrafa yakından bakarsanız..." Parmağıyla işaret etti. "Direksiyon başındaki kişi size benziyor."

Fotoğraflara bakarken Tamara Adler'in bedeninde tek bir kas kıpırdamıyordu ama Mallory kadının gerildiğini hissetmişti. Adler'in beynindeki dişliler dönmeye başlamıştı. Bir açıklama, bir kaçış arıyordu. Ama bir anda kararlı bir şekilde başını kaldırıp Mallory'nin gözlerine baktı. Belli ki doğruyu söylemeye karar vermişti. "Bunu basından saklayabilir miyiz?"

"Söz veremem ama iş birliği yaptığınız sürece sizin ve arabanızdaki kişinin medya radarına yakalanma olasılığı düşer."

Adler derin bir iç çekip dikkatini tekrar görsellere verdi. İncelerken yanındaki kişinin polis tarafından keşfedilip keşfedilemeyeceği ihtimalini hesapladığı anlaşılabiliyordu.

"Beyefendi kim Bayan Adler? Bir erkeğe benziyor. Yardımınız olmasa da eninde sonunda kim olduğunu buluruz. Bu görselleri sosyal medyada paylaşıp yardım istememiz yeter. Birçok tanığı ve ipucunu bu yolla buluyoruz."

Dudaklarını dilinin ucuyla ıslatan Adler sehpadaki su sürahisine uzanıp kendine bir bardak doldurduktan sonra sürahiyi gösterdi.

"Sağ olun, almayacağım," dedi Mallory.

Avukat nazikçe bir yudum aldı. Alnı belli belirsiz parlamaya başlamıştı. Belli ki Tamara Adler için stresli bir andı. "Frank Horvath ile birlikteydim," dedi sonunda. "Duyulursa kendisinin... ikimizin de itibarının büyük zarar göreceği kesin. Yürüyen bir dava bozulabilir..."

"O gece ADMAC inşaat alanında Sayın Bay Horvath'la birlikte ne gördünüz Bayan Adler? Aracınızın konumuna bakılırsa bir şeyler görmüş olmalısınız."

Kadın gözlerini pencerelere çevirdi.

"Orada başka biri var mıydı? Başka araç?"

Adler hâlâ ona bakmıyor, dışarıyı seyrediyordu.

"Genç bir kadın kayıp. Sizin ve arabanızdaki diğer kişinin o genç kadının başına gelenleri anlamamıza yardım edebileceğinize dair geçerli nedenlerimiz var." Mallory parmağının ucuyla kararlı bir şekilde intihar kamerasından aldıkları fotoğrafa vurmaya başlayınca Adler dönüp baktı. "Bakın, arabanız buradan giriyor, sonra doğu yönünde çıkıyor? Yani aracınız doğrudan eski iskeleyi görüyordu."

Adler nefes aldı. "Bir şey görüp görmediğimizi bilemezsiniz."

"Dediğim gibi..." Mallory'nin sakin sesi son derece kuruydu. "İş birliği yapmanız işleri sizin ve Frank Horvath için daha kolaylaştıracaktır. Aileleriniz söz konusu."

Adler ayağa kalkıp pahalı topuklu ayakkabılarıyla yerden tavana kadar uzanan pencerelere giderek kollarını göğsünde kavuşturdu ve sisli manzaraya baktı. "İki araba gördük," dedi sonunda Mallory'e bakmadan. "Büyükçe bir sedan ve daha küçük bir steyşın. Sedanın rengi koyu, steyşının açıktı. Sanırım Subaru Crosstrek olabilir. Doğum gününde oğluma hediye etmiştik, o yüzden aşinayım." Duraksadı, sonra Mallory'e döndü. "Yağmurluk giymiş iki kişi arabalardan inip halı gibi bir şeye sarılmış bir şeyi sedanın arka koltuğundan iskeleye sürükledi, sonra suya yuvarladı. Ardından steyşını da suya gönderdiklerini gördük." Uzunca bir an Mallory'i süzdü. "Gaz pedalını muhtemelen bir şeyle sabitlemişlerdi.

Frank'le... bir ilişkimiz vardı. Artık bitti. İkimiz de polise gidersek ilişkimizin öğrenileceğinden korktuk. Sonuçları eşlerimiz, çocuklarımız, müşterilerim ve onun konumu açısından felaket olurdu."

"Halıya sardıkları şeyin ne olduğunu düşündünüz?" diye sordu Mallory.

"Ne olduğunu bilmiyorum."

"Subaru Crosstrek'i gecenin bir vakti Burrard Koyu'nda batıran iki kişinin ciddi bir suç işleyebileceği, bir şeylerin üstünü kapatmaya ya da kanıtları yok etmeye çalıştığı hiç mi aklınıza gelmedi?"

Kadının çenesi kasıldı. Göğsünde kavuşturduğu kolları da iyice gerilmişti. Gözleri doldu. "Her şey olabilirdi," dedi usulca. "Yasa dışı çöp falan."

"Doğru. Peki Sayın Horvath'la birlikte sonra ne yaptınız?"

"Oradan ayrıldık. Frank'i arabasını bıraktığı şehir otoparkına bıraktım. Ardından herkes evine gitti." Sonunda Mallory'nin karşısına oturup öne eğildi. Gözlerinin içine bakıyordu. "Ben... biz gelip resmi tanık ifadesi vereceğiz ama bütün gördüğümüz, bütün bildiğimiz bu."

"Diğer iki sürücüyü tanıyabilir misiniz?"

"Hayır. Çok uzaktaydılar. Hava karanlıktı, yağmur yağıyordu, sis vardı ve ikisi de koyu renk yağmurluk giymişti. Adamın başında kapüşon..."

"Adam?"

"Ben... erkek olduğunu düşündüm. Daha uzun boyluydu. Diğeri daha kısa ve yuvarlak hatlıydı."

"Kısa olan kadın olabilir mi?"

"Mümkün."

"Hamile olabilir mi?"

"Ne?"

"Boyu kısa olan kişi hamile olabilir mi?"

"Ben... bunu hiç düşünmemiştim. Galiba... olabilir."

"Resmi ifadenizi bugün verebilir misiniz?"

"Evet. Frank'i de getiririm. Ofisine gitmemeniz daha iyi olur."

Mallory sessizce çıktıları toplayıp dosyasına yerleştirdi.

"Frank'in çocukları benimkilerden küçük," diye devam etti Adler. "Evliliğinin bozulması onları çok kötü etkileyecektir. Ve Kurultay üyesi olarak... evsizler, uyuşturucu krizi, sosyal konut konularında yaptığı her şey... ilişkimiz açığa çıkarsa, yaptığı bütün iyi işler boşa çıkacak, rakipleri onu çarmıha gerecek. Arabada yaptığımız kaçamağı kimsenin göreceği ya da böyle bir şey olabileceği aklımızın ucundan bile geçmezdi. Dikkatliydik. O yüzden öyle yerlere gidiyorduk."

Mallory kadının gözlerine baktı. "Kayıp kurbanın da sevdikleri var Bayan Adler. Saldırıya uğrayıp bir halıya sarıldıktan sonra denize atılacağı onun da aklının ucundan geçmemişti. Tabii bu bir varsayım." Ayağa kalkarak ekledi. "Sizin ve Frank Horvarth'ın iyiliği için polisi aramamama kararınızın bir hayata mal olmamasını diliyorum."

JON

31 Ekim 2019, Perşembe
Cinayet günü

Sabah ışığı perdelerin arasından içeri süzülüp suçlayıcı bir parmak gibi yüzüne vurduğunda Jon yüzünü ekşiterek gözlerini kıstı ve ışığa alışmak için bekledi. Uyandığı anda korkusu ve endişesi yine canlanmıştı. Yatağındaydı, güvendeydi ama Mia Reiter'la ilgili kâbus hâlâ aklında ve bedenindeydi.

Doğrulup ayaklarını yavaşça yataktan sarkıttı. Salı ve çarşamba işe gitmemiş, çoğunlukla uyumuştu ama hâlâ sersem gibi hissediyordu. Neler olduğunu henüz tam olarak hatırlayamamıştı. Mia'nın ona ilaç verdiğine inansa da kadının bunu neden yaptığını henüz bilmiyordu. Gittiği evde başka kimlerin olduğuna dair hiçbir anısı yoktu. Belki de en korkutucu olanı buydu. Ve elbette yatağa kelepçelenerek, anüs çevresindeki ağrıya bakılırsa büyük ihtimalle cinsel saldırıya uğramış olması da korkutucuydu.

Daisy'nin mutfakta olduğunu duyabiliyordu. Müzik çalıyordu. Jambon ve kahve kokusunu aldığında midesi altüst oldu. Karısı böyle bir zamanda nasıl müzik çalabiliyordu? Ama ne olduğunu elbette bilmiyordu. Yakında kocasının yaşadığı saf korkuyu keşfedecekti. Korku zihninde adeta saatli bir bomba gibiydi. Patlaması an meselesiydi. Şantaja mı uğrayacaktı? Amaç bu muydu? Mia Reiter ondan ne istiyordu? Neden kolunda iğne izi vardı?

Daisy davlumbazı açtığında aşağıdaki müziğin sesi arttı. İhanete uğramış aşkla kırılan bir kalbe dair sözleri bölük pörçük duyabiliyordu. İçi daha da karardı.

Telefonuna uzanıp baktı. Mesaj yoktu. Aranmamıştı. Tereddütle kalkıp yatak odasının kapısını kapattıktan sonra Mia'nın numarasını aradı. Anında karşısına otomatik bir mesaj çıktı.

Aradığınız numara servis dışıdır.

Nabzı deli gibi atıyordu.

Tekrar denedi.

Aradığınız numara servis dışıdır.

Pencereden sızan soluk sonbahar güneşinde bir süre oturdu. Bu işin daha bitmediğini düşünürken kanı donuyordu. Dehşet içindeydi, kendinden emin olamıyordu. Bir bombanın patlamasını endişe içinde beklemek zorunda bırakılmıştı. Dahası bombanın ne zaman ıslık çalarak tepesine ineceği ya da neler olabileceği hakkında hiçbir fikri yoktu.

İki gündür hasta olduğunu söyleyerek işe gitmemişti. Hastaydı. Hâlâ bok gibi hissediyordu. Doktor kontrolü konusunda Daisy'ye yalan söylemişti, bu yüzden önceki gün yalandan bir randevu almak zorunda kalmıştı ama Daisy de onunla gelmek için ısrar edince işler karışmıştı. Hastaneye Daisy götürmüş, sonra arabada beklemişti. Devasa komplekse girdiğinde Jon hemen şapeli bulmaya gitmiş, orada mumların önünde sessizce oturmuş, sözde randevusunun bitmesini beklemiş, sonunda arabaya döndüğünde karısına doktorun bayılmasının muhtemelen stres kaynaklı olduğuna kanaat getirdiğini söylemişti. Olmayacak şey değildi ama emin olmak için uzman bir doktora gitmesi önerilmişti. Randevu için aranacaktı. Bu arada sakin olması, dinlenmesi, su içmesi, egzersiz yapması ve stresi düşük tutmaya çalışması gerekecekti. Her şeyin iyi olacağını söylediğinde Daisy elini tutmuş, ona yardım etmek için elinden geleni ardına koymayacağını söylemiş, bir takım olduklarının altını çizmişti. İşte o zaman Jon, bir zamanlar karısına duyduğu o eski aşkı hissetmişti. Haliyle o anda her şeyin hâlâ yoluna girebileceğine dair inancı artmıştı. Ama şimdi şafağın kasvetli ışığında, üstüne üstüne gelen bilinmezliğin baskısını hissediyor, her şeyi çoktan mahvetmiş olabileceği için pişmanlık duyuyordu.

Saatine baktı. Bugün büyük bir toplantısı vardı. Kendisini toparlaması gerekiyordu.

Duş aldıktan sonra giyinip aşağı indi. Sırtı dönük karısının kalçalarının ne kadar büyüdüğünü fark etti. Bir greyfurt kestiği bıçak güneş ışığında parlıyordu. Meyve ortasından yarıldığında yakut kırmızısı eti ortaya çıktı. Jon hâlâ bıçağa, bıçağın keskinliğine bakıyordu. Her yer fazlasıyla beyazdı, camdı, parlaktı. Meyvenin eti kırmızıydı. Başı zonkladı.

Dönüp gülümseyen karısının dişlerini, al al olmuş yanaklarını, karnını gördü. Üzerine balkabağı deseni olan saçma bir Cadılar Bayramı önlüğü takmıştı.

Kendini hasta hissetti. Geçen gece verilen ilaçların etkisi olabilirdi. Buna bir de korkusu eklenince kortizol bütün vücuduna zehir gibi yayılıyordu. Gözlerini karısının karnına dikmişti. Yakında doğuracaktı. Yavruları karnında büyüyor, dönüyor, tekmeliyor, başparmağını emiyordu. Oğulları o karnın içinde fır dönüyordu. Belki geleceğin küçük kayak yarışçısı olacaktı. Babalıktan nasibini almamış kendi babasını düşündüğünde hep hüzne kapılırdı. Şeytanla ya da Tanrı'yla içinden pazarlık yaptı. Hangisi olduğundan emin değildi ama önemi de yoktu. Mia'yla yaptığı korkunç hatanın sonuçlarından kurtulursa, oğlu için en iyi baba olacağına, hep yanında olacağına ve onu hep seveceğine yemin etti.

Daisy'nin gülümsemesi endişeyle silindi. "İyi uyudun mu? İşe gidecek kadar iyi hissediyor musun?"

"Evet. Büyük bir toplantım var," diyen Jon kendine kahve doldurdu.

"Diyetisyeni aradım," dedi karısı. "Ve özel fizik terapistini. Başına gelenleri anlattım..."

"Daisy, şimdi olmaz."

Daisy hemen konuyu kapattı. Yüzü kıpkırmızı olmuştu. "Ne zaman dönersin?"

"Akşam yemeğine yetişirim."

"Ah, unuttun mu?"

"Neyi?"

"Cadılar Bayramı yemeği... Vanessa ve Haruto'nun daveti."

"Ne? Tanrım, bu akşam olmaz. Ben..."

"Lütfen Jon. Benim hatırıma. Değişik bir şey yapmak ikimize de iyi gelecektir."

Jon karısına sessizce baktı. Kötü hissediyordu. Olan biten her şey için kötü hissediyor, onu kaybetmekten korkuyordu. "Tamam. Olur. Akşama seninim."

"Teşekkürler. Kokteyl için altı civarı bekliyorlar. Yoldan çiçek ve pasta alırız diye düşündüm. Olur mu?"

"Tabii. Olur."

Audi S6 sedan arabasını gökdelenin altındaki otoparka bıraktığında kafası biraz açılmıştı. Arabadan Jake Preston'ı aradı. Mia'yla yaşadıklarının Labden, Henry ya da belki Ahmed Waheed tarafından düzenlendiğine dair paranoyaya varan kuşkuları vardı.

Mia'nın buğulu sesi bir yılan gibi beyninin kıvrımlarında dolaşıyordu.

Peki, rakibin kim JonJon DağFişeği? O açığı nasıl bulacaksın?

İkinci çalışta özel dedektif telefonu açtı. "Jake Preston."

"Ben Jon Rittenberg. Bir şey bulabildin mi?"

"Biraz zaman alabilir. Adamın tertemiz Jon. Gıcır gıcır. O kadar temiz ki bir şeyler sakladığını düşünmeden edemiyorum. Ama sabıka kaydı bulamadık. Gecelere akmıyor. Her gün kilometrelerce koşuya çıkıyor, ağırlık kaldırıyor, yoga yapıyor..."

"Yoga mı? Tanrı aşkına!"

"Evet, yoga. Kafayı bütüncül sağlık saçmalığına takmış. Süpermarketten sadece taze ürünler satın alıyor. Yerel marketlerden alışveriş yapıyor, hafta sonları galerileri geziyor. Spor tutkunu. Kışın kayak, yazın sörf yapıyor. Uzun süredir bir kız arkadaşı var. Kadın onunla buraya taşınmış. Finansçı."

"Finansçı?" Jon'un nabzı hızlandı. "Finansçı derken... bankacı mı?"

"Evet, bildin. İngiltere merkezli bir şirkette çalışıyor. Uzaktan çalışıyor ama işi için sık sık seyahat ediyor."

Jon'un telefonu tutan eli kasıldı. Otoparktaki gölgelere bakıyordu. "Adı ne?"

"Dinle dostum, bu görüşmeyi yüz yüze yapmayı tercih ettiğini sanıyordum."

"Lanet olsun, kadının adı ne?"

"Mila Gill."

"Mia?"

"Hayır, Mila. M-I-L-A."

"Nereli? Milliyeti ne?"

"İngiliz."

"Bir açık bulacağını söylemiştin Jake. Kahretsin, bir şeylere ihtiyacım var. Söylediklerin beş para etmez, bunu ben kendim de bulabilirdim. Benim kullanabileceğim bir şeye ihtiyacım var. Hem de hemen şimdi." *Dünyam yıkılmadan önce.* "Bir şey bulacağına söz vermiştin."

"Bulunacak bir şey varsa bulurum demiştim. Komplo kurmak başka bir iş Jon. Daha en başta, çizgini belirlemeni istemiştim. Komplo kurmak aynı zamanda tamamen ayrı bir bütçe gerektirir."

Jon elini saçlarından geçirdi.

Mia. Mila. Bankacı. Finansçı. Yabancı. Sık seyahat ediyor... Berbat hissediyordu. "Ne gerekiyorsa yap," dedi. "Bedeli umurumda değil. Sadece yap."

Telefonu kapatıp arabadan çıktıktan sonra kapıları kilitledi, ardından asansöre gitti. Her katta korkuları giderek artıyordu. Sonunda asansörden çıkıp ofisine yürüdü. Resepsiyon görevlisi Anna, Adams Ailesi'nden Morticia gibi giyinmişti. Jon anında Cadılar Bayramı olduğunu hatırladı.

"Günaydın Anna," dedi.

Kadın siyah peruğunun altından onu seyrediyordu. Yüzünü beyaz pudrayla boyamıştı, siyah kalem çektiği dudakları gülümsemiyordu. Havada bir tuhaflık vardı. Jon, Ahmed'in cam bölmesinde olduğunu fark etti. Hatta rakibiyle göz göze geldi. O da gülümsemiyordu, ağzı sevimsiz bir çizgiden ibaretti. Yuvarlak gözlüklerinin ardından ne düşündüğünü belli etmeyen siyah gözleriyle onu seyrederken Jon'un beyninde alarm zilleri çalmaya başladı. Galiba kostüm giymediği, haliyle eğlencenin içine ettiği için herkesi kızdırmıştı.

"Jon," dedi Anna, genzini temizleyerek. Dudağının kenarından sahte kan damlıyordu. "Darrian ofisinde seni görmek istiyor."

Büyük patron.

Jon kalakaldı. "Neden? Neler oluyor?"

Kadın gözlerini kaçırdı. "Sadece gelir gelmez yanına gitmeni istedi."

"Peki." Jon kendi ofisine yöneldi.

Ama Anna sandalyesinden fırlayıp peşinden koştu. "Jon! Darrian gelir gelmez demişti..."

"Önce lanet olası çantamı bırakacağım, tamam mı?"

Kadın yutkundu. Boyadığı dudaklarıyla tam bir ucubeye benziyordu. "Kusura bakma Jon. Sadece doğrudan ofisine gitmen konusunda ısrarcıydı."

Jon gözlerinin içine baktı. Göz ucuyla diğer bölmelerdekilerin sessizce onu izlediğini görebiliyordu. Kimse kıpırdamıyordu. İşte, o zaman anladı.

Bomba patlamıştı.

MALLORY

2 Kasım 2019, Cumartesi

"Vanessa North'un ilk dersi 7 Ağustos Çarşamba günüydü," dedi yoga eğitmeni.

Mallory bilgisayardan veri tabanını inceliyordu. "Sık geliyor muydu?" diye sordu. Tamara Adler'le görüştükten sonra doğruca yoga stüdyosuna gitmiş, yoldan Benoit'yı arayarak Adler konusunda bilgilendirmiş, Benoit da dalgıçların dalmaya hazırlandığını bildirmişti.

"Evet. Göründüğü kadarıyla Vanessa ilk dersten sonra hem pazartesi hem de çarşamba derslerine katılmış." Eğitmen başını kaldırıp baktı. Makyajsız yüzü ve uzun dalgalı gri saçlarıyla samimi görünen ellili yaşlarında bir kadındı. "Mesele nedir? Soruyorum çünkü Vanessa son birkaç derse katılmadı ve bebeğiyle ilgili bir sorun olabileceğinden endişelendim."

Mallory soruyu savuşturdu. "Sisteminizde Vanessa North'un kredi kartı bilgileri var mı?"

Kadın kontrol ettikten sonra kaşlarını çattı. "Ah, kendisi hep nakit ödeme yapmış."

"Peki, iletişim bilgileri? Sağlık formu falan doldurdu mu?"

Eğitmen tekrar bilgisayara baktı. "Evet, gerekli belgeleri tamamlamış. Bir adres var ama size başka bilgi veremem Dedektif. Özür dilerim. Mahkeme emri olmadan veremem."

"O emirle tekrar gelebilirim hanımefendi ama zamanla yarışıyoruz. Bir kadının hayatı tehlikede olabilir. Peki söyleyeceğim adresi doğrulayabilir misiniz? 5244 Sea Lane, Batı Vancouver?"

Kadın gergin görünüyordu. "Evet. Doğrulayabilirim. Ben… sanırım telefon numarasını vermemde bir sakınca olmayacaktır," dedikten sonra numarayı okudu.

Mallory numarayı telefonuna kaydettikten sonra, "Son bir soru," diyerek Vanessa North'un Singapur emniyeti tarafından gönderilen fotoğrafını gösterdi. "Yoga derslerine katılan bu kadın mıydı?"

"Hayır. Vanessa'nın saçları daha uzun. Kestane rengi. Kocaman ela gözleri var. Farklı bir burun ve elmacık kemiği yapısı. Fotoğraftakinden de biraz genç." Eğitmenin alnı kırıştı. "Bu kadın kim?"

"Vanessa North."

"O zaman… yogaya gelen kadın kim?"

"Güzel soru. Zaman ayırdığınız için teşekkürler." Mallory kartvizitini bankoya bıraktı. "Aklınıza başka bir şey gelirse ya da müşteriniz tekrar gelirse, lütfen doğrudan beni arayın." Sonra logosuz aracına geri yürüyüp yoga eğitmeninin verdiği numarayı aradı.

Aradığınız numara servis dışıdır.

Ty Binty'yle konuşmak üzere Pi Bistro'nun yolunu tuttuğunda Benoit arayınca, "Selam," diye cevap verdi. "Bir şey buldular mı?"

Fonda korna çalan bir aracın sesini duyabiliyordu. Benoit cevap vermeden önce birinin sorusunu yanıtladı. "Dalgıçlar Subaru'yu buldu. Tahmin ettiğimiz gibi iskelenin hemen yan tarafındaydı. Buralar derin. Doğruca dibe inmiş. Ekip yukarı çıkarmanın en iyi yolunu bulmaya çalışıyor. Vinçli bir kamyon çağırdık. Aracı adli tıp laboratuvarına taşıyacağız."

Adrenalin dalgasını bastırmaya çalışırken Mallory yavaşça nefes aldı. Aklı saçlarını başının iki yanında toplayan güzel hizmetçinin bohem dekorlu küçük apartmanındaki kartpostallara, seyahat hayallerine ve Maraz adındaki kargaya gittiğinde birden derin bir hüzün hissetti. Gözleri yanmaya başlayınca hemen silkindi. "Halıdan bir iz var mı?" diye sordu.

"Henüz bir şey yok. Her iki yönde güçlü bir akıntı var, o yüzden uzaklaşmış olabilir. Dipte büyük miktarda şehir molozu da var. Haliyle görüş mesafesi kısıtlı. Yani ağır ilerliyoruz. Tehlikeli iş."

"Peki, teşekkürler. Ty Binty'yle görüştükten sonra oradayım. Arama emirleri?"

"Elimizde. Lula'nın ekibi Darling'in finansal işlemlerini ve telefon kayıtlarını tarıyor. Ve Gül Köşkü'ne yerleştirdiğimiz adamımız Jon Rittenberg'in ziyaretimizden beri evden çıkmadığını söylüyor. Karakola götürmek için beklemedeler. Audi'yi laboratuvara götürecek çekiciyi bekliyorlar. Daisy Wentworth'un parmak izleri, DNA örneği ve ek soruşturma için Batı Yakası polisiyle iş birliği halindeyiz."

"Rittenberg çiftinden alınan örneklerin ve dijital parmak izlerinin de özel bir laboratuvara gönderilmesini istiyorum," dedi Mallory. "İkisini doğrudan olay yeriyle ilişkilendirebilirsek, hâkim karşısına çıkararak tutuklayabiliriz."

Telefonu kapattıktan sonra arabadan inip bistroya girdi. Taze ekmek kokuları midesinin kazınmasına neden oldu. Ty Binty fırının arka tarafındaki ofisinden gelene kadar beklerken çöreklere göz attı.

"Merhaba Dedektif. Sizi yine gördüğüme sevindim. Size ne ikram edebilirim?"

Mallory gülümsedi. "İş için buradayım ama duble espresso büyük bir cappuccino ve şu tereyağlı kurabiyelerden birine hayır diyemeyeceğim."

Adam kocaman sırıttı. "Çikolatalı çörekten daha leziz, değil mi?"

"Karşılaştırılamaz bile."

Binty siparişi hazırlarken Mallory, Vanessa North'un fotoğrafını göstererek, "Bu kadını tanıyor musunuz?" diye sordu. "Buralara gelmiş olabilir mi?"

Ty Binty eğilip dikkatle fotoğrafı inceledi. Sonunda dudaklarını büzerek, "Hayır," dedi. "Tanıdığımı söyleyemem. Gelmiş olabilir ama hemen şudur diyebileceğim biri değil."

"Ama Daisy Rittenberg'in arkadaşı Vanessa North'u tanıyordunuz?"

"Ah evet. Kesinlikle. Çekici kadın. Kocaman ela gözleri var."

"Vanessa North burada hiç ödeme yaptı mı? Yoksa genellikle ödemeyi Daisy Rittenberg mi yapıyordu?"

"Vanessa da ödüyordu. Sanırım dönüşümlü birbirlerine ısmarlıyorlardı."

"Kredi kartı?"

"Nakit. Vanessa hep nakit ödedi. Galiba nakit ödemekten hoşlanıyor."

JON

31 Ekim 2019, Perşembe
Cinayetten on üç buçuk saat önce

Jon çantasını bırakmadan uzun adımlarla cam bölmelerindeki masalarının ardından kendisini izleyen iş arkadaşlarının önünden geçerek Darrian Walton'ın koridorun sonundaki aralık duran kapısını bir kere tıklatıp büyük patronun binanın köşesindeki büyük ofisine girdi.

Asker kesimi gri saçlarıyla uzun boylu ve bronz tenli Darrian, devasa boyutlardaki siyah masasının ardında taş gibi bir suratla ayakta duruyordu. Masanın üstünde kahverengi bir zarf gördüğünde Jon'un nabzı biraz daha hızlandı. Zarfa bakakalmıştı ki göz ucuyla başka birinin daha odada olduğunu fark etti. Dönüp baktığında bir kitap rafının dibindeki berjer koltukta sessiz bir kurbağa gibi oturan Henry'yi gördü.

"Darrian," dedi sonunda. "Beni görmek istemişsin."

Oturması için buyur edilmesini beklemişti ama Darrian öylece duruyordu. Ardından parmaklarını masadaki kahverengi zarfın hemen üstünde çadır gibi açtı. "Bu zarf bugün ofise elden teslim edildi," dedi duygusuzca. Buz mavisi gözleri deliciydi.

Jon dudaklarını yaladı.

"İçinde ne olduğunu bilmek ister misin Jon?"

Jon'un zihninde anı kırıntıları uçuştu. Mia'nın kırmızı dudakları, kelepçeler, bir sürü kadeh, poposundaki yanma hissi, kolundaki iğne izi, yapış yapış penisi... Korku midesine çöreklenirken, "Hayır," dedi.

Darrian zarfı kaldırdığı gibi içindekileri masanın üzerine dökünce parlak fotoğraf kâğıtları saçıldı.

Jon dehşet içindeydi. Boğazı düğümlenmişti. Gönülsüzce öne doğru ilerledi. Fotoğraflardan birinde ilk tanıştıkları akşam Mia, *Hunter and Hound*'un önünde yanağına bir öpücük konduruyordu. Diğerinde Henry gittikten sonra Mia ile masadaydılar. Ötekinde elleri cebinde kaldırımda yürüyen Mia'nın ardından bakıyordu. Airbnb dairede Mia'yla öpüşüyorlardı. Aşağıdaki piyano barında el eleydiler. Karanlıkta gökdelenin önünden bir taksiye biniyordu.

Darrian fotoğrafları yayınca altındakiler ortaya çıktı. Kendini yatakta çıplak halde görmek Jon'un dehşetini arttırıyordu. Yarı çıplak Mia üzerindeydi. Diğer fotoğraflarda iki farklı adam vardı. Biri üzerinde, diğeri yanındaydı. Çırılçıplak ona sarılıyorlardı.

Jon midesinin ağzına geldiğini hissetti. Nefes alamıyordu. Adeta şoktan komaya girmişti.

Henry sessizce köşesinde oturuyordu. Sanki odadaki bütün hava çekilmişti.

Darrian fotoğrafları yaydıkça yenileri ortaya çıkıyordu. Audi'si Jericho Plajı'nda dururken Jake Preston elinde bir zarfla iniyordu. Bir kapının yanındaki tabelada *PRESTON ÖZEL DEDEKTİFLİK* yazıyordu.

"Daisy için üzülüyorum Jon," dedi sonunda patronu. "Labden ve Annabelle için üzülüyorum. Ama seks hayatını bir yana bırak..." Bir belgeyi kaldırıp gösterdi. "Bu kesinlikle kabul edilemez. Bunun ne olduğunu biliyor musun Jon?"

Jon'un kanı donmuştu. Bir şey diyemedi.

"Bu, bir TerraWest çalışanıyla ilgili açık bulmak için kötü şöhretli bir özel dedektifle yaptığın anlaşma Jon. TerraWest'te bir pozisyon için yarışan başka bir adayın geçmişinde etnik köken ve din bağlantılı bir pislik aramışsın. Bu da..." Başka bir belge gösterdi. "TerraWest'in gizli insan kaynakları dosyalarından çalınan kişisel bilgilerin bir listesi. O özel dedektife vermişsin."

Jon'un gözleri öfkeyle yanıyordu. Bakışlarını Henry'ye çevirdi. Adam gözlerinin içine baktı ama istifini bozmuyordu. "Bu senin işin mi Henry?" diye fotoğraflarla belgeleri işaret etti. "Bana tuzak mı kurdun?"

"Çık git buradan Jon," dedi Darrian buz gibi bir sakinlikle. "Ofisimden çık. Bu binayı terk et. Bir daha da geri dönme."

"Bunları sana kim getirdi?" diye ısrar etti Jon. "Ofise kim getirdi?"

"Çık dedim."

"Ben... açıklayabilirim. Oyuna geldim. Ben... Ahmed Waheed... bu onun işi. Henry'yle birlikte bana tuzak kurdular."

"Defol. Bir daha yüzünü görmek istemiyorum."

Jon uyuşmuş halde patronuna baktı. Sonra çaresizce gözlerini Henry'ye çevirdi.

"Beni güvenliği çağırmaya zorlama," diye üsteledi Darrian.

Bunun üzerine Jon dönüp uyuşuk adımlarla elinde çantasıyla kapıya yöneldi. İnanamıyordu. Her şey gerçeküstüymüş gibi geliyordu. Zaman adeta lastik gibi uzuyor, eğilip bükülüyordu. Sanki her şeyi upuzun bir tünelin bir ucundan görüp duyuyordu.

Kapıya uzandığında Darrian, "Henry, peşinden git," dedi. "Asansöre bindiğinden emin olmanı istiyorum."

Jon döndü. "Ofisimden almam gereken şeyler var. Ben..."

"Güvenlik özel eşyalarını kutuya koyup binanın önünde teslim edecek. Aracın da kapının önüne getirilecek. Kaldırımda bekleyebilirsin."

Ofisten çıkarken Henry ayağa kalkıp peşine takıldığında koridorda Jon bir hışım ona döndü. "Senin işindi. Şimdi taşlar yerine oturuyor. Beni bara davet ettin ve kadın orada bekliyordu. Bana viskileri içirip özel dedektifin kartını verdikten sonra hamlesini yaptı. Sonra içkim ilaçlıydı. Lanet olsun, bana tuzak kurdun. Muhtemelen Ahmed Waheed asla o pozisyona aday gösterilmemişti. Sırf aday olabilsin diye benim dibe vurmamı istedin. Mesele, bu değil mi?"

Henry'nin sesi çatallı bir fısıltıdan ibaretti. "Dikkatli ol Jon. Çok dikkatli ol. Sana yardım etmeye çalıştım. Sana can simidi attım. Sense boğulmayı seçtin. Kendinden utanmalısın. Karını, kayınpederini, kayınvalideni çok zorda bıraktın. Her şeye sahip olabilirdin. Sektörde iş bulabilirsen kendini şanslı saymalısın."

Jon tartışmaya hazırlanıyordu ki iri yarı iki güvenlik elemanı koridordan yanlarına geldi. "Bay Rittenberg," dedi biri yüksek sesle. "Anahtarınıza ve otopark kartınıza ihtiyacımız var. Lütfen bizimle gelin."

"Hayır. Hayatta olmaz. Ofisimden eşyalarımı alacağım."

Adamlar iki yanına geçip kollarından kavradıkları gibi zorla asansörlere sürükledi.

"Ellerinizi çekin. Bana dokunmayın!"

Herkes aptal Cadılar Bayramı kostümleriyle oturmuş, çakmak çakmak gözleriyle onu izliyordu. Sevmedikleri birinin kıçına tekme basılmasını izlemenin keyfini çıkarıyorlardı. Belki en başından beri hepsi ondan nefret etmişti. Belki gerçekten zorbanın tekiydi. Kibirli dallamanın teki bile olabilirdi ve o anda gözlerinde çektiği acıdan aldıkları zevki görebiliyordu. Sessizce güvenlik görevlileri eşliğinde asansörlere doğru yürüdü.

Aşağı indiğinde resmen binanın önüne atılınca kaldırımda yürüdü. TerraWest'in kapıları ardından kapanmıştı. Yağmur başlamıştı, rüzgâr adeta ısırıyor, ölü yapraklar kaldırıma yapışıyor, yayalar şemsiyelerinin altına sığınmış, başlarını öne eğerek koşuşturuyordu.

Jon'un üzerinde ceketi bile yoktu. Yağmur yüzünü, saçlarını, gömleğini ıslatıyor, bütün vücudu aşağılanmış olmanın utancıyla… ve öfkeyle titriyordu.

Mia Reiter ve bu oyunu kuranları gebertecekti. Boyunlarını kendi elleriyle koparacaktı.

MALLORY

2 Kasım 2019, Cumartesi

Mallory ve Benoit yağmur altında, dalgıç teknesindeki görevlilerin sudaki dalgıçlara vinç halatlarını vermesini izliyordu. Dalgıçlar aşağı inerek kabloları Subaru'ya bağlayacaklardı. Batan aracı almak için iskelenin kenarında açık kasa bir kamyon bekliyordu. Adli tıp araçları kanıtları toplamak için yakına park etmişti. Komuta merkezi olarak bir çadır kurulmuştu. İkinci dalgıç ekibi, köprünün altında halı ve ceset aramaya devam ediyordu. Sert gövdeli şişme botlar, halatlarla dalgıçları aşağı yönlendiriyordu. Tehlikeli bir işti. Zayıf görüş mesafesi, güçlü gelgit akıntısı ve su altındaki molozlar ilerlemeyi engelliyordu. Tüm inşaat alanı kordon altına alınmış durumdaydı, ancak yaya izleyiciler köprünün üzerinde toplanarak aşağıda yaşananları izlemeye başlamıştı. Alçak bulutların arasından bir helikopter sesi geldi.

Benoit başını kaldırıp helikoptere bakarak, "Haber kanalları iş başında," dedi.

"Sen bir de eski bir Olimpiyat kayakçısının olayla ilişkisi ve bir yüksek yargıcın şehrin en sıkı avukatıyla Cadılar Bayramı gecesi terk edilmiş siloların dibinde bir Mercedes'te işi pişirdiği ortaya çıkarsa olacakları düşün," dedi Mallory. Dalgıç teknesinin operatörü vinç operatörüne aracı çekmesi için işaret verdiği sırada telefonu çalınca, "Komiser Van Alst," diye cevap verdi.

"Ben Lula. Başkasının telefonunu kullanıyorum. Jon Rittenberg getirildi. El konan Audi de adli tıp laboratuvarına gidiyor. Şu anda bir ekibimiz Gül Köşkü'nde arama yapıyor. Rittenberg'in parmak izlerini ve DNA örneklerini aldık. Kıyafetlerini de kanıt olarak alıp yara izlerini belgeledik. Örnekler ve parmak izleri istediğin gibi özel bir laboratuvara gönderildi. Sen hazır olana kadar onu tutacağız. Ama bil diye söylüyorum, avukatı sıkı biri."

"Daisy Rittenberg cephesinde durum nedir?" diye sordu Mallory.

"Batı Vancouver polisi onu almak üzere yolda."

Vinç çalışmaya başlamıştı.

"Teşekkürle Lu, yola çıkıyorum," dedikten sonra telefonu kapattı. Ardından Benoit'yla birlikte konuşmadan kabloların çektiği sarı arabanın yüzeye çıkışını seyretti. Araç açık kasa kamyona doğru savrulurken açık bir penceresinden yosunlar sarkıyor, kapıların altından sular fışkırıyordu. Yavaşça kamyona yerleştirildiğinde Holly's Help logosu insanın içini acıtacak kadar masum görünüyordu. Beyaz tulumlara bürünmüş iki olay yeri teknisyeni yeni yükünün ağırlığıyla bir parça çöken kamyona tırmanıp laboratuvara nakledilmeden önce arabanın fotoğraflarını çekip orasını burasını kontrol etmeye başladı.

Çok geçmeden teknisyenlerden biri dedektifleri çağırdı. Eldivenli elinde, sular damlatan fermuarlı bir poşet vardı. İçinde üzerinde mor benekler olan fuşya-pembe rengi bir defter olduğunu görebiliyorlardı. "Torpido gözünde bulduk," dedi adam. "Açıktı. Bir de yolcu koltuğunda bir kadın çantası bulduk. İçindekiler koltuğun her yerine saçılmış. Şimdilik Subaru anahtarlık, cüzdan ve cep telefonu görebildik."

Mallory'nin göğsü sıkıştı.

"Günlük," dedi Benoit mırıldanırcasına. "Günlüğü bulduk."

"Poşetin fermuarı kapalı ama delinmiş," dedi teknisyen. "Sayfaları ayırıp özenle kurutmak gerekecek." Ardından açık pencereden içeri eğilip fotoğraf çekti. "Gördüğüm kadarıyla gaz pedalı bir tahta parçasıyla sıkıştırılmış."

Telefonu çaldığında Mallory ekrana baktıktan sonra Benoit'ya baktı. "Laboratuvardan arıyorlar," dedikten sonra gürültüden uzaklaştı. "Van Alst."

"Merhaba Mallory, ben laboratuvardan Emma Chang. İlk sonuçlar elimizde. Kit Darling'in saçlarından ve diş fırçasından alınan DNA örneği, olay yerindeki kanla uyumlu."

Mallory dişlerinin arasından derin bir iç çekti. Taşların yerine oturmaya başlaması heyecan verici olsa da buz gibi soğuk ve karanlık koyda dalgıçların genç bir kadının cesedini bulabileceği gerçeği canını sıkıyordu. "Teşekkürler Emma," demekle yetindi.

"Olay yerinden alınan kan örneklerinde başka bir DNA daha var," diye devam etti Emma.

"Yeni gönderilen DNA örnekleriyle karşılaştırın," dedikten sonra telefonu kapatan Mallory, ortağının yanına gitti. "Cam Ev'deki Darling'in kanıymış. Ama birinin daha kanı bulunmuş."

"Rittenberg mi? O sıyrıklar?"

Mallory başını yavaşça sallarken dudağını kemiriyor, beyaz tulumlu teknisyenler kamyonun arkasındaki sarı aracın etrafında dolaşırken düşünüyordu. Sis çökmeye başlamıştı. "Kaleyi koruyabilir misin? Avukatları işleri hızlandırmadan gidip Rittenberg'le şansımı deneyeyim."

DAISY

2 Kasım 2019, Cumartesi

Daisy ailesinin oturma odasında oturarak ayaklarını bir yastığa dayamış, televizyonda haberleri izliyordu. Bacakları da, yüzü de fena şişmişti. Hasta hissediyordu. Bitkindi. Karnındaki ellerinin altında henüz doğmamış oğlunun hareketlerini hissedebiliyordu. Gözleri doldu. Annesinin hazırlanmasını bekliyordu. Birlikte doktora gideceklerdi. Ailesi, son zamanlarda yaşadığı stres nedeniyle sağlığından endişe ediyordu.

O sırada ekranda bir son dakika haberi belirdi.

Polis dalgıçları kayıp hizmetçinin arabasını buldu

Daisy bir anda nefesini tutarak donakaldı. Kuzey Vancouver'da su kenarındaki bir inşaat alanından gelen görüntüleri izliyordu. Eski siloların olduğu yer, lüks konutlar için geliştiriliyordu. Her yer sarı polis şeridiyle kapatılmıştı. Yanıp sönen ışıklarıyla polis arabaları şantiyeye giden yollara bariyer olmuştu. Bir helikopterin havadan çektiği görüntülerde köprü boyunca toplanan insanlar görülebiliyordu. Helikopter kamerası suyun kıyısındaki polis arabalarını, minibüsleri, vinçli bir kamyonu ve üzerinde sarı renkli bir araba olan açık kasa bir kamyonu gösteriyordu. Suda polis botları vardı.

Mikrofonlu bir muhabir inşaat alanının yakınındaki yoldaki barikatlardan birinin önündeydi. Yağmur yağdığı için başka biri tepesinde bir şemsiye tutuyordu.

"Polis dalgıçlarının Holly's Help temizlik şirketinde çalışan kayıp hizmetçi Kit Darling'in sahip olduğu sarı renkli Subaru Crosstrek aracını bulduğu Kuzey Vancouver'daki AD-MAC inşaat alanından canlı yayındayız. Araç sudan çıkarıldı ve bir laboratuvara nakledilecek. Dalgıçlar su altındaki kanıtlar için aramaya devam ediyor. Araştırmanın Batı Vancouver'daki lüks bir evde gerçekleşen şiddet olayıyla bağlantılı olduğu söyleniyor. Kit Darling ve arabası, Cadılar Bayramı gecesi en son orada görülmüştü."

Ekranda Kit Darling'in fotoğrafı belirdi. Ardından stüdyo, Cam Ev'in önündeki bir kadın muhabire bağlandı. "Arkamda, komşuların Cadılar Bayramı gecesi Holly's Help şirketine kayıtlı Subaru arabayı gördüklerini bildirdikleri evi görüyorsunuz. Koyu gri renkli bir Audi de varmış. Ev şimdi bir şiddet olayının merkezi. Polis şu ana kadar ayrıntılara girmedi."

Daisy kusacağını düşündü ama kıpırdayamıyordu. Muhabirin sözleri ve gördükleri karşısında felç olmuş gibiydi.

"Holly's Help için çalışan başka bir hizmetçiden aldığımız bilgiye göre, Kit Darling yaklaşık son altı aydır Vanessa ve Haruto North'un sahip olduğu bu evi temizliyordu. Bir komşu, Darling'i o akşam evde gördüğünü bildiriyor. Aynı zamanda gizemli bir çiftin Audi marka bir araçla geldiğini görmüş. Henüz kimliği bilinmeyen kadın karnı burnunda hamileymiş ve koyu saçlıymış. Adam ise kum kahverengisi saçlarıyla uzun boylu ve iri yarıymış. Bir tanık oturma odası camından devrilen mobilyaları ve çok miktarda kan gördüğünü iddia ediyor."

Ekranda kahverengi saçları seyrelmiş, soluk tenli bir adam belirdi.

"Yan komşu Horton Brown, polisi arayanın yaşlı annesi olduğunu söylüyor."

Kameranın zum yaptığı Horton, Cam Ev'in önündeki sokakta duruyor, olay yeri bantları arkasında rüzgârla savruluyor, yağmur bütün şiddetiyle yağıyordu.

"Audi marka araçla gelen gizemli çifti gördünüz mü?" diyen muhabir, mikrofonu Horton'un burnuna soktu.

"Annem ikisini de görmüş. Kendisi yukarıdaki yatak odasında kalıyor. Hasta olsa da penceresinden açıkça görmüş," diyen adam parmağıyla işaret edince kamera tuğla evi gösterip tekrar ona döndü. "Annemin dediğine göre aynı hamile kadın Cam Ev'e bir hafta önce yine gelmiş. Havuz kenarında Vanessa North'la birlikte öğle yemeği yemişler."

"Ama anladığımız kadarıyla Vanessa North şu anda Singapur'daymış ve aylardır buraya gelmemiş," dedi muhabir.

"Eh, ben sadece arkasından gördüm ve Vanessa'ya benziyordu. Diğer kadın bizim eve bakan tarafta oturuyormuş, o yüzden annem iyice bakmış. O gün beyaz renkli küçük bir BMW'yle gelmiş."

Daisy elini ağzına götürdü. Gözlerini bile kırpamıyordu.

"Jon nerede?"

Birden oturduğu yerde sıçrayıp başını çevirdi. Annesi gelmişti. Haberleri o da görmüş müydü?

"Jon nerede? Bunu o mu yaptı?" Kadın tuhaf bakıyordu.

Daisy konuşamadı. Korku boğazını parçalıyordu.

Oturma odasına giren annesi bir sandalye çekip oturduktan sonra öne eğilip Daisy'nin elini tuttu. "Daisy tatlım, konuşman gerekiyor. Bana olanları anlatmalısın. O adam sen ve Jon'dan mı bahsediyor? Arkadaşının eviydi, değil mi? Onun Cam Ev'de yaşadığını söylemiştin. Akşam yemeği için oraya mı gitmiştiniz? Neler oldu?"

Daisy'nin gözleri doldu. "Ben bir şey yapmadım. Biz bir şey..." Aklına bir şey geldiğinde duraksayıp hızla kendini topladı. "Jon'la oraya gittiğimizde sancım başladı. O yüzden girmeden ayrıldık."

"Kayıp hizmetçi orada mıydı? Onu gördün mü? Kıza ne oldu?"

"Hiç görmedim."

"Peki, arkadaşın Vanessa'nın yurt dışında olma meselesi? Sizi akşam yemeğine davet ettiyse..."

"Daisy!" Babası Fransız kapılardan fırtına gibi içeri daldı. "Polis arabaları geliyor." O bunları söylerken odada kırmızı-mavi ışıklar yanıp sönüyordu.

Daisy beceriksizce koltuktan kalkıp olabildiğince hızlı adımlarla pencereye gitti. Siyah-beyaz Batı Vancouver polis araçları bahçe yoluna girdikten sonra ikisi BMW'nin yanına park etti. Diğeri arabanın hemen arkasında bariyer oluşturdu.

Daisy'nin aklı Cam Ev'deki akşama gitti. Ardından annesine dönüp sessizce, "Avukat lazım," dedi. "Çok iyi bir avukata ihtiyacım var. Bulabilir misin?"

DAISY

31 Ekim 2019, Perşembe
Cinayetten altı saat altı dakika önce

Jon çantasıyla kapıdan girdiğinde Daisy akşam yemeği için giyinmiş, hazır bekliyordu. Yalpalayarak yürürken gülümsüyordu. Parmak uçlarında yükselip kocasını öptükten sonra, "Yatağın üzerine temiz bir takım bıraktım," dedi. Kocasının en iyi haliyle görünmesini istiyordu. Gururluydu. Vanessa ve Haruto'nun etkilenmesini istiyordu.

"Bunu yapabileceğimden emin değilim Daize," dedi Jon.

Daisy yüzüne baktığında kocasının berbat göründüğünü fark etti. "Ah Jon, hasta görünüyorsun. Ne oldu? Seni yine hastaneye götüreyim mi?"

"Hayır, ben iyiyim. Sadece yorgun hissediyorum," diyen adam parmaklarını yağmurdan sırılsıklam olmuş saçlarının arasından geçirdi.

Daisy gömleğinin de ıslak olduğunu görebiliyordu. Üstelik Jon alkol kokuyordu. Birden endişe kurtçukları beynini kemirmeye başladı. "Neler oluyor?"

"Sadece... zor bir gündü. Yatırımcılar vazgeçti."

"Sabahki büyük toplantı bununla mı ilgiliydi?"

"Evet." Jon dönüp holdeki vestiyer dolabını açtıktan sonra ıslak ceketini askıya astı.

"Yağmura mı yakalandın?"

"Görmüyor musun?"

"Jon?" Kocası sonunda dönüp baktığında Daisy onu dikkatle süzdü. "Yeni pozisyonla ilgili kötü haber mi aldın? Mesele Ahmed Waheed denen adamla mı ilgili?"

"Hayır Daisy. Dedim ya... zor bir gündü."

Daisy kocasının ardından bakakaldı. Korkunç bir şey olmuştu. Jon yalan söylüyordu. "Yemeğe gidebileceğinden emin..."

"Sorun değil," diye terslendi Jon. "Her şey yolunda." Ardından üstünü değiştirmek üzere yukarı çıktı.

Daisy biliyordu. *Biliyordu.* Hiçbir şey yolunda değildi. Jon duş alıp giyinmiş halde aşağı indiğinde düzgün görünüyordu. Kendini zorlayarak gülümseyip kocasının yanağına yine bir öpücük kondurdu ve yakışıklı göründüğünü söyledi. "North'lar için bir pasta ve çiçek siparişi vermiştim," dedikten sonra ekledi. "Giderken alırız. Olur mu?"

Jon başını sallayıp araba anahtarını buldu. Gül Köşkü'nden ayrılırlarken sağanak yağıyordu. Semt sokakları ellerinde fenerleri ve torbalarıyla dolaşan cüce hayalet ve yaratıklarla doluydu. Göz ve ağız oyulmuş balkabaklarının içindeki mumlar pencerelerde titreşiyordu.

Jon yola çıktığında Daisy yan gözle onu seyretmeye devam ediyordu. Kocası mesafeli ve kesinlikle düşünceliydi. "Müşterilere üzüldüm," dedi.

Jon başını salladı. Çenesindeki kaslar seğiriyordu.

"Başka müşteriler çıkacaktır," diye üsteledi Daisy. "Yeni yatırımcılar gelir. Yeni kayak merkezi fazlasıyla..."

"Sorun yok Daize. Sen dert etme."

Daisy dilini ısırıp pencereden dışarı baktı. Kocasının yeni pozisyonla ilgili gelişmeler hakkında konuşmasını istiyordu ama sormaya cesaret edemedi. Bu akşam olmazdı. Bu akşam arkadaşlarının önünde her şeyin mükemmel olmasını istiyordu.

Kuzey Sahilinden Cam Ev'in bahçesine girdiklerinde bir araba gördü. Sarı renkli bir Subaru Crosstrek'in yan kapısında Holly's Help logosu görünce kalbi deli gibi atmaya başladı. Vanessa hizmetçiyi akşam yemeği için mi tutmuştu? Aklı arkadaşıyla yaptığı sohbete gitti.

Aynı hizmetçiyi kullanıp kullanmadığımızı merak ediyordum.

Kit'i mi kastediyorsun?

Evet... evet, sanırım ta kendisi. Kit Darling?

Daisy, Charley Waters'ı ve Chucky bebeğini düşündü.

Mesele Kit, değil mi?

Dili damağı kurumuştu. Kaygı damarlarını istila ediyordu. Yan gözle kocasına baktı. Jon da Subaru'ya bakıyordu. Sonra bakışları cam, çelik ve betondan ibaret modern eve kaydı. Bütün ışıklar yanıyordu. Kapkaranlık Cadılar Bayramı akşamında ev ışıklı bir kutudan farksızdı. "Güzel mekân," dedi usulca.

"Değil mi?" Daisy'nin aklı hâlâ Subaru ve hizmetçideydi. Nabzı hızlanmıştı. Belki de Holly's Help'ten başka bir hizmetçi gelmişti.

"Ne oldu?" diye sordu Jon. "Hayalet görmüş gibisin."

"Şey... yok bir şey. Sadece Vanessa'yla muhtemelen aynı... hizmetçiyi kullandığımız geldi aklıma."

Arabadan indiler. Pasta ve buketi Daisy taşıyordu çünkü Jon telefonuyla meşguldü. Parke taşlı yoldan cam kapıyı görebiliyordu. Her yere mumlar yerleştirilmişti. Jon hâlâ telefonuyla uğraşırken arkada kaldı.

"Jon, zili çalar mısın lütfen? Ellerim dolu."

Kocası telefonu cebine atıp zile bastığında evin içinde bir çınlama duyuldu.

Daisy titreşen mum ışıklarını seyrediyordu.

Jon zili tekrar çaldı.

Vanessa koşarcasına görüş alanına girdi. Başında kıpkırmızı simli şeytan boynuzları vardı, elinde bir şeytan mızrağı taşıyordu. Daisy gülümsemeye başladı. Arkadaşı Cadılar Bayramı için giyinmişti. Siyah renkli mini bir eteğin ardından şeytan kuyruğu çıkıyordu. Çizgili çoraplarını yüksek kare topuklu siyah bir ayakkabıyla tamamlamış, önüne beyaz renkli fırfırlı bir hizmetçi önlüğü bağlamıştı. Boynunda kadifeden bir bant vardı.

Kadın yaklaşırken Daisy'nin gülümsemesi solmaya başladı. Birden fark edivermişti. Şeytan Vanessa, üzerinde bıçak tutan bir Chucky bebeği resmi olan siyah renkli göbeği açık bir tişört giymişti.

Öl öl öl öl Fasulye Bebek öl...

Bir anda beyni durdu.

Arkadaşının karnı şiş değildi.

Kalbi yerinden çıkacaktı.

Tik tak tik tak saat işliyor...

Vanessa kapıyı ardına kadar açıp kocaman gülümsediğinde sivri vampir dişleri görülebiliyordu. "Ah merhaba Daisy," dedi. "Sen de Jon olmalısın? Girin... hadi girin."

Ah merhaba Daisy.

Evine hoş geldin Daisy.

Uzun zaman oldu Daisy.

Chucky, Kötü Annenin kim olduğunu biliyo. Chucky Kötü Annenin ne yaptığını biliyo.

Daisy gözlerini kırpıştırdı. Bayılmak üzereydi.

Karşısındaki arkadaşı Vanessa'ydı ama karnı şiş değildi.

"Senin... ne..." Daisy'nin dudakları beyninin hızına yetişemiyordu.

"Ah, bunu mu kastediyorsun?" diyen Vanessa boynuzlarını ve peruğunu çıkardı. Sonra boynuzları tekrar takıp vampir gülümsemesiyle baktı.

Daisy'nin bakışları arkadaşının eline kaydı. Vanessa'nın saçları şeytanın elindeydi. Gözleri tekrar hızla şeytan kadına kilitlendi. Parlak mavi gözler Vanessa'nın gözleri değildi.

Başı dönüyordu. Eli kolu boşaldığında pasta ve çiçekler ayağının dibine düştü. Patlayan kutudan yaban mersininin suları akıyordu.

Daisy ağır çekimde kocasına döndü.

Jon'un yüzü bembeyazdı. Donakalmıştı. Sanki şeytanı görmüş… şeytanın gerçek olduğunu anlamıştı.

HİZMETÇİNİN GÜNLÜĞÜ

İnsan başka biriymiş gibi davranıyorsa ne olmuş? Yalan mı? Suç mu? Sadece algı yönetimi mi? Hokkabazlık mı?

Hepimiz dış dünyaya kendimizi farklı şekillerde yansıtırız. İster bohem, ister gündelik, ister sportif, ister sanatsal, ister gotik, ister sofistike, ister zengin sosyetik, ister seksi, ister erkeksi, ister motorcu piliç, ister dansçı şıklığı olsun, kendimizi öyle ya da böyle ortaya koyarız.

Peruk takmak, makyaj yapmak, renkli lensler takmak, farklı bir aksanla konuşmak, farklı bir şekilde yürümek Instagram'da filtreli selfie yayınlamaktan ya da dünyaya yansıtmak istediğimiz markayla uyuşmayan arka fonu kesip atmaktan ne kadar farklı? Kostüm giymek paramızın asla yetmeyeceği beş yıldızlı bir otelin önünde poz verirken orada hiç kalmadığımızı söylememekten ya da Mavi bir Tesla'nın yanında durarak, başka bir kadının evinde bebek beşiğinin önünde poz vererek, hatta Vanessa North'un gardırobundaki tasarımcı kıyafetleriyle hava atarak insanların sadece akıl yürüterek kendilerince çıkarımlar yapmasına izin vermekten ne kadar farklı?

Hepimiz düzenbazız. Her birimiz. Hiç kimsenin gösterdiği yüzde yüz güvenilir değil. Hayatın her anı bir hikâyedir. Olayları kendimize özgü dünya görüşlerimizin, özlemlerimizin, korkularımızın, aşklarımızın ve travmalarımızın süzgecinden geçirerek görürüz. Yeryüzünde tek bir kişi bile, bir şeyi bizimle aynı şekilde yorumlayamaz. Dünya bu açıdan dinamiktir.

Toplum içinde doğaçlama rol yaptığımdan bahsettiğimde terapistim gülümseyince bunu neden komik bulduğunu sormuştum.

"Sen bir düzenbazsın Kit," demişti. "Bu kötü bir şey değil. Düzenbazların hayatta ve sanatta çok önemli işlevleri vardır. Sadece bir düzenbaz hayatına düzenbazlıkla giriyorsa dikkatli olmak gerektiğini savunuyorum. Bu kişiler dualitenin tam karşılığıdır. Hem kahraman hem kötü, hem aptal hem bilge, hem iyi huylu hem kötü niyetli, hem sevimli hem nefret dolu, hem dost canlısı hem korkutucu, hem aydınlık hem de karanlık olurlar. Kendini hınzır bir düzenbaza, bir soytarıya, hiçbir kural tanımayan birine ya da bir sihirbaza kaptırdığını hissediyorsan, bu aslında kendi ruhunun en derinlerde gömülü gizli parçalarını keşfetmen gerektiğinin açık bir işaretidir çünkü düzenbaz kişi senin dünya görüşüne, hayattaki iddiana, yanılsamalarına, yanlış inançlarına, katı kurallarına çomak sokmaya çalışmaktadır. Düzenbazın oyuncu kışkırtıcılığında her zaman gizli bir mesaj yatar."

@tilkiylekarga hesabımı ve paylaştıklarımı... sahte ve yapmacık insanların dünyasına tuttuğum aynayı düşündüm. Terapistime inanıyordum.

"Düzenbazdan ders alamazsak, kendi gölgemizi görme kapasitemizi inkâr etmiş oluruz Kit," diye eklemişti.

Görüyorsun değil mi Sevgili Günlük?

Terapistim kendi ağzıyla söyledi. Önemli bir rol oynuyorum. Ve oyunumun bir amacı var. Ama bazen oyun tehlikeli olabilir. Kandırılmak herkesin kaldırabileceği şey değildir...

DAISY

31 Ekim 2019, Perşembe
Cinayetten beş saat ve beş dakika önce

Daisy bakışlarını donakalan kocasından şeytan boynuzlu kadına çevirdiğinde kocaman mavi gözlerle karşılaştı. Vanessa'nın iyilik dolu sıcacık gözleriyle uzaktan yakından alakası yoktu. Bu kadın arkadaşı değildi. Bu kadın hamile bile değildi. Beyni bilişsel yabancılaşma nedeniyle adeta fokurdayan bir çorbaya döndüğünden sadece, "Sen… bebek nerede?" diyebildi.

"Karnımdaki şişliği mi söylüyorsun?" diyen kadın kocaman gülümseyince vampir dişleri ışıkta parladı. "Silikondu. İnternetten çeşit çeşit hamilelik protezi satın alabileceğini biliyor muydun? Kesinlikle bir göz atmalısın. İnsan bunların ne için kullanıldığını merak ediyor. Sahte fotoğraflar? Sadece etrafta hamile gibi dolaşmak için mi? Hamilelik öncesi denemeleri olabilir mi? Dahası aynı internetten gerçeğine çok yakın küçük sahte bebekler satın alabileceğini de biliyor muydun? Şahsen silikon göbeği tiyatrodan ödünç aldım. Hamilelik sürecini göstermek için iki farklı büyüklükte seçeneğim vardı. Peruğu da ödünç aldım. Bir oyun için kullanıyordum… *Mary'nin Üç Hayatı.* Zaten oyundan esinlendim," derken şeytan kırmızısı dudaklarına bir sırıtış yayıldı.

Daisy gözlerini vampir dişlerinden alamıyordu.

Kadın gülümseyerek Jon'a döndü. "Peki, sen nasılsın DağFişeği?"

"Mia," dedi Jon kasvetli bir fısıltıyla.

"Kim... Mia da kim?" diye sordu Daisy ama cevabı duymaya korkuyordu.

"İçeri girmeyecek misiniz?" diye gülümsedi şeytan tatlı tatlı.

Jon betona kök salmış gibi görünüyordu. Daisy'nin beyninde tuhaf bir çınlama baş gösterdi. Şeytan kadınla Jon'un bakışmasında tehlikeli bir şeyler vardı. Mikro seviyede bir titreşim Daisy'ye kocasıyla karşılarındaki sarışının ilk kez karşılaşmadığını söylüyordu. Arada çok daha derin bir akım vardı.

"Aslında adım Kit," dedi kadın. "Gül Köşkü'ndeki hizmetçinizim," derken gülümsemesi solarken kapıdaki çifte bakan gözleri ciddileşti. Kırmızı boynuzları hâlâ ışıkta parıldıyordu. "Ya da beni ikiniz de Katarina olarak hatırlıyorsunuzdur." Kısa bir es verdi. "Katarina Popovich. Belki de hatırlamıyorsunuz. O zaman sadece on altı yaşındaydım. Çok da farklı görünüyordum. Hayat kazara ya da bile isteye insanı kökten temelden değiştiriyor, haksız mıyım?" Gerileyip cam kapıyı ardına kadar açtı. "Girin."

"Daisy, buradan gidiyoruz. Hemen," diyen Jon karısının kolunu kavradı.

"İçeri girmezseniz işler sizin için çok ama çok fena karışabilir," diyen sarışın kadın başını yana eğdi. "Tıpkı bugün olduğu gibi Jon. Berbattı değil mi? Korkunç bir darbe almış gibi hissetmiş olmalısın. Yani o şekilde kovulmak? Kulağından tutulup yağmurun altında kaldırıma atılmak? Kaslı güvenlik elemanlarının eşyalarını karton kutuda aşağı indirmesi? Arabanı garajdan çıkarmana bile izin vermediler." *Cıkcık*ladı.

"Jon?" Daisy'nin sesi boğuk bir vıraklamadan farksızdı. "Ne... bu kadın neler diyor? İşinle ne alakası var?"

Jon ona döndü. Yüzü öfkeyle çarpılmıştı, gözlerinde şimşekler çakıyordu. "Gerzek falan mısın Daisy?" diyerek kadını işaret etti. "Arkadaşın bu mu? Şu *kusursuz* Vanessa? Seni aptal! Nasıl böyle kandırılabildin? Tanrı aşkına. Temmuzdan beri hamilelik rolü yapan bu kadınla görüşüyorsun ve bu kadın Katarina? Hani yıllar öncesinde beni dibe çekmeye çalışan sürtük? Ve tuttun bu sürtüğü hayatımıza soktun, öyle mi? Sen aklını peynir ekmekle mi yedin?"

Daisy titriyordu. Parkta çimenlerin üzerine, hemen yanı başına yoga matını seren Vanessa'yı hatırladı. Gülümsemişti. Daisy *kendiliğinden* yeni hamile arkadaşına laf atmış, onu sonrasında bistroda kahve içmeye davet etmişti. Çünkü çok fazla bir arkadaşa ihtiyaç duyuyordu. Bebeklerini aynı günlerde doğuracağı hamile bir arkadaşın şahane olacağı düşüncesiyle Vanessa'ya resmen yapışmıştı. Ve bütün o süre boyunca *Vanessa*, aynı zamanda evini temizlemiş, eşyalarını karıştırmıştı!

Ama nasıl...

İster yoga ister öğle yemeği olsun Vanessa'yla her buluşması her zaman *temizlik günü* ve öğleden sonraydı. Vanessa yemeğe hep geç kalıyor, her seferinde bir randevuyu ya da başka bir işi mazeret gösteriyordu.

Havuz başında Vanessa'ya itiraf ettikleri aklına gelince bayılacak gibi oldu. Hemen ardından kocasına dönüp, "Bugün ne oldu Jon?" diye üsteledi. "Bu kadın ne diyor?"

"Kovuldu," dedi şeytan hizmetçi. "Jon, bugün kıçına yediğin tekmeyi karına anlatmadın mı? Eve dönene kadar parkta evsizlerle oturup içtiğini söylemedin mi?"

Daisy'nin ağzı açık kaldı. Kocasına bakarken nabzı bütün bedeninde atıyordu. "Bu doğru mu Jon?"

Vanessa-Kit atıldı. "Herhalde Mia'yla ilişkisini ve iki erkekle grup seks yaptığını da anlatmamıştır."

"Ne?"

Kadın gülümsedi. "Bahse girerim Daisy de sana kasasında sakladığı *sigortadan* bahsetmemiştir Jon?"

"Ne sigortası?" dedi Jon.

"Gördünüz mü? Konuşacak çok şeyimiz var. Ve içeri girmeden önce özellikle... özellikle dikkatinizi çekmek istiyorum," diyen şeytan hizmetçi kapının üstündeki ve evin içindeki köşede asılı duran güvenlik kameralarını işaret etti. "Kameralar... Bütün ev, kameralarla dolu. Hepsi evdeki başka bir odadan izlenebiliyor. Aynı zamanda uzaktan izlenebiliyor. Bir de kaydediliyor." Sözlerinin iyice hazmedilmesini beklercesine duraksadı. "Başıma bir şey gelirse, canımı yakmaya çalışırsanız... evde hemen harekete geçecek birileri var. Ve ortadan kaybolursam polis, Daisy'nin *sigortasının* kopyalarıyla birlikte kayıtların kopyalarını bulacak. Anlaşıldı mı?"

Başını kaldırıp dışarıdaki kameraya bakarken Daisy sırtının buz gibi ürperdiğini hissetti. Kocasıyla birlikte cam ve mermerden yapılmış bir evde kobay farelerinden başka bir şey değillerdi.

"Yalan söylüyorsun," dedi Jon.

"İstersen dene," diye karşılık verdi şeytan. "Ah, çekip gitmeye karar verirseniz Daisy'nin sigortası doğrudan polise ve önceden ayarlanmış medya kuruluşlarına gider." Sustuğunda gözlerini Jon'a dikti. "Seni hapse göndereceğim JonJon. Yemin ediyorum, göndereceğim. O sigortadaki bilgiler hiçbir zaman aşımını tanımaz. Seni de, Wentworth ailesini de mahvedeceğim."

Daisy usulca, "Jon girelim," dedi. "İçeri girmemiz gerekiyor."

MALLORY

2 Kasım 2019, Cumartesi

Jon Rittenberg'i sorgulamak üzere Mallory karakola dönmüştü. İşler hızlanıyordu. Medya tepelerindeydi.

Nitelikli suçlar bölümüne girip ıslak paltosunu silkelerken Lu onu masasına çağırdı. Kadının yüzünden aciliyet akıyordu. "Jon Rittenberg on iki, Daisy Rittenberg altı numaralı sorgu odasında," dedi. "Daisy kendini iyi hissetmediğini söylüyor, avukatı da yanında. O yüzden ilk olarak onunla görüşmek istersin belki. Anlaşılan hamileliğin otuz altıncı haftasında. Ama her şeyden önce görmen gereken bir şey var," diyerek ekrandaki bir dizi haber kupürünü gösterdi. "Rittenberg çifti ve Darling'in geçmişini araştırıyorduk. Darling'in büyüdüğü kayak merkezini de araştırdık. Şuna bak."

Kapkara bir başlıklı bir haber internet sayfasında göz alıyordu.

"Öyle Bir Şey Olmadı"
Dünyaca ünlü kayakçı 'JonJon' Rittenberg, cinsel saldırı iddialarının 'tümüyle yalan' olduğunu ve 'iddia edilenlerin asla yaşanmadığını' söylüyor.

Mallory yavaşça bir sandalye çekip ekranın karşısına oturdu.

Whistler emniyet güçlerinin adını vermediği genç bir kadın, Olimpiyat Şampiyonluğu'na aday Jon Rittenberg ve kayak takımındaki arkadaşları tarafından geçen cumartesi gecesi çılgın bir kayak kulübesi partisinde içkisine ilaç atılma suretiyle tecavüze uğradığını iddia ediyor.

Mallory'nin nabzı hızlanırken ekrana iyice yaklaştı.

Polis Rittenberg ve arkadaşlarını sorguladı ama şimdiye kadar herhangi bir suçlama yapılmadı...

Mallory fareye uzanıp bir sonraki linke tıklayınca müstehcenliğe merakıyla bilinen magazin gazetelerinden birinde yayınlanan başka bir haber ekranı doldurdu.

Cinsel Saldırı İddiaları Geri Çekildi
Rittenberg Özgürce Kayak Yapabilecek

Mallory metni gözden geçirdi.

... kimliği açıklanmayan genç kadın, olay gecesi partiye katıldığı halde olanları doğrulayacak kimse öne çıkmayınca Jon Rittenberg ve kimliği açıklanmayan kayak takımı arkadaşlarına yönelik suçlamaları geri çekti. Partiye katılanlar 'kızın' yalan söylediğini ve Olimpiyat Umudu gençle cinsellik yaşadıysa bile, bunun ancak rızaya dayalı olabileceğini söylüyor. Dediklerine göre kız çok sarhoşmuş ve ünlü genç yarışçıya sırılsıklam âşıkmış.

Mallory sayfayı kaydırdı, ardından başka bir linke tıkladı.

Whistler emniyeti artık dosyayı kapattığını söyledi. Davacı bütün suçlamaları geri çekti.

"Hepsi yalandı," diyor partiye katılan kayakçı Max Dugoyne. "Suçlamayı yapanı tanıyorum. Kız resmen Jon'un kucağına atladı. Okuldaki dolabında Jon'un posteri var. Sarhoş gelip sırf onunla tanışabilmek için partiye sızdı. JonJon'la aralarında bir şey olduysa bile, bu onun intikam alma oyunu... Arkadaşımız için bir gecelik maceradan fazlası olmadığını öğrenince incinmiş olmalı."

Yine aynı partide bulunan Allesandra Harrison da suçlayanın kim olduğunu bildiğini ve hamile olduğunu öğrenince genç kadının bebeği Rittenberg'e yamamaya çalıştığını söylüyor. "Ya öyle ya da ailesi önüne gelenle yattığını düşünmesin diye 'tecavüz' çığlıkları atıyor."

Birçok habere göz attıktan sonra, "Vay canına," diye söylendi. Sonra Lu'ya baktı. "Okul dolabında JonJon'un posteri varsa, muhtemelen lise öğrencisiydi. Rittenberg o sırada kaç yaşındaydı?"

"On dokuz," dedi Lula. "Haberde bahsedilen sorgu memurunu buldum. Komiser Anna Bamfield. Kendisiyle az önce konuştum. Hâlâ çalışıyor ama şu anda Williams Lake bölgesinde görevli. Olayı iyi hatırladığını söylüyor. Dediğine göre, kurbanın anlattıklarına inanıyormuş. Şikâyetçi sadece on altı yaşındaymış. Sağlık kontrolünden geçirilmiş. Cinsel saldırı izleri bulunmuş. Vajinada yırtıklar, çok sayıda sperm örneği... Ama partiye katılan hiç kimse çıkıp konuşmamış. Ve kimse kurbanın partiden nasıl ayrıldığını ya da evine nasıl döndüğünü bilmiyormuş. Bamfield'in sorguladığı gençler ya yalan olduğunu ve öyle bir şey yaşanmadığını ya da kızla Rittenberg arasında rızaya dayalı bir ilişki yaşandığını söylemiş. Bazıları kızın *sürtük* olduğunu söyleyerek zaten herkesle yatıp kalktığını iddia etmiş. Bamfield, olay gecesi birinin telefonuyla yaşananları kaydettiğine dair söylentiler olduğunu söylüyor ama doğrulayamamış. Sonra kurban birden suçlamaları geri çekip oradan ayrılmış."

"Ayrılmış?" dedi Mallory.

"Kasabayı terk etmiş. Okuldan ayrılmış. Ailesi olayın peşini bırakmış."

Mallory ona baktı. "Adı neymiş?"

"Katarina Popovich."

"Sanırım cinayet nedenini bulduk."

JON

31 Ekim 2019, Perşembe
Cinayetten beş saat ve üç dakika önce

Jon, Cam Ev'e girmeye yeltenen karısının kolunu tuttu. "Sakın. O..."

"Girmemiz gerekiyor," diyen Daisy kolunu kurtarıp eşikten içeri girdi.

Jon'un bütün bedeni sanki elektriğe kapılmıştı. Şoktan, öfkeden, korkudan tir tir titriyordu. Mia Reiter rolü yaparak onu baştan çıkaran ve tecavüze uğraması için ortam hazırlayan bu kadın... Katarina Popovich miydi? Bu ismi hayatı boyunca bir daha hiç duymamayı ummuştu. Onun hayatından çıktığını düşünmüştü. Geçmişten gelip tekrar yolunun kesişeceği aklının ucundan bile geçmemişti.

Hele böylesi bir karşılaşmayı hayal bile edemezdi.

Sadece bir peruk ve kırmızı dudaklar yoktu; ince, baştan çıkarıcı ve şehvetli, güzel sahte yeşil gözleri ve dizlerinin bağını çözen bir aksanı ve yürüyüşü vardı. Whistler polisine gidip onu ve arkadaşlarını toplu tecavüzle suçlayan on altı yaşındaki Katarina, koca götlü, sivilceli, zavallı bir okul fahişesiydi. Okuldaki diğer öğrencilere göre, dolabının içinde JonJon'un bir posteri olan bir hayranıydı. Bacaklarını onun için... kayak takımının yarısı için aralamaya *hazırdı.*

Duygu kazanı bembeyaz alevden bir öfkeyle fokurdadı. O yapmıştı. İçkisine hap atmış, o gökdelendeki daireye çıkarmış, kelepçelemiş, içeri iki erkek alarak kendisini küçük düşüren fotoğrafları çekip TerraWest'e vermişti.

İyi de özel dedektifi nereden biliyordu?

Ben söyledim. Mia olduğunu sandığım sırada ben söyledim. Piyano barında ona Ahmed Waheed adındaki bir iş arkadaşımın açığını yakalamak için bir özel dedektif tuttuğumu söyledim.

Jake Preston'la imzaladığı anlaşmayı nereden bulmuştu?

Ben hizmetçinizim. Birden aklına evdeki bilgisayarında anlaşmanın bir kopyasını hatırlayınca beyninden vurulmuşa döndü. Katarina bilgisayarına mı girmişti? Aylardır evlerine girip çıkıyor, ortalığı karıştırıyordu. Başka ne bulmuştu? Temmuzdan beri Daisy'nin arkadaşı gibi davranıyordu. Daisy ağzından başka hangi sırları kaçırmıştı?

Bahse girerim Daisy sakladığı 'sigortadan' bahsetmemiştir...

Seni hapse göndereceğim JonJon. Yemin ediyorum göndereceğim. O sigortadaki bilgiler hiçbir zaman aşımını tanımaz. Seni de Wentworth ailesini de mahvedeceğim.

Jon karısının ve şeytan düşmanının peşinden mum ışıklarının titreştiği camdan eve girdi.

Katarina onları bembeyaz oturma odasına götürüyordu. Kayan cam kapıların ardında ışıkları yanan ve üzerinde ölü yaprakların süzüldüğü bir havuzun yeşilimsi ışıltısı göz alıyordu. Sis okyanus manzarasını saklıyordu ama Jon göremediği bir tankerin hüzünlü sis düdüğünü duyabiliyordu.

Başı dönüyordu. Üç gece önce verilen uyuşturucunun etkisi hâlâ sürüyordu. O yüzden Katarina'nın ikisine de yaptıklarını anlamakta zorlanıyordu. Herhalde bu sabah işten parka gittiğinde peşine takılmıştı ya da peşine birilerini takmıştı. Daisy'ye kovulduğunu söylemek üzere eve dönememiş, bunun yerine bir dükkâna girip küçük bir viski almış, ardından içkisiyle parkta kumsala yakın büyük bir ceviz ağacının altındaki banka gidip çantasını yanına koyarak oturmuş, kahverengi kese kâğıdındaki şişeden gizli gizli yudumlar almıştı. Sonra kendi kese kâğıdıyla sarhoş bir evsiz yanına gelmiş, leş gibi kokan adam aynı yolun yolcusuymuşlar gibi Jon'a kendi şişesini gösterip bir yudum almasını teklif etmişti. İğrenen Jon ayağa kalkarak başka bir banka geçmiş, tek başına içerken Gül Köşkü'ne dönme zamanı gelene kadar yağmuru ve denizin üzerinde süzülen sisi seyretmiş, sonra eve döndüğünde Daisy'ye işte olanları anlatmaya cesaret edememişti.

Zaten hâlâ inanamıyordu. Her şey tersyüz olmuştu. Minicik tişörtü ve eteğiyle kıpkırmızı kuyruğuyla boynuzlu şeytana baktı. Bu sarışın hizmetçi nasıl olmuştu da Mia gibi görünebilmiş, onun gibi konuşabilmiş, onun gibi yürüyebilmişti? Öte yandan hizmetçide Mia'yı görebiliyordu ama şişko ergen Katarina'yla bağlantısını bir türlü kuramıyordu.

"Oturun," dedi hizmetçi, eliyle beyaz kanepeyi göstererek.

İkisi de oturmadı.

"Yerinizde olsam söyleneni yapardım," derken kadının sesi aniden buz gibi bir profesyonelliğe bürünmüştü.

Yavaşça minderin ucuna iliştiklerinde Jon, karısının yan gözle kendisine baktığını, aklında *Mia* ve erkeklerin dahil olduğu grup seksle ilgili sorular olduğunu hissedebiliyordu. Kıçındaki yanma hissini ve kolundaki iğne izini hatırlayınca kusacak gibi oldu.

"Bana Kat diyebilirsiniz," dedi hizmetçi, önlerindeki kadehleri doldururken. "Hanımefendi için soğutulup köpürtülmüş roze," diyerek Daisy'nin şarap kadehini doldurdu. "Buna ne kadar ihtiyacın olduğunu çok iyi biliyorum... Ve senin için meşe fıçıda on dört yıl olgunlaştırılmış Balvenie Caribbean hazırladım Jon." Viski şişesine uzanıp kadehi doldurduktan sonra karanlık bir gülümsemeyle Jon'a uzattı. "Bu viskiyi ne kadar sevdiğini biliyorum Jon," dediğinde gülümsemesi büyüyüp vampir dişleri daha büyük görünüyordu.

Sonunda *Kat* karşılarındaki koltuğa yerleşip kendi içkisini yudumladı. Zeytinli votka martini içiyordu. "Her şeyi açıklama zamanı," dedikten sonra kadehini özenle yan tarafındaki küçük bir sehpaya bıraktı. "Daisy'nin kasasında sakladığı şeyi gördükten sonra Mia oldum. O gece partide olanların kaydını... *kanıtını* bulduğum anda artık geri dönülmez bir yola girmiştim. Bir de Wentworth itibarını yerle bir edebilecek iki gizlilik anlaşması vardı." Omuz silkti. "Belki Annabelle Wentworth'u bile mahkemelerde süründürebilirim çünkü bana göre yaptığı adaleti engellemekten başka bir şey değil."

"Ne kanıtı?" diye çıkışan Jon karısına baktı. "Bu kadın neden bahsediyor Daisy?"

"Peki, Mia kim Jon?" Daisy'nin alçak sesi, Jon'un ödünü koparacak kadar ürkütücü bir sakinliğe sahipti. Karısının elmacık kemiklerinin hemen üstünde iki kırmızı leke belirmişti. Belli ki tansiyonu yükselmişti.

Jon bir yanıyla bebek için endişeleniyordu ama şu Kat denen kadının söyleyeceklerinden daha çok korkuyordu.

Daisy, Kat'e döndü. "Annemi mahkemelerde süründürmek derken?"

Kat bacak bacak üstüne atıp arkasına yaslanarak sehpadan aldığı martini kadehini yudumladı. "Anlaşılan ikinizin de birkaç şeyi iyice anlaması gerekiyor. Daisy, kocan bu sabah işten kovuldu. TerraWest'in insan kaynakları veri tabanından kişisel bilgileri çaldığı ve Ahmed Waheed adındaki bir iş arkadaşının açığını yakalamak için bir özel dedektif tuttuğu ortaya çıktı. Jon'un özel dedektife verdiği bilgiler, Ahmed Waheed'in etnik kökeni ve diniyle ilgili bir şeyler bulabilmesi amaçlıydı. Kocan aynı zamanda Mia adında bir kadın ve kimliği bilinmeyen iki erkekle çıplak bir şekilde fotoğraflandı." Bir yudum daha aldıktan sonra öne eğilip kadehini bıraktı. "Jon, on dokuz yaşındayken karın Whistler'daki kayak kulübesinde olanları telefonuyla kaydetti. Videoda on altı yaşındaki bir kızın içkisine ilaç atarken takım arkadaşlarınla gülüştüğün, o akşam seninle tanıştığı için fazlasıyla heyecanlanan kıza içkiyi verdiğin, kendinden geçen kızı arkadaşlarınla üst kattaki yatak odasına götürdüğün, kot pantolonunu çıkarıp bacaklarını araladığın, diğerleri tezahürat ederken tecavüz ettiğin görülüyor." Kısa bir es verdiğinde ateş saçan gözleri Jon'un gözlerindeydi. "Sanırım bu yüzden arkadaşlarınla o ilaca *bacak ayıran* diyorsunuz."

Jon yutkundu. Ateş basmıştı, başı fena dönüyordu, her an bayılabilirdi. Daisy'ye kaçamak bir bakış fırlattı. "O kaydı nereden buldun? Hem öyle bir şeyi niye saklarsın ki?"

Daisy ona bakmayı reddediyordu. Gözlerini hizmetçiye dikmişti.

"Ve Daisy," dedi Kat. "Herhalde kocana Charley Waters'ı Jon'un bebeğinden kurtulması için tehdit ettiğini, bu işe yaramayınca bebeği öldürmesi için büyük miktarda para verdiğini de anlatmamışsındır? Ne kadardı? Beş yüz bin dolar? Kürtaj yaptırıp gizlilik anlaşması yapması ve Jon'a yönelttiği cinsel saldırı suçlamalarını geri çekmesi karşılığında bütün para onun olacaktı. Buna karşılık sen de ona yönelttiğin taciz ve takip davasından vazgeçtin."

Daisy inatla Jon'a bakmıyordu. Ellerini bütün gücüyle bacaklarına bastırmıştı.

Kat devam etti. "Fikri nereden bulduğunu Jon'a söyledin mi? Kimden esinlendiğini?"

Kat, Jon'a döndü. "Söylemedi, değil mi? Anasına bak, kızını al. Annabelle Wentworth, tecavüzden sonra hamile olduğunu öğrenen on altı yaşındaki liseli kızın yoksul göçmen ailesine küçük bir servet ödemişti. Tabii annesinin kızını bebekten kurtulmaya ikna etmesi şartıyla. Kızları adına bir daha konuyu açmamaları şartıyla."

"Benim bebeğim değildi," diye terslendi Jon. "Oradaki herhangi birinden olabilir."

Kat susuyordu. Gözlerinde korkutucu bir ifade belirirken, "Ah," dedi sonunda usulca. "Demek olanları kabul ediyorsun?"

Jon duvarlarda ve tavanda güvenlik kamerası bulmak için etrafına bakındıktan sonra buyurgan bir tavırla, "Bizi kim izliyor?" diye sordu.

Kat öne eğildi. "Sanırım Annabelle, kızın bebeği doğurması riskine değmeyeceğini düşünmüştü çünkü babalık testi bebeğin senden olduğunu kanıtlarsa, hayatın boyunca çocuğumuzun babası olacaktın. Oysa Annabelle kızı Daisy için böyle bir şeyi asla istemezdi, değil mi? En iyisi yoksul liseli kızdan kurtulmaktı. Para onun için hiç sorun değildi ama ailemin paraya çok ihtiyacı vardı, haliyle işi kolaydı." Ayağa kalkıp yüksek topuklarıyla odanın diğer ucuna yürüdü, ardından kanepede oturan çifte döndü. "Gizlilik anlaşmasının içeriği, Annabelle Wentworth'un o gece olanları bildiğini açıkça gösteriyor çünkü Daisy de o gece olanları biliyordu. Hatta bütün zengin oğlanlar ve kızlar biliyordu. En üzüldüğüm ne biliyor musunuz? Annem anlaşmayı imzaladığını bana hiç söylemedi. Sizin gibi insanlara karşı asla kazanamayacağımız için her şeyi unutmamızı önerdiğinde yıkılmıştım. Bana sessiz kalmamı söyledi. Sesimi çıkarırsam beni itibarınızı zedelediğim falan gibi nedenlerle dava edebileceğinizi söyledi. Annabelle'in annemi tehdit ettiğini tahmin edebiliyorum. Dahası annem babama muhtemelen hiçbir şey söylemedi. Babam eski topraktı. Eski geleneklere bağlıydı. Hamileliğim, tecavüz suçlamam, içki içmem... Onun gözünde artık iffetsizdim. Benden iğreniyordu. Bütün saygısını yitirmişti. Herkesin 'JonJon' Rittenberg'le diğer çocukların kucağına atlayan ayyaş ve yalancı bir fahişe olduğumu, hamile kalınca tecavüz çığlıkları atarak durumu kurtarmaya çalıştığımı söylediğini duymuştu." Bar tezgâhında televizyon kumandasına benzeyen bir şeye uzandı. "Ve bebekten kurtulduğumda rahmim mahvoldu. Enfeksiyon kaptım. Artık asla çocuğum olmayacaktı."

Kumandanın düğmesine bastığında beyaz beton bloktan anka kuşu gibi yavaşça devasa bir ekran yükseldi. Ardından OYNAT tuşuna basınca ekranda kayak kulübesindeki o gecenin kumlu ve sarsıntılı görüntüleri akmaya başladı. Bütün kulübe kahkahalarla, coşkulu bağırış çağırışla, müzikle çınlıyordu. Sesi yükseltti.

Jon'un ağzı açık kalmıştı. Midesinin ağzına geldiğini hissedebiliyordu.

"Kapat!" diye ayağa fırladı Daisy. "Durdur şunu. Hemen."

Kat görüntüyü dondurdu.

"Ne istiyorsun?" diyordu Daisy telaşla. "Bizden ne istediğini söyle."

"Manşetleri hatırlıyor musun Jon?" diye sordu Kat. "*Öyle Bir Şey Olmadı* manşetlerini. Bana olduğunu söyle. Yaşananları kabul et. Yüzüme karşı bana tecavüz ettiğini söyle. Arkadaşlarınla içkime ilaç atarak hep birlikte tecavüz ettiğinizi itiraf et. Senin ağzından duymak istiyorum."

Jon çaresizce karısına baktı. Kat'in şimdiye kadar yaptıklarını düşünüyordu. Bundan sonra kim bilir neler yapardı! Bu kadın deliydi. Aklını kaçırmıştı. Zaman kazanması gerekiyordu. Onu yatıştırmaları ve bu evden çıkmaları gerekiyordu. Sonrasında bu işe nasıl son vereceklerini ve ondan nasıl kurtulacaklarını düşünürlerdi. "Peki," dedi ağır ağır. "Hepsi oldu. Videodan zaten olduğunu görebiliyorsun. Kendimizi kaptırmıştık. Hepimiz sarhoştuk, yarışın sarhoşluğunu yaşıyorduk, başarımıza ve gücümüze içiyorduk. İş çığırından çıktı. Yanlıştı. Özür dilerim. Bizden ne istediğini söyle yeter."

"Dokuz yüz bin dolar istiyorum."

"Ne?" Jon gözlerini kırpıştırdı.

"Dokuz yüz bin dolar istiyor Jon," diyen Daisy'nin sesi tuhaf bir şekilde sakindi. Boyun kasları gerilmişti, dudakları incecik bir çizgiden ibaretti.

"Bu imkânsız," dedi Jon.

"CityIntraBank hesabınızdan benim CityIntraBank hesabıma aktarılmasını istiyorum," dedi Kat. "Banka içi havale. Şu tabletten halledilebilir," diye ekledikten sonra bar tezgâhından bir iPad alarak Jon'un yanına gitti. "Bankanın internet sitesi açık. Hesabımla ilgilenen yetkiliyi, çocuğumun babasından bir hediye beklediğim konusunda bilgilendirdim. Tek yapman gereken hesabına girip parayı transfer etmek."

"Saçma. Çocuğum? Bu bir yalan..."

"Öyle mi dersin?"

Jon dudaklarını yaladı. "O kadar param yok. Önce vadeyi bozmam gere..."

"Öde Jon," dedi Daisy usulca.

Jon döndüğünde karısının buz gibi gözleriyle karşılaştı. Gergin yüzü iyice şişmiş, çirkinleşmişti.

"Öde," diye fısıldadı Daisy yine.

"O kadar paramız yok. Bizim..."

"Ortak hesabımızdan öde. Hemen öde. Dediğini yap."

"Daisy... bu..."

"Ona inanıyorum. Videoyu medyaya verecek. Polise gidecek. Videoyu gördün. Orada olan herkesin yüzü açıkça görünüyor. Kimlikleri belirlenebilir. Onca yıl sonra onlar da suçlanabilir. Hepsinin işi, çocukları, eşi ve hayatı var. Sahip olduklarını korumak için ellerinden geleni yapacaklarından emin olabilirsin. Savcılıkla anlaşıp senin aleyhine ifade vereceklerdir. Dokuz yüz bin doları ödersen belki hapse girmekten kurtulur, oğlumuzun doğumunu görebilirsin."

"O videoyu niye sakladın Daisy? Lanet olsun, hepsi senin suçun. O video olmasa bu sürtüğün insafına kalmayacaktık. Hem o görüntüleri nereden buldun?"

"Bir arkadaşımdan. Partide kaydederken görmüştüm. Telefonunu isteyip videoyu kendime kaydettim, sonra onun telefonundan sildirdim."

"Kopyaladın mı?"

Daisy yutkundu.

"Neden?"

Kat araya girdi. "Anasına bak, kızını al. Güvenilmez erkeğine karşı kendini sigortaya alıyor. Sırf elinde kozu olsun diye, sırf her şey istediği gibi olsun diye. Seni nasıl kontrol ettiğini herhalde hiç fark etmemişsindir Jon. İlişkinizde ipler onun elinde. Onun, ailesinin ve paralarının emrindesin."

"Parayı ödersek bir daha seninle uğraşmak zorunda kalmayacağımızı nereden bileceğim?" diye terslendi Jon.

"Bilemezsin."

Jon bütün hücreleriyle kadının üstüne atlamak, paramparça etmek... gelecekte bir daha karşısına çıkmasın diye sonsuza kadar yok etmek istiyordu. "O videoyu istiyorum," dedi.

"Aptal olma Jon," diye bu sefer Daisy terslendi. "Sayısız kopyası olabilir. Susması için parayı ver. Daha önce işe yaramıştı."

"Ama işte yine karşımıza çıktı," diyen Jon, Katarina'ya döndü. "Seni öldürürüm. Bir daha karşıma çıkmayı düşünürsen yemin ederim seni..."

"Söylediğin her şeyin kaydedildiğini unutma Jon," dedi Kat, tableti işaret ederek. "Parayı transfer et."

Tableti eline alan Jon mobil şifresini girerken ter içinde kalmıştı. Bu evden çıkar çıkmaz tekrar hesabına girip transferi iptal etme planları yapıyordu. O sırada cep telefonu çınlayınca ekrana baktı, sonra bankanın gönderdiği onay kodunu girdi. Korkusunun keskin kokusu gün boyunca parkta içtiği bayat içki kokusuna karışarak genzini yakıyordu. Yan gözle karısına baktı.

Daisy'nin gözleri çakmak çakmaktı. "Yap," dedi.

Jon derin bir nefes alıp Kat'ten hesap bilgilerini istedi, ardından bilgileri girip miktarı tuşladı. Küçük bir tereddüdün ardından da transferi gerçekleştirdi.

"Teşekkürler Jon," dedi Kat. Tableti alıp bir şeyler yapmaya başladı.

"Ne yapıyorsun?"

"Offshore hesabıma aktarıyorum. Merak etme. Dediğim gibi önceden müşteri temsilcimi arayıp gerekli işlemleri hazırlattım. Banka transferin gerçekleşmesini sağlamak için bekliyor. Çocuk eğitimi ve sağlığı için ne kadar para harcayacağını düşün. Hem babası olduğun kanıtlansaydı sadece benim değil, Charley'nin çocuğu için de..." Son bir tuşa basıp başını kaldırdı. "Ya da elimdeki kanıtla mahkemeye gittiğimde mahvolan sağlığım, tehdit edilen ailem, devam eden zihinsel travmam, eğitimimden olmam ve daha iyi bir gelire sahip olduğum bir hayat şansını kaybetmem göz önüne alındığında dokuz yüz bin dolardan çok daha fazlasını alabilirdim. Hâlâ da gidebilirim. Üstüne bir de avukat masraflarını koy. Basın üstüne atlardı. Manşetleri hayal etsene... *Altın madalyalı eski Olimpiyat kayakçısı, Whistler'da liseye giden bir kıza takım arkadaşlarıyla birlikte toplu tecavüz ettiğini kabul etti.* Yetmezmiş gibi kız arkadaşının ailesi... TerraWest'in kurucusu Labden Wentworth ve başarılı emlakçı Annabelle Wentworth adaletten kaçmaya çalışmasın mı? Verdiğin para çok daha basit bir çözüm." Kat, Jon'un gözlerine baktı. "Bu parayı, sistemin bana layık görmediği adalet olarak düşün." Tablete göz attıktan sonra, "İşte oldu," dedi. "Kadeh kaldırmaya ne dersiniz?" Kadehini alıp havaya kaldırdı. "Şerefe."

"Hepsi bu mu?" diye sordu Daisy.

Kat başını yana eğdi. "Hepsi bu."

"Gidebilir miyiz?"

Kat eliyle kapıyı gösterdi. "Nasıl isterseniz."

"Bu iş burada bitmedi," dedi Jon.

"Senin için bitmemiş olabilir," dedi Kat usulca. "Ama benim için bitti."

DAISY

31 Ekim 2019, Perşembe
Cinayetten üç saat ve kırk bir dakika önce

Jon arabayı kullanırken Daisy heykel gibi kıpırdamadan duruyordu. Silecekler ön camda gidip geliyor, köprüye yaklaştıklarında sis yoğunlaşıyordu.

"Kendisi için bittiğini söylerken ne demek istiyordu?" diye sordu Jon.

Daisy dişlerini ve kucağındaki yumruklarını sıktı. Nabzı deli gibi atıyordu. Bunu şu anda yapmayacaktı çünkü artık kararını vermişti. Charley olayından sonra Jon'la ilişkisini bitirmiş olması gerekirdi. Zihinsel uyumsuzluk... Mesele buydu. O başka bir şeye inanmak istiyordu ama Jon gibi adamlar asla değişmezdi.

Sadece öğrenir, evrim geçirir, uyum sağlar, bir sonraki sefer yakalanmamak için nasıl dikkatli davranmaları gerektiğini çözerler.

"Parayı geri alacağız," dedi Jon onuncu kez. "Hepsini geri alacağız. Konuş benimle Daisy. Kahretsin, lütfen bir şeyler söyle."

"Müşterilerinle birlikte olduğunu söylemiştin Jon. Mia? Sen benimle dalga mı geçiyorsun? Yoga dersinde tongaya düştüğüm için bir de *bana* mı aptal diyorsun? O sırada ruju ve daracık elbisesiyle bir kadın sana bakmaya görsün, anında fermuarını indiriyorsun. Hem bahsettiği diğer erkekler ne anlama geliyor?"

"Oyuna geldim. İçkime ilaç attılar."

"Çünkü dallamanın tekisin! Çünkü aletinin dikine gidiyorsun. Kolay bir hedefsin. Sen ve şu kırılgan erkeklik egon. Ben..." Gözyaşlarını sildi. "Yalan söylediğini biliyordum. İçten içe yalan olduğunu biliyordum. Ama sana inanmayı çok istemiştim. Oğlumuz doğduktan sonra her şeyin gerçekten değişeceğini sanmıştım. Peki, özel yatırımcıyla iş? Rakibinin açığını aramak? Waheed denen o adam muhtemelen terfiyi senden bin kat daha fazla hak ediyordur. O görevi sonuna kadar hak ediyordur. Sen de hak ettiğini aldın."

Yanlarından bir araba hızla geçtiğinde araba savrulunca Jon az daha yan şeritteki bir motosiklete çarpıyordu. Küfrü bastı. "Bana tecavüz ettiler... o ve o adamlar. Beni uyuşturup yatağa kelepçelediler."

Daisy kocasına baktı. Bu adamı hiç mi tanımamıştı?

"Sanırım odasına kendi isteğinle de gitmemişsindir? Sen de istemedin mi?"

"Öyle değil. Ben..." Jon hıçkırdığında yanaklarından yaşlar süzülüyordu. "Ne olduğunu bile bilmiyorum Daize. O adamlarla seks yapıp yapmadığımı bilmiyorum. Yüzlerini bile hatırlayamıyorum."

"Neler olduğunu anlayamıyor musun? Gerçekten mi? Kadın sana kendi ilacını tattırdı. Kısasa kısas."

Jon aniden frene bastığında neredeyse önündeki arabaya çarpıyordu.

"Yola dikkat et, yoksa doğmamış çocuğunu öldüreceksin," diye azarladı Daisy.

"Bu iş, bana yaptıklarından çok daha büyük. Aldığı paradan bile büyük."

"İstediğinde seve seve verdiğin paradan mı bahsediyorsun?"

"Şantajdı."

"Neden? Her şey ortaya çıktığında yargılanıp hapse gireceğin için mi?"

"Kahretsin, aynen bunu diyorum Daisy. Ondan asla kurtulamayacağız. Bildiğim bir şey varsa yarın elindeki videoyla doğrudan polise gidecek. On altı yaşından beri beni hapsettirmekten başka bir şey istemedi."

Daisy arkasına yaslanıp gözlerini yumdu. Kalbi nasırlaşmaya başlamıştı. "Öylesi çok daha iyi olabilirdi."

"Sen ne diyorsun?"

"İşin yok. Her şeyini kaybettin. Her şeyini. Yıllardır kurmaya çalıştığımız her şeyi yok ettin..."

"Beni anlamıyorsun. Peşimizi bırakmayacak Daisy. O kadın daha fazlasını istemek için geri gelecek. Elinde kozu var, henüz işi bitmedi. Diyetini aldı ama *hâlâ* beni içeri attırabilir. Yaşadığı sürece bizi parmağında oynatacak. Onu duydun... bu eyalette cinsel saldırı suçlaması için zaman aşımı yok. Bu işi düzeltmemiz gerekiyor. Lanet olası fahişe. Yemin ederim, onu... onu geberteceğim. Yaşadığı sürece bizi parmağında oynatacak."

"Jon." Daisy tek kelimeyle onu susturmuştu. Audi evlerinin olduğu sokağa dönerken güzel bir sokak olduğunu düşünüyordu. Güzel bir evde yaşıyorlardı. Ama şimdi evleri bir hapishaneden farksızdı.

"Ne?" dedi Jon.

"Başkaları da var mı?"

"Nasıl yani?"

"Bu olay ortaya çıkarsa başkaları da konuşacak mı? Başka kadınlarla da çizgiyi aştın mı? İş seyahatlerinde, iş arkadaşlarınla, striptizcilerle, seks işçileriyle? Katarina medyaya konuşursa, hepsi birden konuşma cesareti bulacak mı?"

Jon arabayı evin önünde durdurup dışarı baktı.

Sessizliği yeterli cevaptı.

Yolcu kapısını açan Daisy koltuğundan doğrulup yağmurdan korunmak için mantosunu başının üzerine kaldırarak kapıya yöneldi. Aklında tek bir şey vardı.

Çantanı hazırla, arabanın anahtarını al, bu evden ayrıl. Ondan ayrıl.

Doğrudan yukarı çıkıp bulduğu bir bavula kozmetiklerini, iç çamaşırlarını, pijamalarını ve kıyafetlerini tıkıştırdı. Ardından iç çamaşırı çekmecesinin diplerinden kasasını alıp kıyafetlerinin üzerine yerleştirdi.

O sırada Jon yatak odalarının kapısında belirdi. "Daisy, dinle beni... Ciddiyim. Bizi parmağında oynatacak."

"Hayır. Bizi değil, *seni* parmağında oynatacak Jon. Elindeki koz seninle alakalı."

"Biz bir takımız. Biz buyuz. Biz..."

"Asla takım falan olmadık. Bunu şimdi anlıyorum." Bavulunu kapatıp yere indirerek kapıya doğru sürüklemeye başladı.

"Bu çamur ailene de bulaşacak."

"Bitti. Biz diye bir şey kalmadı. Kenara çekil lütfen."

Jon dokunmak için uzandı. "Daisy..."

"Benden uzak dur," diyen Daisy parmağını kocasının yüzüne doğrulttu. "Yemin ederim, yanıma yaklaşırsan her şeyi polise kendim teslim ederim."

"O videoyu saklayacak kadar nasıl aptallık edebildin? Hepsi senin suçun. Bu video olmasaydı, bunların hiçbiri olmayacaktı."

Daisy onu iterek yanından geçti ve bavulu arkasından gürültüyle sürükleyerek merdivenlerden indi. Jon hâlâ peşindeydi. Mutfaktan çıkamadan önce önüne geçti. "Ve annen, ailesine para vermeseydi..."

"Aksi takdirde sana babalık testi yapacaklardı Jon. Belki senin bebeğindi. Belki diğerlerinden birinin bebeğiydi. Ama kimin olursa olsun, seni ve diğerlerini bu utancı paylaşmak üzere kendiyle birlikte dibe çekecekti. Aynısı Charley için de geçerli... Sonsuza kadar elini ayağını bağlayabilirdi. O kızlar öylece çekip gitmedi. Hep arkanı temizledim. Ödeyemeyecekleri ceza maddeleriyle gizlilik anlaşmaları imzalattım. O belgeleri saklamamın bir nedeni vardı. Videoyu da gerçek yüzün ortaya çıkarsa diye sakladım." Daisy öfkeden titriyordu. Bebeği için endişelendi. Evden çıkması, bir an önce sakinleşmesi gerekiyordu.

Kocası parmağını neredeyse burnuna doğrulttu. Dudaklarında pis bir sırıtış vardı. "Haklı olduğumu biliyorsun. Yaşadığı sürece o kadın bir tehdit... o kadın bir canavar."

"*Senin* yarattığın bir canavar. Lütfen önümden çekil."

Jon kıpırdamıyordu. Dahası yüzündeki ifade korkutuyordu. Daisy gücünü göstermek için ateş saçan gözlerini ona dikerek yanından geçmeye çalıştı ama kocası kolunu sertçe kavrayınca mutfak adasından kaptığı et bıçağını çekti. "Çekil. Lanet olsun, çekil diyorum."

Jon yaşadığı şokla kolunu bırakıp yolundan çekildi. Daisy gözünü kocasından ayırmadan ve bıçağı sımsıkı kavrayarak kapıya doğru gerilemeye başladı. Diğer eliyle bavulunu çekiştiriyordu. Dışarı çıktığında kocası nereye gittiğini sorsa da kapıyı çarptığı gibi koşarcasına yağmurun altında BMW'sine gitti. Bavul sürekli bacaklarına çarpıyordu. Yolcu kapısını açıp bıçağı yere attıktan sonra bavulu arka koltuğa koydu. Ardından direksiyon başına geçerek motoru çalıştırdı. Geri geri çıkarken Jon dışarı fırladığında tir tir titriyordu. Kocası arabanın peşinden koşmaya başlamıştı.

Yola çıkarken arka tamponla posta kutusu direğini sıyırdı ama gaza bastı. Hızla döndüğünde komşunun çöp kutularını devirdi. Yaprak gibi titriyordu. Nefesleri sıklaşmıştı. Sonunda direksiyona hâkim olup North Shore yolunu tuttu.

JON

31 Ekim 2019, Perşembe
Cinayetten üç saat ve on bir dakika önce

Jon, Daisy'nin geri geri kaçarken posta kutusunu sıyırdıktan sonra komşunun çöp kutularını devirmesini seyretti. Küfrü basıp fırtına gibi Gül Köşkü'ne daldı. Oturma odasında volta atarken eline geçen bir tekila şişesini başına dikti. Sonra tekrar dikti. Çaresizdi. Her saniye biraz daha öfkeleniyordu. Mantıklı düşünemiyordu. Katarina'nın ona cinsel tacizde bulunduğundan *hâlâ* emin değildi. Belki de tecavüze uğramıştı. Kolundaki iğne izini soramamıştı çünkü Daisy'nin öğrenmesinden çok korkmuştu. İğnede ne vardı? Test yaptırması gerekecek miydi? Cinsel yolla bulaşan hastalıklar için test yaptırmalı mıydı?

İki elini birden saçlarından geçirdi. Daisy haklıydı. Her şeyini kaybetmişti. İşini kaybetmişti. Karısı bebeğiyle birlikte çıkıp gitmişti. Daisy'nin ailesine koştuğundan emindi. Yani artık Jon'un işi hepten bitmişti. Labden Wentworth bütün cephanesiyle peşine düşecek, onu Daisy'den ayırıp parasız bırakacaklardı. Böylece hapse düşerse ellerini temizlemiş olacaklardı.

Tekila bitince viskiyi aradı. Evde kalmamıştı. Konyak bulunca büyük bir kadeh doldurup içti. Volta atmaya devam ediyordu. Daisy'yi aramaya çalıştı. Cevap vermiyordu. Hat doğrudan telesekretere düşüyordu.

Jon, Wentworth çiftinin ev telefonunu denedi. Kimse bakmıyordu.

Ardından Annabelle Wentworth'un cep telefonunu aradı ve kadın cevap verince şaşırdı.

"Annabelle, ben Jon... *Daishi* orada mı?" Dili dönmüyordu. Ne kadar içmişti? Daisy gittiğinden beri ne kadar zaman geçmişti? Hol aynasında yüzüne bakınca dehşete düştü.

"Ne?" dedi kadın.

Düzgün konuşmaya çalıştı. "Daisy. Daisy'yle konuşmak istiyorum."

"Sarhoş musun Jon?"

"Daisy..."

"Burada değil."

"Nerede?"

"Bilmiyorum. Evde değil mi? Beni de endişelendirdin şimdi Jon. Ne oldu?"

Jon hemen telefonu kapattı. Ya Annabelle yalan söylüyordu ya da Daisy başka bir yere gidiyordu. Annabelle'in karısını sakladığına karar verdi.

İşi bitmişti.

Katarina denen o şeytan kadın videoyu polise gönderirse hapse girerdi. Hapiste onun gibi adamların başına neler geliyordu?

Of Tanrım!

Durdurabileceği *tek* şey buydu.

Hâlâ kontrol edebileceği tek şey buydu.

Katarina'nın polise gitmesini engelleyebilirdi.

Ceketini kaptığı gibi arabasına koştu. Direksiyon başına oturduğunda odaklanabilmek için birkaç derin nefes aldı. Trafik polisine yakalanırsa doğrudan hapse giderdi. Arabayı dikkatli kullanması gerekiyordu. Oraya bir an önce gitmesi lazımdı. Kontağı çevirip sokağa çıktığında yağmur ve sileceklere rağmen köprüye giden yolda sarı ve beyaz çizgilere özellikle dikkat ediyordu. Köprüyü geçtikten sonra trafik azaldı. Berbat hava, şeker avcılarını yataklarına sokmuştu.

Suyun kıyısına döndüğü anda Cam Ev'deki bütün ışıkların hâlâ yandığını gördü. Direksiyona sımsıkı yapıştı. Omuzları kaskatıydı. Farları söndürdükten sonra karanlık sisin içinde yavaşça eve yaklaştı. Sarı arabayı gördüğünde kalbi tekledi.

İşte onu yakalamıştı.

Islak asfaltta tekerlekleri çatırdatarak evin önünden geçip biraz ötede park ettikten sonra motoru susturarak evi seyretmeye koyuldu. Gelmişti ama planı yoktu. Yanında getirdiği mataradan aldığı yudumla cesaret toplamaya çalıştı. Kameraları düşünüyordu. Güvenlik kameralarına yakalanmamaya dikkat etmesi gerekiyordu. Subaru'nun durduğu araba yoluna çıkan bir bahçe kapısı vardı. Oradan girip çaktırmadan havuzun yanından eve girerse, belki cam kapılardan içeri girebilirdi.

Sokağa başka bir araba girince gerildi. Farlar bir an için gözünü kör edince oturduğu yerde sinip arabanın geçmesini bekledi ama araba yavaşlıyor, hatta farlar Cam Ev'e dönüyordu.

Jon diken üstündeydi. Şaşkınlıkla başka bir Audi arabaya baktı. Kendisininkiyle aynı model ve renkteydi. Plakalar çamurluydu.

Siyah yağmurluk giyen birinin şoför tarafından inip koşarcasına bahçe kapısından girdiğini gördüğünde kalbi deli gibi atıyordu. Evin içinde gölgeler hareket ediyordu. On beş dakika sonra ön paneldeki saat 23:21'i gösterirken kulaklara zarar bir çığlık duyuldu. Bir kadının çığlığıydı.

Nefesini tuttu. Birden korkuya kapılmıştı. Yine koltuğunda sinip buğulanan camından dışarıyı izledi. Yağmurluk giyen iki kişi bahçe kapısından büyük bir şey çekiştiriyordu. Rulo yapılmış bir halıydı.

Hassiktir.

Bir şey yapmak şöyle dursun, Jon düşünemeyecek kadar sarhoştu. Polisi aramak aklına bile gelmiyordu çünkü zihni bataklıktan farksızdı. Zaten suçlu durumuna düşmeden polise ne anlatacaktı ki? Tek bildiği oradan hemen uzaklaşması gerektiğiydi.

Olan bitenle hiçbir alakası olmasını istemiyordu.

İki gölge halıyı kaldırıp Audi'nin arka koltuğuna itti. Sonra biri direksiyona geçerken, diğeri koşarak Subaru'ya bindi. Ardından ikisi birden hızla uzaklaştı.

Yan evdeki üst kat penceresinde ışık yandığını gördüğünde arabaların köşeyi dönerken patinaj yaptığını duyabiliyordu.

Paniğe kapılarak motorunu çalıştırdı. Sonra farları yakmadan arabayı yavaşça sürdü. Sokağın biraz aşağısındaki park yerinin üzerine büyük bir ağacın dalları sarkmıştı. Tereddüt etti ama sonunda park etmeye karar verdi. Ardından motoru susturup koltuğunda aşağı kaydı. Ödü kopuyordu. Yakalanmadan araba kullanamayacak kadar sarhoştu.

MALLORY

2 Kasım 2019, Cumartesi

Daisy Rittenberg'le görüşmek üzere bembeyaz koridorda ilerlerken Mallory, Boon-mee Saelim'in söylediklerini aklından geçiriyordu.

Sanırım okuldayken başına gelen kötü... çok kötü bir şey. Zaten o yüzden okulu bırakıp şehre taşındı.

Tecavüz suçlaması bütün gazetelerde yayınlandıysa ve Saelim kasabanın tek lisesinde okuyan bir öğrenciyse, kızın başına gelen *kötü* şeyin ne olduğunu nasıl bilmezdi? Saelim muhtemelen yalan söylüyordu ya da bir şeyler saklıyordu. Bundan artık adı gibi emindi.

Daisy Rittenberg'in tutulduğu odanın önüne gelince Lula'yı aradı. "Selam Lu. Saelim ifade ve DNA örneği vermeye geldi mi?"

"Maalesef. Kendisini arıyoruz. Hem evinde hem de iş yerinde bulunamıyor. Telefonuna cevap vermiyor. Arkadaşları nerede olduğunu bilmiyor. Aracı evinde değil."

"Bulur bulmaz haber verin," diyen Mallory telefonu kapatıp altı numaralı sorgu odasının kapısını açtı.

Daisy Rittenberg kusursuz giyimli, şahin yüzlü, esmer tenli ve delici siyah gözleri olan bir adamın yanında oturuyordu. Mallory adamı hemen tandı. Emilio Rossi, yüksek profilli organize suç ve cinayet davalarını üstlenmesiyle ün salmış, üst düzey bir ceza savunma avukatıydı. "Emilio," diye selamladı.

Adam vakit kaybetmedi. Mallory daha oturmaya fırsat bulamadan atıldı. "Müvekkilim acilen doktorunu görmek zorunda. Ödem ve yüksek tansiyon sorunu yaşıyor. Preeklampsi, derin damar trombozu, kalp hastalığı ve selülit olabileceğinden endişeliyiz… Bütün bu rahatsızlıkların tıbben kontrolden geçirilmesi gerekiyor. Müvekkilimin doktorunu görmesi, dinlenmesi ve stresini azaltması gerekiyor."

Mallory endişelendi. Hızla işe koyulması gerekiyordu. "İyi günler Bayan Rittenberg… yoksa akşam mı oldu? Bugün zamanın nasıl geçtiğini anlayamadım. Daisy diyebilir miyim?" Kadın gözlerine baksa da cevap vermeyince defteriyle dosyasını masada önüne yerleştirerek devam etti. "Korkarım durum senin açından hiç iyi görünmüyor Daisy. Seni olay yerinde gören bir tanığımız ve kanıtlarımız…"

"Müvekkilim o evde olduğu iddiasını reddediyor Komiser," dedi Rossi kuru bir sesle. "Aynı temizlik şirketini kullandığı iddialarını reddediyor. Kendisi akşam yemeği için Northview'a davet edildiğini kabul ediyor. Audi marka arabalarıyla saat on sekiz on dört civarında kocasıyla birlikte oraya ulaştılar ama kapı zilini çaldıkları sırada müvekkilim ağrılı sancıların şokuyla elindeki buketi ve tatlıyı düşürdü. Bayan Rittenberg ve eşi bunun üzerine oradan hemen ayrıldı."

"Hemen doktora gittin mi Daisy? Bunun kaydı…"

"Sancılar eve dönerken azaldı," diye sözünü kesti Rossi. "Rittenberg çifti bunun üzerine dinlenmenin yeterli olacağına ve doktoru ertesi gün görmeye karar verdi. Eve gittiklerinde müvekkilim kocasıyla tartışıp çantasını topladı ve arabasıyla annesinin evine gitti."

"Sancılara rağmen?" diye sordu Mallory.

"O aşamada artık sancılar azalmıştı," dedi Rossi. "Müvekkilim annesinin evine gittiğinde dinlenmek üzere hemen yatağa girdi. O andan itibaren de Wentworth malikânesinden ayrılmadı. Kendisi evden ayrılırken kocasının son derece öfkeli olduğunu söylüyor. Fiziksel olarak tehdit edilmiş. Beyefendi biraz içkiliymiş. Müvekkilim kendisi ayrıldıktan sonra kocasının daha çok içtiğinden şüpheleniyor. Kocasının o gece nerede olduğunu ya da Northview evine tekrar gidip gitmediğini bilmiyor."

Arkasına yaslanan Mallory, çattığı kaşlarıyla kadını süzdü. "İyi de eşin sen olmadan Cam Ev'e neden dönsün ki? Yemeği bitirmeye mi gitti dersin?"

Rossi müvekkili adına konuşmaya devam ediyordu. "Müvekkilimin sağlam tanıkları var. Annesiyle babası. Ama kocasının nerede olduğunu doğrulayacak biri olup olmadığını bilmiyor."

Mallory gözlerini Daisy'den ayırmadan dilinin ucuyla dudaklarını ıslattı. "Kocanla neden tartıştınız Daisy? Seni neden tehdit etti?"

"Müvekkilim kocasının yüzüne gizli bir ilişkisini vurdu."

"Kimle?"

"Mia adında bir kadın," dedi Rossi. "Bayan Rittenberg sadece bu kadarını biliyor."

"Yani Jon'u otobüsün altına atıyorsun?" dedi Mallory.

"Müvekkilim asla öyle bir şey yapmıyor."

Mallory öne eğildi. "Peki Batı Vancouver polisinin arabanda bulduğu et bıçağını nasıl açıklıyorsun?"

"Dediğim gibi, eşi Gül Köşkü'nde tehdit edince müvekkilim peşine takılmasın diye bıçağı mutfak tezgâhından aldı."

"Doğrudan ailenin evine mi gittin Daisy? Önce Cam Ev'e uğramış olabilir misin?"

"Bak, olta atıyorsan..."

"Daisy... DNA örneklerini ve parmak izlerini özel bir laboratuvara gönderdik. Sonuçların eli kulağındadır. Sonrasında olay yerinde bulduğumuz DNA örnekleriyle karşılaştırma yapacağız. Eğer ki..."

"Evde müvekkilimin DNA'sını bulmanızın tek nedeni, geçen cuma günü Northview'da öğle yemeği yemiş olmasıdır. Kadehle içki içti, salamı kesmek için et bıçağını kullandı."

Mallory ağır ağır iç çekip dosyayı açtıktan sonra Daisy'nin önüne bir fotoğraf koydu. "Bu kolyeyi tanıyor musun?"

Daisy fotoğrafa baktı ama bir şey demedi.

"Peki bunlar?" Mallory, @GünlükGündelikDaisy Instagram hesabından alınan çeşitli fotoğrafları gösterdi. Hepsinde elmas kolye boynundaydı. Parmağını fotoğrafta tutarak, "Kolyeyi Cam Ev'deki kanepenin minderleri arasında bulduk," dedi.

Rossi sabırsızlıkla iç çekip saatine baktı. "Dediğim gibi, müvekkilim o evde bulunduğunu inkâr etmiyor. Kolyeyi geçen cuma düşürmüş olabilir. Ya da hizmetçi çalmıştır. Aynı hizmetçi Cam Ev'de de çalışıyordu. Hizmetçi bırakmış olabilir. Bunlar mahkemeye çıkacak kanıtlar değil. Bunu sen de biliyorsun."

Mallory dilini dişlerinde dolaştırdı. "Daisy... Kit Darling neden evi temizlemekten vazgeçti?"

Rossi cevap verdi. "Müvekkilim bunun nedenini araştırdı çünkü hizmetçinin iyi iş çıkardığını düşünüyordu. Holly's Help şirketinden hizmetçinin programında bir çakışma olduğu bilgisi verildi. İşimiz bittiyse müvekkilimin doktoruna gitmemiz gerekiyor Komiser."

"İki sorum daha var. Daisy, hizmetçin Kit Darling'in on altı yaşında bir lise öğrencisiyken on sekiz yıl önce kocanı cinsel saldırıyla suçladığını biliyor muydun?"

Daisy'nin yüzü kıpkırmızı kesildi. Titreyen eliyle ağzını sildikten sonra avukatına dönerek, "Kendimi iyi hissetmiyorum, bayılacağım galiba," dedi.

Emilio Rossi hemen ayağa fırlayıp ayağa kalkmasına yardım etmek için kadının koluna girdi. "Burada işimiz bitti."

"Bir soru daha," dedi Mallory kararlı bir tavırla. "Bu insanları tanıyor musun?" diyerek masada iki fotoğraf kaydırıp Daisy'ye çevirdi.

Daisy yan gözle şöyle bir bakarak, "Hayır," diye cevapladı.

Mallory bir fotoğrafa parmağını bastırdı. "Buradaki Vanessa North..." Sonra diğerini gösterdi. "Bu da Haruto North. İkisi arkadaşların."

Kadının yüzü artık morarmaya başlamıştı. İnatla ona bakmıyordu. "Bu fotoğraftakiler onlar değil."

"Ta kendileri. Bu kişiler akşam yemeğine gittiğin evin sahipleri."

"Neden bahsettiğinizi bilmiyorum. Bayılmak üzereyim. Benim... doktorumu görmem gerekiyor."

Daisy'nin kapıya yürümesine yardım eden Rossi, omzunun üstünden bakarak, "On altı yaşında bir lise öğrencisiyken Jon Rittenberg'i cinsel saldırıyla suçlayan kişi hizmetçi miydi? Öyleyse kocayı araştırmak için iyi bir nedenin var Dedektif. Aynı hizmetçinin yıllar önce kariyerini mahveden kadın olduğunu düşünsene?"

Çıktıklarında kapı arkalarından kapandı.

Mallory hemen dosyasıyla fotoğrafları toparladı ve Jon Rittenberg'le konuşmadan önce ofise uğradı. "Saelim'den haber var mı?" diye sordu Lula'ya.

"Yok," diyen Lula telefonuna uzandı. "Hâlâ bulunamıyor. Daisy Rittenberg sorgusu nasıl geçti?"

"O kadın kötü haber," dedi Mallory. "Az önce kocasını otobüsün altına itti. Bakalım *Jon* buna ne diyecek."

MALLORY

2 Kasım 2019, Cumartesi

Bir zamanlar iftihar edilen çifte altın madalyalı eski Olimpiyat şampiyonu *JonJon* Rittenberg, başını ellerinin arasına almış kambur bir şekilde oturuyordu. İçeri girdiğinde Mallory'e Tamara Adler'i hatırlatan avukatı hemen ayağa fırlayarak manikürlü elini uzattı. "Sandra Ling. Jon Rittenberg'in avukatıyım."

Mallory kadının incecik yumuşak elini tutup sertçe tokalaştı. "Komiser Mallory Van Alst," dedikten sonra oturup dosyasını önüne koydu. Oda sıcaktı. Jon Rittenberg'in yaydığı ter ve alkol kokusu bütün ağırlığıyla hissediliyordu. Adam tıraş olmamıştı. Perişan görünüyordu. Pis eli sargılıydı. "Sorun olmazsa Jon diye hitap edeceğim?" dedi. Sorgulama sırasında ilk isimleri kullanmayı tercih ediyordu çünkü böylesi çok daha kişisel ve yakındı.

Jon başını kaldırıp ateş saçan gözlerle ona baktı. Gözlerinde buruk bir nefret vardı. "Yorum yok," dedi. "Beni burada tutmaya hakkınız yok. Beni suçlamak için elinizde hiçbir şey yok. Ben yanlış bir şey yapmadım." Emredercesine avukatına döndü. "Söylesene Sandra… Sandra gerekli her şeyi söyleyecektir," dedikten sonra bir iniltiyle yine başını eğdi. Belli ki iyi değildi. Yüzünde ve boynundaki sıyrıklar enfeksiyon kapmış gibiydi.

"Müvekkilimin doktora görünmesi gerekiyor," dedi Sandra Ling. "Tutuklama sırasında polis memurları yaralanmasına neden oldu ve..."

"Duyduğuma göre kaçmaya çalışırken sarhoş olduğun için düşmüşsün Jon," dedi Mallory. "Ve boynundaki sıyrıklarla elindeki yaraya gelince... bunları tutuklanmandan önce şahsen gördüm. Nasıl olduğunu söylemek ister misin?"

"Tutuklama sırasında polis memurları tarafından yere düşürüldü," dedi Ling.

"Ah hadi ama!" Mallory avukata döndü. "Sıyrıkların yeni olmadığını sen de biliyorsun. Bana bir saldırı sırasında alınmış savunma yaralarıymış gibi geldi. Öyle mi oldu Jon? Ne oldu? Nasıl yaralandın?"

Jon inatla başını kaldırmıyordu.

"Cadılar Bayramı akşamı saat on sekiz on dörtte eşinle Cam Ev'e gittiğinizde olanları kendi kelimelerinle anlatmaya ne dersin?"

Adam kıpırdamıyordu.

Avukatı atıldı. "Müvekkilim asla..."

Mallory elini kaldırarak kadını susturdu. "Oyunlara gerek yok Jon. Karının ifadesi elimizde. Audi marka arabanızla Cam Ev'e saat on sekiz on dört civarında ulaştığınızı söylüyor. Bunu doğrulayan tanıklarımız var. Dahası o gece geç saatlerde arabanın Kuzey Vancouver'da ADMAC inşaat alanına girdiğini gören bir tanığımız da var."

Jon birden başını kaldırdı. "Saçmalık. Oraya hiç gitmedim. Ben..." Avukatı sertçe koluna dokunup uyarırcasına baktıysa da konuşmaya devam etti. "ADMAC diye bir yere hiç gitmedim. Cam Ev'e döndüm, tamam ama ben..."

"Jon," diye çıkıştı avukatı. Gözlerinden ateş saçıyordu.

Adam ona baktı. "Suçu benim üzerime yükleyemezler."

Ling eğilip kulağına sessizce, "Sana söyledim," dedi. "Konuşman gerekmiyor. Polisin söyleyeceklerini dinlememiz yeterli. Olta atıyorlar."

Mallory hemen sordu. "Demek eve döndüğünü kabul ediyorsun?"

"Bakın Komiser," dedi Ling. "Müvekkilimi yargıç önüne çıkarmaya ve kefaletle çıkarabilmemiz için suçlama yapmaya hazır değilseniz, şu anda yapabileceğimiz başka hiçbir katkı yok."

"DNA ve parmak izi sonuçları geldiğinde..."

"O aşamada bir şey sormak isterseniz, müvekkilimi nerede bulacağınızı biliyorsunuz. Gel Jon. Gidiyoruz."

Jon zorla ayağa kalktı.

Mallory şansını denedi. "Hizmetçinizin yıllar önce seni cinsel saldırıyla suçlayan kişi olduğunu ne zaman öğrendin?"

Adam kaskatı kesildi. Gözlerini kısmıştı.

Avukatı hızlı adımlarla kapıya gidip kapıyı ardına kadar açtı. "Jon?"

Jon avukatına ve kapıya yöneldi.

"Mia kim Jon?"

Gözlerini kırpıştırırken yüzü kaskatı kesilmiş, dudakları incecik bir çizgiye dönüşmüştü. Avukatı hemen koluna dokunup kendisine odaklanmasını sağladı. Ardından koridora çıktılar.

Mallory sandalyede arkasına yaslandı. İkisinin uzaklaşmasını seyrediyordu ki telefonu çaldı. Benoit arıyordu. "Onu buldular Mallory. Dalgıçlar onu ve halıyı buldu. Dipteki paslı metal yığınlarının altında kalmış. Balçık çok fazla. Herhalde akıntı yüzünden oraya sıkışmış. Ekip şimdi güvenli bir şekilde nasıl yukarı çıkaracağını düşünüyor."

ARTÇI SARSINTILAR

Mallory yorgunluktan pestil gibi hissediyordu. Dalgıçlar, gelgit akıntısı ve görüş mesafesi sorunu nedeniyle gece çökmeden cesedi çıkaramasalar da halıyı ve Cam Ev'deki yatağın yanında bulunanla eşleştirebildikleri turuncu çizgili beyaz bir spor ayakkabıyı bulmayı başarmıştı.

Artık eve gelmişti. Etrafı kitap raflarıyla çevrili küçük ve tıklım tıkış oturma odalarındaki kanepede Peter'ın yanında oturuyordu ama Kit Darling'in suyun derinliklerinde sarı saçları karanlık sularda yüzüne yapışan alüvyonla kaplı cesedini gözünde canlandırmaktan kendini alamıyordu.

Peter televizyona bakıyordu. Haberleri izliyorlardı. Kedileri kucağına kıvrılmıştı. Mallory, onun da yorgun göründüğünü düşündü. Gözleri her zamankinden daha boştu. Boğucu bir yalnızlık hissiyle kocasına sokulup bacağına dokundu. "İyi misin?" Peter başını ona çevirip kafası karışmış gibi bakınca gülümsedi. "Yeterince yedin mi?"

Adam kaşlarını çattı, sonra başını salladı. "Sanırım. Senin günün nasıldı?" Aslında eve geldiğinde Mallory'e aynı soruyu sormuş, Mallory de sonunda cesedi bulmaya yaklaştıklarını anlatmış, dalgıçlar dibe inemediği için sabah tekrar işe koyulacaklarını açıklamıştı.

Bu sefer, "İyiydi," demekle yetindi. "Ama erken emeklilik için sabırsızlanıyorum." Düpedüz yalandı ama aynı zamanda bir gereklikti. Peter'ın evde birine ihtiyacı olduğu açıktı. Bir bakıcı tutabilirdi... Mallory'nin aklına birden bakıcılarıyla evinin üst katına hapsolan Beulah geldi. Peter'la yıllar önce zor günlerde... hastalıkta ve sağlıkta birbirlerinin yanında olacaklarına söz vermişlerdi. Ve zor günler Mallory'nin beklediğinden daha hızlı zorlaşıyordu. Beulah'ı düşünürken dosya kapandıktan sonra yaşlı kadını ziyaret edip polisi aradığı için teşekkür etmeye karar verdi.

Ekranda ADMAC inşaat alanına yakın bir yer belirince, "Ah, işte bak," diyerek kumandaya uzanıp sesi açtı.

Bir kadın muhabir mikrofonuyla kordon altına alınmış karanlık alanın dışındaki projektörlerin altında duruyordu. "Kayıp hizmetçi Kit Darling'le ilgili arama çabalarının bu akşam üzücü bir sona ulaştığı anlaşılıyor. Polise yakın kaynaklar dalgıçların, Burrard Koyu'nda Darling'in sarı renkli Subaru marka arabasının çıkarıldığı yere yakın dipte bir kadın cesedi bulduklarını söylüyor. Ceset, dipteki balçığa saplanmış. Ekip şu anda yarın sabah cesedi çıkarma umuduyla strateji belirliyor."

Ekranda stüdyodaki sunucu belirdi. "Pamela, polis araştırmayla ilgili yeni bir şeyler söyledi mi?"

"Şu anda tek bildiğimiz eski Olimpiyat kayakçısı Jon Rittenberg'le karısının sorguya alınıp bırakıldığı. Cam Ev diye bilinen evdeki olay yerinden alınan adli kanıtlar hâlâ inceleniyor. Sanırım sonuçların çıkması biraz zaman alacak ama ceset sudan çıkarılıp otopsi yapıldığında elde edilecek yeni kanıtlarla Batı Vancouver kıyılarındaki lüks evde o gece nasıl bir şiddet yaşandığı daha iyi anlaşılacak."

Beulah, odasındaki küçük televizyondan Pamela Dorfmann adındaki muhabiri izliyordu.

Kit'in cesedinin bulunduğunu duyunca çok üzülmüştü. Kayakçı Jon Rittenberg ve karısı Daisy ekranda belirdiğinde, o akşam Audi'den inen çift olduklarından hiç kuşkusu yoktu.

Polisi aradığına seviniyordu. Horton'un birilerinin canını yakabileceğine *pek* inanmıyordu ama oğlu yerine başkalarının sorgulandığını duymak içini rahatlatmıştı. Birkaç kez Horton'un çalılıkların ardından temizlik yapan hizmetçiyi gözetlediğine tanık olmuştu. Dahası oğlu, havuz kenarında öğle yemeği yiyen hanımları da gizlice izlemişti. Beulah bir süredir Horton için endişeleniyordu.

Başını arkaya yaslayıp gözlerini yumdu. Önemli ve heyecan verici bir rol oynadığı için halinden memnundu ama hizmetçiyi, genç kadının mutlulukla el sallayıp gülümsemesini özleyecekti. Ağrı kesicilerin uyuşukluğuna teslim olurken, öteki dünyada insanlarla yine buluşacağına inanmanın aptallık olduğunu söylese de Kit'le karşılaşıp bu sefer onu doğru dürüst tanıyabileceğini hayal edebiliyordu.

Uyku ağır basıyordu. İçten içe bu sefer derin uykusundan uyanamayacağını biliyordu. Yarın gitmiş olacaktı ve ev Horton'a kalacaktı.

Boon, Hope adındaki kasabanın yakınlarındaki aydınlık benzin istasyonunun küçük marketine girdi. Sağanak vardı. Dışarıda hava zifiri karanlıktı. Nevale satın almak için polisler konuşmaya geldikten hemen sonra kaçtığı dağın ücra bir köşesindeki kulübeden gelmişti. Polisle konuşmaya ya da DNA örneği vermeye hiç niyeti yoktu çünkü akıllarının nasıl çalışabileceğini biliyordu.

Konserve fasulyeyi raftan aldığında gözü köşedeki küçük televizyon ekranının alt tarafında yanıp sönen yazıya takıldı.

POLİS DALGIÇLARI CESET BULDU.

Teneke kutu elinden düşüp rafların arasında yuvarlanırken gözünü ekrandan ayırmadan ağır adımlarla tezgâha yaklaştığında kasa görevlisine, "Sesi açabilir misin?" dedi.

Görevli ekrana şöyle bir bakıp uzaktan kumandadan sesi yükseltti.

Boon artık hem görüyor hem de dinliyordu.

"Kayıp hizmetçi Kit Darling'le ilgili arama çabalarının bu akşam üzücü bir sona ulaştığı anlaşılıyor..."

"Cesedi bulmuşlar," diyen kasa görevlisi, başparmağıyla ekranı işaret etti.

Gözleri dolan Boon yutkundu. Sonra alışveriş sepetini tezgâha bırakıp dükkândan çıkarak yağmurun altında arabasına yürüdü.

HİZMETÇİNİN GÜNLÜĞÜ

Kumsaldaki bir kütüğün üzerinde oturuyorduk. Yarısını yediğim sandviç kumlara düşmüştü. Boon elleriyle yüzünü kapatmış, acı çekiyormuş gibi inleyerek öne arkaya sallanıyordu. Birkaç saniye öncesinde telefonuma kaydettiğim videoyu izlettirmiştim.

"Özür dilerim Kit. Gerçekten çok özür dilerim. Tanrım, çok üzgünüm."

"Seni sevdim Boon. Bütün kalbimle sevdim. Dünyamın merkezi sendin, biliyor muydun?"

Başını kaldırdı. Yaşlar yanaklarından süzülüyordu. Yüreğim sızladı. Daisy'nin sakladığı videodaki tiz ve neşeli kahkahayı duyan yanım çoktan ölmüştü ama diğer yanım buz gibiydi, ölüydü, hiçbir şey hissedemiyordu. Bir daha kimseye güvenemeyecek, hayatıma kimseyi alamayacaktım.

"Henüz cinsel yönelimimi kimseye söylememiştim Kit. Korkuyordum. O gece kulübedeki çocuklar, beni okulda döven, bana ibne diyen, bir gün soyunma odasında beni köşeye sıkıştırıp pantolonumu indirdikten sonra kıçıma ellerindeki şişeyi sokacaklarını söyleyen çocuklardı. Çıkıp gördüklerimizi anlatan tek kişi olmak ödümü koparıyordu. Daha da kötüsü eşcinsel olduğum ortaya çıkabilirdi. Konuşursam Jon ve arkadaşlarının beni öldüresiye döveceğine gerçekten inanıyordum." Gözlerini sildi. "Ödü kopan, aptal bir çocuktum. Danışabileceğim kimse yoktu. Ailem

cinsel kimliğimi öğrendiğinde utançtan ölürdü. Kit, beni dinle... Annemle babamın hâlâ bilmediğini sen de biliyorsun. Bütün dünya kim olduğumu biliyor ama onlara hâlâ söyleyemiyorum. Söyleyemem. Bu ülkede benim için o kadar çabaladıktan sonra onlara bunu yapamam. Anlayamazlar ki... Üstelik annem hasta, muhtemelen iyileşmeyecek. Oğullarının eşcinsel olduğunu öğrenmeden ölüp gitmelerini tercih ederim. Ben... o zaman sana destek olmadığım için çok ama çok utanıyorum. Keşke kitaplarda okuduğun türden her şeye kafa tutan ve riskleri göze alan kahraman bir çocuk olabilseydim ama değildim. Kendi cinselliğini bile anlayamadığı için ödü bokuna karışan bir çocuktum. Tek istediğim bir yere ait olmak, kabul edilmek, sevilmekti. Anlayabiliyor musun?"

"Yıllardır en yakın arkadaşımdın Boon. Orada olduğunu söyleyebilirdin."

"Ama o zaman arkadaşlığını kaybederdim Kit. Seni kaybetmeye dayanamam. Hayatım boyunca hatamı telafi etmeye çalıştım."

"Beni yine de kaybettin."

"Beni affedersen her şeyi yaparım Kit. Beni affedebilir misin? Lütfen."

Gözlerimi denize çevirdim. Çocuk Boon'un neyi neden yaptığını ya da yapmadığını bir dereceye kadar anlayabiliyordum. Korkunun ne olduğunu biliyordum. Dışlanmanın ne olduğunu biliyordum. Ben de zorbalık kurbanı olmuştum. Tek istediğim hep ait olmak, sevilmek, kabul ve takdir edilmek olmuştu. Belki zamanla yaşananları hazmedip durumu kabullenebilirdim. Belki zamanın hiçbir faydası olmazdı.

Neden her zaman bizi istismar edenleri, kötülük yapanları, kötülüğün zihniyetini, bizi hayal kırıklığına uğratanları anlamak zorundayız ki? Anlamak iyileşmemize yardım ediyor mu? Travmayı hiçbir şeyin iyileştirmeyeceğini düşünüyorum. Sadece travmayla birlikte yaşamak için bir tür yeni hikâye yaratmayı öğrenmen gerekiyor.

Sanırım artık aslında hiç terapistim olmadığını itiraf etmemin zamanı geldi Sevgili Günlük. Öyle biri olsaydı herhalde bir günlük tutmamı öğütlerdi ama yazmaya başlamamın asıl nedeni hikâyemi anlatabilmek, ardımda polis tarafından bulunabilecek bir şey bırakmak, Jon ve Daisy'den, o gece kulübedeki partide olanlardan haberdar etmek.

Yazmaya Jon'la Daisy'nin evine girdiğimi anladığımda karar verdim. Ama ne var biliyor musun? Hayali terapistim haklı çıktı. Belli bir nedenle başlamış olsam da yazmak başka bir şeye dönüştü. Neden, neden, neden diye sordum ve sonunda tuzağa kendi irademle düştüm.

Dünyayı farklı bir gözle görmeme yardım ettin Sevgili Günlük.

Ayaklarımı yere sağlam basmama ve savaşmama yardım ettin.

Artık Anonim Kız ya da bir hayalet olmak istemediğimi fark etmemi sağladın.

Şimdi tek amacım GÖRÜLMEK.

Dibe vurmaktan korkuyor muyum? Ödüm kopuyor. Bu işten canlı çıkamayacağım diye, planlarım ters tepecek diye, öleceğim diye dehşete düşüyorum.

Ama artık dönülemeyecek bir noktadayım. Arabayı hızla uçuruma süren Thelma ve Louis'den farkım yok...

MALLORY

4 Kasım 2019, Pazartesi

Mallory adli laboratuvardaydı. Sabahın erken saatleriydi.

Benoit, balçığa saplanan cesedin çıkarılma çabalarını denetlemek üzere ADMAC inşaat alanına dönmüştü. Önceki gün şiddetli fırtına ve gelgit akıntıyı hızlandırdığı için arama çalışmaları iptal edilmişti.

"Audi'nin arka koltuğunda sarı saç telleri bulduk," dedi laboratuvar müdürü Otto Wojak. Mallory'le birlikte Jon Rittenberg'in el konulan arabasının etrafında dolaşırken arabada buldukları kanıtları işaret ediyordu.

"Boyalı saç?" diye sordu Mallory.

"Evet. Dipleri koyu renk. Cam Ev'deki yatak odasından alınan saç örneğiyle uyumlu. Arka koltuğun şurasında kan bulduk. Bir de kana bulanmış kadife bir boyunluk."

Mallory'nin aklına boynuna siyah bir boyunluk takan Kit Darling'in fotoğrafı geldi. "Tekerlek ve plakadaki çamur?" diye sordu. "ADMAC'tan alınan toprak örnekleriyle uyuşuyor mu?"

"Sonuçların eli kulağındadır," diyen Otto çömelip lastikleri işaret etti. "Ancak ADMAC inşaat alanında bulunan lastik izleriyle örtüşüyor. Keza Subaru'nun tekerlek izleri de."

"Subaru'dan alınanları görebilir miyim?"

Otto onu garajın diğer tarafındaki sarı renkli Subaru Crosstrek'in yanında duran uzun bir masaya götürdü.

"Buradaki her şey fotoğraflanıp belgelendi. Bu, gaz pedalına sıkıştırılan tahta parçası. Bu da arabanın ön tarafında bulduğumuz cüzdan. İşte cüzdanın içinden çıkanlar," diyerek bulguları parmağıyla teker teker işaret etti. "Darling'in ehliyeti, adına düzenlenmiş bir Visa ve MasterCard, bir CityIntraBank kartı, nakit yetmiş dolar, spor salonu kartı, market sadakat kartı, kütüphane kartı, tiyatro biletleri, bir restoran fişi... Bu el çantası arabada bulundu. Bunlar da çantadan çıkanlar."

Mallory masanın öteki tarafına geçip kanıtları inceledi. Makyaj malzemelerinin sayısı şaşırtıcıydı. Parlak ve cesur renklerde rujlar, saç fırçası... Farklı tatlarda beş lolipop su yüzünden yumuşamıştı. Tarçınlı sakız. Subaru anahtarlığı. İçinde bir adamla bir kadının fotoğrafı bulunan küçük bir madalyon... Mallory yakından inceledi. Kit Darling'in annesiyle babası olabilir miydi? Aklına Darling'in odasında bulunan kül vazosu geldi. Bir taraftan Boon-mee Saelim'in söylediklerini düşünüyordu.

Annesini kaybetmek Kit'i perişan etmişti... Aynı gün annesinin küllerini döktükten hemen sonra yeni temizlik işine başladı. O zamandan beri giderek tuhaflaştı.

"Bunlar her kadının çantasında var," dedi sonunda masadakilere bakarak. "Kimliği, ehliyeti, kredi ve banka kartları." Yan gözle Otto'ya baktı. "Telefonu nerede? Ve günlüğü?"

"Günlüğün ıslak sayfalarını ayırıp kurutmayı başardık. Tükenmez kalemle karşılaştırıldığında kullanılan mor renkli jel mürekkep suda kolayca bozulmuş ama işimiz bittiğinde yine de okunabilir. Suda hasar alan mobil cihazından verileri kurtarmaya çalışıyoruz."

"Günlük fermuarlı bir torbada mıydı?"

"Evet ama muhtemelen araba iskeleden düştüğünde torba delinmiş."

"Günlüğünü kilitli bir torbada taşımak sence de tuhaf değil mi?"

"O senin işin Dedektif. Ben sadece bulduklarımızı bilimsel olarak açıklıyorum. Ama tahminde bulunmam gerekirse, torbaya koyan kişinin günlüğü kuru tutmaya çalıştığını söyleyebilirim."

Mallory ona baktı.

"Kuruduktan sonra sayfaları fotoğraflayıp gereken yerleri dijital olarak temizleyeceğiz. Tamamlandığında ekibine bir kopyasını göndeririz. Kuruduktan sonra cep telefonunun içindekilere erişmeye çalışacağız."

"Peki Gül Köşkü'nden getirilenler?"

Otto onu beyaz önlüklü teknisyenlerin masalarından başlarıyla selamladıkları kendi laboratuvarına götürerek büyük bir ekrana görüntüleri yansıttı. "Bunlar Jon Rittenberg'in dolabının gerisinde bulunan ayakkabılar. Tabandaki çamur görünüşte ADMAC inşaat alanındaki çamura benziyor. Dediğim gibi hâlâ karşılaştırma sonuçlarını bekliyoruz. Bununla birlikte topuklarda ve burunda insan kanı izleri bulduk." Sonunda Mallory'e baktı. "Bu sabah özel laboratuvara gönderttiğin DNA örneklerinin sonuçları geldi."

Mallory kalbinin sıkıştığını hissetti. Otto'nun dudaklarında küçük bir sırıtış seğiriyordu. "Söylesene Otto?"

"Rittenberg'in ayakkabısındaki kan Kit Darling'e ait. Audi'nin arka koltuğundaki kan ve saç da onun."

"Bunu gelir gelmez söyleyebilirdin."

Adam içten bir kahkaha attı. "O zaman eğlencesi kalır mıydı?"

Mallory gözlerini devirdi ama nabzı hızlanmıştı. "Söylemediğin başka neler var?"

"Olay yerindeki kanlı ayakkabı izi, Jon Rittenberg'in dolabından alınan ayakkabının topuğuyla uyuşuyor. Olay yerinde kanı da bulundu. Ve oturma odasında bulunan parmak izleri de Daisy ve Jon Rittenberg'e ait." Otto, devrilen sehpanın yakınlarında bulunan kırık bir camın görselini ekrana getirdi. "Şarap kadehinin bu kısmında Daisy Rittenberg'in DNA'sı bulundu. Jon Rittenberg'in DNA'sı ise viski kadehinin bu parçasındaydı. Kit Darling'in DNA'sının bulunduğu kırık martini kadehi de bu." Ekrandaki görsel değişti. "Havuzun dibinde bulunan et bıçağı… Kabzanın şuradaki girintilerinde Darling'e ait küçük miktarda kan saptandı. Yine kabzada Daisy Rittenberg'in parmak izleri var."

Ekrana bakarken Mallory'nin kulağında Emilio Rossi'nin söyledikleri çınlıyordu.

Evde müvekkilimin DNA'sını bulmanızın tek nedeni, geçen cuma günü Northview'da öğle yemeği yemiş olmasıdır. Kadehle içki içti, salamı kesmek için et bıçağını kullandı... Kendisi evden ayrılırken kocasının son derece öfkeli olduğunu söylüyor. Fiziksel olarak tehdit edilmiş. Beyefendi biraz içkiliymiş. Müvekkilim kendisi ayrıldıktan sonra kocasının daha çok içtiğinden şüpheleniyor. Kocasının o gece nerede olduğunu ya da Northview evine tekrar gidip gitmediğini bilmiyor.

Mallory dudaklarını büzdü. Bu kanıt, çiçekleri ve pastayı düşürdükten sonra oradan hemen ayrıldıkları iddialarına rağmen Rittenberg çiftinin o eve girdiğini gösteriyordu. Üstelik şiddete başvurmaları için nedenleri vardı. Bir tanık zamanı doğruluyordu. Audi'nin ADMAC inşaat alanına gittiğini güvenlik kameralarıyla saptamışlardı. Subaru ve halının suya atıldığı görülmüştü. Ama bir şey aklına yatmıyordu. Gözden kaçırdığı bir şeyler olmalıydı.

Otto'ya teşekkür edip kendi aracıyla karakola dönerken Benoit'yı aradı.

"Henüz bir şey yok," dedi ortağı. "Dalgalar ekstra balçık bırakınca ekip aramaya yine ara verdi. Suların çekildiği birkaç saat için umutlular. Seni haberdar ederim."

Telefonu kapatan Mallory, karakola gidene kadar laboratuvardan gelecek sonuçlar için sabırsızlanıyordu. Bir de olay yerindeki kan izlerini inceleyen özel bir uzmandan haber bekliyordu. Sanki işin sonuna gelmişlerdi ama aynı zamanda hâlâ sona çok uzaklardı.

Ofise girdiğinde Jack Duff yanına koştu. "Bil bakalım kim geldi? Hem de kendiliğinden?"

Mallory kabanını omuzlarından silkip astı. "Meraktan ölüyorum Jack. Kim geldi?"

"Boon-mee Saelim."

Mallory bakışlarını hızla yardımcısına çevirdi. "Son duyduğumda kendisi hiçbir yerde bulunamıyordu."

"Günlerdir uyumamış gibi berbat görünüyor," dedi Jack. "Sadece senle ve Benoit'yla görüşmekte inat ediyor."

MALLORY

4 Kasım 2019, Pazartesi

Boon rahat sorgu odalarından birindeki lacivert bir kanepede oturuyordu. Gerçekten berbat bir haldeydi. Sürekli dizlerini oynatıyor, parmaklarıyla oynuyordu.

Mallory karşısındaki koltuğa oturup defteriyle kalemini aralarındaki sehpaya bıraktı. "Seni aradığımızı biliyor muydun Boon?"

"Avukata ihtiyacım var mı?"

"Avukat istemekte özgürsün. İstersen avukat talep edebileceğin telefon numarasını verebilirim. Söylemen yeter. Bu arada nerelerde olduğun konusuyla başlamaya ne dersin? Bil diye söylüyorum… kameralar kayıtta."

Boon gözünü tavana yakın kameraya çevirdi, ardından kaçmak istercesine kapalı kapıya baktı.

Mallory bekliyordu.

"Hope yakınlarında bir kulübedeydim," dedi sonunda genç adam, eliyle baldırını sıvazlarken.

"Neden kaçtın?"

"Kaçmadım. Üzgündüm. Arkadaşımı… en iyi arkadaşımı kaybettim."

Mallory'nin nabzı hızlandı. "Demek Kit'in öldüğünü biliyordun?"

"Hayır, yıllar önce yaptığım bir şeyi öğrendiği için arkadaşımı kaybetmek bana çok koydu."

"Peki şimdi niye geldin Boon? Kulübeden geri dönmenin nedeni ne?"

"Benzin istasyonunda dalgıçların cesedini buldukları haberini görünce..." Gözleri dolarken sesi çatallaşıyordu. "Böyle olmaması gerekiyordu. Ölmemesi gerekiyordu." Burnunu çekip gözlerini sildi.

"Ne demek istiyorsun? Acele etme. En baştan başla." Genç adam burnunu silsin diye mendil kutusunu itti.

"Kit'le ben... bizim grup sık sık kostümlü canlandırma yapardık, biliyor musunuz? Doğaçlama, anlık canlandırmalar. Süpermarkete ya da otoparka gidip insanlarla etkileşime girip kafalarını karıştırırdık. Bize özel bir oyun. Bir eğlence."

"Kit'in Instagram hesabı gibi mi? Söylediğin @tilkiylekarga hesabını inceledik. Çoğu fotoğrafta sen de vardın Boon."

"Dedim ya... öyle oyunlar oynamayı seviyorduk. Öyle sıra dışı bir durum değildi," diyen Boon yüzünü ovuşturdu. "Eylül sonunda Kit benden başka bir *oyuna* katılmamı istedi. Haruto North adında bir karakteri canlandırmamı istiyordu. Bir bistroya gidip onu alacaktım. O da Haruto'nun Vanessa adındaki karısı rolünü oynuyordu. Oraya gittiğimde Kit peruk ve yalancı hamilelik yastığı takmıştı. *Mary'nin Üç Hayatı* oyununda kullandığımız şeylerdi. Daha sonra Daisy Rittenberg olduğunu öğrendiğim kadınla öğle yemeğinde buluşmuştu. Doğaçlama yaparak baskıcı bir koca gibi biraz agresif davrandım."

"Peki Kit bunu senden niye istedi?"

Derin bir iç çeken Boon-mee bir an için uçurumdan atlayıp hayatına son verip vermemeye karar vermeye çalışıyormuş gibi göründü. "Ben... İlk konuştuğumuzda hemen kabul etmedim Dedektif. Whistler'daki kayak kulübesinde Kit'in başına gelenleri biliyordum. Oradaydım."

"Sen de partide miydin? İddia edilen cinsel saldırıya tanık oldun mu?"

Genç adam kucağındaki ellerine baktı. "Oldum. Ve bu konuda hiç konuşmadım. Onu kurtarabilir, Jon ve diğerlerinin bunu bir daha yapmamasını sağlayabilirdim ama yapmadım. Göz yummuştum. Suçluluk duygusu içimde bir canavara dönüştü. Kit, orada olduğumu yeni öğrendi. Kendimi affettirmek... yıllardır yalan söylediğim için beni bağışlaması için her şeyi yapacağımı söylemiştim. Bunun üzerine Haruto rolü dahil benden bir şeyler yapmamı istemeye başladı." Sonunda başını kaldırıp Mallory'nin gözlerine baktı. "Ona borçluydum. On sekiz yıl önce çıkıp konuşsaydım belki Katarina bebeğini doğuracaktı. Belki babası onu evden kovmayacaktı. Belki babası stresten kalp krizi geçirip ölmeyecekti. Kit akıllıydı, notları çok iyiydi, üniversiteye gidebilirdi. Kendine güvenen bir kadın olabilirdi. Hayatı bambaşka olabilirdi. Polisler Jon ve diğerlerini içeri tıkabilirdi. Ama konuşmadım."

Adrenalin Mallory'nin damarlarını yakıyordu. "Bu eyalette cinsel saldırı için zaman aşımı olmadığını biliyorsun Boon. Şimdi söyleyeceklerin kanıt olarak kullanılabilir."

Genç adam başını salladı.

"O zaman niye konuşmadın?"

"Eşcinsel olduğumu kimse bilmiyordu. Okulda sürekli zorbalığa uğruyordum. Mezuniyete bir dönem kalmıştı. Başımı çıkarırsam hedef olmaktan korktum. O yüzden saklandım. Sesimi çıkarmadım. Kit'i yalnız bıraktım. O yüzden evet Komiser. Ona borçluyum." Tereddüt ettiğinde gözleri yine doldu. "Sevginin türlü çeşidi var, biliyor musunuz? Ben Kit'i sevdim. Benim dünyamdı. Kardeşim, en iyi arkadaşım, her şeyimdi. Onu hayatımda istedim. Onu aldattığım için kendimden nefret ediyordum. O yüzden istediğini yaptım. Sonra ne yaptığını anlayınca tehlike konusunda onu uyardım. Jon Rittenberg ya da Daisy öğrenirse, ifşa olmamak için *her şeyi* yapacaklarını söyledim. Ama Kit kaybedecek hiçbir şeyi yokmuş gibi oyuna devam etti. Belki gerçekten kaybedecek bir şeyi kalmamıştı." Usulca ekledi. "Özellikle de onu aldattığımı öğrendikten sonra."

"Peki Kit tam olarak Rittenberg çiftine ne yapıyordu?"

"Akıllarını karıştırıyordu. Sadece kısmen biliyorum. Daisy'yi Instagram hesabından taciz etti, arabasına... arabasının içine tehdit notları bıraktı. Gül Köşkü'nün posta kutusuna da tehdit notları bıraktı. Hatta Jon Rittenberg'in işinden olmasını sağladı. Kit onu takip edip fotoğraflarını çekmemi istemişti. Jon'un bilgisayarına girmeyi başarmıştı, o yüzden ne zaman nerede olacağını biliyordu. Sonra Mia adında bir siren rolüne bürünerek Jon'un karşısına çıktı. İkisinin fotoğraflarını çektim. Jon'u takip ederken özel bir dedektifle görüştüğünü öğrendim. Kit de bilgisayardan aynı şeyi öğrenmişti. Sonunda Jon ve Mia'nın ilişkisinin yanı sıra özel dedektifle yaptığı anlaşmanın bir kopyasını Jon'un çalıştığı TerraWest'e götürmemi istedi. Jon o sabah kovuldu. Cam Ev'deki saldırının olduğu sabah. Kovulduktan sonra bir dükkândan içki alıp bütün gün parkta oturup içti. Ben... o akşam Jon ve Daisy Rittenberg'le buluşmayı planladığını bilseydim, Kit'e engel olurdum. Adam öfkeliydi, sarhoştu."

"O akşam ne oldu Boon?"

Saelim dudaklarını yaladı. Nereden başlayacağını ya da ne kadarını anlatması gerektiğini kestiremiyormuş gibi tereddütlüydü. "Bilmiyorum. Tek bildiğim... bir kan kliniğinde gönüllü çalışan sağlık görevlisi bir arkadaşımızdan kan torbaları ve başka malzemeler *ödünç* aldığı. Sanırım temmuzdan beri üç kere kendi kanını alıp Cam Ev'in buzdolabında tuttu çünkü ev sahiplerinin bir süre orada olmayacağını biliyordu."

Mallory'nin kalbi ritmik bir şekilde atıyordu. "Kit Darling ne yapmayı planlıyordu?"

Boon yanağındaki gözyaşını silip başını salladı. "Rittenberg çiftinin cinayetle sorgulanması için ortam hazırlıyordu. Ama planı ters tepti. Jon Rittenberg eve döndü ve..." Sesi çatallaşırken yüzünü ellerine gömüp hıçkırdı.

Mallory ona su getirmek için ofise geçtiğinde herkese sorgu kamerasını izlemesini söyledi. Ardından su doldurduğu bardak ve yeni mendil kutusuyla odaya geri döndü.

Boon burnunu silip sudan bir yudum aldıktan sonra kendini toparladı.

"Devam et Boon," dedi Mallory. "Acele etmene gerek yok."

"Sanırım Kit, yeterince kan bulurlarsa polisin öldüğüne inanacağını düşünüyordu. Jon'un dolabına ve arabasına kanlı ayakkabılarını yerleştirmiş, saç tellerini arka koltuğa bırakmıştı. Hatta ADMAC inşaat alanından bir akşam kova dolusu toprak almıştı. Çamurun bir kısmını Jon'un ayakkabı tabanlarına bulaştırdı. Ardından plakaların üzerine sıvadı. İkisinin arabalarına Gül Köşkü'ndeki yedek anahtarlarla girip çıkabiliyordu. Jon'un ayakkabılarını dolabın en arkalarına sakladı, sonra aynı ayakkabıdan satın alıp Cam Ev'deki kanlı izleri bıraktı. Aynı zamanda Gül Köşkü'nden aldığı Daisy'nin kolyesini Cam Ev'e yerleştirdi."

"Bunu aylardır planlıyordu, öyle mi?"

"Ne yapmayı planladığından hiç tam olarak emin olamadım. Sanki Rittenberg çiftinin hayatına girip daha çok öğrendikçe planı büyüyor, gelişiyordu. Unutmayın Komiser. Hepimiz oyun oynuyorduk. Bu bizim eğlencemizdi. Grubumuz her zaman hayali roller yaratmaya istekliydi. Biz hokkabazlar, palyaçolar ve şakacılar bundan gurur duyarız.

Olay yerinde Jon'un kanını bulduysanız, bunun nedeni yine Kit'tir. Mia olarak onu kiraladığı daireye götürdüğünde Jon'dan kendisi aldı. Yine temizlediği evlerden biriydi. İçkisine ilaç kattı. Hangi ilaç olduğunu ya da nereden bulduğunu sormayın çünkü bilmiyorum. Muhtemelen el altından ketamin, kokain ve tecavüz hapı diye bilinen kimyasallar satan tanıdık bir torbacıdandır." Suyundan büyük bir yudum aldıktan sonra ağzını silerken Boon'un eli titriyordu. "Bir süre önce Kit, çalıştığım dedektif dizisinin dekorasyonuyla ilgili detaylı sorular sormuştu. Olay yeri yaratırken duvarlara ve yere kan püskürtürüm. Ben... galiba Cam Ev'de bundan esinlendi."

"Boon, Cadılar Bayramı akşamı sen de Cam Ev'de miydin?"

"Hayır."

"Bunu tek başına mı yaptı? Rittenberg çiftini tek başına mı karşıladı?"

Boon yutkundu. "Şey... o akşam soru sormadan bir şeyler yapmamı istemişti, ben de yaptım. Size söyledim Dedektif. Ona borçluyum. Kendime borçluydum. O gün kumsalda otururken kendimi affettirmek için *her şeyi* yapacağıma söz vermiştim. Üstelik o da yasa dışı sayılabilecek hiçbir şey istemiyordu."

"Senden ne yapmanı istedi?"

"Kit, koyu gri renkli bir Audi S6 sedan kiralamıştı. Jon'un arabasının aynısıydı. O gün öğleden sonra evinin yakınlarına park etti. Aynı zamanda yol kameralarına yakalanmamak için plakaları çamura buladı."

"Jon Rittenberg'in arabası sanılsın diye?"

"Evet. ADMAC alanında kameraların nerede olduğunu da biliyordu. Trafik sıkıştığında bir gün köprüdeki intihar kameralarını görünce bu fikir aklına gelmişti. Aşağı baktığında silolara yakın bölgenin görüş alanında olduğunu görmüştü.

Bir hafta sonu akşamın karanlık saatlerinde ADMAC inşaat alanına gittiğinde iskeleyi fark etmiş."

"Arabasını oradan suya gönderecekti?"

Boon yine başını salladı. "Kiralık Audi'yi evinin oradan alıp Cadılar Bayramı akşamı belli bir saatte Cam Ev'e götürmemi istedi. Siyah yağmurluk ve şapka giymemi söylemişti. Subaru'nun arkasına park edip arka bahçe kapısından geçerek havuza açılan kapılardan Cam Ev'e girecektim. Ulaştığımda içeriyi görünce dehşete kapıldım. Kan her yerdeydi, mobilyalar devrilmişti, her yer cam kırığı içindeydi. Kit sabırsızdı, diken üstündeydi. O da üzerine bol gelen kapüşonlu bir yağmurluk giymişti. Karnına yine silikon hamilelik yastığını takmıştı."

"Hamile görünmek için? Böylece o Daisy, sen Jon olacaktın?"

"Amacın bu olduğunu fark ettim, evet. Rulo yaptığı kanlı bir halının yanında duruyordu. İçinde spor ayakkabılarından biri vardı. Halıyı havuzun yanından arabaya kadar sürüklemesine yardım etmemi istedi, sonra Audi'nin arka koltuğuna yerleştirmesine yardım ettim. İçinde ağır bir ceset varmış gibi kaldırmamı söylemişti. Nasıl bir oyun oynadığını sorduğumda, sadece söz verdiğimi hatırlatmakla yetindi." Boon genzini temizledi. "Halıyı sürüklemeye başlamadan önce kanlı bir et bıçağını havuza atıp kan donduran bir çığlık attı. Dediğim gibi halıyı kiralık Audi'nin arka koltuğuna yerleştirdik. Sonra Kit, hamile Daisy kılığında arabaya bindi. Ben Subaru'yu aldım. Hızla ADMAC inşaat alanına sürüp halıyı ADMAC kameralarının görebileceği şekilde Burrard'a attık. Sanırım sizlerin eninde sonunda güvenlik kameralarını kontrol edeceğinize güveniyordu. Subaru'yu da içinde kimliği, cüzdanı, telefonu vesaireyle birlikte iskeleden aşağı yolladık. Günlüğü de arabadaydı. Polisler bulup okuyabilsin diye kilitli bir torbaya koymuştu. İçinde neler yazdığını bilmiyorum. Herhalde Jon'u suçlu gösterecek bir şeyler yazmıştır. Yazdıklarının gerçek mi, yoksa olayların tamamen çarpıtılmış şekli mi olduğu hakkında en ufak bir fikrim yok."

"Yani halının içinde ceset yoktu?" Mallory'nin düşünceleri birbiriyle yarışıyordu. Polis dalgıçları suyun altında... Subaru'nun battığı yerde kesinlikle bir kadın cesedi bulmuştu.

"Hayır."

"Gerçeği mi söylüyorsun Boon?"

"Evet."

"Sonra ne oldu?"

"Kit, Cam Ev'den biraz ötede bırakmamı istedi. Dediğine göre evde bir şey unutmuş. Ardından Audi'yi teslim etmek üzere geri götürdüm."

"Ve onu orada bıraktın? Cam Ev'in biraz ötesinde?"

Genç adamın gözleri yine doldu. "Evet. Hayatımın en büyük hatası. Çünkü oradan uzaklaşırken, sokağın biraz aşağısında park edilmiş başka bir Audi görür gibi oldum. O sırada üzerine düşünmedim çünkü hâlâ Kit'in arabasını suya göndermenin şokunu yaşıyordum. Şimdi o olduğundan eminim. Geri geldi. Hatta bizi inşaat alanına kadar takip etmiş bile olabilir."

"Jon mu?"

Boon başıyla onayladı.

"Kit'in olay yerine dönmek istemesi çok saçma Boon. Çığlık atmasıyla komşular muhtemelen diken üstündeydi. Olay yerine giden ilk ekip muhtemelen yoldaydı..."

"Israr etti. Evde önemli bir şey bıraktığını söylüyordu. Kredi kartlarını, telefonunu, kimliğini ve her şeyi arabasıyla birlikte suya gönderdiğimiz için tek düşünebildiğim, bıraktığı şeyin tek kullanımlık telefon ya da pasaport falan gibi bir şey olduğuydu. Bıraktığım yerden suya paralel bir patikadan evlerin önüne kadar yürüyebilirdi. Herhalde polisi görürse Cam Ev'e girmeyecekti. Her halükârda işimizin bittiğini söyledi. Veda etti. Ben… ben onu bir daha görmedim."

"Onu saat kaçta bıraktın?"

"Sabah yarım civarı."

Mallory koltukta arkasına yaslanıp bir süre sessizce Boon'u süzdü. Yalan söyleyip söylemediğini anlamaya çalışıyordu. "Kit herhalde Jon ve Daisy'nin cinayetle suçlanacağına aslında inanmıyordu, değil mi Boon? Kan örnekleri incelendiğinde alyuvarların buzdolabında saklandığı sonucu çıkacağını ya da yaratıcı kan sıçratma oyunundaki anormalliğin bir uzman tarafından saptanacağını hesaba kattığından eminim?"

"Kit'in asla gerçekleşmeyen mükemmel bir cinayet yaratılabileceğine inandığını hiç sanmıyorum. Tek istediği Jon ve Daisy'yi bariz bir şekilde şiddetli bir olay yeriyle ilişkili göstermek, polis olaya dahil olduktan sonra soruşturmaya medyanın ilgisini çekmekti. Teatral bir yanı vardı Dedektif. Görülmek istiyordu. Her şeyin canlı yayınlarda, sosyal medyada, sohbetlerde, dedikodularda gündem olmasını istiyordu. Çarpıtılmış bir hikâyeydi. Tıpkı Instagram hesabı gibi. Amaç yalan gerçekliklerde delikler açmaktı. Ama ölümcül bir hata yaptı. Jon'u hafife aldı. Bir canavara bulaştı ve bedelini ağır ödedi." Boon konuşurken öne eğilerek cebinden çıkardığı bir şeyi masanın üzerine bıraktı ama korumak istercesine eli hâlâ üzerindeydi.

"Bu nedir?" diye sordu Mallory.

Genç adam titrek bir iç çekti. "Sürücüde iki kayıt var. Artı iki hukuk belgesinin kopyaları. İlk kayıt ve Kit'in temizlik yaparken Gül Köşkü'ndeki bir kasada bulduğu belgeler. Zaten o belgeleri gördükten sonra geri dönüşü olmayan yola girdi. İkinci kayıtsa…" Sesi çatallaşınca burnunu sildi. "Cadılar

Bayramı akşamı Cam Ev'de olanların kaydı. Kit, Rittenberg çiftiyle konuştuklarını kaydetti."

"Videoyu evin içinde mi kaydetti?"

"Evet. Konuşulan her şeyi."

"O gece evin güvenlik kameraları çalışmıyordu Boon. Kontrol ettik."

"Kit sistemi devre dışı bırakmıştı. North çiftinin kontrol edebileceği internet sitesine yayın göndermek istemiyordu. Temizliğe gittiği her seferinde güvenlik sistemini kapatıyordu. Ama o akşam başına taktığı şeytan boynuzlarına küçük bir spor kamerası taktı. Kaydettiği görüntüler ertesi sabah uyandığımda posta kutumdaydı. Gönderdiği mesaja bu dosyaları bir Google Drive klasörü olarak eklemişti. Hepsi bu bellekte. Rittenberg çiftiyle konuştuğu her şey. Mesajda Rittenberg'ler Cam Ev'den ayrılır ayrılmaz linki gönderdiğini söylüyordu. Başına bir şey gelirse sağlama almak için. Ben... ben hemen sizi aramalıydım."

"İki kayıt dedin. Kasada bulduğu ilk kayıtta ne var?"

"Kit on altı yaşındayken o gece uğradığı tecavüz telefonla kaydedilmiş. Belgeler ise gizlilik anlaşmaları. Biri Daisy'nin ve Kit'in anneleri tarafından imzalanmış. Bayan Popovich beş yüz bin dolar karşılığında Kit'in bebekten kurtulacağına ve suçlamaları geri çekeceğine söz vermiş. İkinci gizlilik anlaşması ise Daisy ve Charlotte Waters ya da Jon'un diğer kurbanlarından biri olan Charley imzalı. Anlaşma aynı... Charley, bir yıl önce Silver Aspens'te Jon tarafından tecavüze uğradığı ile ilgili suçlamayı geri çekecekti."

"Peki," dedi Mallory usulca. Beyni şok edici bilgileri hazmetmeye çalışıyordu. "Bellekteki her şeyi incelememiz gerekecek." Dahası Jon'un bu sefer muhtemelen hizmetçinin cesediyle tekrar ADMAC inşaat alanına geri dönüp dönmediğini görmek için tekrar güvenlik kameralarını inceleyeceklerdi.

Boon sonunda elini flaş belleğinin üstünden kaldırıp fısıldarcasına, "Jon'un neden Cam Ev'e dönüp işi bitirmekten başka çaresi olmadığını videoda göreceksiniz," dedi. Sonra duraksadı. Şiş gözleri adeta kararmıştı. "Kit'in yutabileceğinden çok daha büyük bir lokma çiğnemeye çalıştığını göreceksiniz. O böyleydi... kendine zarar vermekte ustaydı. Ve ben onu durdurmak için hiçbir şey yapmadım. Salak gibi ona yardım ettiğimi düşünüyordum. Ama planı geri tepti. Haberlerde bir ceset bulunduğunu duyduğumda Jon'un eve döndüğünde Kit'i öldürdüğünü ve ADMAC alanından suya attığını anladım."

MALLORY

4 Kasım 2019, Pazartesi

Boon'un verdiği kayıtları ekibiyle birlikte seyretmeye başlamadan önce Mallory, Benoit'yı aradı.

"Dalgıçlar yine iş başında," dedi Benoit hattın öteki ucundan. "Geceye kadar koşullar uygun görünüyor. Bir şey olursa hemen ararım."

Telefonu kapattıktan sonra Mallory büyük ekranın karşısına geçti. OYNAT tuşuna basarken kimseden çıt çıkmıyordu. Herkes gergindi.

Daisy ve Jon'un cam kapının arkasında beklediğini gördüler. Daisy'nin elinde beyaz çiçeklerden bir buket ve pasta kutusu vardı. Jon telefonuyla meşguldü. Kamera yaklaşırken çift başlarını kaldırıp baktı. Aynı anda Daisy'nin ağzı şaşkınlıkla açık kaldı. Kapı ardına kadar açıldığında Kit Darling'in sesini ilk kez duydular.

"Ah merhaba Daisy. Sen de Jon olmalısın? Girin… hadi girin."

Daisy kafası karışmış gibiydi. "Senin… ne…"

"Ah, bunu mu kastediyorsun?" dedi Darling.

Daisy elindekileri düşürdüğünde Mallory öne eğildi. "Sen… bebek nerede?" diye soruyordu kadın.

"Karnımdaki şişliği mi soruyorsun? Silikondu. İnternetten çeşit çeşit hamilelik protezi satın alabileceğini biliyor muydun? Kesinlikle bir göz atmalısın. İnsan bunların ne için kullanıldığını merak ediyor. Sahte fotoğraflar? Sadece etrafta hamile gibi dolaşmak için mi? Hamilelik öncesi denemeleri olabilir mi? Dahası aynı internetten gerçeğine çok yakın küçük sahte bebekler satın alabileceğini de biliyor muydun?"

Jon ve Daisy Rittenberg oturma odasına buyur edilirken ekip gözünü ekrandan ayırmıyordu. Darling içkileri ikram ettikten sonra kayak kulübesindeki gecenin kaydını izletti. Jon kaskatı bir şekilde öfkeyle parayı transfer etti.

"Cinayet işleyebilirmiş gibi görünüyor," diye fısıldadı Lula.

Video Daisy ve Jon Rittenberg'in evden ayrılmasıyla sona eriyordu ki son saniyede Kit Darling ekranda belirdi. Kamerayı kendine çevirmişti. Gülümsüyordu. Kıpkırmızı dudaklarıyla vampir dişleri ekranı doldurduğunda Mallory farkında olmadan gerildi. Genç kadın ağır bir makyaj yapmıştı. Başındaki kırmızı boynuzları işaret ederek, "Minik bir spor kamerası taktım," dedi.

Sanki aradıkları kurban sudan çıkıp karakola gelmiş de doğrudan onlarla konuşuyor gibiydi. Tekinsiz bir his yaratıyordu. Mallory ekibinin de aynı hisse kapıldığını yüzlerinden okuyabiliyordu.

"Cadılar Bayramı'na uygun, değil mi?" dedi Kit. "Şeytan payına düşeni alır."

Ve video aniden bitti.

Mallory hemen cinsel saldırı videosuna tıkladı. Herkes eski ve kumlu kaydı inceliyordu. Sona erdiğinde hepsi ağır bir sessizliğe gömülmüştü.

Mallory genzini temizledi. "Rittenberg ve takım arkadaşlarından birini tecavüzden suçlayabiliriz," diyerek ekranı işaret etti. "Suçlama için gereken her şey bu videoda. Tutuklayıp hâkim karşısına çıkaralım. O tutukluyken diğer meseleler üzerine çalışabiliriz."

Jack atıldı. "Saelim'in Darling'i olay yerine geri götürdüğüne dair söylediklerine inanmıyorum. Özellikle de öyle bir çığlık attıktan sonra aklım almıyor."

"Tuhaf ama unutma," dedi Lula. "Kontrol ettim. Cam Ev'e ilk ekibin ulaşması doksan dakikadan fazla sürdü. Beulah Brown daha önce de defalarca arayıp ihbarda bulunmuş, sonrasında bir şey çıkmamıştı. Batı Vancouver polisi, çöpleri karıştıran rakunlar ya da rüzgârda sallanan ağaç dalları bulmaya alışıktı. Haliyle ihbara öncelik verilmedi. Yani arada kayda değer bir boşluk var. Darling geri dönmüş olabilir. Rittenberg'in onu kaçırmak ya da öldürmek... ya da ikisini birden yapmak için yeterince zamanı vardı. Saelim doğruyu söylüyor olabilir."

"Saelim kayak kulübesindeki videodan diğer iki kişinin kimliğini söyleyebileceğini söyledi," dedi Mallory. "Onu konuşturalım. Sonra..."

Telefonu çaldı. Benoit arıyordu. Elini kaldırıp herkesi susturduktan sonra cevap verdi. "Anlat Benoit. Hoparlördesin."

"Cesedi çıkarmak üzereler."

Mallory ayağa kalkıp ceplerini karıştırdı. "Yola çıkıyorum. Lu, Saelim'den diğer tecavüzcülerin ismini öğren. Olayla ilgisini detaylı bir şekilde öğrenerek ifadesini imzalat. Arnav, bir ekiple birlikte Jon Rittenberg'i tutukla. Gavin, savcılıkla iletişime geç, suçlamalarla ilgili işlemleri başlat. Jack, medyayla sen ilgileniyorsun. Bu sefer medyadan bir adım önde olalım."

Ceketini giyip koşarcasına karakoldan çıkıp arabasına bindiğinde birden yıldırım çarpmışa döndü. Kit Darling istediğini almıştı. Jon ve Daisy sahne ışıkları altındaydı.

Genç kadın sonunda intikamını almıştı. Kazanmıştı.

Hem de hayatı pahasına.

MALLORY

4 Kasım 2019, Pazartesi

Karanlık bulutların bıraktığı sağanak şiddetli rüzgârla birlikte kırbaç gibi şaklıyordu. Mallory, suyun kıyısında Benoit'yla birlikte duruyordu. Devasa beton bloklar kıyıya vurmuştu. Her yer çamurluydu. Köprüye yakınlardı. Tamara Adler'in o akşam Mercedes-Maybach içinde Frank Horvath'la seks yapmak için park ettikleri yere yakındı. Yukarıda trafiğin kükremesine köprünün takırtıları eşlik ediyordu.

Dalgıçlara su altında kılavuzluk eden sert gövdeli şişme botu seyredip paltosuna daha sıkı sarınırken Mallory, Kit Darling'in fotoğrafını gözünde canlandırıyordu. Beulah Brown'ın sözleri hâlâ aklındaydı.

Güzel bir kız. Yüzünü dürbünle görmüştüm. Beni her gördüğünde el sallar. Tatlı kız... Saçlarını kedi kulağı gibi toplamaktan hoşlanıyor.

Duygular adeta boğazına yapışmıştı. Belki de yıllardır bu işi yaptıktan sonra sonunda ahlaksızlıktan ve karanlıktan yorulmuştu. Belki de emeklilik ona iyi gelecekti. Benoit'ya baktığında ortağı rahatlatmaya çalışan ama hüzünlü bir gülümsemeyle karşılık verdi. Belli ki o da duygusallaşmıştı. Benoit'nın empati yeteneği güçlüydü. Özellikle sorgulama ve bir kurbanın ya da caninin kafasına girme söz konusu olduğunda empati yeteneği bir dedektif için değerliydi ama bir cinayet masası polisi için dezavantajları da vardı. Duygularını bastırabilenler bu işte daha uzun süre dayanabiliyordu çünkü yaptıkları işin bedeli ağırdı ve otuz yılın ardından Mallory bu ağırlığı fazlasıyla hissediyordu.

"İyi misin?" diye sordu Benoit.

"Eh. Rittenberg'in onu buraya geri getirmesindeki ironiyi düşünüyordum."

"Saelim'in gerçeği söylediğini mi düşünüyorsun?"

"Nasılsa öğreneceğiz. Ekibe güvenlik kayıtlarını incelettiriyorum."

"Onu bulduğumuza seviniyorum."

"Tam jübilelik bir vaka oldu."

"Ve perde!" Benoit gözlerini denize dikti. "Seni özleyeceğim Mallory."

"Hâlâ buralardayım. Kahve ya da canını sıkan bir vaka olduğunda her zaman uğrayabilirsin. Tanrı biliyor ya bunları Peter'la yapmayı özlüyorum."

"En azından Sam Berkowitz kargayı besleyecek," dedi ortağı.

O sırada dört dalgıç yüzeye çıktı. Islak dalgıç kıyafetleriyle fırtınalı suda oynamaya gelmiş foklara benziyorlardı. Dalış maskeleri ışıklıydı. Kaptan bağırdığında Mallory kaskatı kesildi. Dalgıçların yavaşça yüzeye çıkardığı ceset yüzüstü süzülüyordu. Sarı saçlar suyun üstünde yelpaze gibi yayılmıştı. Dalgıçlar cesedi kıyıya doğru yüzdürmeye başladı. Mallory menekşe rengi ceketi görebiliyordu.

Dalgıçlar ve ceset yaklaştıkça, Mallory ve Benoit ıslak beton kayalardan oluşan kıyıya çıktı. Bulutların gizlediği bir helikopter tepelerinde uçuyordu. Kalabalık bir kez daha köprünün yaya bölümünde toplanmıştı. Bu gece Kit Darling tiyatrosu herkesin televizyon ekranında ve tüm sosyal medyada yer alacaktı. Medya, Jon Rittenberg'in on sekiz yıl önce meydana gelen cinsel saldırı nedeniyle tutuklandığı haberini alacaktı. Tecavüz olayına karışan diğer kişiler başlarına geleceklerin endişesiyle telaşa düşecekti. Daisy Rittenberg çocuğunun doğumunu bekleyecek ama bunun evliliği ve bebeği, hatta kendisi için ne anlama geldiğinden emin olamayacaktı. Annabelle ve Labden haberleri izleyecek, hemen avukatlarını arayacaklardı.

Dalgıçlar kayalara ulaştığında ceset çarmıh gibi kollarını iki yana açmıştı. Mallory bir bileğindeki bilezikleri gördü. Diğerinde saati vardı. Kot pantolon. Çizmeler...

Adli tıp görevlileri ceset torbasıyla koşturdu. Dalgıçlar yavaşça cesedi ters çevirdiğinde Darling'in yüzünü kaplayan deniz bitlerini görünce Mallory öğürmemek için kendini zor tuttu. Genç kadının burnu gitmişti. Gözyuvaları boştu. Dudakları kemirilmişti. Artık olmayan yanaklarından görünen dişleriyle sanki tekinsiz bir şekilde sırıtıyordu.

"Kahretsin," diye mırıldandı Benoit. "Deniz bitlerinin, yengeçlerin, deniz yıldızlarının ve su altında yaşayan diğer yaratıkların bir cesedi sayılı günde kılçığa dönüştürebileceğini biliyordum ama bu..." Devamını getiremeyince aksırdı.

Mallory'nin beyni işliyordu. "Çizmeler," diye fısıldadı. "Ve saçlar... sarı değil. Gümüş beyaz." Adrenalin damarlarına pompalanırken gözlerini Benoit'ya çevirdi. "O değil," dedi usulca. "Bu Kit Darling değil."

HİZMETÇİNİN GÜNLÜĞÜ

Kat yanındaki kokteyle uzanıp bir yudum aldı. Hindistan cevizi ve liçi tadındaydı. Sıcak hava çıplak kollarını yumuşacık sarıyordu. Yel okyanus kokuyordu. Bikinisinin üzerine bir pareo sarmıştı, ayağında sandaletler, başında kocaman bir hasır şapka vardı. Adı ironik bir şekilde Karma Beach Bar olan Bali'deki bir plaj barının saz çatılı verandasındaydı. Hayatı boyunca hep Bali'yi görmek istemişti. Sabah Cakarta ve Laos üzerinden uçakla gelmişti.

Çivit mavisi spiralli not defterini açtı. Yeni günlüğüne başlayacak, hayatında yeni bir sayfa açacaktı. Cakarta havaalanındaki bir dükkândan mor renkli jel kalem bile bulmuştu. Bir yudum daha aldıktan sonra içkisini bırakıp kalemi aldı ve yazmaya başladı.

Bazen bir yolculuğa ya da günlüğe başladığında gideceğin yer bellidir. Oraya varmayı amaçlarsın. Bir plan oluşturur, ulaşmak için gerekli hazırlıkları yaparsın. Ama yol asla düz değildir. Fırtınalar kopar, heyelan olur, çığ düşer, yolda çalışma ya da kaza olur. Belki yolda otostop çeken birini görüp yanına alırsın ve yolun, planın, hedefin değişir.

Günlüğüm Jon Rittenberg'i töhmet altında bırakma, araştırılan bir cinayete bulaştırma, karısıyla birlikte yıllar önce bana yaptıklarını ifşa etme planının bir parçası mıydı? Bir açıdan evet. Evlerinde olduğumu anladığım gün düşüncelerimi yazmaya başladım çünkü bir şeyler yapmam gerekiyordu. Şehre döndüğünü ve özel kozasında olduğumu bilirken öylece oturamazdım. Hele yaptıkları yüzünden bebek sahibi olma şansım elimden alınmışken, onun bir bebeği olacağını öğrendikten sonra yapamazdım.

Günlük tutmamın amacı, polisin bulabileceği bir günah çıkarma girişimiydi. O yüzden korunaklı bir şekilde arabamda bıraktım. Araba sulara gömülmüş olsa bile dedektiflerin yazdıklarımı okumasını istiyordum. Bu durum, yazdıklarımı boşa çıkarır mı? Sanmıyorum. En azından tamamen boşa çıkarmaz. Çünkü başlama nedenim farklı olsa da günlüğüm başka bir şeye dönüştü, bana iyileşme imkânı veren bir terapi oldu. Hayali terapistim haklıydı. "Anlat Kit. Her şeyi ortaya dök. Sürekli sor... Neden neden neden..." Ve bir anda bile isteye tuzağa düştüm. Bilincimin derinlerinde gizlenen Kat'le tanıştım. Ruhumun Jung tünellerindeki güldüren aynalarından benimle konuştu. Görülmek istiyordu. Tecavüzden sonra doğan Kit'le evlenmek istiyordu. İşte o zaman kendimin farklı bir versiyonunu gördüm. Dünyaya da başka bir gözle bakıyordum. Neden kaçtığımı gördüm. Kendimden kaçıyordum. Benden kaçıyordum. Bağımlılıklarımın ve tuhaf alışkanlıklarımın beni canımı yakacak şeylerden nasıl sakladığını görebiliyordum. Bilinçaltım benimle konuşmaya başlamıştı. Gerçek Kat, mor renkli kalemimin benekli defterime vurduğu darbelerle sesini bulmuştu...

Amerikalı bir turist yüksek sesle barmenden barın arkasındaki televizyonun sesini açmasını istediğinde başını kaldırıp bakınca donakaldı. Ekranda *Günaydın Dünya* programı vardı. Sunucular Ben Woo ve Judy Salinger, emekli bir dedektifle bir avukatı konuk almış, *Kayıp Hizmetçi ve Yanlış Cesedin Esrarı* üzerine konuşuyorlardı.

Hemen kalemiyle günlüğünü hasır çantasına koyup içkisini alarak barda oturmaya gitti ve dikkatle izlemeye koyuldu.

"Kayıp hizmetçi Kit Darling'i ararken polis dalgıçlarının demans hastası yaşlı bir kadının cesedini bulmasıyla Vancouver'da bir aile sonunda huzur buldu," diyordu Judy. "Yetmiş bir yaşındaki Sylvia Kaplan en son yaklaşık iki ay önce Doğu Vancouver'daki evine yakın bir sokakta görülmüştü. Kapsamlı arama yapılsa da Kaplan'dan bir ize rastlanmamıştı. Ancak 4 Kasım Pazartesi günü dalgıçlar su altında balçığa saplanmış bir şekilde cesedini buldu. Sonrasında dedektifler yaşlı kadının North Shore tarafına geçen bir otobüse binerek bölgenin doğusundaki bir parka gittiğini öğrendi. Polis onun kafa karışıklığıyla deniz kıyısına yürüdüğüne ve ayağı kayınca düştüğüne inanıyor. Cesedi, güçlü akıntının köprüye doğru sürüklemesiyle balçığa saplanmış gibi görünüyor."

Ben devam etti. "Peki, o zaman, on sekiz yıl önce kendisine tecavüz eden Olimpiyat şampiyonu kayakçıyı suçlu göstermek üzere sahte bir cinayet planlayan kayıp hizmetçimize ne oldu? Kuzey Amerika kadar İngiltere ve Avustralya'da da büyük gündem yaratan bu gizemi çözmemize yardım etmek için emekli dedektif Leon Tosi ve yine emekli savunma avukatı Renata Rollins bizimle birlikte."

Leon öne eğildi. "Ben, öncelikle belirtmeliyim... Jon Rittenberg suçlandı ama davası devam ediyor, yani hâlâ tecavüz *iddiası* dememiz gerekiyor. Kit'in nerede olduğuna gelince... bildiğimiz kadarıyla pasaportuyla sahte cinayet olayının ertesi sabahı Laos Wattay Uluslararası Havaalanı'na uçtu. Ve polisin elde ettiği banka kayıtlarına göre Jon ve Daisy

Rittenberg, Kit'in hesabına dokuz yüz bin dolar aktarmış. Kit parayı hemen Cayman Adaları'ndaki offshore hesabına göndermiş."

"Yani kendi ölümünü sahneleyip parayla kaçtı," dedi Judy kışkırtıcı bir gülümsemeyle.

"Kit'in paçayı kurtaracağını düşünüp düşünmediği ya da asıl amacının Rittenberg çiftini medyanın ve hukukun önüne atmak olup olmadığı henüz pek açık değil," diye karşılık verdi Renata.

Bunun üzerine Judy, "Polis onu Laos'ta arayacak mı? Suçlanacak mı?" diye sordu. "Twitter, Facebook, Instagram, TikTok ve YouTube'da herkes bu soruyu soruyor. Kit Darling şöhret sahibi oldu. Mazlumların kahramanı olarak görülüyor. Herkes ondan yana."

"Neyle suçlanacak?" dedi Ben. "Dolandırıcılık? Şantaj? Adaleti engellemek? Sahte cinayet? Mesela bu bir suç değil mi?"

"Genellikle cinayet komplosu *gerçek* bir cinayet araştırmasını engelleme açısından sahte kanıt düzenlemekle ilişkilendirilir," diye yanıtladı Renata. "Kit'in düzenlediği sahte olay yeri... kendisi bunu asla bir cinayet olarak adlandırmadı. Zaten kimse canından olmadı."

"Ben asıl kurbanın o olduğunu düşünüyorum," diye araya girdi Judy. "Sistem onu yalnız bıraktı. Toplum onu yalnız bıraktı. Ailesi onu yalnız bıraktı. Arkadaşları da öyle... Yıllar boyunca adalete kavuşma hakkı elinden alındı."

"Peki şantaj?" diye sordu Ben. "Rittenberg çiftinin parasını aldı."

Cevap veren Leon oldu. "Daisy Rittenberg, resmi ifadesinde paranın Kit'e hediye edildiğini belirtti. Jon Rittenberg de bunu inkâr etmiyor. Daisy, Kit'in kim olduğunu öğrendiğinde kendini fazlasıyla kötü hissedip yaşananları telafi etmek istediğini söylüyor."

"Kit dava açıp kazansaydı Rittenberg çifti muhtemelen çok daha büyük bedeller ödeyecekti," dedi Renata. "Ve Jon Rittenberg diğer bütün konularda susmaya devam ediyor. Kendisini büyük bir dava bekliyor. Hüküm giyerse bir süre hapiste kalabilir. O gece için suçlanan diğerleri de ciddi suçlamalarla karşı karşıya. Herhalde savcılıkla anlaşmaya çalışacaklardır. Hatta bazıları Jon'un aleyhine ifade bile verebilir."

"Üstelik aynı suçlamalarda bulunan başka kadınlar da seslerini çıkarmaya başladı," dedi Leon.

"Rittenberg ciddi bir hukuk kıskacında," dedi Renata. "Polisin Kit'i dünya çapında aramaya kalkmasına gelince... Kit akıllı kadın. Laos'u seçmesinin nedeni Kanada'yla suçluların iadesi anlaşması olmaması."

"Ama hükümet hâlâ iadesini isteyebilir," dedi Ben.

"Eh, böylesi bir diplomatik çaba, örneğin cinayet gibi suçlama ve hüküm giyme olasılığıyla karşılaştırıldığında pahalıya patlayacaktır. Bence hiçbir şey olmayacak. Kit özgür kalacak. Jon hapse girecek. Karısı da adaleti engellemekle suçlanacak."

"Peki, Kit'e yardım eden arkadaşları?"

Leon konuştu. "Araştırmaya yakın bir kaynaktan aldığım bilgiye göre, Boon-mee Saelim'e tam iş birliği ve o zaman Katarina Popovich olarak bilinen Kit'in içkisine ilaç atıp o partide tecavüz edenlerin kimliklerini açıklama karşılığında bir anlaşma önerildi."

"Boon aynı zamanda Jon Rittenberg davasında ifade verecek," diye ekledi Renata. Sonra gülümseyip omuz silkti. "Cinayete gelince... öyle bir şey hiç olmadı. Tıpkı günün manşetlerindeki gibi."

Ekranda eski bir gazete kupürünün kalın harflerle öne çıkan manşeti belirdi.

"Öyle Bir Şey Olmadı"
Dünyaca ünlü kayakçı 'JonJon' Rittenberg, cinsel saldırı iddialarının 'tümüyle yalan' olduğunu ve 'iddia edilenlerin asla yaşanmadığını' söylüyor.

Kamera Ben'e döndü. "Ben buna ilahi adalet derim."

"Ya da karma," dedi Judy gülümseyerek.

Kat'in aklı Mia kılığına girdiği ve Jon'u temizliğini yaptığı dairede pusuya düşürdüğü geceye gitti. Onu öperken iğrenmiş ama öfkesi devam etmesini sağlamıştı. Jon kendinden geçtikten sonra Boon eldiven kullanarak yanında getirdiği yapışkan bir maddeyi Jon'un penisine bulamış, anal bölgesineyse değdiği yeri cehennem gibi yakan kas ağrısı giderici Icy Hot kremi sürmüştü. Kat psikolojik bir kafa karışıklığı yaratmak, Jon'un aklına şüphe tohumları ekmek istemişti. Böylece Jon gerçekte ne olduğunu asla kestiremeyecek, hem kişisel hem de cinsel açıdan endişelenecek, tecavüze uğramış gibi hissedecek, taciz ettiği kadınların neler yaşadığını ilk elden öğrenecekti.

Boon aynı zamanda yanında getirdiği başka bir arkadaşıyla baygın Jon'la yatağa girerek poz vermiş, fotoğrafları Kat çekmişti. Ardından hepsi daireden çıkıp gitmişlerdi. Boon, Jon uyanıp sendeleyerek binadan çıkana kadar sokağın karşısındaki arabasında beklemişti.

Kat o geceyle ilgili kendini iyi hissetmiyordu. Ama Jon ve onun gibi erkekler kadınlara aynısını her gün yapıyordu. Hep yapmışlardı, hep yapacaklardı ve mazeretleriyle hep paçayı sıyıracaklardı.

O istedi. Yalan söylüyor. Sarhoştu.

Öyle bir şey olmadı.

Ve hayat böylece akıp gidecekti.

Ta ki biz dik durana... kurban olmanın nasıl bir his olduğunu onlara gösterene kadar.

"Hey," dedi Avustralya aksanlı bir adam.

Kat dönüp baktı.

"Tıpkı ona benziyorsun... haberlerdeki hizmetçiye."

Gülümsedi. "Herkes öyle diyor." Ardından bambu tabureden inip hasır çantasını aldı ve güneş altında plaja doğru yürüdü. Havada orkide kokusu vardı. Okyanusun derinlikleri puslu ufka uzanıyordu. Arkasındaki kasvetli volkanların zirvelerinde sis dalgalanıyordu. Durup selfie çekti. Sonra fotoğrafı kontrol edip etiketler ekleyerek @tilkiylekarga hesabından paylaştı.

#karmagibisiyok #suçokgüzel #gelsene #sonrakidurakbabaköyü

Telefonunu çantasına atarken sırıtıyordu. Boon görecek, ne demek istediğini hemen anlayacaktı.

Kumsala yürürken televizyon programında duydukları hâlâ yüreğinde yankılanıyordu.

Ben buna ilahi adalet derim.

Ya da karma.

Öyle bir şey hiç olmadı.

Aynı zamanda olmuştu. Kit o gece kendi Canavarını... sürekli saklanmasına ve görünmez olmasına... bir hayalete dönüşmesine neden olan Travma Canavarını öldürmüştü.

Artık görülüyordu.

Jon ve Daisy'nin de gerçek yüzü ortaya çıkmıştı.

Gerçekten karma gibisi yok bebeğim, diye düşünüyordu. Batan Endonezya güneşine doğru yürürken kırmızı lolipopunu yalıyordu.

MALLORY

Kit Darling'in günlüğünden taranan son sayfaları okurken Mallory kahvesinden bir yudum aldı. Ofisin diğer ucundaki masasında oturan Benoit da okumaya devam ediyordu. Sessiz bir öğleden sonrasıydı. Dışarıda kar bütün yavaşlığıyla yağıyordu.

SON bölümünü yazmaya çalışırken sadece küçük anı kırıntıları vardı. Ter içinde uyanmama neden olan kâbuslardan kırıntılar... Sanki bana ait olmayan gizli bir derinlikten, çok uzaklardan geliyorlardı. Hatta başka birine bile ait olabilirlerdi. Bunu yazma eyleminin eksik parçaları ve bağlamı ortaya çıkarabileceğini merak ediyordum.

O yüzden üçüncü tekil şahıs kipiyle... belli bir mesafeden başladım. Anı kırıntılarını not aldım. Ama Daisy ve Jon'un hayatını eşeleyip daha derine indikçe ve videoda o gecenin seslerini, müziğini, yüzlerini keşfedince... bütün taşlar yerine oturdu. Artık bütün resmi görebiliyordum. Anılar bütün renkleriyle canlanarak yüzeye çıktı.

O yüzden tekrar başa dönüyorum. SON değil, BAŞLANGIÇ. Yazdıklarımı tekrar elden geçirip birinci tekil şahıs kipine geçiyorum. Ben. Şahsım. Benim. Gerçek. Görülen... Rüya değil. Gizli değil. O değil, ben.

BAŞLANGIÇ

Uykuyla uyanıklık arasında gidip geliyordum. Keskin bir farkındalıkla irkildim. Hayır, uyumuyordum. Yatağımda değildim. Güvende değildim. Bir panik dalgası kendini göstermeye başlamıştı Neredeydim? Yutkunmaya çalıştım ama ağzım kupkuruydu. Genzimde hiç alışık olmadığım bir tat vardı. Birden ayıldım. Kan... kan tadı alıyordum. Nefes alıp verişim hızlandı Başımı çevirmeye çalışsam da yapamadım. Yüzümde ıslak ve sert bir bez vardı. Kollarım sımsıkı bağlanmıştı. Acı yavaşça kendini hissettirmeye başlıyordu. Katlanılmaz bir acıydı. Omuzlarım, göğsüm, karnım... apış aram. Kafatasım zonkluyordu. Adrenalin damarlarıma hücum ederken gözlerim kocaman açıldı ama hiçbir şey göremiyordum. Panik zihnimi alt etmeye başlarken çığlık atmak üzere ağzımı açtım. Çığlığım boğuktu. Neler oluyor? Neredeyim?

Odaklan, odaklan. Panik öldürür. Düşünmen lazım. Hatırlamaya çalış.

Zihnim bulanıktı. Düşüncelerimi berraklaştırmak, duyularıma odaklanmak için kendimi zorladım. Soğuktu... Ayaklarım buz kesiyordu. Ayak parmaklarımı oynattığımda havayı hissettim. Ayaklarım çıplak mıydı? Hayır, sadece bir ayağım açıktaydı. Diğerinde hâlâ ayakkabım vardı. Yaralıydım. Kötü yaralanmışım, diye düşündüm. *Zihnimin bulanıklığında bir anı netleşerek yüzeye çıktı. Kollarımdan tutmaya çalışan insanlara direndiğimi hatırlıyordum. Vahşice saldırıya uğramış, saldırıya karşılık verememiş, yaralanmıştım. Şimdiyse bir şeye sarılı haldeydim. Hareket halindeydim. Zıplıyordum. Titreşimi hissedebiliyordum. Duyduğum araba motoru muydu? Bir arabada mıydım? Evet, bir tür araçtaydım. Seslerin farkına vardım. Ön koltuktan geliyordu. Demek arka koltukta uzanıyordum. Sesler... telaşlı gibiydi. Birileri tartışıyordu. Seslerin arasından hafif bir müzik duyulabiliyordu. Arabanın radyosu açıktı. Kesinlikle bir arabadaydım. Beni bir yere götürüyorlardı.*

Kelimeleri bölük pörçük duyabildim. "At... onun suçu... kendisi istedi... suçlayamam..."

Tekrar karanlığa gömülürken sesleri dinledim. O zaman anladım. Daisy'ydi. Daisy ve adını bilmediğim bir arkadaşı. Tartışıyorlardı. Arabayı sanırım Daisy kullanıyordu.

"Onu atamazsın Daisy. Hava dondurucu. Bu gece kar yağacak. Ölebilir."

"Onun suçu. Kendisi istedi."

"İçkisine ilaç atıldı. Onu gördün..."

"Kapa çeneni. Kapa tamam mı? Evinin kapısına bırakacağız. Annesiyle babası nasılsa onu bulur. Hiçbir şey hatırlamayacak. Hatırlarsa da söylediği her şeyin yalan olduğunu söyleyeceğiz. Anladın mı?"

Sessizlik oldu. Radyodan sadece hafif bir müzik duyuluyordu. Araba bir yere dönerken tekerlekler kar ve buz üstünde gıcırdadı. Artık nerede olduğumu biliyordum. Evime yaklaşmıştık.

"Jon ve diğerleri takımdan atılacak, bilmiyor musun? Kulübedeki partiyi denetlemediği için koçlarının başı belaya girecek. Hapse bile girebilirler. Kayağa veda ederler. Şampiyonluk şansları kalmaz. Bu sürtük onları mahveder. Böyle mi olsun istiyorsun?"

"Ama yaptıkları..."

"Sürü halinde erkekler akıllarına eseni yapar. Kendi başlarınayken bunu yapmak akıllarının ucundan bile geçmez. Sarhoştular. Zafer sarhoşluğu yaşıyorlardı. Ne yaptıklarını *bilmiyorlardı. Bu bir daha olmayacak. Jon, kızı kulübeden çıkarmaya yardım etmemi istedi."*

"Jon seni kullanıyor Daisy."

"Hayır, Jon beni seviyor. Bu sürtüğün bana bunu yapmasına... bütün şanslarımı mahvetmesine izin vermeyeceğim. Jon'la evleneceğiz. Ailelerimiz bile biliyor. Geleceğimiz birlikte yazıldı. Bu aptal şişkonun geleceğimizi yok etmesine izin vermeyeceğim. O gelecek için çok çalıştık."

Kendimden geçiyordum. Beni arabadan kot altı dairemizin basamaklarına sürüklediklerini hissettim. Beni sardıkları eski battaniye köpek kokuyordu.

"Çok ağır," dedi bir kız.

"Sürüklüyoruz işte."

Bam, bam, bam... Bütün bedenimde acı bombaları patlıyordu. Çığlık atmak için ağzımı açtım ama çıt çıkmadı. Kapıya çarptığımda sarsıldım.

"Gel," diye fısıldadı Daisy. "Çabuk."

"Burada böyle bırakamayız. Ölebilir."

"Bak, içeride ışık yandı. Bizi duydular. Gel. Koş."

Sonrasında bayılmış olmalıydım. Neredeyse on iki saat sonra yatağımda uyandığımda annem yanıma oturmuş, elimi tutuyordu.

Anlayacağın üzere, Daisy'yle de görülecek bir hesabımız var Sevgili Günlük.

Mallory arkasına yaslanıp elini saçlarından geçirdikten sonra masasında oturan Benoit'ya, "Savcının bunu görmesi gerekiyor," dedi. "Burada yazanlar Daisy Rittenberg ve annesinin kapatılan dosyaya dahline yeni bir ışık tutuyor. Okuduklarımız doğruysa Daisy saldırıda aktif bir rol oynamış. Orada olanlardan biri... Saelim ya da diğerleri, Daisy'yle arabada olan kişiyi mutlaka biliyor. O kızı bulmamız lazım."

"Konuşursa Daisy'nin işi biter. Ama konuşur mu? Diğerleri onun ismini verir mi?"

"Kendi paçasını kurtaracağını düşünürse bulduğumuzda konuşacaktır." Mallory sözlerine devam edemeden Lula ofisin kapısını ardına kadar açtığında Arnav, üzerinde mumları yanan kocaman bir pastayla arkasından içeri girdi. Onun arkasında Gavin şampanya ve kadehleri, Jack ise balonları taşıyordu.

"Kızma," dedi Benoit, Mallory'nin şaşkınlığını görünce kahkaha atarak. "Engel olamadım."

"Emekliliğin kutlu olsun patron," diye cıvıldayan Lula devasa pastayı Mallory'nin önüne bıraktı. "Bu gece bizimle çıkıp sarhoş olmaya ikna edemeyeceğimizi anlayınca partiyi ayağına getirmeye karar verdik," dedikten sonra duraksadı. "Üstelik pastayı Peter'a da götürebilirsin."

Mallory'nin gözleri doldu. "Hepinize lanetler olsun," derken ekip elemanlarının gözlerine bakıyordu. "Sizi çok özleyeceğim çocuklar."

Lula konuşmaya devam etti. "Küçük bir kuş Lougheed Üniversitesi Kriminoloji Birimi müdür yardımcısı tarafından başlatılan ve büyük bir hibeyle finanse edilen bağımsız bir faili meçhul dava birimine danışmanlık yapacağını söyledi. Seninle henüz işimizin bitmediğine bahse girerim patron."

"Kim söyledi?" dedi Mallory. "Teklif daha bu sabah geldi... Hem henüz tam karar vermedim. Buralarda insan sır saklayamayacak mı?"

"Sırları açığa çıkarmak bizim işimiz," dedi Benoit. "Şimdi mumları üfle de erimiş mum yemek zorunda kalmayalım!"

Mallory derin bir nefes alıp üflediğinde bir tek mum hariç hepsi sönünce durup bazı alevlerin inatla yanmaya devam edeceğini düşündü. Lu haklıydı. Kendi seçeceği faili meçhul davalar için geri dönecekti ama Peter'a öncelik tanıyarak bunu yapacaktı. Son mumu da üfleyerek söndürdü.

Boon Instagram'daki yeni paylaşımı gördü.

Arkadaşı. Gülümsüyordu. Güneş yanığıydı. Çok güzel ve sağlıklı görünüyordu. Huzurluydu. Seyahat ediyordu. Ölmemişti. Bilakis hayatını yaşıyordu. Dedektif Mallory Van Alst'a Kit'i Cam Ev'in yakınında bıraktığını ve başka bir Audi gördüğünü söylediği anı düşündü. Anlattıkları tam olarak doğru değildi. Kit barın yanındaki çerçeveli fotoğrafı değiştirmeyi unutmuştu. Cam Ev'e öğle yemeğine geldiğinde Daisy'yi kandırmak için North çiftinin orijinal fotoğrafı yerine Nikaragua'da birlikte çektirdikleri fotoğrafı kullanmıştı. Boon işte o sırada polise bahsettiği diğer Audi'yi görmüştü. Kit fotoğrafı değiştirdikten sonra onu, çantalarını emanet dolabına koyduğu istasyona götürmüştü. Yanında pasaportu ve kullan-at telefonu vardı. Boon kiralık Audi'yi teslim etmeye götürürken Kit trene binip doğruca havaalanının yolunu tutmuştu.

Kalbi sıkıştı.

Kit, bu paylaşımı göreceğini biliyordu. Boon'un her gün hesabına bakacağını biliyordu. Dahası gördüğü anda nerede olduğunu anlayacağının farkındaydı. Karma Beach denen bir yerdeydi. Orası Kit'in görmek istediği yerler arasındaydı.

Tıpkı adaletin de görmek istedikleri arasında olması gibi, diye düşündü.

Ve fotoğrafın altındaki etiket bir sonraki durağını anlatıyordu. #babaköyü onun için bir mesajdı. Boon hep babasının doğduğu ve annesiyle tanışıp evlendiği küçük Tay köyüne gitmeyi istediğini söylemişti. Kendisi de orada doğmuştu.

"Gelsene. Su çok güzel."

Gülümserken gözleri doldu. Arkadaşı onu affetmişti. Şimdi nerede olacağını söylüyor, ona kapıyı aralıyordu. Tabii isterse.

Ve Boon o kapıdan girmeyi çok istiyordu.

Kitabı okurken
Spotify'da size eşlik
edecek bir şarkı listesi.

Yazarın bir sonraki kitabı
The Patient's Secret yakında,
Juno Kitap'ta!